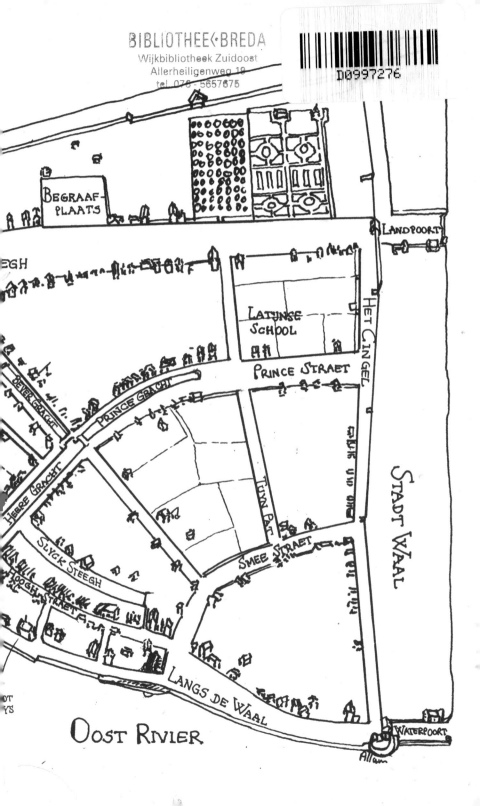

BEGRAAF-
PLAATS

EGH

LANDPOORT

LATIJNSE
SCHOOL

HET CINGEL

PRINCE STRAET

PETER GRACHT

PRINCE GRACHT

TUYN PAT

HEERE GRACHT

SMEE STRAET

STADT WAAL

SLYCK STEEGH

HOOGH STRAET

OT
YS

LANGS DE WAAL

OOST RIVIER

WATERPOORT

Allam

De laatste dagen van Nieuw-Amsterdam

SANDY JANSEN

De laatste dagen van
Nieuw-Amsterdam

HET BOEKENSCHAP

FSC

Mixed Sources
Productgroep uit goed beheerde
bossen, gecontroleerde bronnen
en gerecycled materiaal.

Cert no. CU-COC-803902
www.fsc.org
© 1996 Forest Stewardship Council

Het Boekenschap draagt zorg voor een zo milieu-vriendelijke mogelijke manier van uitgeven. Dit boek is gedrukt in de Benelux, waardoor onnodig transport tot een minimum is beperkt. Wij maken gebruik van papier dat is goedgekeurd door het Forest Stewardship Council (FSC). Het FSC-keurmerk geeft de zekerheid dat de grondstof voor het papier afkomstig is uit verantwoord beheerde bossen.
Minimaal 70% van het hout in dit product is FSC-gecertificeerd. De overige 30% van het hout bestaat uit FSC-gecontroleerd hout en/of hergebruikt materiaal. Bij romandruk is 70% momenteel het hoogst haalbare.

© 2009 Het Boekenschap, hetboekenschap.nl
Meer informatie: boeknieuwamsterdam.nl

Auteur Sandy Jansen
Illustraties Robert-Jan Rijks
Schutblad nagetekende versie van de Castello-kaart Jacques Corteljou, 1660
Ontwerp omslag Gerdien Keijser
Druk Drukkerij Wilco, Amersfoort

NUR 283
ISBN 978-94-90085-01-8

Voor papa en mama

De eerste kolonisten in de Nieuwe Wereld noemden
de Hudson Rivier *Noort Rivier*, *Maurits Rivier* en *Groote Rivier*,
maar de allereerste naam werd gegeven door de Mohican,
de oorspronkelijke bewoners die op de oevers van dit water waren
komen wonen. Zij noemden de rivier Mahicannituck en zichzelf
Muh-he-con-neok,

de mensen van de wateren die nooit stil zijn.

*K*reunend deinde het houten schip, onderweg naar de Nieu-we Wereld, op de kalme oceaan. Aan de grote mast wap-perde een vlag waarop het sierlijke monogram van de West-Indische Compagnie prijkte.

Ondanks de zon die haar gezicht verwarmde, had Bodine het ijs-koud. Ze voelde zich geradbraakt en het leek alsof ze de hele nacht niet had geslapen. Beklemd staarden ze nu allemaal naar de zwarte letters op de oranje-wit-blauwe vlag.

Ergens anders op het dek begon een hond te blaffen. Met de tong uit haar bek kwam ze naar haar baasjes gerend.

'Saar, lieverd, ben je er ook?' Daan knuffelde zijn hond, die vermoeid haar kop op zijn schoot liet vallen. Het arme beest was bekaf.

Thijs had maar een paar seconden nodig om zijn geheugen weer te-rug te krijgen en het voelde als een keiharde stomp in zijn maag toen hij begreep wat er was gebeurd. Het vreemde uiterlijk van de man aan de reling bevestigde hem waar hij bang voor was. 'Alsjeblieft, laat dit niet waar zijn!'

'Wat niet?' vroeg Sjorsje hem.

'Die man daar.' Thijs knikte naar de reling.

'Wat is er met hem?' fluisterde Sjorsje.

'Kijk dan, die kleren! Je wilt toch niet zeggen dat je dat normaal vindt?'

Daan en zijn zus keken nu ook verschrikt om en zagen dat de man gekleed ging in een zwarte kniebroek met lange witte kousen. Op zijn zwarte schoenen zaten grote zilveren gespen en om zijn schouders lag een zwarte cape met een witte kanten kraag. Op zijn hoofd stond een sierlijke zwarte hoed.

Bodine huiverde. 'Wat probeer je ons te vertellen, Thijs?'

'Ik ben bang dat wij... dat wij in het verleden zitten.' Thijs durfde nie-mand aan te kijken.

'Wat zeg je?' riep Daan verschrikt uit. Dat ze ergens anders waren was wel duidelijk, maar in het verleden?

'Niet zo hard, Daan', maande Bodine haar broer.

'In welke tijd zitten we dan, zo ongeveer?' slikte Daan.

Thijs keek zijn vriend ineens recht in de ogen. '1664.'

'Dat is niet zo fraai dan, enorm shit eigenlijk.'

'Je weet dat je van mama niet zo mag praten.'

Daan hield zich even in en zei kalm: 'Beste zus, ik zit denk ik een eind in de goede richting als ik zeg dat het op dit moment nog zo'n driehonderd jaar duurt voordat mama wordt geboren. Wij zitten ergens op een piratenschip, met misschien wel pestlijders, want het is 1664, weet je nog? Let vooral op rare pinguïns met houten stokken, die snaveldokters. We zijn waarschijnlijk op weg naar een kolonie waar een galg staat en hebben nog niet het flauwste idee hoe we ooit weer terug kunnen komen. En dat alleen als we zien te overleven. Ik denk dat mama het deze keer, gezien de omstandigheden, wel door de vingers ziet als ik me even laat gaan en shit roep. Maar ik beloof jou en mama dat, als wij veilig uit deze situatie komen, ik het nooit meer van mijn leven zal zeggen.'

'Sssst!' siste Thijs en keek Daan kwaad aan. 'Laten we kalm blijven en vooral de aandacht niet op onszelf vestigen. We moeten snel wat verzinnen voordat we worden opgemerkt.'

Bodine begon zachtjes te snikken. Het eerste gevoel van verdriet had nu plaatsgemaakt voor angst. Ook Sjorsje stond het huilen nader dan het lachen. Ze zaten gevangen in het verleden en wisten niet hoe ze terug moesten.

Saar verplaatste haar kop van haar ene baasje naar het andere en maakte een jankend geluid. Thijs sloeg zijn arm om Bodine heen en probeerde haar gerust te stellen. Hij kon alleen niets zeggen.

'Sorry Bo,' verontschuldigde Daan zich, 'dat was niet mijn bedoeling.'

'Ik weet het.' Ze haalde haar neus op en keek wanhopig naar Thijs. De tranen liepen over haar gezicht. 'Jij weet toch wel hoe we weer thuis kunnen komen?'

Thijs' gedachten werkten op volle toeren. Hij moest met een antwoord komen. 'Hé, rustig maar,' hij trok haar strak tegen zich aan, 'ik bedenk wel iets. Je kent me toch?' Maar het enige wat hij kon bedenken was hoe onverantwoordelijk hij zich had gedragen en daarmee al zijn vrienden in gevaar had gebracht. Daarbij had hij ook nog zijn vader verraden, maar daar wilde hij liever niet over nadenken. Hoe had dit zover kunnen komen?

1

Een brief uit het verleden

Oosterhout, een dag in de zomervakantie

*A*andachtig keek Bodine naar het vieze modderige bolletje, dat volgens haar moeder vroeger net zo veel waard was als een mooi Amsterdams grachtenpand. Ze kon haar oren nauwelijks geloven.

'Tweeduizend euro?' herhaalde ze niet helemaal overtuigd.

'Van die tulpenbol die jij nu in je hand houdt, werden veel mensen in de gouden eeuw heel erg rijk', Bodines moeder pauzeerde even voordat ze verder sprak, 'óf ze raakten al hun bezittingen kwijt. Die tijd staat bekend als de tulpengekte.'

Bodine stond de bol nog steeds te bestuderen. Ze vroeg zich af wat voor moois hier uit zou groeien.

'Tulpengekte? Wat is dat nou weer?'

'Eigenlijk konden alleen hele rijke kooplieden zo'n tulpenbol kopen. Toch waren ook arme mensen geïnteresseerd, toen ze hoorden dat ze er rijk van konden worden. Iedereen ging handelen in tulpenbollen. Zelfs boeren, dienstmeisjes en arme families. Ze deden hun allerlaatste zilveren spulletjes van de hand en kochten er een bol voor.'

Haar moeder ging wat makkelijker zitten en joeg Saar weg, de gezellige zwarte labrador die tot haar grote ergernis door de bloemborders struinde. Daarna vertelde ze verder. 'Maar daar ging het fout. Ze kochten bollen, geen tulpen. Die tulpenbollen gingen al over de toonbank voordat ze zelfs maar uit de grond waren gekomen. Het enige wat de kopers vaak kregen, was een stukje papier waarop stond dat zij de eigenaren waren. De bol zelf kregen ze meestal niet te zien. Vaak bestond die niet eens. Iedereen werd er door aangestoken en wilde zo'n bolletje bezitten. Zo ontstond de windhandel in tulpen. Veel mensen gingen failliet als ze een bol van hun laatste geld hadden gekocht en er helemaal niets uit bleek te komen. Dat was heel sneu. Maar als er wél een bloem uit kwam, dan was je in één klap schatrijk.'

Geschrokken keek Bodine naar haar moeder en vroeg niet geheel gerust: 'En als uit dit bolletje nou *geen* tulp wil groeien?'

'O, dat zou wel jammer zijn, want dit is een zeer zeldzame tulpenbol. Daarom graaf ik hem nu uit en stoppen we de bol later weer in de grond. Hopelijk groeit er dan in het voorjaar een historische tulp uit, die de mooie naam *Zomerschoon* heeft. Het is een tulpje dat is gekweekt in 1620 en een van de weinige soorten die wij in deze tijd nog hebben.'

'Wat heb jij er voor betaald?'

'Niet zo veel', stelde Liesbeth haar dochter gerust. 'Ze zijn niet te koop bij het tuincentrum, maar als je goed zoekt, dan kun je ze voor een paar tientjes bij een tulpenkweker halen.'

Bodine was ineens gefascineerd door de kleine bloembol. 'Hoe liep het af met die bollengekte?'

'Al met al heeft het een paar jaar geduurd. Toen was het ineens weer voorbij, maar de bollen zijn altijd heel duur gebleven. Deze Zomerschoon', haar moeder wees naar het bolletje dat Bodine nu met veel zorg omklemde, 'is een gebroken tulp en heeft frambozenrode en wit gevlamde bloemen. In de gouden eeuw was deze tulp heel populair bij de rijke burgerij. Maar wat de mensen toen niet wisten, was dat de bloem eigenlijk ziek was. Door besmetting met een virus dat werd overgebracht door bladluizen ontstonden er verschillende gekleurde strepen. Na een paar jaar was de bloem ineens dood. Ze begrepen er niets van. Dus dat de tulp zo mooi was, was puur toeval.'

'Jeetje', zei Bodine danig van slag. Ze had medelijden met deze mensen van lang geleden die door dit kleine bolletje zo in de problemen waren gekomen. Binnen ging de telefoon.

'Ik ga wel!' riep ze tegen haar moeder, die alweer met haar handen in de aarde zat te graven. 'Maar je moet me zo nog meer vertellen over die tulpengekte.'

'Leg die bol eerst even in de schuur', riep haar moeder haar na. Maar Bodine had het al op een rennen gezet om de telefoon nog op tijd te kunnen aannemen.

'Dat was Thijs', hijgde Bodine een paar minuten later. 'Maartje is op bezoek en ze heeft een bijzondere verzameling bij zich.'

Liesbeth keek haar dochter aan. 'O, wat dan?'

Bodine haalde haar schouders op. 'Geen idee. Hij vraagt of Daan en ik bij hem willen komen. We moesten Sjorsje ook meenemen. Ik denk dat we mogen komen kijken.'

'Ga maar gauw dan. Ik weet alleen niet waar je broer uithangt. Wel zag ik hem zonet op zijn skeelers voorbij komen.'

'Ik vind hem wel ergens op straat. Tot later, mam.'

'Tot straks, lieverd, veel plezier! O verdorie!' Liesbeth keek met een boze blik naar Saar, die vrolijk kwispelend met een poot op een ge-knakte bloem stond. 'Bo, neem die hond alsjeblieft mee voor ze mijn bloemen stuk trapt.'

'Kom, Saar!'

De hond nam een aanloop en kwam enthousiast op haar afgerend.

'Wat is er precies bij Thijs te zien?' vroeg Sjorsje, kauwend op een eier-koek.

Bodine keek haar vriendin van opzij aan. 'Ik weet het niet. Thijs zei alleen dat zijn zus uit Londen is gekomen en dat ze iets bijzonders bij zich had. Meer wilde hij aan de telefoon niet zeggen. Alleen dat het haast had.'

Daan was alvast een eindje vooruit geskeeld en Saar rende naast hem mee.

'Oké.' Sjorsje hoopte dat Thijs iets interessants had om te vertellen, anders was ze zo weer thuis. Ze was de avond ervoor aan een nieuw boek begonnen en had het speciaal voor de vakantie bewaard. Haar ouders waren de hele dag in hun cadeauwinkel in de stad aan het werk en ze kon dus de hele dag haar eigen gang gaan. Ze keek omhoog en zag dat het een mooie dag zou worden. Straks zou ze lekker op het balkon van haar slaapkamer verder lezen.

'Ben je nog in je nieuwe boek begonnen?'

'Ja, ik heb de hele nacht liggen lezen.'

'Waar ging het ook al weer over?'

'O eh, over een meisje dat op zoek gaat naar haar verleden, omdat ze wil weten waar...' Ineens stopte Sjorsje met praten. 'Zag jij het ook?'

'Ja', zei Bodine zachtjes. 'Er bewoog iets bij het gordijn.'

Ze liepen langs een oud huis met grote ramen. Niet dat er iets te zien viel, want zoals altijd waren de donkergroene fluwelen gordijnen gesloten. Een keer waren ze zo bang geworden van de man die er met zijn gezin woonde, dat ze er voortaan het liefst met een grote boog omheen liepen. Toch konden ze het op de een of andere manier niet loslaten, juist door het weinige dat ze ervan wisten. Ze gingen er daarom steeds weer langs, in de hoop wat te zien.

Wat gebeurde er achter die grote ramen? Wat waren ze nu aan het doen? Vanuit hun ooghoeken probeerden ze naar binnen te gluren, maar er was zelfs geen spleetje open tussen de gordijnen. Alles zat potdicht. Ze moesten zich hebben vergist.

Er woonden vijf meisjes, zusjes, die bijna nooit buiten kwamen. Soms zagen ze hen wel eens met hun moeder lopen, allemaal ouderwets en stijfjes gekleed. Lange blauwe rokken, hun haar tot bijna op hun middel en op hun hoofden droegen ze hoedjes. Hun moeder zag eruit als een oude oma met een grote grijze knot. De meisjes waren bleekjes en keken ernstig, alsof ze constant bang waren.

Lang geleden hadden Bodine en Sjorsje een keer aangebeld om te vragen of de meisjes buiten mochten spelen. Na lange tijd werd de deur geopend en keken ze een donkere hal in. De vader was duidelijk niet blij. Zijn dochters waren met hun huiswerk bezig en konden niet worden gestoord.

Ze hadden het later nog een paar keer geprobeerd, maar iedere keer was het antwoord hetzelfde. Bij de laatste poging stuurde de vader hen kwaad weg met de mededeling dat ze dat nooit meer hoefden te vragen.

Er werd gezegd dat de ouders van de meisjes streng gelovig waren, maar dat ze niet naar de kerk gingen.

De mensen van de kerk keken thuis televisie en dat mocht niet volgens de ouders van de meisjes. Zij wilden precies leven zoals het in de Bijbel stond beschreven. Omdat de kerk zich niet strikt aan deze regels hield, bleven ze op zondag thuis. In de kelder luisterden ze dan naar eeuwenoude preken. Volgens buurtbewoners leefden ze nog zoals de calvinisten in de zeventiende eeuw en waren ze bang voor God. Volgens de calvinisten vond God de mensen zondig, maar koos hij soms mensen uit die naar de hemel mochten. Of je uitverkoren was, wist je pas na je dood en daarom leidden ze een ijverig en tuchtig leven en vreesden ze hun God. Brr, dat betekende dus geen gebruik van moderne dingen en sober en zuinig leven.

Sjorsje en Bodine vonden het allemaal maar bangmakerij en konden zich niet voorstellen dat die meisjes zo moesten leven. Als het klopte wat ze hadden gehoord, dan was er in dat huis geen televisie, geen computer en geen muziek. De meisjes hadden wel even op school gezeten, maar omdat zij daar seksuele voorlichting kregen en omdat er internet was, haalde hun vader hen er weer af. Vanaf dat moment kregen ze thuis les.

De meiden probeerden zich wel eens voor te stellen hoe het moest zijn om zoals de mensen in de zeventiende eeuw te leven, maar al snel kwamen ze in de moeilijkheden. Hoe kookten ze? Hoe deden ze hun was? Mochten ze dansen en zingen? Waren ze gelukkig?

Ze hadden die meisjes die moesten leven alsof ze in de zeventiende eeuw waren graag wat beter leren kennen. Sjorsje en Bodine vonden het jammer dat het allemaal zo geheimzinnig moest.

Daan keek over zijn schouder naar de plotseling stilgevallen meisjes, hij wist al weer waar het getreuzel mee te maken had. 'Pas op, achter jullie!'

Bodine stak haar tong uit naar haar broertje. Ze wendde zich tot Sjorsje. 'Hé, vertel eens verder over je nieuwe boek, zonder meteen alles te verraden.'

'O ja, waar was ik gebleven?'

Na een flinke wandeling kwamen ze aan op de hoek van de Slotlaan en de Ridderstraat, waar Slot Limburg lag. Het was een klein kasteeltje dat een slotje werd genoemd.

Het slotje dankte zijn naam aan een belangrijke delegatie uit Limburg, dat in de vijftiende eeuw op het slot verbleef. Dat was wel interessant, maar wat ze nog veel spannender vonden, was dat er ridders hadden gewoond. Na hun kruistochten vestigden de ridders van de Orde der Tempeliers zich in Oosterhout. Ze waren heel machtig en hadden een eigen rechtsgebied.

Op het marktplein rond de grote Sint Jansbasiliek stond de schepenbank, waar recht gesproken werd over kleine vergrijpen en geschillen. Een kwart van de opbrengst van de opgelegde boetes was voor de tempeliers.

Hun macht moesten ze delen met de Heer van Breda, die zijn rechtsgebied op de Heuvel had. Zo waren er in de loop van tijd twee stadspleinen ontstaan in Oosterhout: de Markt en de Heuvel.

Naast deze eigen rechtspraak bezaten de tempeliers ook een kwart van de woeste gronden. De boeren die deze gronden wilden bewerken moesten daarvoor cijns betalen aan de tempeliers. De tempeliers zorgden in ruil voor deze belasting voor goede godsdienstige voorzieningen, zoals de kerk.

Van hun geld lieten de ridders mooie landhuizen en kasteeltjes bouwen, waarvan er nog vijf bestonden in Oosterhout. Slot Limburg was er één van. Het was in de loop van de eeuwen wel wat veranderd, maar als je voor het imposante omgrachte witte gebouw stond met de twee ronde hoektorens, dan was het niet moeilijk voor te stellen dat hier lang geleden een machtige ridder had gewoond.

Naast het slotje lag een park waar herten, geiten en ganzen rondliepen.

Nog niet zo lang geleden was het slotje van de gemeente, maar nu woonde Thijs er met zijn ouders. Thijs' vader deed iets voor de regering en mocht er daarom wonen. Hij had er de ruimte en rust om zijn belangrijke werk te kunnen doen. Het was er altijd gezellig, helemaal als Thijs' zus op bezoek kwam.

Maartje was archeoloog en nam bijzondere vondsten af en toe mee naar huis. Thijs mocht zijn vrienden dan bellen om de opgegraven schat te komen bewonderen. De ene keer liet zijn zus een versleten, halfhoog leren kinderschoentje uit de middeleeuwen zien dat ze in het slib had gevonden en de andere keer was het huishoudgerei uit een beerput. Maar vooral het verhaal dat ze erbij vertelde, bracht het voorwerp voor de vier altijd tot leven. Uren konden ze naar haar luisteren.

Een aantal jaren geleden, toen Thijs en Daan nog bij elkaar in de klas zaten, had Maartje hen meegenomen voor een speurtocht door een museum. Het thema was de Romeinen. Daar liepen ze rond tussen de levensgrote beelden van Romeinse keizers, die lang geleden de baas waren in ons land, en oude gebruiksvoorwerpen uit de Romeinse tijd, op zoek naar antwoorden.

Niet lang daarna sloten de twee vrienden zich aan bij een jeugdbond voor geschiedenis. Als je ouder was dan negen jaar en je geschiedenis en archeologie als hobby had, dan mocht je erbij komen. Toen Bodine daarover hoorde, wilde ze ook lid worden en sleepte haar vriendin Sjorsje na een tijdje weer mee. Met zijn vieren hielpen ze mee met opgravingen, bouwden ze een prehistorische boerderij en mochten ze zelfs een kijkje nemen in oude archieven.

Ook waren ze in de bossen van Oosterhout een keer op een historisch zomerkamp geweest waar ze, met een echte stadsarcheoloog, zochten naar resten van een middeleeuwse boerderij. Zo hadden ze ineens een kookpot opgegraven die voor het laatst door iemand was aangeraakt die hier achthonderd jaar geleden woonde.

's Nachts in hun slaapzakken joegen ze elkaar met enge verhalen de stuipen op het lijf. Het was in die tijd dat ze hun eigen geheime clubje hadden opgericht, de HAC, de *Historische Avonturen Club*.

Tijdens het schooljaar schreven ze voor zichzelf onderwerpen op die met geschiedenisles voorbij kwamen en waar een avontuur aan vast kon zitten. In het begin van de zomervakantie kwamen ze dan bij elkaar en hield ieder een presentatie over zijn historisch onderwerp en verzon er een opdracht bij. Daarna stemden ze welke opdracht het zou worden.

Het eerste thema dat ze hadden verzonnen, was ook al meteen mislukt. De opdracht was: *Is de Blauwe Camer van het klooster Sint Catharinadal ook echt blauw?*

Met zijn vieren waren ze naar de Heilige Driehoek gefietst waarbinnen zich de oude Priorij bevond. Sinds 1647 was deze onafgebroken bewoond door nonnen. Zij hielden zich daar, behalve met bidden en huishoudelijk werk ook bezig met de restauratie van antieke boeken, kalligrafie en schilderen.

Een oudere vrouw met een rond brilletje opende een grote zware deur. Ze zag er anders uit dan ze van een non hadden verwacht. Ze zouden zweren dat nonnen een zwarte habijt droegen, met een witte kraag en een zwarte kap om het hoofd dat geen haartje doorliet.

Maar deze non droeg een jurk van dikke witte glanzende stof, tot boven dichtgeknoopt, met een net klein omgeslagen kraagje. Haar donkergrijze haren waren losjes naar achteren gekamd en op haar achterhoofd zat een zwarte sluier. Ze hield de deur op een kier, waardoor het onmogelijk was om achter haar de gang in te kijken.

'Wat willen jullie kinderen hier?' vroeg ze met een krakerig stemmetje.

'Wij zouden heel graag de Blauwe Camer willen zien... eh... om... eh... te kijken of deze echt blauw is', stamelde Daan.

'Nee, mijn jongen', antwoordde de non beslist.

Waarschijnlijk dacht ze dat ze door deze vier kinderen in de maling werd genomen. Achteraf klonk het natuurlijk ook best vreemd. Alsof die hele kloosterorde de mensen maar wat op de mouw speldde.

'Daarvoor heb ik toestemming van jullie ouders nodig. Weten zij dat jullie hier zijn?'

De non liet zich niet overhalen en de vier voelden zich diep beledigd. Alsof ze een stel kleine kinderen waren die niet serieus bezig waren. De lol van het avontuur was er meteen af.

'Dank u wel, mevrouw, eh, non', wist Sjorsje nog uit te brengen, voordat ze zich omdraaiden.

'Zuster', zei de non. Sjorsje draaide zich weer om en keek de religieuze vrouw aan, die nu een lachje op haar gezicht had.

'Het is zuster, meisje, zuster Maria Magdalena', zei ze vriendelijk. Sjorsje glimlachte terug en knikte.

Zachtjes sloot de zuster de deur. Teleurgesteld liepen ze de trappetjes weer af naar hun fietsen die tegen een oude bakstenen muur stonden. Stilzwijgend fietsten ze het pad van de Kloosterdreef af. Of de Camer echt blauw was, bleef voorlopig een groot vraagteken.

17

Ook tijdens de laatste zomervakantie hadden ze geen antwoord op hun vraag kunnen krijgen.

Ze hadden behoorlijk ver moeten fietsen naar het land van Maas en Waal. Daar stond het stoere middeleeuwse Slot Loevestein met de schietgaten. Hugo de Groot moest er als staatsgevangene van de Republiek de rest van zijn leven doorbrengen, na een conflict met stadhouder prins Maurits. Maar hij wist te ontsnappen in een boekenkist.

De opdracht deze keer was: *bestaat de boekenkist, waarmee Hugo de Groot is ontsnapt, nog steeds?*

Ze hadden wat van hun zakgeld bij elkaar gelegd om zo een rondleiding te kunnen krijgen van een gids. In een uur tijd wisten ze van alles over het kasteel, van de middeleeuwen tot aan de Franse tijd.

Uiteindelijk kwamen ze boven in het kasteel aan. Midden in de ruimte pronkte een grote houten en met ijzer beslagen kist. Na een spannend verhaal zei de gids ineens dat er nog twee musea waren die beweerden dat zij de enige echte kist bezaten, waarin de beroemde rechtsgeleerde had weten te ontsnappen.

Teneergeslagen fietsten ze over de dijk richting het voetveertje, druk discussiërend over het voortbestaan van hun clubje. Ze waren het er allemaal over eens dat als ze niets beters wisten te verzinnen dan blauwe kamers en boekenkisten, ze de boel net zo goed konden opheffen. Toen ze thuis aankwamen wist niemand of het geheime clubje nog bestond of niet.

'Waar bleven jullie nou?' Thijs stopte een pluk haar die altijd alle kanten leek op te gaan achter zijn oren en duwde zijn brilletje omhoog.

De drie staken het pleintje met de kinderkopjes over. Wat verdwaalde kippen uit het naastgelegen dierenpark vlogen kakelend uit elkaar, toen Saar eropaf stoof.

'Saar, *hier!*' riep Daan streng. De hond kwam netjes teruglopen.

Via het bruggetje over de gracht kwamen ze bij de voordeur, waar Thijs al ongeduldig op zijn vrienden stond te wachten.

Thijs was een slimme jongen die in veel dingen geïnteresseerd was. Hij kwam uit een geleerde familie en net als zijn vader en zus zat ook hij altijd met zijn neus in de boeken of te zoeken op internet. De gesprekken aan tafel gingen altijd over archeologische vondsten en verhalen uit een ver verleden. Soms ging hij nog wel eens in het park skeeleren met Daan, maar meestal was hij toch graag thuis aan het lezen. Toen Thijs nog op de basisschool zat, werd hij al vaak voor studiebol uitgescholden, maar dat interesseerde hem weinig. Hij las liever een boek dan dat hij op een spelcomputer bezig was.

'We zijn er nu toch?' Bodine vroeg zich af waarom Thijs zo'n haast had.

'Ik denk dat ik een interessant onderwerp voor deze zomer heb', fluisterde hij en keek met een duistere blik neer op zijn vrienden. Dit was het laatste wat Bodine had verwacht. Ze was nog in de veronderstelling dat het clubje sinds de laatste zomervakantie was opgeheven.

Sjorsje voelde het kriebelen in haar buik toen ze het raadselachtige gezicht van hun vriend zag en kwam meteen ter zake. 'Ga je het nog zeggen?'

'Ja, maar niet hier op straat. Kom eerst binnen. Dan kunnen we praten.' Thijs keek de straat in en toen hij tevreden leek, liet hij zijn vrienden binnen.

Een schuine blik van Sjorsje dwaalde even naar de sprakeloze gezichten van broer en zus.

Daan haalde zijn schouders op. Hij had ook geen idee. Ze stapten daarna over de drempel, de lange gang in. Toen Daan zijn skeelers had uitgetrokken, volgden hij en Saar de rest.

De bibliotheek stond vol met oude kasten die waren gevuld met kostbare boeken. Naast een antieke schoorsteenmantel uit de zeventiende eeuw stonden heerlijk grote fauteuils.

Altijd als Bodine die zag, kreeg ze zin om er met een spannend boek in weg te kruipen. Aan het hoge plafond hing een Franse kroonluchter met zes kaarsenarmen, vol met kristallen pegels. Het was erg donker in de bieb en Thijs drukte op het lichtknopje, waardoor de kaarsvormige lampjes helder paars schitterden.

'Daar.' Thijs wees naar de chique ovale bolpoottafel waarop een kartonnen doos stond.

'Die saaie doos daar moet onze opdracht voorstellen?' vroeg Sjorsje. Het opgewonden gevoel van net maakte plaats voor teleurstelling.

Thijs liep erheen. 'Wacht maar tot je ziet wat erin zit.'

De anderen kwamen nu ook om de tafel staan en tuurden in de doos, die vol lag met brieven, keurig gebundeld in stapeltjes.

'Zijn dat oude brieven?' Bodine keek van de doos naar Thijs, die bevestigend knikte en er een bundeltje uit haalde.

Sjorsje keek naar het stapeltje dat bijeen werd gehouden door een wit gerafeld lintje. Haar teleurstelling verdween net zo snel als die was gekomen. 'Hoe oud zijn ze?'

'Ongeveer driehonderd jaar, waarschijnlijk zeventiende en achttiende eeuw', antwoordde Thijs schoolmeesterachtig.

'Zo oud?' vroeg Daan.

'Minstens', zei Thijs hoopvol en ging een stapje verder met het ontvouwen van zijn plan. 'En weet je, ze zijn geschreven en verstuurd, maar nooit aangekomen.'

'En dus nog nooit gelezen?' Bodine keek naar de brieven die Thijs nog vasthield en zag de rode uitgelopen lak op het bovenste exemplaar zitten. Het zegel was niet verbroken.

'Nog nooit door iemand anders aangeraakt dan degene die ze verstuurde, behalve nu dan.'

'Cool', riep Sjorsje uit. 'Dus niemand weet wat er in die brieven staat?'

'Nee, *niemand*', zei Thijs. Hij bespeurde nu enige interesse op de gezichten om hem heen. Nog even en hij had ze zover. 'Dus wie weet wat er allemaal in staat.'

'Ho even', zei Daan die een flauw vermoeden begon te krijgen, 'van wie zijn die brieven eigenlijk?'

Nu kwam het lastige gedeelte. 'Nou, ze zijn van de Engelse overheid.' Thijs hoopte dat ze niet te veel zouden vragen, want ze hadden niet veel tijd meer.

'De Engelse overheid?' riep Bodine verbijsterd uit.

'Deze brieven', Thijs bracht zijn hand waarin het bundeltje lag omhoog, zodat iedereen het goed kon zien, 'zijn oorlogsbuit.'

'Stoer!' zei Daan, die meteen een stuk enthousiaster werd en de inhoud van het doosje ditmaal aan een wat grondiger onderzoek onderwierp. Het lag vol met vergelijkbare pakketjes.

Thijs legde snel verder uit. Ze konden er niet te lang bij stil blijven staan.

'In de zeventiende eeuw waren wij een aantal keren in oorlog met Engeland. Je weet wel, die zeeslagen met Michiel de Ruijter en zo. Nou, als een Engels schip een Nederlands schip innam, dan werd dit schip als trofee meegesleept naar Engeland en het schip én alles wat zich in het schip bevond, werd automatisch oorlogsbuit en dus eigendom van de Engelsen.'

'Misschien een gekke vraag', zei Daan droogjes, 'maar hoe komt een oorlogsbuit van meer dan driehonderd jaar oud zo ineens bij jullie op de keukentafel? Ik bedoel, op de bibliotheektafel?'

'Nou, dat wilde ik jullie net vertellen.' Thijs haalde wat nerveus een hand door zijn haar en ging verder. 'Mijn zus doet onderzoek naar de WIC, de West-Indische Compagnie, de tegenhanger van de VOC. Er schijnt een hoop informatie in archieven te liggen waar nog nooit iemand onderzoek naar heeft gedaan. Ik heb gisteravond op internet gezocht en de WIC was opgericht voor de kaapvaart, omdat Nederland toen nog in de Tachtigjarige Oorlog zat. We probeerden die Spanjaarden steeds op afstand te houden en uiteindelijk kregen de Nederlanders toestemming om de Spaanse schepen te veroveren. Maar door de oorlogen met de Engelsen werden onze schepen ook gekaapt.'

'Je hebt nog niet verteld hoe die brieven nu hier zijn gekomen. Of was de postbode gewoon wat verlaat?'

'Ja, Daan, val me nou niet in de rede. Ik kom er zo op. Luister, mijn zus werkt aan een geheim project dat *De Zeilbrieven* heet. Deze brieven zijn afkomstig van Nederlandse kolonisten die Nederland met de koopvaardijschepen verlieten om ergens anders een beter bestaan op te bouwen. Eén van die koloniën is Nieuw-Nederland in Amerika.'

Thijs had nu volledig de aandacht. Ondertussen probeerde hij ook nog te luisteren naar de geluiden van buiten. 'Die kolonisten verstuurden brieven naar familie die was achtergebleven. Regelmatig werden die documenten door Engelse kapers onderschept. Deze dus ook.' Hij trok de doos aan een kant even omhoog en liet deze weer neerkomen. 'In Londen liggen de kelders vol met postzakken en er is nog nooit wat mee gedaan. Het was ook niet bekend. Tot nu.'

Bodine dacht aan stoffige kelders vol met eeuwenoude ongelezen verhalen en andere spullen.

'Mijn zus vertelde dat wat nu New York is, vroeger van Nederland was.'

'Ja', zei Sjorsje, 'dat weet ik. Wij hebben het voor een paar kralen gekocht van de indianen, toch?'

'Ja zoiets', zei Thijs, 'ter waarde van zevenentwintig euro, ongelooflijk hè? En ik heb hier een brief die daar vandaan komt.'

'Uit New York?' vroeg Bodine. Thijs schudde zijn hoofd.

'Uit Nieuw-Amsterdam en gericht aan familie hier in Oosterhout.'

Alle drie staarden ze hem verbluft aan. 'Veel mensen die vertrokken, kwamen uit Brabant en Vlaanderen, dat nu België is, maar toen gewoon bij Nederland hoorde. Dus het is niet zo heel gek. Ik heb er wel naar moeten zoeken en weet nog niet precies hoe de opdracht eruit gaat zien, maar dit is toch ontzettend interessant?'

Ze knikten hem toe.

'Hier *moeten* we iets mee doen.'

'Maar dat mag vast niet van Maartje', zei Bodine.

'Daarom heb ik haast. Ze kunnen ieder moment terugkomen, Maartje en mijn ouders. Maartje vond het goed dat ik de brieven aan jullie liet zien, maar ik mag er verder niet aankomen. Ik heb vannacht in deze doos gekeken en dit ontdekt.' Hij trok het bovenste exemplaar uit het bundeltje.

'Je hebt *wat*...?' vroeg Daan ontzet. Hij kon zijn oren niet geloven.

'Ach, die ene brief.' De drang om één van de ongeopende stukken te lezen won het bij Thijs van de gedachte dat hij iets verkeerds deed.

'Die kunnen we toch niet zomaar meenemen?' vroeg Sjorsje. Normaal gesproken was ze tot veel in staat, maar een eeuwenoude brief stelen van een of ander geheim project ging zelfs haar te ver.

'Jullie moeten het ook niet zien als stelen', vergoelijkte Thijs.

'Hoe dan wel?' Daan was benieuwd naar het antwoord van zijn vriend.

'Nou... ik dacht, als jullie er wat in zien natuurlijk, dan ren ik even snel naar mijn kamer om een kopietje te maken. Dus?' vroeg hij ten slotte.

'Dus wat?' vroeg Daan, even niet zo snel van begrip.

'Lijkt het jullie wat?' Thijs keek zijn vrienden vol verwachting aan.

'Maar wat wil je dan als opdracht doen?' Bodine was best geïnteresseerd, maar ze had geen idee wat ze ermee kon.

'Nou, om te beginnen kunnen we de brief eens gaan lezen en wie weet leidt ons dat wel naar een echte opdracht uit het verleden.'

'Maar', zei Bodine bedenkelijk, 'als die brieven inderdaad zijn geschreven door Nederlanders die meer dan driehonderd jaar geleden leefden, hoe kunnen wij die dan ontcijferen? Dat zal geen gemakkelijk handschrift zijn, lijkt mij.'

'Ja inderdaad', viel Daan zijn zusje bij, 'ik denk dat we niet ver komen.'

'Jongens, jongens, kom op nou! Wat kennen jullie mij toch slecht. Ik heb op internet een cursus oud schrift uit de zeventiende eeuw gevonden. Ik heb gisteren al een lijstje uitgeprint waarop die oude lettertekens staan en hoe je die kunt vergelijken met de letters van nu.'

'Ik weet het niet, Thijs. Jij doet net alsof het heel eenvoudig is.' Daan dacht even na voordat hij verder sprak en nam een besluit. 'Ik zie het geloof ik toch niet zo zitten.'

Sjorsje en Bodine waren het met hem eens. Ze konden zich niet voorstellen dat zij met zijn vieren wel even een eeuwenoude brief zouden vertalen.

Thijs, die langzamerhand wanhopig begon te worden, besloot tot een laatste drastische poging. Een manier die zijn vrienden *wel* zou overhalen. Hij pakte het bundeltje brieven op en wapperde ermee voor hun gezichten. Een muffe geur van oud papier, vermengd met stof en vocht, drong hun neuzen binnen. Ze snoven de geur van lang geleden op. Bodine, die allergisch was voor stof, begon meteen te hoesten en deed een stap achteruit. Thijs legde de brieven terug in de doos en had nu nog die ene overgebleven brief vast.

'Moet je kijken, deze is voor het laatst in handen geweest van een kolonist die Nederland meer dan driehonderd jaar geleden verliet om zich in een verre kolonie te vestigen en het thuisfront wilde berichten hoe het er daar aan toeging. Die kolonist heeft deze brief voor het laatst dichtgevouwen en verzegeld, niet wetend dat dit papier nooit in Nederland zou aankomen. Wie weet wat die man of vrouw allemaal te vertellen had aan de achterblijver? We kunnen ongestoord een kijkje nemen in het alledaagse leven van een zeventiende-eeuwer. En jullie zeggen daar *nee* tegen?"

'Tja, als je het zo brengt', zei Sjorsje, 'dan is het natuurlijk wel een buitenkansje.'

Een voorzichtige glimlach verscheen op Thijs' gezicht. Sjorsje hoefde hij niet meer te overtuigen. Zijn ogen gingen van Daan naar Bodine. 'Misschien is het een idee om inderdaad eens te beginnen met het bekijken van de inhoud? Gewoon om te zien of we er iets van begrijpen?'

Daan was ook om, maar Bodine had nog haar twijfels. Het idee om iets te lezen uit het verleden wat nog nooit iemand had gezien, was natuurlijk reuze interessant. Toch bleef er iets knagen in haar achterhoofd. De brief was niet voor hen bestemd en het was dus niet aan hen om het zegel te verbreken, want dat moest dan toch gebeuren. Thijs vouwde haar hand open en legde de brief erin.

'Hier', zei hij, 'voelt het niet bijzonder om zoiets vast te houden?'

'Ja, dát wel.' Ze keek gefascineerd naar het document in haar hand. 'Maar we kunnen dit toch niet zomaar openen, daar komt je zus toch achter?'

'Bodine, kom op nou.' Sjorsje was inmiddels zo nieuwsgierig geworden dat ze probeerde te voorkomen dat haar vriendin spelbreker zou worden. 'We hebben het er net nog over gehad. Hoe lang zeggen we al niet tegen elkaar dat we zo graag een kijkje in het leven van die vijf zusjes willen nemen? Misschien vinden we in die brief het antwoord wel.'

'Ja, precies', zei Thijs, die geen idee had waar ze het over hadden, maar het gevoel kreeg dat Bodine daarmee over de streep kon worden getrokken.

'Hmm, misschien', zei ze, kijkend naar het beschimmelde papier. 'Maar de brief is niet van ons.'

'Nee, maar het is niet zo dat we nog aan iemand toestemming kunnen vragen. En mijn zus gaat ze sowieso lezen, dus zie het maar als historisch onderzoek.'

Met een ernstig gezicht keek Bodine op naar Thijs. 'En als jouw zus erachter komt dat haar broertje en zijn vrienden een historisch document van haar hebben gestolen? Een belangrijk stuk papier, dat niet eens eigendom van Nederland is?'

'Ten eerste *stelen* we het niet,' verweerde Thijs zichzelf, 'ik maak een kopietje. Daarna leg ik het weer terug. Niemand hoeft het te weten. En als je erover nadenkt, dan behoort deze brief maar aan één iemand en dat is niet de regering van Engeland. Dat is toevallig degene aan wie de...'

Een sleutel werd omgedraaid in het slot. Met een knarsend geluid werd de deur opengeduwd. 'Hallo Thijs, we zijn weer thuis!' Thijs hoorde zijn moeder roepen vanuit de hal.

'Shit, daar zijn ze.'

Een seconde stonden de vier er besluiteloos bij. Bodine voelde hoe haar hart ineens bonsde, toen ze Thijs naar de brief zag kijken die zij nog in haar hand hield. Ze wilde hem teruggeven, maar was net te laat. De deur van de bibliotheek zwaaide open en Thijs' moeder en zus kwamen binnenlopen. Ze waren in een opgewekte stemming.

Bodine, die het niet kon verdragen dat Maartje haar met de brief in haar handen zou betrappen, stopte hem vlug in de kontzak van haar spijkerbroek.

Thijs gaf een kort knikje met zijn hoofd en knipoogde naar haar, omdat hij zag dat ze nerveus was. Daan, die zag wat zijn zus deed, zette grote ogen op en fluisterde: 'Wat doe jij nou?'

Bodine kneep haar ogen even streng samen en schudde haar hoofd.

'O gezellig, zijn jullie Thijs komen opzoeken?' zei Thijs' moeder vriendelijk. 'Ik vroeg me al af van wie die skeelers bij de voordeur waren.'

'O, eh, die zijn van mij,' zei Daan snel. Hij hoopte dat hij ze netjes aan de kant had gezet, maar aan de toon van haar stem te horen was dat niet zo.

Ze praatte al weer door. 'Thijs voelde zich vanochtend niet zo lekker en is thuisgebleven, maar nu is hij vast niet zo eenzaam geweest. Toch, schat? Hoe gaat het met je?'

'O, het gaat al weer. De hoofdpijn is bijna weg. Ik heb gisteren denk ik te veel achter de computer gezeten.' Met een verontschuldigend lachje keek Thijs naar zijn moeder, die daar altijd al voor waarschuwde. Hij kon nu niet anders dan haar maar een keer gelijk geven, al had hij helemaal geen hoofdpijn. Wel voelde hij zich nu misselijk worden.

'Gaan jullie maar eens even lekker naar buiten', stelde Thijs' moeder voor.

'Dat waren we net van plan', zei Bodine, 'we moeten Saar ook nog uitlaten.'

Ze voelde de brief in haar zak branden en wilde er zo snel mogelijk vanaf. Thijs moest maar zien dat het oude papier later weer netjes terug zou komen.

Maartje was ondertussen naar de tafel gelopen. 'Wat waren jullie hier eigenlijk aan het doen?' Ze vroeg het gelukkig aardig en niet beschuldigend. Ineens vestigde ze haar blik op haar broertje en zei: 'Kon je soms weer niet wachten om de oorlogsbuit te laten zien aan je vrienden? Je hebt toch niets aangeraakt, hè?'

Bodine voelde dat er een hete gloed over haar wangen trok en bukte voorover naar Saar, die naast haar stond te kwispelen, zodat Maartje haar rode gezicht niet zag.

'Nee, natuurlijk niet', zei Thijs net iets feller dan de bedoeling was.

Ze gluurde even in de doos. 'Nee, oké. Maar je had minstens even kunnen wachten tot ik erbij zou zijn, dan had ik er wat over kunnen vertellen.'

Maartje wist dat ze allemaal geïnteresseerd waren in geschiedenis en had daar zelf ook aan bijgedragen met haar verhalen. Ze kon het hen niet kwalijk nemen dat ze in de doos hadden staan neuzen. Toch moest ze de brieven de komende dagen wat zorgvuldiger opbergen, voordat er wat mee gebeurde.

'Heeft Thijs jullie al verteld dat deze brieven honderden jaren oud zijn?'

'Ja', zei Sjorsje, 'hij vertelde dat ze geschreven zijn door oude kolonisten en dat ze nu van Engeland zijn.'

'Ja, dat klopt. De Republiek van de Nederlanden was vaak in oorlog met de Engelsen en deze oorlogen werden op zee uitgevochten. De gekaapte Nederlandse schepen werden meegenomen naar Engeland en de oorlogsbuit, waaronder de vele persoonlijke brieven, werden eigendom van de Engelse regering.'

'Mocht dat zomaar?' vroeg Daan.

'Nee, goede vraag trouwens. De Nederlanders hadden als regel: vrij schip, vrij goed. Dit betekende dat een neutraal schip, zoals een koopvaardijschip, niet mocht worden aangehouden. Ook de lading moest als neutraal worden beschouwd, behalve kanonnen, kogels en kruit. De Republiek had daar met Engeland een verdrag over gesloten, alleen in de praktijk werkte het niet. De Engelsen waren bang voor de macht van de Republiek en hielden neutrale schepen steeds vaker aan en namen alles in beslag.'

'Piraten', verzuchtte Daan, alsof het om iets romantisch ging.

'Niet helemaal, Daan. Piraterij is wat anders dan kaapvaart. Piraten waren vrijbuiters of boekaniers en handelden op eigen houtje. Ze hielden zich niet aan de wet. Piraten die gevangen werden genomen kregen de strop. Een kaper was een schipper die van de overheid het recht kreeg om vijandelijke schepen aan te vallen. Hiervoor kreeg een kaper van de Engelse Admiraliteit een kaperbrief mee, waarin dit recht beschreven stond. *Zij* handelden dus binnen de wet. Vooral het Kanaal was voor de koopvaardijschepen altijd een probleem. De schippers waren vaak genoodzaakt om dan maar via Schotland naar de Atlantische Oceaan te varen. Dat is een enorme omweg, maar was wel veiliger. De schepen die minder geluk hadden, werden naar de Engelse havens van Bristol of Liverpool gesleept.'

Maartje raakte nu goed op dreef. 'Denk maar niet dat de buit dan kon worden verdeeld of verkocht. Nee, eerst moesten ze nog even langs het Hof van de Admiraliteit. Dit hof zetelde in Kew, vlak bij Londen, en hield zich bezig met de gevallen van piraterij en kaapvaart. Zij hadden de kaapbrieven ook uitgegeven en bogen zich er nu over of de kaper in kwestie een juiste beslissing had genomen. En ook of de kaper zijn veroverde buit mocht houden. Met andere woorden, was de buit voldoende om het schip daarvoor te kapen? En kon de kaper zijn kaperbrief tonen? Zo niet, dan had de kaper onjuist gehandeld en ging de opbrengst naar de staat. Maar had de kaper terecht en zonder geweld een schip gekaapt, dan mochten het schip en de lading worden geveild en kon de kaper zijn opbrengst onder de bemanning verdelen.

Dat kon soms wel jaren duren, vaak vanwege een oorlog die tussendoor de aandacht opeiste. Al die tijd zaten de opvarenden van het gekaapte schip in de gevangenis en had de bemanning al weer het ruime sop gekozen. En al die jutezakken vol met persoonlijke brieven? Die werden in de kelders van het Hof opgeslagen en daar zouden ze vandaag nog gelegen hebben als wij dat telefoontje niet hadden gekregen.'

'Welk telefoontje?' vroeg Daan direct.

'Een tijdje geleden werden mijn collega's en ik gebeld door een Engelsman die beweerde dat er een enorme Nederlandse brievencollectie in de Nationale Archieven van Engeland opgeslagen zou liggen. Brieven die nooit hun plaats van bestemming hebben bereikt. Niemand wist van het bestaan af. Het Hof van de Admiraliteit had in de afgelopen eeuwen veel andere functies. In de Eerste Wereldoorlog bijvoorbeeld, diende het gebouw als hospitaal voor de gewonde soldaten. En nu bevinden zich er de Nationale Archieven, waar veel historische documenten zijn opgeslagen van wel negenhonderd jaar geleden tot nu. Die brieven zijn in de vergetelheid geraakt. Niemand had in de gaten dat er onder zijn voeten zeventiende-eeuwse documenten lagen, klaar om gelezen te worden.'

De vier luisterden ademloos.

'En wat heb je toen gedaan,' vroeg Sjorsje, 'na dat telefoongesprek?'

'Toen ben ik er met een collega naartoe gegaan. We kwamen in de kelders terecht, volgepakt met gescheurde en gekreukelde enveloppen, uitgevouwen brieven, scheepsjournalen, lintjes, lakzegels, stukken touw, notitieboekjes en tekeningen in de prachtigste kleuren. Er liggen wel honderdduizenden stukken en alles was bedekt onder een vieze laag stof.'

'Zijn de brieven na zo'n lange tijd nog steeds goed te lezen?'

'Zeker', antwoordde Maartje. Ze vond het leuk dat Sjorsje de vraag stelde, want niet iedereen vroeg zich dat af. 'Dankzij de goede kwaliteit van het Hollandse papier. Het Spaanse en Franse papier is in veel slechtere staat door de dikke inkt op het dunne papier. Dat heet inktvraat. Het fabriekspapier dat we vandaag gebruiken, overleeft geen driehonderd jaar.'

'En wat gaat er nu met die brieven gebeuren?' vroeg Daan. Maartje had geen idee dat al hun vragen uit eigenbelang werden gesteld.

'De Engelse overheid heeft ons toestemming gegeven om ze te ordenen en te onderzoeken. We hebben nu wat dozen vol persoonlijke brieven aan familie in Nederland tijdelijk in bruikleen gekregen. Met een team ga ik deze brieven transcriberen. Dat betekent dat we de tekst overzetten in leesbare taal, zodat het voor iedereen te begrijpen is.'

'Begrijpen we de brieven nu niet dan?'

'Ja hoor!' zei Maartje tot Sjorsjes grote verrassing. 'Maar de letters zijn gotisch en met veel sierlijke krullen geschreven, waardoor het moeilijk te lezen is. Maar de inhoud begrijpen we wel. Grappig hè, zo veel is er niet veranderd in die paar honderd jaar. Het valt voor ons gewoon onder het moderne Nederlands, zoals wij het gewend zijn. Dus, als jullie interesse en zin hebben om Nederlands te gaan studeren, dan zijn er na jullie studie nog genoeg brieven over om te vertalen. Als ze tenminste niet door papiervisjes zijn opgepeuzeld.'

Maartje lachte en pakte de doos op van de tafel. 'Als het onderzoek goed gaat, dan zal ik jullie wel eens een paar vertaalde brieven laten lezen. Jullie zullen dat vast interessant vinden', zei ze vriendelijk, terwijl ze met de doos naar de deur liep. 'Een leuke zomervakantie allemaal en leuk om jullie weer eens te zien!' Met haar moeder verliet ze de bibliotheek.

'Nou, dat scheelde niet veel.' Sjorsje keek haar vriendin aan. Ze wist dat ze nu met een behoorlijk probleem zaten opgescheept, maar hoorde dat ook niet bij het avontuur waar ze altijd naar op zoek waren? Het schooljaar had al veel te lang geduurd. Het werd tijd voor wat spanning, en dit was vele malen beter dan haar boek dat thuis lag te wachten.

'Wat heb jij nou gedaan?' riep Daan beschuldigend tegen zijn zusje. Bodine wilde net antwoorden toen Thijs het voor haar opnam.

'Ze heeft helemaal niets gedaan. Bo heeft juist goed gehandeld. Ik stopte die brief in haar hand en er was geen tijd meer om iets anders te doen. Als we hem los in de doos hadden teruggelegd, dan was Maartje dat opgevallen. Alles was netjes bijeengebonden, vandaar. Wij hadden geen andere keus.'

'Dank je, Thijs', zei Bodine. Ze keek boos naar haar broer. 'En mag ik je er meteen even aan herinneren dat jij degene was die het zag zitten om er wat mee te doen? Niet ik!'

Daan was even stil. 'Thijs, volgens mij hebben we een probleem. Zijn die brieven geteld?'

Thijs haalde zijn schouders op. 'Geen flauw idee. Maar daar is nu weinig meer aan te veranderen. 'Kom!' Thijs liep naar de deur. 'Eerst weg hier.'

2

In de schaduw
van de witte wieven

Zonder een woord met elkaar te wisselen, staken ze de straat over. Ze gingen door het openstaande ijzeren hek, dat toegang gaf tot het Slotpark. Daan skeelerde langzaam mee. De witte wieven kwamen al in zicht, hun favoriete stek aan de andere kant van het oude stadspark. Het was een naam die ze lang geleden hadden bedacht voor het groepje beelden onder de grote cederboom.

Als je dichterbij kwam, ontwaarde je vaag de vormen van lichamen onder wit gedrapeerde lakens. Aan de onderkant staken voeten uit. De beeldengroep stond in de buurt van een heksenkring. Volgens oude mythen kwamen de heksen in de kringen van de bomen of paddenstoelen bij elkaar om te dansen. De vier ploften in het droge gras aan de andere kant van de beelden, uit het zicht van wandelaars. Saar sprong tussen de waterlelies die op het donkergroene water van de slotvijver dreven.

Bodine pakte de brief uit haar zak en gaf deze terug aan Thijs. Het papier had niet driehonderd jaar overleefd om vervolgens in haar kontzak verpulverd te worden, dacht ze wrang.

'Weet je...' begon Sjorsje als eerste, in een poging Thijs en Bodine van hun schuldgevoel af te helpen. Ze kon moeilijk tegen de stilte en probeerde maar wat te zeggen. 'In die tijd vergingen er ook veel schepen. Deze brief had net zo goed op een ander schip terecht kunnen komen dat tegen de klippen aan is gelopen en met buit en al zonk. Dan had niemand iets van het bestaan van deze brief afgeweten.'

31

Daan keek haar aan, niet onder de indruk.

'Schrale troost. Wij weten toch dat het niet zo is? En misschien met ons ook de Engelse regering.'

'Ach, jij kijkt te veel tv. Ben je bang dat wij, vier tieners uit een of ander gat in Brabant, de Engelse geheime dienst achter ons aankrijgen? Ik denk niet dat de brief zó belangrijk is', wierp Sjorsje tegen.

Daan negeerde de opmerking van Sjorsje.

'Ik begin zo langzamerhand wel nieuwsgierig te worden naar de inhoud', probeerde Sjorsje voorzichtig.

'Ik ook wel', zei Thijs. 'Ik zit al meer dan een dag te wachten. Wie weet wat voor nuttigs wij er nog mee kunnen doen?'

Sjorsje keek naar de broer en zus tegenover haar. 'Jongens, hier zitten we toch op te wachten? Het heeft zo moeten zijn. We hebben nu de eerste stap gezet naar een nieuw avontuur.'

Bodine kon het avontuur even gestolen worden. *Zij* was immers degene die iets waardevols weggenomen had van de Engelse overheid. Ze voelde zich verantwoordelijk voor deze situatie en had meer zin om een potje te janken.

Thijs merkte haar wanhoop op. Hij had spijt dat hij de brief, die hij al helemaal niet had mogen pakken, in haar handen had gestopt zonder over de gevolgen na te denken. Hij deed het in een opwelling, want hij wilde zijn vrienden zo graag overhalen. Thijs kon zich wel voor zijn kop slaan. 's Nachts op zijn kamer had hij gewoon een kopie moeten maken en de originele brief terug moeten stoppen, maar nu was het te laat.

'Vanavond zal ik zorgen dat hij weer op zijn plaats ligt. En Bodine, wat er ook gebeurt, het is allemaal mijn schuld. Als iemand erachter komt, dan zal ik dat ook zeggen. Ik ben degene die jullie vandaag hierheen haalde en de brief uit de doos pakte.'

'Maar wat is nu dan het plan? Wil je hem toch openmaken?'

Thijs knikte vastberaden. 'Als we er iets mee willen, moet dat toch gebeuren. Straks moet ik erachter zien te komen waar Maartje die doos heeft neergezet. Ik stop hem vannacht terug. Het komt allemaal goed, ons avontuur en dat oude papier. En, zoals ik straks al een keer zei: de brief is net zo min van ons als van de Engelse regering of een groepje wetenschappers. Hij is van degene die hem heeft geschreven en behoort aan deze geadresseerde.' Thijs hield de brief even omhoog, zodat ze het adres konden zien. 'We kunnen met enige zekerheid zeggen dat die twee op dit moment niet meer in leven zijn, toch?'

Ze knikten allemaal braafjes. Daar viel niets tegenin te brengen.

'Is het dan niet zo, beste vrienden, dat als deze brief dan toch geopend gaat worden, wij net zo veel, of net zo min, recht hebben als een ander om dat te doen?'

Sjorsje was ervan overtuigd dat Thijs het geweldig zou doen als advocaat. 'Wat mij betreft wel', zei ze dan ook.

'Oké dan', zei Daan besluitvaardig.

Ze waren weer op hetzelfde punt aanbeland en keken nu naar Bodine. Deze haalde haar schouders op en gaf zich gewonnen omdat ze besefte dat ze in de minderheid was. 'Vrij schip, vrij goed', zei ze met een zwak stemmetje.

Thijs probeerde het lakzegel open te peuteren. Er zat geen simpele envelop omheen, het papier was brief en envelop ineen. De rode lak was keihard en Thijs was bang dat hij het document kapot zou maken.

Ademloos keken ze toe toen Thijs ten slotte besloot om het dikke papier voorzichtig los te halen van het zegel. Daan, die zag dat de brief zou gaan scheuren, haalde een zakmesje uit zijn broekzak. 'Probeer het hiermee.'

Netjes sneed Thijs het zegel een stukje los van het papier. Het lukte zonder de brief te veel te beschadigen. Voorzichtig maakte hij het strak gevouwen vel open. Eerder was het de geur geweest die het hem deed, nu was het het knisperende geluid van zeventiende-eeuws briefpapier.

Het vlekkerige papier, dat ooit nog eens uit oude witte lompen had bestaan die tot pulp waren gestampt, voelde gek genoeg stevig aan. Ze hadden een teer blaadje verwacht dat onder hun handen uiteen zou vallen. Het zat vol met bruine vochtplekken en door de uitgelopen rode lak waren sommige letters onleesbaar geworden. Aan de binnenzijde was het helemaal volgeschreven met zwierige schuine letters. Het drong tot hen door dat het geen makkelijke klus zou worden om een brief te lezen in zeventiende-eeuws handschrift, dat een zeeslag had doorstaan en vervolgens eeuwenlang in een vochtige kelder had gelegen. Toch was het zeker het proberen waard.

'Hier is het lijstje waar ik het net over had.' Thijs viste een verfrommeld papiertje uit zijn zak. 'Volgens de website kun je hiermee oud schrift lezen.'

De sombere stemming was verdwenen en met het volste vertrouwen dat alles weer goed zou komen, gingen ze driftig aan de slag. Ze stonden op het punt om een stukje van iemands leven te ontdekken. Hoe leefde die persoon, wat deed hij of zij voor de kost? Waarom was deze persoon naar de andere kant van de oceaan verhuisd?

Daan, die was vergeten om de troep van de laatste schooldag uit zijn rugzak te halen, pakte een pen en scheurde een leeg blaadje uit zijn agenda.

'Ik schrijf wel', zei Bodine en nam de spullen aan van haar broer. In minder dan een uur hadden ze het al voor elkaar. Hier en daar vielen wat gaten in de tekst, maar de meeste woorden hadden ze toch kunnen ontcijferen. Alleen het schuine en krullerige handschrift had het vertalen wat lastig gemaakt. Er waren enkele trucjes die ze al snel doorhadden, dankzij het printje met letters en regels van Thijs.

De *s* bijvoorbeeld leek vroeger op een rechte f en een verticaal streepje verving vaak de *r* met nog een klinker. Ze schreven het woord *vaderen* dus niet helemaal voluit, maar kortten het af tot *vad'en*. Het doorstrepen van letters, zoals *peper* of *september*, dat werd afgekort naar *pep* of *septemb̶*, was het meest vreemd. De doorgestreepte letter verving dan de -er. De vier vrienden zagen het op een gegeven moment zelfs als een uitdaging om het oude schrift weer leesbaar te maken.

Bodine had de woordjes die geroepen werden achter elkaar genoteerd, maar omdat ze zo bezig waren met het ontrafelen, hadden ze nog geen idee van de inhoud. Ze begon de brief voor te lezen. Met een rode blos op hun wangen van het inspannende werk luisterden de anderen naar de geheimen die zich ontvouwden.

Aen de eerbaere huysvrouwe
van Adriaen Verbeeck
Marritgen Janse wonende
in de Koe Straete tot Oosterhout
Met vriendt die Godt bewaert over zee

Op Manhatans den 11 Januarij Anno 1664

Een vriendelicke groetenisse sij gescreven aen Uwe mijn lieve ende seer
wel bemijnde zuster Marritgen. Ick laet Uwe weten dat ick noch klouck
ende gesont ben, godt sij gelooft hoopende het selfe van Uwe dat weet
godt almachtigh die een kender van alle herten is. 't Is lang geleden dat
Everhardus is overleden, den Heere hebbe syn ziel. Hebbe vaack gesel-
scap van alle kinderen die komen ende hebbe noch de hulp van de swar-
tin. Ick hebbe met groote blischap Uwe brief ontfanghen ut 't vaderlant
ende daer door verstaen als dat Uwe man Adriaen vreselick siek was.
Godt sij gelooft dat hij genesen is van die vreselicke besmettelicke siekte
ende ick hoope dat hij noch int leven is. Dat soude my lief ende aenghe-
naem sijn om te hooren, dat weet godt almachtigh.

't Eylant Manhatans is prachtig. Helas wel veel Herbergen waar som-
mighe luyden altijt verkeren in quaet geselscap ende komen droncke
t'hus ende gaen noyt in de kerke. Stercke dranck is de moeder van alle
quat. De hooggeëerde Petrus Stuijvsant laet de Herbergen om 9 uur slui-
ten, maar de burghers luisteren noyt en noemen hem Koppige Piet. De
Directeur-Generael heeft 't beste met de burghers voor en het schavot is
nog niet gebruyckt. In de meeste straetjes liggen keitjes en ook staen er
seer bekwame huysen van steen. De bloedighe oorloghen van den Direc-
teur-Generael Kieft tegen den wilden sijn gelukkigh voorby. Wy hoeven
hen nu niet meer te vreesen. Oock de Engelsen vreesen wy niet meer,
want wy hebben de bescherming van een Stadt Waal. Sinds de komst
van Directeur-Generael Stuijvsant is 't in Nieu-Amsterdam sehr goet om
te woonen.

Scrift Uwe mij eens hoe dat Uwe het mackt, anders ende wet ick U
niet veel te scriven dan dat ick Uwe mijn bemijnde zuster seer hertelicke
groet ende wensche Uwe beijde hondertduisent goedenachten ende bid-
de den goeden godt dat hij Uwe ende Adriaen syn segen gelieft te geven

ende dat hij Adriaen in syn bescherminge wilt bewaeren. Scrift my eens
hoe dat het met de kinderen Joost & Machtelt gaet.

Van herten seer gegroet amen bij mij ende ick hoope soo dat het godt
belieft dat wij eens samen vrolijck sullen wesen ende wij malkander we-
der eens met goede ghesontheijt sien ende schrift mij met alle schepen.
Adieu voor dese reijs.

Uwe onderdanighen Zuster,
Anneke Janse

Achter de beelden bleef het lange tijd stil.

'Het klopt dus wel dat die Stuyvesant een eigenwijze kerel is.' Daan
verbrak de stilte.

'Klopt waarmee?' vroeg Bodine.

'Met de Suske en Wiske!'

'Suske en Wiske?'

'Ja, papa heeft toch een verzameling van die strips op zolder
staan?'

'Hmm.'

'Nou, die zijn best interessant om te lezen. Het gaat meestal over
een onderwerp uit de geschiedenis. Toevallig las ik er laatst een die *De
Stugge Stuyvesant* heette. Professor Barabas flitst Stuyvesant per ongeluk met zijn teletijdmachine naar Nederland.'

Thijs voelde een schok door zich heen gaan. Hij bleef Daan strak
aankijken. Niemand had zijn reactie gezien. Daan begon te lachen.

'Het is echt heel grappig, toen Stuyvesant hier in Nederland zat en
hoorde dat wij Nieuw-Nederland in het verleden hadden overgedragen aan de Engelsen, probeerde hij het weer terug te veroveren.' Zijn
lach verdween weer toen hij naar de brief keek. 'Hoe bizar om er op
deze manier achter te komen dat hij dus echt eigenwijs was.'

Sjorsje pakte de oude brief op en zei: 'Hier hebben we dus een brief
van een vrouw, ene Anneke, die in Nieuw-Amsterdam woonde. De
boodschap was ooit bedoeld voor haar zus in Oosterhout. En nu?'

Zwijgend staarden ze naar het eeuwenoude document. Ineens viel Sjorsjes oog op het adres. 'Kijk dan.' Ze streek haar krullen uit haar gezicht en hield de brief vlak voor haar neus. 'Koestraat. De brief is dus voor Marritgen, huisvrouw van Adriaen Verbeeck, die woont aan de Koestraat in Oosterhout. Maar wie kent de Koestraat?'

Geen van allen hadden ze er ooit van gehoord.

'Hoe gaan we verder dan?' vroeg Bodine. 'Hoe ziet de opdracht eruit? Als we ons clubje nieuw leven willen inblazen, zullen we toch op zijn minst een opdracht moeten hebben?'

'Ja', gooide ook Sjorsje in de groep. 'Willen we alleen weten waar die Marritgen en Adriaen woonden? Daar zijn we zo achter, denk ik.'

'We kunnen wat dingen uit de brief uitzoeken', bedacht Daan.

'Zoals?' Sjorsje keek hem aan.

'Nou eh, bijvoorbeeld wat die geheimzinnige besmettelijke ziekte was waar die Adriaen blijkbaar aan leed.'

'En wat er met hun kinderen is gebeurd', vulde Thijs aan.

'Wat ook interessant is,' viel Bodine plotseling in, 'is om te weten waar die Anneke woonde, dus waar die brief precies vandaan komt. Hoe leefde ze daar in die kolonie van Stuyvesant?'

'Zit wat in', antwoordde Thijs. 'Laten we de brief eerst eens grondig onderzoeken. Het lijkt me leuker om eerst de hele geschiedenis waarin dit verhaal zich afspeelt te begrijpen. Dan gaan we daarna op zoek naar deze man en vrouw. Misschien komen we er nog achter of ze die vreemde ziekte hebben overleefd.'

'Goed idee', zei Sjorsje enthousiast. 'Zullen we gewoon wat onderwerpen uit de brief verdelen, zodat we vanavond allemaal wat huiswerk kunnen doen?'

Daan trok zijn neus op bij het horen van het woord huiswerk. Het liefst ging hij meteen op pad.

Bodine scheurde wat lege velletjes uit Daans agenda om de vragen voor iedereen op te schrijven. Ze verheugde zich al op het onderzoek van vanavond. Ze was altijd graag goed voorbereid voordat ze op onderzoek gingen. Binnen enkele minuten stonden de vragen op papier en kon de verdeling beginnen.

THIJS

Vertel wat over Stuyvesant en het Eylant Manhatans.
Verder een kopie van de brief maken en
de originele brief weer in de doos stoppen!

DAAN

Wat is een schavot?

SJORSJE

Wie zijn de wilden?

BODINE

Welke vreselijke besmettelijke ziekte waarde er
in het jaar 1664 in Nederland rond?

'Dus morgenochtend om negen uur bij de toren', zei Bodine bloedserieus. Ze keek haar vrienden strak aan, terwijl ze de briefjes met
vragen uitdeelde. Dan gaan we na de presentaties verder met onze
zoektocht naar de mysterieuze Marritgen en Adriaen.'

Ze fietsten nog even langs de plattegrond bij het benzinestation.
Maar na een blik op de legenda kwamen ze erachter dat er helemaal
geen Koestraat in Oosterhout bestond. Daarna namen ze afscheid van
elkaar. De Historische Avonturen Club was weer in volle gang.

3

Bij de oude ruïne

Rondom de Slotbosse Toren was het stil en eenzaam. Thijs wilde Sjorsje net inlichten over de vorige avond, toen hij verderop een hond hoorde blaffen. Het was Saar, die een hard fietsende Bodine en Daan goed kon bijhouden over de Kasteeldreef. Broer en zus zetten hun fietsen tegen de restanten van wat ooit het machtige Kasteel Strijen was geweest, totdat de Spanjaarden het in de Tachtigjarige Oorlog aan puin schoten. De ruïne werd de Slotbosse toren genoemd, omdat er vroeger een bos om het kasteel lag. Volgens de legende hadden de Spanjaarden er ooit 225 eikenbomen omver gehaald om de schepen voor hun beruchte Armada te kunnen bouwen. Ook zou er een schat onder de grond verborgen liggen, die werd bewaakt door een witte mevrouw. 's Nachts zou je er de paardenhoeven horen van vluchtende ridders.

In de beschutting van de zevenentwintig meter hoge hoektoren die nog overeind stond, begon Thijs te vertellen. 'Vannacht, toen iedereen sliep, ben ik opgestaan. Ik heb me rotgezocht, maar heb de doos niet kunnen vinden.' De hoopvolle gezichten van de anderen betrokken direct.

'Wat nu?' De teleurstelling was in Sjorsjes stem te horen.

'Er zit niets anders op dan het mijn zus te vertellen... Of...' vervolgde Thijs geheimzinnig.

'Of *wat*?' vroeg Bodine direct. Zij was degene die de brief had meegenomen, dus iedere andere optie dan het te moeten vertellen was wat haar betreft welkom.

'Mijn vader,' ging Thijs verder, 'heeft een werkkamer. Ik mag daar alleen niet over praten. Sterker nog, ik ben er nog nooit binnen geweest. Jullie weten toch dat hij voor de regering werkt?'

Ze knikten bevestigend. Thijs had zijn drie vrienden wel eens verteld dat zijn vader aan een belangrijke geheime opdracht werkte, maar wat het precies was, wist ook Thijs niet. 'Die kamer is altijd goed afgesloten. Misschien is er een kleine kans dat mijn zus de doos daar heeft staan. Het zijn natuurlijk belangrijke documenten en ik kan me voorstellen dat mijn vader ze zolang goed voor haar heeft opgeborgen. In een kamer waar niemand mag of kan binnenkomen', sprak hij langzaam. 'Morgen vertrekt ze naar Den Haag en dan is de doos voorgoed verdwenen.'

'Wat wil je doen?' vroeg Daan, die behoorlijk begon te balen van die brief.

'Nou, de werkkamer is de enige plek in huis waar ik nog niet heb gezocht. Die brieven *moeten* daar gewoon liggen. Later vanmiddag zijn mijn ouders weg. Dan wil ik die kamer in.'

Met dit laatste restje hoop liepen ze naar een schaduwrijk plekje tussen de eeuwenoude omgevallen stenen en zetten hun tassen en rugzakken op de grond. Saar, die het hele stuk met haar baasjes had meegerend, was in de gracht verdwenen om af te koelen.

Thijs nam de eerste presentatie voor zijn rekening. 'Stuyvesant en het Eylant Manhatans.' Met een ernstig gezicht keek hij de kring rond. Met deze woorden was de opdracht van de zomer van 2009 officieel van start gegaan.

'Het is het jaar 1609, dit jaar precies vier eeuwen geleden. Het schip de *Halve Maen* vertrekt onder leiding van de Engelse zeevaarder Henry Hudson vanaf de Schreierstoren in Amsterdam. Zijn opdracht op deze ontdekkingstocht is om via het noordoosten een nieuwe doorgang naar Azië te vinden. Henry Hudson had al eerder pogingen gedaan voor Engeland, maar hij werd steeds belemmerd door het ijs en de doorgang werd niet gevonden.

De Engelsen hadden het dus opgegeven, maar de VOC zag Hudson wel zitten. En dus ging hij op weg voor de Republiek. Maar de Engelsman was eigenwijs en in plaats van het noordoosten zeilde hij naar het noordwesten. Hij voer een rivier op, maar het werd hem wel duidelijk dat dit niet de doorgang naar de Grote Oceaan was waar hij op hoopte. Wel ontdekte Hudson een vruchtbaar gebied vol met vis en bevers.

Dit gebied wordt opgeëist door de Hollanders, die er eerst factorijen voor de bonthandel neerzetten.

In 1624 arriveerden de eerste kolonisten met het schip *Nieu Nederlandt* op het Noten Eylant. Een aantal kolonisten trok verder en vestigde zich langs de oevers van de Hudson Rivier, want het binnenland van New York is dan nog één grote wildernis. Ze dreven handel met de indianen in beverpelzen en otterhuiden en zo ontstonden de eerste nederzettingen. Na twee jaar kocht Pieter Minuit het eiland *Mannahatta* van de indianen voor bijlen, schelpkralen en andere spullen ter waarde van zestig gulden. Hij noemde het Nieuw-Amsterdam.

Op het zuidelijkste puntje van het eiland bouwden de kolonisten een molen. Ook kwam er een fort om bescherming te bieden tegen de aanvallen van de indianenstammen. De eerste kolonisten gingen in de buurt van het Fort Amsterdam weer bij elkaar wonen, omdat dat veiliger was. Zo zou Nieuw-Amsterdam uitgroeien tot de latere wereldstad New York.'

De anderen luisterden geboeid naar het verhaal van de eerste kolonisten en het ontstaan van de kolonie Nieuw-Nederland. Thijs nam even een pauze en pakte ondertussen uit zijn rugzak de kaart van Noord-Amerika. Ook had hij een kaartje van Nieuw-Nederland geprint, zoals het in de zeventiende eeuw was. Hij spreidde de kaarten uit op een grote steen en vroeg de rest om erbij te komen staan. 'Kijk, hier ligt Nieuw-Amsterdam.'

Thijs zette zijn wijsvinger op het uiterste puntje van het langgerekte eilandje. 'Wij noemen het Manhattan, maar de eerste kolonisten hadden verschillende namen voor het eiland, zoals *Manatus* en *Manhatans*. Wat ik op internet las, was dat de vlag van de stad New York vandaag nog steeds de kleuren heeft van de Prinsenvlag of de vlag van de Republiek der Zeven Verenigde Nederlanden toen: oranje, wit en blauw. Alleen staan de strepen nu verticaal en staat er in het witte gedeelte een zegel. Hierin staat het jaartal 1625, het jaar waarin Nieuw-Amsterdam is gesticht. Grappig hè? Maar er staan nog veel meer verwijzingen in naar de Nederlandse kolonisten, zoals molenwieken en een bever.'

Nadat ze zich een beeld hadden gevormd van de ligging van de oude nederzetting gingen ze weer zitten, waarna Thijs verder begon te vertellen over de WIC. 'De kolonie heeft een aantal gouverneurs gehad, maar het waren vaak slechte bestuurders en de kolonie maakte geen winst. In 1647 veranderde dat. Toen kwam Petrus Stuyvesant en hij deed het beter. Stuyvesant werkte voor de WIC, die in 1621 werd opgericht. Net als de VOC haalde ook de WIC goederen uit verre landen. De WIC richtte zich op West-Indië. Dit waren de gebieden in West-Afrika, Noord- en Zuid-Amerika en het Caraïbisch gebied. Daar haalden ze ivoor, suiker en goud. De Tachtigjarige Oorlog was na een periode van wapenstilstand in 1621 weer losgebarsten en op de schepen van de WIC zaten militairen die de vloot konden beschermen tegen aanvallen van de Spaanse vloot. De WIC was dus ook opgericht voor de strijd tegen de Spanjaarden.

Het bestuur van de WIC bestond uit de Heeren Negentien. De gouverneurs in het buitenland moesten verantwoording afleggen aan deze heren. Stuyvesant was er daar dus één van. Hij was beroemd om zijn houten been. Zijn echte been was verbrijzeld in de oorlog met de Spanjaarden. Stuyvesant was hard en de mensen waren helemaal niet blij met hem, omdat hij strenge regels had ingesteld. Na negen uur mocht er geen drank meer worden geschonken. Dat klopt met de brief van Anneke Janse. Zij schreef dat de herbergen om negen uur moesten sluiten. Ook was Stuyvesant erg gelovig. De meeste kolonisten in Nieuw-Nederland waren calvinisten en dat betekende dat alles wat ze deden in het teken van God stond. Ze waren bang voor God en de hel. Daarom probeerden ze zo goed mogelijk te leven en werkten ze heel hard.'

Bodine en Sjorsje keken elkaar even aan. Ze dachten allebei aan de meisjes in het donkere huis.

'Door hun harde werken werden ze ook rijk en zo werd Nieuw-Amsterdam een bloeiende stad. Dit was vooral te danken aan de handel in beverhuiden. Maar toen gebeurde er iets opmerkelijks. In 1664 werd Nieuw-Amsterdam ineens overgedragen aan de Engelsen. Ze zeggen dat er niet één schot werd gelost. En zo werd Nieuw-Amsterdam New York.'

'Ah, jammer zeg'. Daan keek dromerig voor zich uit. 'Dus iedereen daar spreekt nu Engels, terwijl dat *Nederlands* had kunnen zijn! En we hebben het zomaar weggegeven?'

'Inderdaad, niet te geloven hè?' zei Thijs. 'Alle eer gaat nu naar de Engelsen, terwijl New York toch aan die hardwerkende Nederlandse kolonisten is te danken. *Onze* voorouders.'

Sjorsje dacht daar heel anders over. Zij dacht aan de indianen, de oorspronkelijke bewoners, die dankzij die Europeanen waren verjaagd uit hun eigen gebied.

'De volgende', zei Thijs, die een blik wierp op zijn duikershorloge.

Daan overlegde kort met Bodine en Sjorsje en stond op. Thijs nam zijn plek in tussen de meisjes. Terwijl Daan zijn verslagje uit zijn rugzak haalde, deelde Bodine wat flesjes mineraalwater uit. Ze had er vanochtend gelukkig nog net op tijd aan gedacht. Het was al flink warm en de flesjes voelden nog lekker koud aan. Met een dankbare blik nam Thijs een flinke slok van het verfrissende water.

'Wie geen sterke maag heeft, wil ik vragen om nu weg te gaan.' Hij keek van de een naar de ander. 'Nee? Zeker weten? Oké,' hij haalde zijn schouders op, 'dan moeten jullie het zelf maar weten. Jullie zijn gewaarschuwd.'

'Laat het theater maar achterwege, Daan. Begin maar gewoon', wierp Bodine hem tegen. Ze kende zijn gevoel voor drama maar al te goed.

'Maar dan straks niet aankomen dat je vanavond niet kunt slapen, hoor. Oké dan. Het schavot. Een schavot, lieve mensen,' hij legde zijn handen op zijn rug en ijsbeerde op en neer voor de steen waar de kaarten van Thijs nog lagen, 'is een executieplaats.' Hij stopte met lopen en stak de wijsvinger van zijn rechterhand omhoog. 'Maar wat voor executieplaats stond er in Nieuw-Amsterdam?'

De anderen moesten lachen, want Daan deed een perfecte imitatie van een geschiedenisles van meester Machielsen. 'Het was...' Hij hield even op met praten en keek zijn vrienden en zusje in de ogen. 'Een *galg*. Een galg is een stellage waarop veroordeelden ter dood werden gebracht. Galgen vond je in iedere stad. Meestal stond hij opvallend op een heuvel, aan de rand van een stad. Veel steden hebben nog plekken die Galgenberg heten, dat was dan de plek waar vroeger de galg stond. Het was vaak een afschrikmiddel voor bezoekers die naar de stad kwamen. Zo wisten de mensen dat de wet hier serieus genomen werd. In Nieuw-Amsterdam stond er dus ook een, waarschijnlijk om de nieuwe kolonisten af te schrikken. Ja mensen, dat waren geen prettige tijden om in te leven.'

Daan nam een slok van zijn water en hoorde Thijs zachtjes praten. 'Nou, dat wordt inderdaad een slapeloze nacht. Brrr.' De meisjes giechelden.

Daan zette zijn flesje water op een steen en zei humeurig: 'Ik heb gezocht naar een foto of plaatje, maar ik heb niets kunnen vinden. Tot zover mijn bijdrage. Volgende!'

'Ik ga wel', zei Sjorsje enthousiast. Terwijl Sjorsje haar voorbereidingen trof, was Saar de gracht uitgekomen en schudde de waterdruppels van zich af.

Bodine, die echt aan iedereen had gedacht, haalde een snackje uit haar tas voor Saar, die tevreden bij het groepje ging liggen kluiven.

'Met de wilden,' stak Sjorsje van wal, bedoelde de vrouw van de brief indianen. Rondom de grenzen van Nieuw-Nederland woonden veel indianenstammen. Eén van de gouverneurs van Nieuw-Nederland was Willem Kieft.' Vluchtig keek ze op haar tekst. 'Hij bestuurde de kolonie van 1638 tot 1647. De mensen waren niet zo blij met hem, want hij zocht steeds ruzie met de indianen. Kieft vond dat de stammen in de weg zaten en dat de kolonie zo niet kon groeien. Hij greep elk excuus aan om de indianen af te slachten. Er is een verhaal over een indiaan die bedrogen werd door een van de kolonisten. In plaats van rum had deze hem brandewijn, aangelengd met water verkocht. De indiaan was boos geworden en wilde wraak nemen op de kolonist. Hij zei dat hij zelf wel water uit de rivier kon scheppen en dat hij dat niet hoefde te kopen. De indianen waren een trots volk en hielden er niet van om voor de gek gehouden te worden. Terwijl de kolonist van de nep-rum zijn dak repareerde, schoot de indiaan hem met pijl en boog dood. Vervolgens trok gouverneur Kieft erop uit om de hele stam af te slachten. Na deze bloederige aanval bedankte en beloonde hij de soldaten voor hun goede daden. Maar de indianen namen wraak op de Nederlanders. Wel vijftienhonderd indianen vielen Nieuw-Nederland binnen. Huizen, boerderijen en schuren werden platgebrand en kolonisten opgejaagd en gedood. Toen nam Kieft weer wraak en vermoordde wel vijfhonderd indianen. Zo ging dat jaren door. Veel kolonisten vertrokken weer naar Nederland, omdat er niet veel vertrouwen meer in de kolonie was.

Gouverneur Kieft werd in 1647 ontslagen en moest terug naar de Republiek om verantwoording af te leggen aan de Staten-Generaal voor de bloederige oorlogen met de indianen, want hij hoorde de indianen te respecteren en dat had hij niet gedaan. Toen Stuyvesant arriveerde, vertrok Kieft naar de Republiek. Onderweg sloeg zijn schip *Prinses Amalia* te pletter tegen de klippen en verging voor de kust van Wales. Er waren veel overlevenden, maar Kieft verdronk.' Met deze wrange woorden sloot Sjorsje haar presentatie af en wisselde van plaats met haar vriendin.

Bodine spiekte nog een keer in haar plastic mapje, waar ze alles keurig in had gestopt. Als titel had ze er *De zwarte dood* aan gegeven. 'In het jaar 1664 was het in Nederland, officieel de Republiek der Zeven Verenigde Nederlanden, heel erg heet. Daarvoor had het veel geregend en dit had een pestepidemie tot gevolg. Er stierven toen veel mensen, in Amsterdam alleen al vierentwintigduizend. Er waren twee vormen van pest: de longpest en de builenpest. De ziekte kwam van de vlooien van de zwarte rat, maar dat wisten de mensen toen nog niet. Ze dachten vaak dat het werd verspreid door bedorven en besmette lucht. In de straten brandden ze dan tonnen met pek en soms ook kruiden om zo de besmette lucht met de rook te verdrijven.

Vanaf de zestiende eeuw waren er pesthuizen, waar pestlijders naartoe werden gebracht. Daar zaten ze dan samen met krankzinnige mensen. De pesthuizen lagen vaak aan de rand van de stad, omdat ze de mensen die erin zaten wilden afzonderen van de rest. Pestlijders werden verzorgd door een pestmeester. Die meester werd ook wel een snaveldokter genoemd, omdat hij een masker droeg dat leek op een pinguïn. In het masker zaten ogen van glas. De snaveldokter had ook een houten stok bij zich om de mensen die te dicht bij hem kwamen, van zich af te duwen.'

Drie van walging vertrokken gezichten staarden Bodine aan, terwijl deze onverschrokken haar verhaal over de pestmeester vervolgde. 'Hij droeg lange leren handschoenen, een lange jas en laarzen. Zijn masker was gevuld met jeneverbessen en andere kruiden om de kwade dampen tegen te gaan. Om de mensen beter te maken gaven ze vaak zweetkuren, deden ze aderlatingen en sneden ze pestbuilen uit. Maar dat hielp natuurlijk allemaal niet, want het ging om een bacterie. Soms werd een pestlijder beter en daarom dachten ze dat het goed was wat ze deden. De snaveldokters waren trouwens meestal geen echte dokters. Het was heel moeilijk om hier mensen voor te vinden, want ze werden slecht betaald, dus waren het vaak gewone arbeiders. Dat ze zichzelf met kleding beschermden was best slim, omdat de vlooien zo niet op hen konden springen. Ook bij niezen of hoesten waren ze een beetje beschermd door het masker, al wisten ze dat natuurlijk niet.'

Bodine haalde een A4'tje uit het insteekhoesje en hield dit omhoog. Het plaatje zag er nog angstaanjagender uit dan ze zich hadden voorgesteld. 'Ik weet het niet zeker,' ging Bodine door, 'maar ik denk dat Adriaen aan de pest leed. Het jaartal klopt en de pest was een besmettelijke ziekte die door heel Nederland rondwaarde.'

Sjorsje rukte zich los van het plaatje en zei treurig: 'Maar dan is hij misschien wel dood.'

'Niet om het een of het ander, Sjors, maar dat is hij sowieso.' Thijs keek ook weg van het lugubere plaatje en probeerde de stemming er met een grapje weer in te krijgen. Het verhaal over de pest had hen behoorlijk te pakken gekregen.

'Maar', dacht Bodine hardop, 'laten we er even vanuit gaan dat hij echt aan de pest heeft geleden en hij daar ook inderdaad aan is doodgegaan. Dan weet die Anneke misschien helemaal niet wat er is gebeurd. Want één ding weten we zeker: de brief met de vraag hoe het met hem gaat is nooit aangekomen.'

'En die arme kinderen dan?' vroeg Sjorsje zich hardop af. 'Wat zou er met hen zijn gebeurd?'

'Wat zullen we gaan doen?' Daan keek de groep rond. Er was bij hem een behoorlijke nieuwsgierigheid ontstaan over de kolonie en haar inwoners, die huis en haard hadden achtergelaten voor een onzekere toekomst, ergens aan de andere kant van de oceaan. Het was weer eens iets anders dan Batavia en Kaap de Goede Hoop. Er was een nieuwe wereld voor hem opengegaan en hij wilde er alles van weten.

'Laten we kijken of we verder komen met die Adriaen', stelde Bodine voor. 'Als hij hier ergens in de Koestraat woonde, dan moeten we daar toch een spoor van kunnen vinden?'

Sjorsje knikte. Na al dat zitten had ze zin om wat te doen, maar geen idee waar ze moest zoeken. 'Waar is die Koestraat?'

'Er is maar één manier om daar achter te komen', zei Thijs, die opstond en zorgvuldig zijn kaart van Noord-Amerika opvouwde en terug in zijn rugzak stopte. 'Het gemeentehuis. Daar kunnen ze dat ons vast vertellen.'

Bodine reageerde enthousiast op Thijs' voorstel. 'Dat is een goeie. En misschien mogen we even in het archief kijken om erachter te komen of de pest in de zeventiende eeuw in Oosterhout heerste.'

Sjorsje begon te lachen. 'Denken jullie nou echt dat dat gaat lukken? We komen niet eens langs een oude non, laat staan dat ze ons in de buurt laten van eeuwenoude documenten.'

'En gelijk hebben ze', Daan gaf Sjorsje een knipoog, 'grote kans dat we ze stelen.'

'We zullen zien', zei Thijs vastbesloten. Hij trok zijn rugzak over zijn schouder. De rest kwam nu ook in actie. 'We moeten ergens beginnen.'

'O ja, Thijs,' Daan raapte zijn fiets van de grond, 'hoe wil je die werkkamer van je vader straks binnenkomen? Door het raampje kruipen of zo?'

'Nee, we hoeven geen acrobatische stunts uit te halen.'

Met de fiets aan de hand liepen ze over het onverharde pad naar de Hoofseweg. 'Maar *hoe* dan?' probeerde Daan weer.

'Dat zie je straks wel.'

'Laten we dan meteen gaan', opperde Daan.

'Nee, dat gaat niet.' Thijs keek op zijn horloge. 'Mijn ouders zijn nu nog thuis, maar straks gaan ze naar Breda om te winkelen. We hebben ongeveer anderhalf uur de tijd om wat in het gemeentehuis te speuren.'

De vier waren aangekomen bij het fietspad en stapten op. De jongens gingen voorop en de meisjes reden met de hond achter hen. Na de drukke rotonde, vlak voor de stad, staken ze over naar de Torenweg. De ruïne van de Slotbosse toren lag nu al een flink eind achter hen. De basiliek van de Sint Jan met zijn stompe toren kwam in zicht.

Daan had er onderweg nog eens over nagedacht en vond het maar vreemd dat zijn vriend die geheime kamer ineens zomaar in zou kunnen. Al jaren had Thijs tegen hem lopen klagen dat ieder normaal kind toch wel wist wat het beroep van zijn vader was, maar dat hij zelf van de domme werd gehouden. Thijs had geen idee wat zijn vader voor geheimzinnigs uitspookte en was nog nooit in de werkkamer geweest. Hele complottheorieën hadden Thijs en Daan in de loop der jaren met zijn tweeën bedacht en nu ineens kon Thijs er blijkbaar ongehinderd binnenwandelen. Daan moest en zou het weten. 'Hé, maar Thijs, nog even, hè... Hoe kun jij die werkkamer van je vader nou in? Daar zal toch wel een alarm op zitten?'

'Ja, dat klopt, je komt er alleen in als je de code weet', was het enige wat Thijs antwoordde.

'En het is zeker overbodig om te vragen of jij hiervan op de hoogte bent?'

Thijs bleef strak voor zich uitkijken. Een vluchtige glimlach was zichtbaar.

'Weet je soms ook wat je vader doet?' Daan durfde het bijna niet te vragen, maar Thijs gedroeg zich nu zo vreemd. 'En? Hadden we gelijk? Onderzoekt hij inderdaad buitenaardse wezens?'

Daan verwachtte niet echt een antwoord en werd overrompeld toen Thijs zijn ogen ineens in de zijne boorde en zei: 'O, Daan, het is nog veel beter dan dat. Als je toch eens wist wat ik allemaal te weten ben gekomen. Ik slaap al weken niet meer. Ik kan nergens anders meer aan denken. Ik wilde er zo graag over praten, maar ik durfde nooit.'

Daan zag dat hij nerveus was.

'Ik kan het niet langer voor me houden.' Toen kon Thijs niets meer zeggen. Ze waren aangekomen op de Heuvel.

4

Het geheim van Thijs

*D*ikke oude lindebomen omzoomden het historische pleintje, dat met kasseien was geplaveid. Aan de vier zijden van de Heuvel, dat aan het stadspark grensde, stonden statige patriciërshuizen, een oud wachthuis met cachotten en, op nummer 13, bevond zich het Vrijheidshuis.

Dit oude pand was in 1620 gebouwd met stenen en hout, afkomstig van kasteel Strijen, nadat dit door de Spanjaarden aan puin geschoten was. De Heer van Oosterhout en Breda had toestemming gegeven om de benodigde materialen voor het huis uit de overgebleven ruïnes van zijn kasteel te halen. Zo was het Vrijheidshuis, waar vanaf dat moment eeuwenlang werd rechtgesproken, ontstaan.

De vier zetten hun fietsen op slot en liepen de bordestrap op. Saar werd met haar riem aan de balustrade vastgemaakt.

'Zo, jongens en meisjes, zeg het eens. Wat kan ik voor jullie doen?' Een oudere man was door de receptioniste van het gemeentehuis opgeroepen.

'Hallo meneer', begon Sjorsje, die ondertussen een plannetje had voorbereid. Ze hoopte dat de anderen het spel zouden meespelen. 'Wij willen graag wat informatie over een meneer die lang geleden in Oosterhout heeft gewoond. Het enige dat we weten is zijn naam en dat hij een besmettelijke ziekte had. We willen heel graag weten hoe het met hem is afgelopen. Kunt u ons verder helpen?'

De gemeenteambtenaar begon te lachen. Hij keek Sjorsje aan en zei vriendelijk: 'Dat ligt er helemaal aan, meisje. Daarvoor moeten we de archieven in. Ze zijn van de overheid en pas openbaar zodra ze ouder zijn dan twintig jaar.'

De vrienden keken elkaar hoopvol aan.

'Maar,' ging de man na een korte pauze verder, 'voor sommige archiefstukken, zoals bevolkingsregisters en registers van de burgerlijke stand, gelden langere termijnen.'

'Langer dan driehonderd jaar?' vroeg Bodine.

'Nou, dat is wel heel erg lang', zei de man opnieuw lachend. 'Dan lijkt het me sterk dat er nog een overlevende is.' Ze grinnikten met de man mee. 'Kijk, waar het om gaat is dat je geen toegang krijgt tot privégegevens van mensen die misschien nog leven, dat kan natuurlijk niet. Daarom proberen we dat te beschermen. Dus in principe mag je alleen archiefstukken bekijken die ouder zijn dan vijfenzeventig jaar. Daar is een speciale wet voor, de Archiefwet. Mag ik vragen waarom jullie belangstelling hebben voor iemand die hier meer dan driehonderd jaar geleden heeft gewoond? Zijn jullie een stamboom aan het maken? Dat doen veel mensen tegenwoordig, maar kinderen heb ik hiervoor nog niet eerder gezien.'

'Nee, we doen een ander onderzoek.' Sjorsje glimlachte geheimzinnig.

'Hmm, eens kijken, driehonderd jaar geleden, zei je? Dan hebben we het dus over de zeventiende eeuw?'

De vier knikten enthousiast naar de gemeenteambtenaar. Het klonk veelbelovend.

'Het is veel te moeilijk voor jullie om deze archieven te lezen.' De man draaide als een blad aan de boom. 'Die oude registers staan vol met onleesbaar schrift. Ik ben bang dat ik jullie niet verder kan helpen. Maar leuk om te horen dat kinderen nog geïnteresseerd zijn in het verleden. Ik wens jullie een fijne dag verder.' De man liep naar de balie. Verslagen bleven de kinderen staan.

Opeens galmde het door de hal: '*Ik* kan oud-Nederlands lezen!'

De gesprekken bij de loketten verstomden en Thijs schrok van zichzelf. Schichtig keek hij om zich heen, alsof hij zichzelf ervan wilde verzekeren dat zijn zus niet ergens in de rij stond.

De ambtenaar hield zijn pas in en kwam weer teruglopen. Hij kon niet geloven wat hij zojuist hoorde. 'O ja, jongen? Weet je dat zeker?'

Sjorsje greep in. Ze besloot dat het tijd werd om haar plan in werking te stellen. 'Ziet u meneer, wij zijn van de NJBG. Dat staat voor de Nederlandse Jeugdbond voor Geschiedenis. Het is een club voor kinderen die interesse hebben in geschiedenis. Elke zomer gaan we op kamp. En zijn zus', ze wees naar Thijs, 'is archeologe.'

'Ja,' viel Bodine haar vriendin bij, 'vorig jaar hebben we een oude pot gevonden bij een opgraving. En ook eens een Romeinse munt.'

Ze zagen dat ze interesse hadden gewekt bij de man.

'En nu zijn we ook op zomerkamp', zei Sjorsje, 'en hebben we een moeilijke opdracht gekregen over Oosterhout in de zeventiende eeuw. Wij zijn op zoek naar een of andere Adriaen Verbeeck die hier heeft geleefd. Hij leed aan een besmettelijke ziekte. Weet u toevallig of er in 1664 de pest heerste in Oosterhout?'

'Eh... nou...' De man deed een wanhopige poging om het zich te herinneren. 'Daar zou je wel eens gelijk in kunnen hebben. De pest heerste overal.'

'Zie je wel, Thijs? Dat zei ik toch, jij wilde mij niet geloven!' Ze gaf een knipoog.

'Sorry', speelde Thijs mee.

'Meneer', smeekte Sjorsje, 'alstublieft, helpt u ons met deze opdracht. We willen echt winnen dit jaar. Kijk, dit is het bewijs dat we lid zijn van de jeugdbond.' Ze haalde een klein pasje met haar foto uit haar portemonnee en liet deze aan de ambtenaar zien. 'Als u ons helpt, wordt u vandaag niet meer lastiggevallen door andere groepjes.'

'Goed, goed', gaf de man zich gewonnen. 'Ik zal eens zien wat ik kan doen. Wachten jullie hier maar in de hal, het kan even duren, dus ga maar zitten. Het meeste hebben we digitaal, dus ik kan eerst op de computer een poging doen. Anders moet ik de kelder in en dan lukt het vandaag niet meer. Geef me alle gegevens maar die je hebt van deze meneer.' De ambtenaar begon nu zelf ook wel nieuwsgierig naar de man te worden. Het moet vast een bekende Oosterhouter geweest zijn, anders hadden ze deze opdracht nooit gekregen. Maar de naam zei hem niets. 'Hoe heette hij ook al weer?'

Sjorsje pakte een pen van de tafel, krabbelde op een papiertje wat ze wisten en gaf het aan de man.

'Ik zal deze gegevens even in de computer stoppen. Dan weten we zo of dat iets oplevert.' Hij liet de kinderen nerveus achter in de hal van het gemeentehuis.

Er ging enige tijd voorbij. Net toen ze dachten dat het vast op niets zou uitlopen, kwam de ambtenaar uit zijn kantoortje gelopen. Het zag er naar uit dat hij goed nieuws had. Ze sprongen van hun plaatsen en liepen hem tegemoet. 'Nou jongens,' zei hij enthousiast, 'ik geloof dat jullie de opdracht hebben gewonnen. Zoals ik al vermoedde is deze meneer Adriaen Verbeeck een bekende in Oosterhout.'

De vier keken elkaar verbluft aan bij het horen van deze meevaller. Dit was wel het laatste wat ze hadden verwacht.

'Ik zal bij het begin beginnen', ging de ambtenaar door. 'Ik begrijp nu trouwens ook waarom jullie deze opdracht hebben gekregen. Zeg maar tegen jullie leiding dat ze jullie een waardevolle les hebben geleerd. Goed dan, Adriaen Verbeeck.' Hij nam plaats op de bank en Thijs, Daan, Sjorsje en Bodine gingen dicht om hem heen zitten om hem goed te kunnen verstaan. 'Ik kan in de geboorteregisters geen gegevens terugvinden van zijn geboortedatum. Vast staat wel dat hij hier in Oosterhout is geboren, want hij is hier in de kerk gedoopt. Meestal gebeurde dat vlak nadat je was geboren. In het begraafboek van de Heerlijkheid Oosterhout heb ik gezien dat hij is overleden in zijn pottenbakkerij in februari 1664...' Hij wachtte even en sprak toen de woorden uit die ze al hadden verwacht. 'Aan de pest. In de zeventiende eeuw kende Oosterhout veel pottenbakkerijen. Hier werd vooral het rode aardewerk gebruikt en daarvan maakten ze kookpotten, steelpannen en kommen. Deze gebruiksvoorwerpen van aardewerk maakten ze in Delft bijna niet. De mensen die daar woonden waren wat chiquer en aten liever van tinnen borden. Later, in de zeventiende eeuw, at men steeds vaker van borden en schotels in plaats van direct uit de kookpot. Daarom importeerden de fabrieken in Delft het Oosterhoutse pottengoed. De pottenbakkerijen in Oosterhout waren lokaal erg belangrijk. Het waren gezinsbedrijfjes en af en toe werkte er een betaalde arbeidskracht. Het was erg ambachtelijk allemaal. In Delft, waar ze veel meer geld hadden, was een echte industrie ontstaan. Nou, jullie Adriaen Verbeeck was dus een ambachtelijk man die roodgebakken aardewerk voor huishoudens maakte.'

De vier hadden aandachtig naar het verhaal geluisterd. Een uur geleden was Adriaen Verbeeck nog een vage naam op een brief en nu kreeg hij beetje bij beetje gezicht.

'Dus in 1664 heerste de pest in Oosterhout?' vroeg Bodine.

'De pest maakte in de zeventiende eeuw veel slachtoffers, ook in de tijd waarin Adriaen leefde. Het was niet echt een epidemie, maar meer een pestgolf. Niet specifiek in Oosterhout trouwens, maar *wel* in bijvoorbeeld Delft. Ik kan me zo voorstellen dat Adriaen in Delft is geweest, om potten te verkopen misschien, wie zal het zeggen?' Treurig haalde de ambtenaar zijn schouders op. 'Daar kan hij door iemand zijn aangestoken. Hij hoefde daarvoor maar één vlo mee te nemen of iemands besmette bacillen ingeademd te hebben. Adriaen is dus gestorven aan de pest, net als zijn vrouw.'

'Weet u misschien ook iets over zijn kinderen?' wilde Sjorsje weten.

De man knikte. 'Nu komt het meest trieste gedeelte van het verhaal. In het boek staat dat hij twee kinderen achterliet, een jongen en een meisje van veertien en twaalf jaar. Zij zijn overgebracht naar het weeshuis. Oosterhout had geen eigen weeshuis, maar Geertruidenberg wel. Als jullie willen weten hoe het met de kinderen verder is gegaan, dan zullen jullie daar een bezoek moeten brengen aan het oude weeshuis. En dan is het nog de vraag of zij die archieven nog bezitten. Helaas werden de eeuwenoude documenten nog niet zo lang geleden gewoon verkocht als oud papier. Meer kan ik jullie helaas niet vertellen.'

De vier stonden op, gaven de man een hand en bedankten hem. Ze wisten genoeg. De ambtenaar ging ook staan. Het viel de kinderen op hoe aardig en enthousiast hij ineens was geworden. De man zei dat hij het een eer vond om ze te mogen helpen en als ze nog iets wilden weten, mochten ze best nog een keer langskomen.

De vier stonden net buiten, toen de ambtenaar weer in de deuropening van het gemeentehuis verscheen. 'Jongens en meisjes, wacht eens even.'

Ze keken elkaar verschrikt aan.

'O jee,' fluisterde Sjorsje, 'hij zal toch niet met de NJBG hebben gebeld?'

De ambtenaar liep het bordes op. 'Ik ben nog iets vergeten. Willen jullie misschien weten waar de pottenbakkerij van onze Adriaen stond? Misschien is het leuk om er even langs te gaan.'

Hij sprak over Adriaen Verbeeck alsof ze het over een gemeenschappelijke kennis hadden in plaats van over een pottenbakker die meer dan driehonderd jaar geleden was overleden aan de pest.

'Bestaat er hier dan wel een Koestraat?' vroeg Thijs verbaasd, terwijl hij op zijn horloge keek om te zien of er nog tijd over was. Ze waren de mysterieuze straat helemaal vergeten.

'Jazeker! Op de plek van de supermarkt stond vroeger een prachtige villa, die Mathilda heette. De naam van de Koestraat is later veranderd in Mathildastraat.' De ambtenaar gaf het huisnummer van de voormalige pottenbakkerij op en de vrienden sprongen enthousiast op hun fietsen. Ze wisten precies waar ze moesten zijn.

'Veel succes', riep de ambtenaar nog. Hij wuifde de kinderen met de papieren in de lucht na. Maar ze zagen hem al niet meer. Wel de mensen op het terras ernaast, die nu in de lach schoten. Het gebeurde niet vaak dat een ambtenaar de mensen zo vrolijk stond uit te zwaaien.

Zigzaggend tussen de mensen in de drukke winkelstraat kwamen de vier vrienden aan op het marktplein. Bij de klaterende fontein staarden ouders met hun kinderen omhoog naar de indrukwekkende basiliek. Terwijl de toeristen aan een ijsje likten, bekeken ze de mooie brandgeschilderde ramen die de geschiedenis van Oosterhout uitbeeldden. Op de achtergrond liet de beiaard een muziekje horen.

De katholieke kerk uit de zestiende eeuw was het op één na oudste monument van Oosterhout. Tijdens het beleg van Breda gebruikten de Spaanse soldaten de toren als uitkijkpost. Omdat ze zich niet gewonnen gaven, besloten de staatse troepen van Frederik Hendrik de toren in brand te steken. De klok viel hierbij naar beneden en het schijnt dat Frederik Hendrik die later op eigen kosten weer heeft hersteld. Helaas verloor de Sint Jan hierbij ook zijn spits en bleef vanaf die tijd altijd stomp. Maar de vier konden zich daar nu niet druk om maken, er waren tenslotte dringender zaken op het moment. Op het plein sloegen ze rechtsaf bij een ijssalon. Een lange rij bij de salon blokkeerde de ingang naar de oude Klappeijstraat. Daan, die voorop reed, hing meteen op zijn fietsbel. Geschrokken stapten de mensen uit elkaar.

Aan het eind van het smalle straatje sloegen ze nog een keer linksaf en kwamen aan op hun eindbestemming: de voormalige Koestraat.

Hijgend stapten ze af. Terwijl ze zochten naar het juiste huisnummer, kwamen ze uit op een klein pleintje met moderne appartementen en huizen. Ze kenden het pleintje, maar waren zich nooit bewust geweest van het knusse witte huisje met de rode dakpannen en de groene luiken waar ze nu voor stonden. Aan de zijkant zaten halfronde houten ramen. Helaas hingen er witte gordijnen voor, waardoor het onmogelijk was om naar binnen te gluren. In de lange ommuurde tuin zat een groene poort. Terwijl Daan een poging deed om over de muur te kijken, probeerde Thijs of de poort open was. Helaas.

Ze liepen nog een stukje om het huis en zagen dat er posters op de ramen waren geplakt met aankondigingen van voorstellingen. Ook was er volgende week een boekenmarkt. Zo te zien was het gebouw nu een soort theatertje waar allerlei gezellige dingen werden gedaan.

'Het ziet er gesloten uit', zei Sjorsje teleurgesteld.

'En sinds wanneer laat jij je daardoor weerhouden?' Daan keek haar uitdagend aan. 'Waar is je gevoel voor avontuur ineens gebleven?'

Verderop piepte een scharnier. 'Hier', zei Bodine zachtjes, 'dit hekje is open.' Eigenlijk beviel dit stiekeme gedoe haar helemaal niet, maar ze wilde nu wel weten of dit inderdaad de pottenbakkerij was geweest en glipte het poortje door. De anderen volgden al snel. Saar werd voor de tweede keer die dag vastgelegd, ditmaal aan een van de ijzeren paaltjes aan de straat.

'We hebben een kwartier', zei Thijs, die de tijd goed in de gaten hield. 'Even snel kijken en dan weer terug.'

Ze liepen een paadje af, dat naar een sfeervolle tuin leidde. Het stond vol met bloeiende rozenstruiken en op een aantal beschutte plekjes waren behaaglijke zitjes geplaatst.

'Dat ziet er gezellig uit', riep Bodine verrukt.

'Vind je?' merkte Sjorsje een eindje verderop droogjes op. Ze staarde naar het stenen borstbeeld van een vrouw op een Romeinse zuil. Het hoofd lag er zielig naast. 'Ben benieuwd wat voor een toneelstuk er vanavond op het programma staat', gruwelde ze.

Verderop in de tuin stonden nog meer beelden. Op een sokkeltje zat een meisje met krulletjes. Ze las een boekje. Naast dat beeld stond een hoge bronzen waterbak voor vogeltjes, met in het midden een rots waarop een jongetje en een meisje met de armen om elkaar heengeslagen zaten. Samen hielden ze een parapluutje vast.

'Jongens, blijven we hier rondhangen?' Sjorsje had het al weer gezien na een rondje in de tuin. 'Het pesthuis ziet er gesloten uit. Volgens mij is de snaveldokter al vertrokken. En als ik zo naar binnen kijk, zie ik niets dat wijst op een pottenbakkerij.'

Bodine staarde door de ramen van het huis en zag volle boekenkasten, een plank met Mariabeeldjes en een verzameling van kerstspullen, blikken speelgoed en oud gereedschap.

'Wacht even,' mompelde Thijs, 'misschien kunnen we daar naar binnen.'

Hij wees naar een ander gebouw dat aan de tuin grensde. Ze liepen erheen.

'Laten we even rondneuzen, nu we toch hier zijn', opperde Daan.

'En als we dan betrapt worden?' vroeg Bodine onzeker.

'Geen probleem,' zei Sjorsje vindingrijk, 'dan zeggen we dat we kwamen informeren naar de boekenmarkt.'

'Zie je wel? Probleem opgelost!' zei Daan tevreden en hij opende de deur. Ze volgden hem naar binnen en kwamen terecht in een halletje met een stokoude muur van kleine ongelijke baksteentjes. Het leek alsof ze het verleden instapten, het rook er zelfs naar. In de muur zat een verdikking, de steunbeer, waarop het gewelfde plafond rustte. Op een deur stond de afbeelding van een toilet. 'Ik moet echt even', zei Bodine snel. 'Ben zo terug.'

Terwijl ze de deur achter zich sloot, keek de rest verder rond. In de muur was een boog gemetseld, waar een rood fluwelen gordijn voor hing. Thijs schoof de zware stof voorzichtig opzij, nadat hij eerst had geluisterd of er stemmen te horen waren in de ruimte erachter. Daarna liep hij onder de lage boog door, met Sjorsje en Daan vlak op zijn hielen. De ruimte stond vol met kerkbanken, gericht naar een podium met muziekinstrumenten.

'Dit moet dan het theater zijn', verzuchtte Thijs teleurgesteld. 'Het ziet er niet echt uit als een pottenbakkerij. Ik vraag me af of die ambtenaar ons wel naar het juiste adres heeft gestuurd.'

'Ik denk dat we die hoop maar op moeten geven', antwoordde Sjorsje, terwijl ze de ruimte in zich opnam. Ze kon ook niets ontdekken wat zelfs maar leek op een draaischijf of een oven.

'Ik weet niet wat we hadden gehoopt hier aan te treffen, maar we moeten het maar gewoon beschouwen als de plek waar Adriaen heeft gewoond en gewerkt én is gestorven.'

'Ja,' somberde Thijs, 'ik denk dat we weinig andere keus hebben.'

Daan stapte op het dikke zeil van het lage podium en bekeek de muziekinstrumenten. Meer konden ze toch niet doen. Hier liep het spoor van Adriaen dood. Letterlijk en figuurlijk, dacht Daan luguber.

'En ach,' vervolgde Thijs zijn verhaal, 'het idee dat Adriaen hier ook heeft gestaan is op zich al indrukwekkend. Misschien heeft hij nog onder de boog door gelopen. Moet je zien hoe dichtbij we al zijn gekomen. Dat had ik vanmorgen niet kun...'

'Hee, jongens,' riep Daan, 'moeten jullie hier eens komen kijken!'

Bodine deed de deur van het toilet dicht en liep de hal weer in. Het gordijn was een stukje opzij geschoven. Ze staarde een klein theatertje in en zag het eerste ogenblik niemand, waardoor ze even schrok. Maar toen hoorde ze ergens achterin het zachte gemompel van haar broer.

In de donkere ruimte zag ze haar vrienden en broer geknield op het podium zitten. Ze staarden naar de grond.

'Ik struikelde ineens over het zeil en toen kwam dit tevoorschijn.' Daan klonk opgewonden.

'Stoer!' zei Thijs.

Bodine was erbij komen staan en vroeg de anderen wat er zo bijzonder was.

'Moet je zien', zei Sjorsje. Bodine knielde naast haar op het zeil en keek via een glazen podium onder de grond. Haar mond viel open van verbazing. Daar, onder hun voeten, lag het bewijs. De overgebleven resten van een eeuwenoude ovenvloer. Ze stonden bovenop de pottenbakkerswerkplaats van Adriaen.

De open werkvloer bestond uit dikke roodbruine stenen waarop een laag rond muurtje was gemetseld. Verspreid over de zanderige grond lagen verbrande kooltjes, aardewerken potjes, kruiken en een pannetje op drie pootjes. Ervoor stonden plastic kaartjes met een beschrijving van het voorwerp: pan met sluitdeksel, kaarsenbak, drinkbeker, steelkom, spaarpot. Je kon zien dat de voorwerpen ooit aan gruzelementen hadden gelegen, want de scherven waren weer aan elkaar geplakt. Hier en daar ontbrak een stukje. Het aardewerk was roodbruin en op een ander kaartje was te lezen dat het roodgebakken huishoudelijk aardewerk typisch was voor dit gebied. De ambtenaar had het helemaal goed. Ze lazen over de geschiedenis van het aardewerk en over de zestiende- en zeventiende-eeuwse ovenvloer, die was gevonden tijdens de verbouwing.

In de verte hoorden ze Saar blaffen. Dat bracht ze weer in een klap in de tegenwoordige tijd.

'Vlug!' Thijs sprong op. Ze renden het kleine theatertje weer uit. De staart van Saar ging enthousiast tekeer. 'Naar mijn huis, jongens', zei Thijs resoluut. 'Werk aan de winkel. We zijn al veel te laat.'

Sjorsje, Daan en Bodine konden nog niet helemaal bevatten wat ze zojuist van Thijs hadden gehoord. Het was iets waarvan ze het bestaan nooit voor mogelijk hadden gehouden. Het kon dus *echt*.

Thijs had verteld dat hij een hele dag in zijn vaders werkkamer opgesloten had gezeten terwijl zijn ouders dachten dat hij weg was. Hij had alle geheimen ontdekt. 'Ik *moest* weten wat mijn vader hier hele dagen, soms zelfs nachten, deed. Ik was er steeds mee bezig.'

'En nu je het weet?' Het was Bodine die het vroeg. Ze vond dat hij triest klonk.

'Nu heb ik spijt. Ik heb mijn vaders vertrouwen beschaamd, al weet hij dat zelf niet. Maar dat is niet het enige waar ik mee zit. Dat ding dat hij hier heeft gemaakt', Thijs keek met een gekwelde blik naar het blinkende staal van de cabine, 'bezorgt me nachtmerries. Het niet weten wat mijn vader deed, maakte me gek... Maar nu ik het weet, is het nog veel erger. Al die vragen waar ik geen antwoord op krijg. Niemand om mee te praten. Helaas kan ik de tijd niet meer terugdraaien', zei hij wrang.

'Dus nu weten jullie het, mijn diepste geheim. Jullie moeten zweren dat je er nooit over zult praten. Ik breng mijn familie dan echt in de problemen en mezelf en jullie families erbij. Dit mag nooit, echt *nooit*, bekend worden.' Thijs keek er haast wanhopig bij.

'Nee, natuurlijk niet. Ik zweer het', beloofde Sjorsje plechtig. Haar wangen gloeiden van de hitte. Tijdreizen... ze had er wel eens over gelezen. Maar dat waren verzonnen verhalen. Dit was levensecht! Ze dacht aan alle mogelijkheden die er waren. Ze zou naar de middeleeuwen kunnen reizen en de stoere Jan van Schaffelaar kunnen tegenhouden om die kerktoren in Barneveld te beklimmen. Ze zou met hem mee kunnen vechten. Ze zou... Haar fantasie sloeg op hol. In de verte hoorde ze de stem van Thijs. '... overal afblijven en je ogen open houden. Die doos moet hier ergens staan. En opschieten.'

Ze doorzochten de ruimte, maar Daan bleef als betoverd naar de cabine loeren die haast een magische uitwerking op hem had. Thijs zag het en liep op hem af. Daan keek zijn vriend van opzij aan. 'En jij weet dus hoe dit werkt?'

'Ja, ik ben bang van wel', antwoordde Thijs, die tegelijkertijd zijn oren gespitst hield op het geluid van knarsend grind. Hij trok de deur van het koude staal open. Tegen de binnenwand zaten een schermpje en allerlei gekleurde knopjes, zoals op een afstandsbediening.

'Stel dat we naar onze briefschrijfster in Nieuw-Amsterdam willen, kan dat dan?'

'Ja, als we dat echt zouden willen, dan kunnen we haar een bezoekje brengen', zei Thijs, trots dat hij dat wist. 'Stap er maar eens in, dan laat ik het zien.'

Bodine en Sjorsje kwamen aangesneld om te zien wat de jongens aan het doen waren. Bodine vond het helemaal niets. '*Alsjeblieft*, kom eruit. Daar moeten we niet mee spelen, Thijs, doe nou niet!'

'Niet zo bang zijn', zei hij geruststellend, 'ik weet wat ik doe.'

Bij Sjorsje won het enthousiasme het van haar verstand. Het was een ruime cabine en ze pasten er met gemak allemaal in. Bodine twijfelde nog en zag er de lol niet van in, toen Saar langs haar de cabine in glipte. Automatisch stapte ze er ook in, om haar hond terug te halen.

'Saar, *hier!*' zei ze woedend.

Thijs was ondertussen aan zijn uitleg begonnen. 'Kijk, hier toets ik Nieuw-Amsterdam in en hier het jaartal. Met licht piepende tiptoetsen drukte hij *1 – 6 – 6 – 4* in.

Bodine was blijven staan en keek mee over de schouder van Daan. Op het helder blauw oplichtende schermpje verscheen de tekst *Nieuw-Amsterdam*.

Sjorsje had het avontuur nog nooit van zo dichtbij gevoeld. Het idee dat ze daar nu heen kon, deed haar rillen van spanning. O, wat had ze stiekem zin om gewoon te gaan. Op weg naar het verleden.

Ineens drukte Thijs op een brede rode knop. 'De machine gaat nu een gat zoeken in de tijd. Dat wordt ook wel een wormgat of een zwart gat genoemd. Je moet het zien als een soort binnenweggetje door de aarde. In zo'n gat kunnen we sneller reizen dan het licht. En zo kunnen we ons dus verplaatsen in de tijd. De kunst is alleen om zo'n gat te vinden.'

'O nee! Thijs!' schreeuwde Bodine angstig. '*Niet doen!* Ik wil eruit!'

'Nee joh, dat doe ik niet echt. Hij gaat nu alleen maar zoeken naar een gat. Pas als dat is gevonden en als je echt wilt gaan, dan moet je eerst nog bevestigen. En dat doen we dus niet, want dan zitten we goed in de problemen. Ik weet namelijk wel hoe we ergens naartoe kunnen, maar ik heb geen idee hoe we dan ooit weer terug moeten komen. Ik wil ook niet weten welke straf ons dan boven het hoofd hangt. Als er voor zoiets al een straf bestaat...' Thijs moest lachen om zijn eigen grapje en keek toen in het wit weggetrokken gezicht van Bodine, die het zo te zien niet echt leuk vond. Hij besefte dat hij nu echt een stap te ver was gegaan. Hij wist ook niet meer wat hem ineens bezielde. Thijs gaf de schuld aan de brief die zomaar uit het verleden kwam opduiken en aan die oude werkplaats. De verleiding was even te groot geweest. Hij *moest* aan zijn vrienden laten zien dat het echt mogelijk was om zo dicht in de buurt te komen van die kolonisten. Dat ze de mogelijkheid hadden om echt te ontdekken wat die mensen had bezield om een rottige tocht op een stampend schip op hoge golven te maken, om zich vervolgens te vestigen in een wildernis vol gevaren. Hij wist dat hij nooit echt zou durven gaan, ook al was de mogelijkheid misschien daar. Dus wat had dit voor zin? Het enige wat hij had bereikt, was dat hij Bodine bang had gemaakt. Dat was wel het laatste wat hij wilde. 'Rustig Bo, ik zet hem uit, oké?'

Maar Bodine voelde zich allesbehalve rustig. Ze duwde Daan opzij om erlangs te kunnen. Saar, die de angst van haar baasje voelde, begon luid te blaffen.

'Kom we gaan eruit', zei Thijs, die het heet onder zijn voeten voelde worden. 'We dumpen de brief en gaan naar buiten. Heeft iemand die doos nog ergens gezien?'

Zelfs Sjorsje was weer teruggekeerd uit de middeleeuwen en glimlachte opgelucht naar Daan. Ze moesten hier maar vlug weg zien te komen en gewoon lekker fantaseren over wat mogelijk was.

Saar begon ineens wild rond te springen, tegen de zware metalen deur, die Bodine niet open kreeg. 'Thijs, maak die deur open. *Nu!*' Ze raakte nu echt in paniek.

Thijs, die de machine net wilde uitzetten, duwde nu eerst tegen de deur. Toen gebeurde er van alles tegelijk. In de verte sloeg een portier van een auto dicht, waar ze ontzettend van schrokken. Een hard signaal ging af. Het schermpje begon te knipperen. Saar werd nu helemaal gek en sprong omhoog, tegen de wand van de cabine.

'Thijs, we zijn thuis! Thijs!'

Het bleef stil.

'Ik denk dat hij er nog niet is.' Thijs' moeder liep met de boodschappen door naar de keuken.

'Vreemd,' merkte Thijs' vader op, 'alle fietsen staan hier tegen de muur, ook die van zijn vrienden. Thijs, zijn jullie boven?' Zijn woorden galmden terug in het lege huis.

'Misschien zijn ze die hond aan het uitlaten', bedacht Thijs' moeder opeens.

'Dat zou kunnen. Ik kijk wel even in het park.'

'Goed. Dan zet ik de tuinstoelen klaar en maak ik alvast een lekkere kan met ijsthee. Daar zullen ze wel zin in hebben.'

De ijsblokjes waren bijna gesmolten. Als er nu niemand zou komen, dronken ze nog warme thee. Trees wilde net gaan kijken waar haar man bleef, toen ze hem zijn werkkamer in zag gaan. Ze vroeg zich af wat hij er ging doen, daar zouden de kinderen zeker niet zijn. Hij zou toch niet zomaar gaan werken zonder haar dat te vertellen? Ach, het zou kunnen. Soms leek hij alles om zich heen te vergeten. Haar man was niet alleen een echte professor, maar soms ook een verstrooide. Ze had geleerd om er niet naar te vragen, want meestal zat hij met zijn gedachten bij zijn werk en daar kon niet over gesproken worden. Ze wist niet wat hij deed, behalve dat het staatsgeheim was. Het koetshuis in hun tuin was van de regering en verboden terrein.

Ze had er in het begin veel moeite mee gehad dat haar man geheimen voor haar had. Maar in de loop van de tijd was ze er anders tegenaan gaan kijken. Als je als vrouw getrouwd was met een belangrijk militair die op geheime missie werd gestuurd, dan wist je ook niet precies wat hij deed. En ze troostte zich met de gedachte dat de vrouw van de minister-president ook niet precies wist wat haar echtgenoot allemaal in het torentje besprak.

Zo was het nou soms eenmaal. Ze was er in ieder geval trots op dat haar man iets belangrijks deed. Thijs' moeder stond op om nieuwe ijsblokjes uit de vriezer te halen, toen ze haar man over het pad aan zag komen lopen. Hij was alleen en zag lijkbleek. 'De kids niet kunnen vinden?'

Haar man keek haar wazig aan.

'Wat is er, Max? Waar is Thijs?'

Max stond er als versteend bij en zei niets.

'Nou, zeg eens wat. Je maakt me bang. Moet ik me ongerust maken? Je ziet zo wit ineens.'

'Thijs, die eh, Thijs is... Ik weet niet hoe ik dit het best kan zeggen. Kom, dan gaan we naar binnen, daar zal ik je het proberen uit te leggen.'

'Naar binnen?' riep Trees verbijsterd, terwijl haar man haar richting het huis duwde. Ze probeerde kalm te blijven, maar toen ze zag dat haar man de tuindeuren sloot, wist ze dat er iets goed mis was.

'We hebben een groot probleem.'

Trees zag de angst op het gezicht van haar man en voelde dat haar ogen begonnen te prikken. 'Is er iets met Thijs? Is hij in orde?' Ze durfde de woorden bijna niet hardop uit te spreken.

'Ja, ik denk van wel, maar ik weet het niet zeker', was het enige wat hij kon uitbrengen.

'Max, wat is er aan de hand?' vroeg ze met een bevend stemmetje.

Thijs' vader zuchtte diep. 'Er is geen andere manier om dit duidelijk te maken. Dus zeg ik het maar gewoon. Thijs is onderweg naar Amsterdam.'

'Jee, Max, is dat alles? Je liet me wel schrikken zeg.' Ze haalde opgelucht adem.

'Nee, het is zo, hij zit niet gewoon in Amsterdam. Maar in *Nieuw*-Amsterdam, een oude provincie van Nederland.'

'Ach, nou ja, Amsterdam of Nieuw-Amsterdam, wat maakt het uit. Valt nog mee dat hij een briefje heeft achtergelaten. Hij zal wel weer een of andere geschiedeniskwestie met zijn vrienden aan het oplossen zijn', lachte Trees. 'Maar dat neemt niet weg dat we straks wel een hartig woordje met hem moeten spreken. Zomaar naar Amsterdam vertrekken vind ik wel iets te ver gaan. Heeft hij nog gezegd hoe laat hij thuis zou zijn?'

Max kon zijn vrouw niet langer in het ongewisse laten. Datgene wat nooit had mogen gebeuren, en wat hij niet voor mogelijk had gehouden, was toch gebeurd. Thijs moest het op de een of andere manier ontdekt hebben. Hij begreep niet hoe, maar er was geen tijd om daar over na te denken. Max kuchte en streek nerveus met klamme handen door zijn haar. Het was tijd voor de hartverscheurende waarheid.

'Luister, ik moet je wat vertellen en ik wil dat je sterk bent, voor onze zoon. Maar voordat ik begin, moet je geloven wat ik je nu ga zeggen.' Ze knikte niet begrijpend.

'Trees,' hij pakte de handen van zijn vrouw beet, 'ik beloof je dat ik onze zoon terug zal halen. Er *is* een manier.'

Trees begreep niets van de wartaal die haar man uitsloeg en keek hem verward aan. 'Hoe bedoel je? Hij zit toch alleen maar in Amsterdam?'

'Thijs zit in Nieuw-Amsterdam, dit was in de zeventiende eeuw een koloniale provincie van Nederland. Het ligt alleen niet in Nederland, maar aan de andere kant van de oceaan, waar New York nu ligt.'

Trees zette grote ogen op. '*Wat? Onze zoon is naar New York?*'

Met betraande ogen keek Trees haar man aan. Ze huiverde toen ze aan haar zoon dacht, die nu ergens aan de andere kant van de oceaan in het verleden rondzwierf.

'Dus je bedoelt dat... Dat Thijs gevangen zit in een andere tijd?' Ze kon het amper geloven.

'Ik ben bang dat het nog erger is.'

Ze vroeg zich af of dat mogelijk was.

'Ik vond hondenharen in de cabine. Trees, als alles goed heeft gewerkt, en daar ben ik nog het meest bang voor, is onze jongen samen met zijn vrienden en een hond 345 jaar teruggegaan in de tijd.'

5

Op blote voeten

Atlantische oceaan, woensdag 9 juli 1664

*L*os allemaal!'
De rauwe stem van de schipper galmde over het dek. Een harde plons volgde toen het bootsvolk bij de voorste mast juichend het touw liet vieren. De tijdreizigers werden afgeleid toen ze zagen hoe een veroordeelde matroos, die tot in de nok van de ra was opgehesen, op het bevel van de schipper in zee verdween. Zijn voeten waren verzwaard met een steen. Vol walging keken ze weg.

De vier waren terechtgekomen op een van de koopvaardijschepen van de West-Indische Compagnie, die op 17 april was vertrokken van de kade van Amsterdam, met als bestemming Nieuw-Amsterdam. Het particuliere fluitschip was voor een aantal maanden gepacht door Jan Baptist van Rensselaer, de zoon van de invloedrijke Killiaen van Rensselaer, een rijke diamanthandelaar in de Republiek en een van de bewindhebbers van de WIC.

Samen met zijn broers was Jan Baptist vertrokken naar Rensselaerswyck. Het lag in het noorden van de kolonie en was door hun vader gesticht. Van daaruit pachtten zij koopvaardijschepen die ze tussen de Republiek en Nieuw-Nederland lieten varen.

Aan boord bevond zich allerlei waar, zoals kleding, schoenen, drank en andere luxe artikelen waar de kolonisten behoefte aan hadden. Maar ook vee, landbouwbenodigdheden en vele postzakken die op en neer gingen met de laatste nieuwtjes van achtergebleven of vertrokken familieleden. Op de terugweg werden tabak en beverpelzen meegenomen. Deze koloniale producten werden in Amsterdam voor veel geld van de hand gedaan.

Op de schepen gingen vaak arme gezinnen mee, die droomden van een beter leven in de Nieuwe Wereld. Datzelfde hoopten ook de toekomstige kolonisten aan boord.

De schipper op deze reis had besloten om niet de gebruikelijke route te nemen. De Engelsen hadden een oude scheepvaartwet ingevoerd: de *Akte van Navigatie*. Hierdoor lukte het de Nederlandse koopvaardijschepen niet meer om het Kanaal veilig door te komen om zo het snelst de Atlantische Oceaan te bereiken. En dat was precies het doel van de Engelsen, die de Republiek als hun grootste concurrent zagen. Engeland wilde de goedlopende zeehandel van de Republiek het liefst zo veel mogelijk schade toebrengen. De Scheepvaartwet hield in dat alle goederen van de Engelse koloniën alleen nog maar door Engelse schepen vervoerd mocht worden. Alle buitenlandse schepen werden tegengehouden en soms zelfs ingevorderd.

De schipper zeilde nu om Schotland heen. De tocht duurde daardoor wat langer, maar eenmaal op open zee ging het voorspoedig. Het was prima zeilweer en ze lagen goed op koers. De *Eendracht* zou het allerlaatste schip zijn dat in 1664 vanuit de Republiek vertrok richting Nieuw-Amsterdam.

'Hoe weten we nou zeker of we onderweg zijn naar die kolonie in Amerika?' vroeg Sjorsje aan de anderen.

Daan keek waar de zon stond en deed zijn horloge af. 'Daar zijn we zo achter', zei hij resoluut en legde het klokje, dat nu als navigatie-instrument werd gebruikt, plat voor zich neer. Hij draaide het een kwartslag, zodat de kleine wijzer naar de zon wees. Zijn vinger legde hij precies op het middelste punt tussen de twaalf en de kleine wijzer. 'Dus, als *dat* het zuiden is', zei hij zonder twijfel, 'en wij gaan *die* kant op...' Hij draaide zijn hoofd een stukje, 'dan is *dat* het westen. Wij varen naar het westen.'

'Misschien kunnen we de eerstvolgende boot weer terug naar Nederland nemen?' Daan legde zijn horloge weer om zijn pols. 'Dan zitten we in ieder geval in ons eigen land.'

'Dat lijkt me niet slim.' Thijs keek bedenkelijk.

'Waarom niet?' vroeg Daan.

Thijs haalde zijn schouders op. 'Ik weet het niet. Dat zegt mijn gevoel. Die machine thuis staat op deze tijd ingesteld en vroeg of laat zullen onze ouders toch doorhebben dat we er niet meer zijn. Als mijn vader ontdekt dat we met de tijdmachine weg zijn,' Thijs huiverde even bij die gedachte, 'dan heeft hij in ieder geval een idee waar we uithangen. Als wij ons weer gaan verplaatsen, dan maken we het probleem alleen maar groter. Weet je wat het is, Daan? Al gaan we naar huis, dan zitten we nog steeds vast in de zeventiende eeuw.'

'Misschien kunnen we aanbellen bij je bet-over-over-overgrootmoeder en aanschuiven voor een knolletjesstamppot,' zei Sjorsje grappiger dan bedoeld.

'Leuk hoor, Sjorsje,' schamperde Daan.

'Het lijkt mij het beste om mee te gaan met wat er ook staat te gebeuren. In ieder geval totdat we een plan hebben om weer terug te reizen naar nu, eh, toen. Nee, ik bedoel onze eigen tijd, de toekomst,' zei Thijs enigszins verward.

'Ik snap het.' Daan klonk teleurgesteld.

'Het is wel een geruststelling dat er ergens familie van ons rondloopt,' zei Bodine, terwijl ze over dat gekke idee nadacht. 'Mochten we nooit meer terugkomen, dan kunnen we die familie gaan zoeken. Zij zullen ons toch wel opvangen?'

Sjorsje keek geschokt toen ze haar vriendin dat hoorde zeggen. 'Zeg dat nooit meer, Bo! We komen terug, hoe dan ook.'

'Los allemaal!' Het geschreeuw bracht ze weer terug in de realiteit. De ongelukkige matroos zakte opnieuw naar de diepte van de oceaan.

'We moeten nu zo snel mogelijk met een plan op de proppen komen voordat ze ons in de kraag grijpen en in het onderruim gooien.' Thijs keek angstvallig naar het voordek en was bang dat de zeelieden zo weer aan het werk gingen en hun kant op kwamen lopen. 'We hebben geen flauw idee hoe lang we op dit schip zullen zitten. Het kan wel maanden duren.'

'Alsjeblieft zeg,' zei Sjorsje geschrokken. 'Maanden op zo'n schip? Dat redden we niet! We worden vast zeeziek en krijgen verrot eten.'

'Laten we eerst maar eens wat te eten zien te krijgen,' zei Daan honend, 'anders overleven we dit boottripje sowieso niet.'

Thijs pijnigde ondertussen al zijn hersens en zei: 'Als het goed is, zijn we nu op weg naar New York, eh, Nieuw-Amsterdam. Waarom zouden wij, vier kinderen, daar naartoe willen? Wie weet iets?'

Ze spraken de boel nog eenmaal door en toen stond Thijs op.

'Doe je alsjeblieft voorzichtig?' smeekte Bodine.

'Tuurlijk, maar maak je geen zorgen. We zijn nog kinderen en hebben niets verkeerds gedaan. Tenminste, niet hier', zei hij met een spottend lachje. Het klonk stoerder dan dat hij zich voelde. Moedig stapte Thijs op de man af die nu met een klein meisje naar een spectaculaire duikshow van een grote witte zeevogel stond te kijken.

'Dat is een jan-van-gent', zei hij onderwijzend tegen het meisje, 'ze vinden het leuk om de schepen te volgen.' Daarna huppelde het meisje vrolijk weg. 'Bij je broers en zussen blijven, Kathlijntje', riep hij haar na.

'Ja, papa.' Toen ze langs Thijs huppelde, glimlachte ze verlegen naar hem. Thijs glimlachte terug en keek naar de sombere kleding van het meisje. Ze droeg een lange zwarte jurk met een wit schortje, waardoor ze eruit zag als een volwassen vrouw. Als hij nog twijfels had gehad, dan wist hij het nu zeker: dit was de zeventiende eeuw.

Hij wierp een blik op zijn korte donkergroene broek met grote zakken aan de zijkant en naar de sportschoenen die hij aanhad. Daarop droeg hij een roodgeruit hemd. Aan de kleding kon hij niet veel veranderen, maar wel aan zijn schoenen. Snel liep hij terug naar de anderen.

'Vlug, schoenen uit.'

'Hoezo?' vroeg Sjorsje onnozel.

'Als wij voor arme weeskinderen willen doorgaan, dan lopen we niet op gymschoenen of op plastic,' waarmee hij overduidelijk op Bodines roze exemplaren doelde, 'maar hebben we vieze vuile voeten.'

'Dat is geen plastic', zei Bodine verontwaardigd.

'Nou ja, kunststof dan. En dan heb ik het nog niet eens over de kleur. We vallen al genoeg op in onze kleding. Dus overboord ermee', zei hij volhardend, terwijl hij zijn sportschoenen overhandigde aan Daan, die de boodschap begreep.

Sjorsje nam afscheid van haar vrolijk gebloemde slippers en ook Bodine trok haar lievelingsschoenen met tegenzin uit. Daan bekeek zijn camouflagebroek, die minder opviel dan Sjorsjes jeans en Bodines roze rokje, maar er was weinig wat ze konden uittrekken. Op blote voeten lopen ging nog wel, maar ze konden zich moeilijk helemaal uitkleden. Daan bedacht zich nog net dat ze hun horloges en sieraden ook af moesten doen.

'Je pols', fluisterde Daan tegen Thijs, terwijl hij zijn eigen horloge af deed.

'O ja, goeie zeg.' Thijs gaf het knalgele ding aan Daan.

De meisjes droegen er geen, maar deden alles wat ze om hadden aan armbandjes, ringen en gekleurde elastiekjes af. Ze moesten er als hulpeloze zwervertjes uitzien. Echt vuil van de straat waren ze niet, maar dat zou nu vast niet lang meer duren.

Blootsvoets keerde Thijs terug naar de reling, ook al was hij best bang voor wat hij nu ging doen: een gesprekje aanknopen met iemand uit de zeventiende eeuw. Maar hij móest het doen, hij moest ervoor zorgen dat hij zijn vrienden en zichzelf zo veilig en gezond mogelijk deze eeuw doorloodste, hoe lang het ook ging duren. 'Dag meneer,' begon Thijs beleefd, 'mag ik u iets vragen?' Hij vroeg zich af of de zeventiende-eeuwer hem gehoord had, want zijn stem klonk niet erg zeker.

De man, die net zo groot was als Thijs, keek verbluft opzij en nam Thijs van top tot teen in zich op. Op de kin van zijn lange en magere gezicht zat een verzorgd puntbaardje. Zijn bruine ogen stonden vriendelijk. Op zijn hoofd stond een breedgerande zwarte hoed en zijn blonde golvende haren vielen tot over zijn schouders. 'Natuurlijk jongeman, wat wilt u vragen?'

Thijs had even tijd nodig om zich te herstellen van het vreemde gezicht dat op het zijne gevestigd was. Het was geen alledaagse aanblik. Hij schrok zich rot toen hij zich realiseerde dat de man zijn bril met een geamuseerde blik stond te bekijken. Het was te laat om het ding nu nog ergens te lozen. Maar zonder zou hij ook niet veel zien. Ze leren je verdorie van alles bij geschiedenis, maar over dit soort praktische zaken, die je leven kunnen redden, vertellen ze je niets. Hij wist ineens niet meer wat hij wilde vragen. 'Kunt u mij misschien vertellen waar wij heen varen, meneer?'

De man begon luidkeels te lachen. Zelfs dat klonk deftig en Thijs wist zeker dat de man van goede komaf was. Vast een rijke koopman.

'Maar mijn beste jongen, u bent toch zeker zelf aan boord gestapt?' De man keek Thijs nu wantrouwig aan, alsof hij het zich probeerde te herinneren. 'Alhoewel ik u nog niet eerder heb opgemerkt, merkwaardig.'

'Nou, het zit zo...'

'Ja, vooruit, voor de dag ermee', zei de man nu ongeduldig.

'Eh...' stamelde Thijs. 'Het is nogal een moeilijk verhaal en ik hoop dat we op het goede schip zitten en het niet verkeerd is wat we hebben gedaan. Ziet u die kinderen?'

De man keek over zijn schouder en knikte.

'Dat zijn mijn vrienden. Onze vaders en moeders zijn gestorven en wij zijn in een burgerweeshuis gestopt. Daar hebben wij elkaar leren kennen. Maar we zijn weggelopen.'

'Weggelopen?' herhaalde de man onthutst. 'Zo zo. Als u niet oppast, sturen ze u nog naar het rasphuis. Dan kunnen u en uw vrind de hele dag het rode Braziliaanse hout met een zaag tot poeder raspen voor de verf. En de meisjes worden opgesloten in het spinhuis, waar ze de hele dag kunnen spinnen en naaien. Dan had u gemerkt dat het weeshuis nog niet zo een slechte plek is om te verblijven. Hoopte u eenmaal op zee veilig te zijn voor de weesmeester?'

'Wilt u misschien naar mijn verhaal luisteren, meneer? We hopen dat iemand ons wil helpen.'

'Zo, eerst loopt u weg en nu hoopt u ook nog dat iemand u helpt?' De man klonk nu nors. Hij wierp een blik over Thijs' schouder om te kijken of zijn kinderen nog in de buurt waren. Zodra hij zich daarvan had verzekerd, keek hij Thijs weer aan.

'Spreek jongeman, voordat mijn geduld op is en ik de schipper waarschuw. Zodra wij van boord zijn, zullen we de weeskamer moeten inlichten.'

'Ja meneer, sorry meneer.' Hij probeerde er aan te denken om steeds met twee woorden te spreken. 'We zijn onderweg naar een mevrouw die woont in Nieuw-Amsterdam.'

Die was raak! Hij had de interesse van de man gewekt. 'Ziet u, in het weeshuis hebben wij een paar kinderen leren kennen die hun vader en moeder hebben verloren aan de pest. Zij hebben een tante in Nieuw-Amsterdam wonen die nergens vanaf weet. We willen haar graag een bezoek brengen en hopen dat zij haar neefje en nichtje wil hebben, zodat ze niet in het weeshuis opgroeien. Daarom zijn we ontsnapt en stiekem aan boord gegaan. Wij hebben geen geld en weten niet of we op het goede schip zitten.'

De man was even stil en vroeg toen: 'En wie zijn die kinderen dan?'

'Daar meneer, met de blonde haren, Joost en Machtelt.' Hij wees naar Daan en Bodine, die door moesten gaan voor het neefje en nichtje van de briefschrijfster. 'Hun vader was pottenbakker in Oosterhout, totdat hij stierf aan de pest.'

'Aha, Oosterhout, in Staats-Brabant?' Hij sprak Staats-Brabant uit alsof het een besmettelijke ziekte was.

'Ja, meneer.'

'Zijn jullie rooms-katholiek?'

'Ja, meneer.' Thijs had niet over het antwoord nagedacht en zei maar ja om er vanaf te zijn.

'Nou, dat maakt het er niet makkelijker op. Maar om je eerste vraag te beantwoorden, ja, we zijn op weg naar de provincie Nieuw-Nederland. Dit schip zal, als God het wil en ons een goede wind stuurt, gauw aankomen in de haven van Nieuw-Amsterdam. Ik hoop snel, want de lucht is al bijna niet meer te houden op het schip en het drinkwater wordt er ook niet beter op. Maar als ik het goed begrijp, heeft u zich al die tijd hier verstopt en bent u niet in het bezit van een geldig biljet voor de overtocht?'

'Nee, dat klopt, meneer. Het weeshuis wilde niets voor ons doen.'

'Nee, zij wilden het geld van de pottenbakkerij natuurlijk zelf opstrijken.'

'Hoe bedoelt u, meneer?'

'Nee, niets jongen.'

Zonder dat hij het wist, had Thijs een goede opmerking geplaatst. De weesmeesters wilden maar al te graag dat de weesjes in het weeshuis kwamen, in plaats van dat ze bij familie werden ondergebracht. De weesmeesters ontvingen zo het geld van de overleden ouders en dit zorgde voor veel inkomsten, die ze goed konden gebruiken. Zo nu en dan verdween er wel eens geld, dat bestemd was voor de ouderloze kindjes, in de zak van een foute weesmeester.

'Wat is uw naam?'

Thijs had zich wel voor zijn hoofd kunnen slaan. Hij had zich niet eens fatsoenlijk voorgesteld. 'O sorry meneer, ik heet Thijs Fontein.'

'Fontein? Als ik me niet vergis is dat een joodse naam.' De man bestudeerde Thijs nu wat aandachtiger. 'Zei u zojuist niet dat u katholiek was?'

'Ja meneer, ik bedoel mijn vrienden. Ik ben Joods.'

De Tweede Wereldoorlog was voorlopig nog niet aan de orde met zijn Jodenvervolging, dus hij hoopte maar dat het nu nog niet erg was om Joods te zijn. Stom, ze hadden het niet over de geloven gehad. Je hoefde maar een naam te zeggen en je werd meteen achterdochtig aangekeken. Nu was het te laat.

'Rooms, joods, heeft u nog meer verrassingen?'

'Nee, meneer.'

'Wie is dat donkere meisje met die krullen?'

Thijs keek naar Sjorsje, die braaf voor zich uit staarde. 'Dat is Georgina, meneer.'

'Georgina?' De man leek nu in verwarring gebracht. 'Is zij een Franse Hugenoot?'

Thijs keek de man niet begrijpend aan en zei: 'Nee, meneer, zij is gewoon Hollandse.'

'Weet je dat zeker, jongen?'

'Ja, meneer.' Hij begon er moe van te worden. Hij wist dat het geen gemakkelijk gesprek zou worden, maar dat hun namen en geloven de problemen gaven, had hij niet kunnen bedenken.

'Nou, jullie hebben geluk dat wij onderweg zijn naar een kolonie van de Republiek. Net als in Amsterdam mogen joden en katholieken zich in Nieuw-Amsterdam vestigen.' Hij stak zijn wijsvinger in de lucht en keek Thijs streng aan. 'Daarbij moet ik zeggen dat weeskinderen zéér welkom zijn in de kolonie.'

Thijs keek verheugd op bij het horen van deze woorden.

'De weeshuizen in de Republiek zitten overvol en zijn aan het bezuinigen. Laatst kwamen de schepen de *Waegh* en de *Peerenboom* aan, vol met jongens en meisjes afkomstig uit het burgerweeshuis van Amsterdam. De wezen kunnen goed worden gebruikt door de compagnie, die regelmatig om nieuw bloed vraagt. Een enkele keer moeten ze nog wel een straf uitzitten wegens ongehoorzaamheid, maar dat is geen probleem. Voor iedereen is het voordelig.'

'Maar... maar de meisjes zijn pas twaalf', was het enige wat Thijs kon uitbrengen.

'O, dat is niet erg. Dan worden ze wat langer ingezet voor de compagnie. Als de directeur-generaal hoort van jullie komst, zal hij jullie direct in het armenhuis laten stoppen.'

Thijs schrok zich rot. Dit was niet wat hij wilde horen.

De man, die zag dat Thijs ineenkromp bij het woord armenhuis, stelde hem snel gerust. 'Wees gerust, ventje. Zover is het nog niet. Ondanks uw malle lompen zal ik kijken of ik een goed woordje voor u bij de schipper kan doen. Ik weet dat brillen vandaag de dag ook voor het gewone volk betaalbaar zijn, maar u draagt wel een zeer vreemd exemplaar.' De man moest lachen toen hij de bril wat beter bekeek. 'Wat een rare marskramers heeft u daar in Staats-Brabant.'

'Ja meneer, zeker'. Thijs lachte maar met hem mee. Hij was allang blij dat de man een goed woordje voor hen wilde doen. De eerste stap was gezet.

'Dank u wel dat u met de schipper wilt gaan praten.'

'Bedank me nog maar niet, jongeman, want ik weet niet wat de heer van het schip hiervan vindt. Als u een moment bij uw vrinden wacht, dan zal ik even kijken of ik hem even kan storen. Hoe heet die tante in Nieuw-Amsterdam waarvan wij zojuist spraken?'

'Anneke Janse, meneer.'

De man keek hem nog een keer verbijsterd aan en liep toen weg. Thijs ging terug naar zijn vrienden en bedacht dat dit het vreemdste gesprek was dat hij ooit had gevoerd.

Na een tijdje kwam de man hen ophalen. Via een trappetje op het achterdek kwamen ze bij een lage houten deur die met ijzeren banden was beslagen. De gang daarachter leidde naar de ruimte waar de schipper en de belangrijkste passagiers verbleven. Aan weerszijden van het smalle gangetje lagen hutten.

Ze liepen langs enkele kolonisten, die prompt ophielden met praten. Toen de kinderen en de man weg waren, begonnen ze schaamteloos te fluisteren. Aan het eind van de gang stopten ze bij een gesloten deur.

Schipper Jan Bergen zat voorovergebogen aan zijn bureau. Zijn vinger gleed over de passagierslijst. Hij was redelijk tevreden over het verloop van de reis tot vandaag. De negenendertig passagiers maakten het goed en onder het scheepsvolk was slechts één van de scheepsjongens overleden aan buikloop. Dat viel mee, gezien de omstandigheden van de omweg die ze door die agressieve Engelse schepen hadden moeten maken. Wel had hij besloten om de dobbelstenen en kaarten van de bemanning in beslag te nemen en ook mochten er geen weddenschappen meer worden afgesloten. Er waren te veel ruzies ontstaan, waardoor de mannen met elkaar op de vuist gingen. Ook hoorde hij dat er onzuivere taal werd gesproken. Het werd tijd dat dit zooitje ongeregeld, dat door moest gaan voor bemanning, wat discipline werd bijgebracht. De bottelier had een matroos betrapt in de broodkamer, waar het scheepsbeschuit werd bewaard. De mannen hadden geëist dat de matroos van de ra moest vallen. Hij hield hier in principe niet van, maar hij wilde de rust zien te bewaren, aangezien ze nog zo'n tien dagen moesten zeilen voordat ze de haven van Nieuw-Amsterdam zouden bereiken. Jan Bergen zou laten zien dat hij de orde kon handhaven en dus had hij die dag bij de mast, meteen na het ochtendgebed, een voorbeeld gesteld.

Al met al was hij niet ontevreden, tot het moment dat Hendrick Bartholomeus Vrooman, een van de passagiers en in dienst van de compagnie, met onthutsend nieuws kwam. Een aantal ontsnapte weeskinderen was stiekem aan boord geslopen en niemand had hen al die maanden opgemerkt. In plaats van achttien kinderen op het schip had hij er nu dus tweeëntwintig. En alsof dat nog niet alles was, hadden ze zo'n smerige schurfthond meegenomen. Die moest zo met-een bij de rest van de beesten worden opgeborgen. Het verklaarde wel waarom de voedselvoorraden zo snel waren geslonken. Hij vroeg zich af hoe het die kinderen was gelukt om ongezien in de voorraadka-mers te komen. Schipper Bergen baalde behoorlijk, want het was zijn taak geweest om de voedselrantsoenen in te slaan met het verkregen budget van de compagnie. Hij had het heel precies afgestemd op het aantal passagiers aan boord. Hierdoor had hij mooi wat geld kunnen besparen en in eigen zak kunnen steken. De schipper hoopte nu maar dat ze het zouden redden. Hij zou zo eerst de botteliersmaat bij zich roepen. Het dagelijkse rantsoen voor het scheepsvolk moest drastisch worden verminderd.

Verstoord keek hij op, toen hij op zijn deur hoorde kloppen. 'Binnen!' riep de schipper met een zware stem van het vele pijproken. Hij knipperde een paar keer stevig met zijn ogen om de waas van zijn rechteroog weg te krijgen, wat de laatste tijd steeds moeilijker ging.

Zijn rechteroog was door het zonnetje schieten snel achteruit ge-gaan. Hij legde de schuld bij de jacobsstaf, waarmee hij steeds recht tegen de zon in moest kijken. Veel zeeofficieren hadden een verbrand netvlies en zo uiteindelijk hun zicht in het rechteroog verloren. Jan Bergen was bang dat hem hetzelfde lot beschoren zou zijn, maar zon-der het meetinstrument kon hij niet bepalen op welke breedtegraad ze voeren en dus niet navigeren. Er was geen andere keus. Hij keek op van zijn papieren en zag de vier schooiertjes staan.

Ze stapten de grote kajuit binnen. De luiken stonden open en het zonlicht stroomde door de ramen achterin naar binnen. Zo te zien was er net gegeten. Voor een houten zitbank met kussens stond een lange tafel die nog niet was afgeruimd. Op het tinnen eetgerei lagen afgescheurde korsten wit brood, sinaasappelschillen en andere etens-resten. Het tafellaken zat vol met rode wijnvlekken. Achter een bureau zat de schipper. Hij zag er chique gekleed uit met wit satijnen kousen en een hoge hoed.

'Juist ja...' Schipper Bergen keek de vier tergend lang aan voordat hij zijn oordeel velde.

6

Het Eylant Manhatans

N a een stevige donderpreek waar God en het armenhuis vaak in voorkwamen, werden de namen van de vier bijgeschreven op de passagierslijst én op de monsterrol. Op het fluitschip liep niet zo veel scheepspersoneel rond en de schipper kon alle handen gebruiken.

Aan die honden, de schipper bedoelde hiermee de twee compagniesoldaten aan boord, had hij niet veel. Die waren te beroerd om een poot uit te steken. Ze wilden niet aan het karwei en klaagden maar dat ze zeeziek waren. Zelfs de wacht houden bij het watervat was teveel gevraagd.

De vier kinderen kwamen dus toch nog goed van pas. Zo zouden ze hun overtocht en eten verdienen door karweitjes aan boord te doen. Eenmaal aan land werden ze weer overgedragen aan de heer Vrooman, die alles verder zou regelen.

Saar werd in een van de lege hokken gestopt, vlak bij de kombuis waar het verse voedsel verbleef, zoals kippen en geiten. Ze moest genoegen nemen met het hok van de koe, die tijdens de reis was geslacht. Van hun eigen kleine rantsoen moesten de kinderen de hond van eten voorzien.

Crijn, de matroos die was belast met het aan het werk zetten van de wezen, had alle regels aan boord uitgelegd en hen een rondleiding gegeven. Thijs, Bodine, Sjorsje en Daan hadden al snel in de gaten dat het leven van het gewone scheepsvolk zich aan de voorkant van het schip afspeelde, het gedeelte voor de grote mast. Alleen met toestemming mochten de matrozen zich op het achterdek begeven om te werken aan het tuigage van de achterste mast. De vier volgden Crijn het ruim in, waar ze terechtkwamen op de overloop, het slaapvertrek van de matrozen. Ze liepen door de overvolle, vochtige en stinkende ruimte, waar ze net rechtop konden staan. Er was amper daglicht en de luiken waren gesloten.

Twee rustende zeelieden die 's nachts op wacht hadden gestaan, zongen uit volle borst een zeemanslied. In hun handen hadden ze een beker brandewijn. De vier voelden zich slecht op hun gemak toen ze zich, vlak langs de hangmatten van de valszingende matrozen, een weg baanden tussen de scheepskisten en de vieze plunjezakken van het ruige zeevolk.

Toen de zeelui de twee weesmeisjes in het zicht kregen, begonnen ze te fluiten en te roepen. Bodine en Sjorsje krompen in elkaar en gruwelden van de ongure blikken die op hen werden gericht. Automatisch drukten ze zich tegen Thijs en Daan aan, waarop de mannen luidkeels begonnen te lachen. Ze konden er maar beter aan wennen, want de komende tijd zou dit hun werkplek zijn. Crijn wierp een kwade blik op zijn maten.

'Hééé, da's Crijn van de Bierkaai. Zin in 'n potje vechten?' riep één van de matrozen lollig.

'Stelletje pikbroeken', vloekte Crijn binnensmonds. Hij zei het niet hardop, want hij had geen zin in een lijfstraf of erger, een geldboete. Via een luik verlieten ze de overloop weer. Opgelucht ademden ze frisse lucht in. Terug op het voordek vertelde Crijn dat het verboden was om hun gevoeg tussen de kisten te doen. Dat moest op het gemak. Het lossen van water was ook niet toegestaan. Ze liepen erheen. Een sterke urinelucht, vermengd met azijn, benam hen de adem. Zwijgend gaapten ze naar een poepton, terwijl Crijn ondertussen een dik koord uit het water viste dat over de reling hing. 'Dit is het allemansend. Na gebruik graag weer overboord gooien, zodat het door het zeewater kan worden gereinigd.'

Vol walging keken ze naar het uitgeplozen uiteinde waar nog een restje achtergebleven poep aan kleefde. Thijs moest een kokhalsneiging onderdrukken toen het tot hem doordrong dat iedereen aan boord zich met dat ene stukje touw schoonmaakte. 's Avonds verdeelde Bodine het enige pakje met papieren zakdoekjes.

Loom sleepten de dagen zich voorbij in de zengende hitte. Het altijd maar krakende en lekkende schip leek niet vooruit te komen. Crijn vertelde hen dat een reis naar de overkant anderhalf tot tweeënhalve maand duurde, afhankelijk van de omstandigheden op de oceaan, en dat het schip die dag al achtentachtig dagen op zee was. Het zou nu niet lang meer duren voordat ze voet aan wal zouden zetten.

Het was verre van leuk om zo lang vast te zitten, maar volgens Crijn mochten ze niet klagen. Het kon op de Atlantische Oceaan behoorlijk spoken en alles was beter dan hevige stormen, opzwepende zeeën en slagregens. Ze hadden geen van allen verstand van de scheepvaart, maar van één ding waren ze overtuigd: dit krakkemikkige houten scheepje zou een hevige storm vast niet doorstaan. De vorige nacht was het schip al behoorlijk tekeergegaan in een niet eens zo zware storm. Windstil of niet, voor het slapen maakte het weinig verschil, want dat deden ze toch niet. Slapeloze nachten en hard werken was wat ze de komende tijd te wachten stond.

'Wanneer werd de kinderarbeid ook al weer afgeschaft met dat Kinderwetje van Van Houten?' Pruilend kneep Sjorsje een ranzige lap boven een emmer met zout water uit en wreef ermee over de binnenkant van de eikenhouten betimmering. Ze waren aan het werk op het dek, waar ze het hout aan de binnenkant van het schip met zout water reinigden om verrotting tegen te gaan. Het was één van de karweitjes die ze van Crijn opgedragen hadden gekregen. Hierna moesten de jongens meehelpen om de vloeren te schrobben. De meisjes luchtten het slaapgoed om een luizenplaag te voorkomen.

Verderop was een matroos het want ingeklommen en hing zijn natte broek daar te drogen. Heel erg goed gewassen was de broek niet, want de bruine vlekken waren goed zichtbaar.

Bij de grote mast repareerde een matroos het zeil. De storm van die nacht was dwars door het zeildoek geslagen en in het oude canvas zat een flinke scheur. Normaal gesproken was dit niet zijn werk, maar onder de bemanning bevond zich helaas geen zeilmaker.

Waar de vier bezig waren, liep een broodmagere scheepsjongen. Hij droeg een wollen kniebroek en een goor blauwgestreept hemd. Met een zwabber veegde hij het vuil bij elkaar. Daarna sprenkelde hij azijn over de planken. Een zurige lucht verspreidde zich over het smalle dek. Al was er nog geen besef van bacteriën, de compagnie had strenge regels opgesteld om te voorkomen dat er ziekten zouden ontstaan door de stank. Zo moest het dikbuikige schip iedere ochtend worden gereinigd. Dat was een hels karwei, omdat het schip zo'n vijfendertig meter lang en zes meter breed was. En dan was het nog een klein scheepje. Voorlopig hoefden ze zich niet te vervelen.

De toekomstige kolonisten flaneerden over het dek en spraken over de Nederlandse kolonie overzee, waar ze een nieuw en goed bestaan hoopten op te bouwen. Het waren gezinnen met kleine kinderen en bedienden die gewoon mee verhuisden. Ze hoorden een mengelmoes van Amsterdams, Vlaams en Duits. Maar over het algemeen was het zeventiende-eeuws best te verstaan. Ook vielen ze zelf niet op met hun beschaafde Nederlandse accent. Er werd met verschillende dialecten gesproken en het was duidelijk dat de opvarenden uit alle delen van het land en zelfs daarbuiten kwamen.

Tijdens het werk hadden ze Crijn goed leren kennen. Als kleine jongen was hij opgegroeid in de smerige stegen van de Bierkaai. Zijn ouders was hij al vroeg verloren en het duurde niet lang voordat hij wegens diefstal werd opgepakt. Omdat hij nog te klein was om naar het rasphuis gestuurd te worden, kwam hij terecht in het armenhuis.

Hij sprak plat Amsterdams en ze moesten hun best doen om hem goed te verstaan, omdat hij wat kortademig was en er in zijn opgezwollen tandvlees een paar tanden ontbraken. Het dunne scharminkel zag er vermoeid uit en op zijn benen had hij grote bloeduitstortingen. Verder stonk hij een uur in de wind, net als de rest van de matrozen. Hij droeg een kort rood jasje met aangenaaide mouwen en daaronder een groezelig hemd. Zijn broek was van zeildoek gemaakt en op zijn hoofd droeg hij een blauw mutsje.

'Ik denk dat hij vitaminegebrek heeft', zei Bodine een keer.

'Dat denk ik ook', zei Thijs, 'een typisch gevalletje van scheurbuik, als je het mij vraagt.'

Crijn was aardig voor hen en ze leerden veel van deze Amsterdammer. Toch vonden ze hem maar een zielenpoot. Helemaal toen ze hoorden hoe hij in de scheepvaart terecht was gekomen. Hij was geronseld door een zielverkoper in één van de zeemanskroegen in de haven. Toen hij nog een jaar of twaalf was, zwierf hij veel langs de kades. Soms wees iemand hem op een slaapplek in een van de ongure bordelen of tochtige kroegen. Er was één tapperij op de Zeedijk waar hij graag kwam om te luisteren naar de verhalen over verre exotische plekken en kolkende zeeën, verteld door het zeevolk dat daar vaak rondhing. En om te kijken naar de grappige aapjes die ze wel eens meenamen uit de Oost.

Crijn had vaak jeuk als hij die tapperij verliet, omdat hij dan onder de luizen van die aapjes zat. Eén keer zag hij een man in de hoek zitten met een nogal onbetrouwbaar tronie. De Amsterdammer pruimde op tabak en spuugde steeds op het zand dat op de vloer lag, terwijl hij zijn blik niet van Crijn afwendde.

Crijn vond het niet prettig, maar toen hij wilde vertrekken, kwam de man hem achterna en raakten ze aan de praat. Crijn zei dat hij zich in de man had vergist, want die trok zich zijn lot juist aan en had hem een mooi voorstel gedaan. Hij werd overgehaald om te gaan varen, in plaats van voor een uitzichtloos bestaan in het armenhuis te kiezen. Verder zorgde de man ervoor dat hij een uitrusting kreeg, zodat hij kon aanmonsteren op één van de vele schepen die lagen te wachten in de haven van Amsterdam om naar de Oost of de West te vertrekken.

Het was een goed aanbod en leek inderdaad beter dan de armoe en het dagelijks leven in het armenhuis, of erger, het tuchthuis op de Heiligeweg waar hij volgens de man vroeg of laat zeker een keer zou eindigen. Het werd ook wel het rasphuis genoemd, waar de mannen werden geplaatst die bedelden of stalen. Zij hielden zich de hele dag bezig met het zagen van Braziliaans hout. Je moest dan driehonderd pond geraspt hout per week leveren en 's avonds lag je op een stenen slaapstede zonder dek of stro. En dat alles voor een paar erwten en bonen, haver en gort, een beker karnemelk en slecht bier. Behalve als het kermis was, zo stelde de man in het vooruitzicht, dan kreeg je zwaarder bier. Maar dat was maar eens per jaar en als je niet hard genoeg werkte, dan ging je de kelder in en werd je op water en brood gezet.

Nee, dan had hij het hier beter. Hier kreeg je tenminste iedere dag een hartversterkinkie en had je een eigen hangmat met dek. Hij was niet bang voor stormen, ziekten of de dood. Dankzij de man had hij een dak boven zijn hoofd als hij aan wal ging. Het kostte hem alleen zijn twee maanden vergoeding, die hij als voorschot bij een reis ontving. Daarnaast had hij nog een schuldbekentenis moeten tekenen van honderdvijftig gulden. Hij verdiende tien gulden in de maand.

Op een andere dag vertelde Crijn over een keer dat het schip bij een zware storm moest aanleggen in de haven van Plymouth in Engeland en dat een dronken kolonist een ander had gedood. Het voorval moest eerst door de Engelse regering worden uitgezocht en voordat ze de haven weer konden uitvaren, waren ze bijna vier maanden verder. Eindelijk, zeven maanden nadat ze de haven van Amsterdam hadden verlaten, kwamen ze dan aan in Nieuw-Amsterdam. Crijn vertelde ook dat hij op de Vergulde Bever had gezeten. Na vertrek uit Nieuw-Amsterdam ging het anker vierendertig dagen later alweer uit, voor de kust van Texel. Het was zijn snelste overtocht ooit vanuit de West.

De kinderen vroegen naar de persoon die overboord was gegaan en Crijn legde uit dat deze eten had gestolen. Dat was iets wat je niet deed onder elkaar, hoe erg je honger ook was. Volgens Crijn had de matroos nog geluk gehad, het had veel erger gekund. Hij had wel eens meegemaakt dat het de spuigaten uitliep.

'De spuigaten?' vroeg Sjorsje. Ze was op school altijd goed in uitdrukkingen en gezegden en wist dat er veel uit het verleden waren ontstaan. Ze vroeg zich af of dit er één van was.

'O ja,' zei Crijn, 'da kenne jullie natuurlijk nie wete.'

Je moest eens weten, dacht Sjorsje bij zichzelf.

'As het de spuigate uitloop, dan bedoele we dat er een gevecht is uitgebroke onder de bemanning. En niet somaar een gevecht, hoor. Nee, een echte slachting, waarbij het bloed so de spuigate uitloop.'

'Waar zitten die spuigaten dan?' vroeg Sjorsje weer.

Crijn wees naar een gat in de scheepswand en zei: 'Kijk, dat gat daar heet een spuigat, het regenwater of buiswater dat over de dekke komp sette kan via die gate weer naar buite.'

Zo, dacht Sjorsje tevreden, die vraag zou ze nooit meer fout beantwoorden in de veronderstelling dat ze ooit nog op school zou komen.

'Als we overvalle worde door die Spaanse swijne of Engelse rotkapers die de seeë onveilig make, dan reken er maar op dat het de spuigaten uitloop.'

Ze keken elkaar bezorgd aan en beseften voor de zoveelste keer dat ze van een spannende opdracht in een regelrechte hel terecht waren gekomen.

Zodra het klussen voor de dag erop zat en Crijn tevreden was, mochten ze zich, net als de andere passagiers, vrij over het schip bewegen. Zo waren ze een keer benedendeks in de bedompte proviandkamer terechtgekomen. Vol afgrijzen zagen ze kleine wormpjes in de meelzakken wemelen. Over het brood liepen rode kevertjes.

Veel gezonds lag er niet. Al het verse voedsel was allang op, omdat het niet lang houdbaar was. Het enige wat er nog in overvloed was, was het keiharde beschuit en stinkende water, nu niet meer dan een ranzige bruine drab, dat vers werd genoemd. Gelukkig werd het water bij het avondeten min of meer gekookt. Crijn had verteld dat er bij vertrek vele vaten bier aan boord waren meegegaan, maar dat die als eerste op waren, omdat het minder lang goed gehouden kon worden dan het water. Maar door de hitte was het water nu ook bedorven. Ze zagen dat de matrozen, die met zijn allen uit één bak aten, hun tanden op elkaar klemden en zo het water opdronken om maar geen wormen binnen te krijgen. Ze keken alles dan ook nauwkeurig na voordat ze het in hun mond stopten. De mensen hadden in deze tijd vast een goede weerstand, want ze snapten gewoon niet dat alle opvarenden niet ziek op bed lagen.

Bodine werd het soms allemaal teveel en dan wilde ze graag even alleen zijn. Ze hadden het geluk dat meneer Vrooman een hut voor hen had geregeld waar ze alleen konden zijn. Op een middag zei ze dat ze even een stukje kaas ging eten. Maar eigenlijk wilde ze een stevig potje huilen. De tranen zaten haar al een tijdje dwars. Daarna zou ze zich vast beter voelen. Eenmaal beneden ging ze op haar matrasje gevuld met stro zitten en opende haar tas waar ze het kaasje van haar en Daan bewaarde.

Met zijn vieren hadden ze twee kazen uit Edam gekregen. De kok die de kaasjes overhandigde noemde ze *cleyne casekens* en iemand anders had het weer over *klootkaasjes*. Normaal gesproken kreeg ieder twee grote kazen per reis, maar aangezien er officiële voedsellijsten waren die schipper Bergen precies moest volgen, was er niet veel meer voor ineens vier extra mensen. Bodine en Daan deelden nu een kaas en omdat ze niet lang meer onderweg zouden zijn, konden ze elke dag een flink stuk nemen.

Terwijl ze in haar tas zat te graaien naar het bolvormige kaasje, voelde Bodine ineens iets raars. Toen ze in haar hand keek, schrok ze. Het was het tulpenbolletje van haar moeder. In haar haast was ze de bol vergeten terug te geven. Deze zeventiende-eeuwse tulpenbol, die gekweekt was in de eenentwintigste eeuw, was teruggebracht naar de zeventiende eeuw. Ze bedacht ineens dat dit kleine bolletje hun leven wel eens kon redden. Wat zij daar vasthield was ineens in waarde gestegen: van tien euro naar misschien wel een paar duizend!

Voorzichtig stopte ze de bol terug in haar tas. Ze zou ervoor zorgen dat niemand het te zien of te horen kreeg, voordat ze beroofd zouden worden. Terwijl ze een klein hapje van haar kaas nam, besloot ze dat het voorlopig haar geheim zou blijven. Mocht de nood hoog zijn, dan zou ze de anderen inlichten en het bolletje tevoorschijn halen. Na een half uurtje voelde ze zich iets opgeknapt, veegde haar natte gezicht af met een vieze mouw en ging, na even bij Saar te hebben gezeten, weer naar boven.

Na een tijdje raakten Bodine en Sjorsje bevriend met Eva Vrooman, de oudste dochter van de meneer die zo aardig was geweest om ze te helpen. Eva was een lief en verstandig meisje en was meegekomen met haar vader en nog drie broertjes en een zusje. Ondanks dat ze pas dertien was, zorgde Eva als een moedertje voor haar kleinste broertje en zusje.

Het meisje, dat er precies hetzelfde uitzag als haar kleine zusje, vertelde dat hun moeder twee jaar geleden was overleden en dat ze nu in Nieuw-Amsterdam een nieuw bestaan zouden gaan opbouwen, omdat hun vader daar zaken deed. Hij deed iets met bevervellen die hij met schelpen van de wilden kocht. In Holland verkocht haar vader de vellen voor veel geld op de koopmansbeurs, waarna er bontmutsen van gemaakt werden, die weer werden doorverkocht aan Moskou. Meneer Vrooman was dus een ordinaire bonthandelaar. Bodine en Sjorsje waren teleurgesteld. En nu moesten ze aardig doen tegen iemand die bevers ving en hun velletjes afstroopte en doorverkocht om er aan te verdienen. Gruwelijk.

Ze hoorden ook dat hij tijdens deze tocht het toezicht hield op de lading handelswaar van de kooplieden. Het kwam nogal eens voor dat er wat mis ging met de lading en daarom werd er iemand ingezet die het toezicht hield namens de compagnie. Op deze reis was dat meneer Vrooman. Hij was dus een belangrijk man. Met Eva en haar schattige zusje Kathlijntje en Bartje, een ondeugend jongetje van vijf, speelden ze iedere dag na hun werk op het dek. Kathlijntje en Bartje waren de twee jongste kinderen van meneer Vrooman en hadden geen idee wat er ging gebeuren. Ze waren vaak verdrietig en konden niet zo goed tegen het geschommel van het schip. Ze wilden graag naar huis.

Bodine en Sjorsje probeerden de kleintjes wat af te leiden en dankzij Saar, die nog steeds zielig beneden zat opgesloten, lukte dat goed. Ze waren gek op de hond en gelukkig was Saar erg lief en blij met de aandacht. Meneer Vrooman was daar de twee weesmeisjes erg dankbaar voor en zorgde dat Saar genoeg te eten en te drinken kreeg.

Thijs en Daan hadden, op aandringen van Bodine en Sjorsje, ook ingezien dat het een goed plan was om vriendschap te sluiten met de oudste zoons van meneer Vrooman, Adam en Jan. Toch hielden ze zich liever bezig met de vraag hoe ze zo snel mogelijk thuis konden komen. Maar ze beseften dat ze daar zo snel toch geen antwoord op konden vinden en dus volgden ze de raad van de meisjes op. Het kon geen kwaad om alvast wat mensen te leren kennen waar ze, in geval van nood, een beroep op konden doen. Het bracht hen niet thuis, maar het was in ieder geval hun beste kans om te overleven. En dat was een voorwaarde om thuis te kunnen komen.

'Toe papá, vertel ons wat over ons nieuwe land waar we heen gaan. Lijkt het echt op Holland, zoals moeder ons heeft verteld? En heeft de directeur-generaal echt een zilveren been?'

Adam, de oudste zoon van meneer Vrooman, die tijdens de reis vijftien was geworden, was zo nieuwsgierig naar zijn nieuwe thuis dat hij niet kon wachten. Zijn moeder had hem veel spannende verhalen over de Nieuwe Wereld verteld, ook al was ze er zelf nooit geweest. Over wilde mensen die daar leefden en verentooien op hun hoofd droegen, in wigwams woonden en met pijl en boog rondliepen. Adam huiverde van die verhalen en kon er maar niet genoeg over horen.

Toen zijn moeder overleed, hielden de verhalen voor hem op. Zijn vader wilde nooit veel vertellen over de wilden. Hij zei dat hij uitstekend handel dreef met deze naturellen en dat het allemaal wel meeviel, als je de gewoonten van de stam maar respecteerde.

Adams vader had hem wel eens meegenomen naar de Amsterdamse stapelmarkt en toen wist hij het zeker. Als hij klaar was met de Latijnse school, dan wilde hij een kantoor opzetten en net als zijn vader gaan handelen in bevervellen en deze verkopen op de koopmansbeurs. Hij was erg onder de indruk geweest van de grote binnenplaats met de zuilengalerij. Er liepen Joden, Christenen en Moren door elkaar. Ieder had zijn eigen standplaats en op de pilaren stond geschreven uit welk land het product kwam. Hij was ogen tekort gekomen. Begerig liet hij zijn blik over de luxe goederen dwalen. Hij zag onbekende specerijen, zoals muskaatnoten uit Banda en vreemde roodbruine pijpjes uit Ceylon. Op de pilaar stond dat de koffie uit Mokka kwam en voor vijf gulden kon je een pond ruwe zijde uit Perzië kopen. Voor één gulden kocht je een pond tanden van volwassen olifanten en er was zelfs limoensap, dat was gemaakt in een Hollandse factorij aan de Goudkust. Maar ook lag er poederachtig rietsuiker uit Batavia en malle vruchten uit Turkije.

Volgens zijn vader werden er wel vierhonderd verschillende producten verhandeld, afkomstig uit alle windstreken. En als je niet genoeg bij kas zat, dan kon je het bij een gebouw vlak bij de beurs lenen. Ooit zou hij zijn eigen standplaats met vellen hebben. En dan kon hij, als hij genoeg had verdiend, een grachtenpand laten bouwen.

Ze bevonden zich in de grote kajuit en waren bijna klaar met het avondeten. De vier mochten de maaltijd steeds vaker samen met de familie Vrooman in de kajuit gebruiken, maar dat betekende helaas niet dat het eten er beter was.

Het was woensdag en dan stond er vis op het menu. Met een harpoen en haken aan een stuk touw was er vandaag een enorme kabeljauw gevangen. Iedereen had staan juichen toen de wel anderhalf meter lange vis omhoog werd getrokken. Ze hadden allemaal een flink stuk gekregen. De kok hing de rest van de vis te drogen in de open lucht, zodat de kabeljauw veel van zijn vocht zou verliezen en het over een tijdje stokvis zou zijn. Die was dan weer wat langer houdbaar.

Dat was vanmiddag geweest en nu zaten ze weer aan het saaie avondeten. Sjorsje staarde naar het smakeloze droge beschuit dat voor haar lag en zelfs met een beetje boter kreeg ze het niet weg. Morgen was het donderdag en dat betekende spekdag: bonen of erwten met spek, dan zou ze wel weer verder eten.

Meneer Vrooman merkte op dat Sjorsje haar eten nog niet had aangeraakt. 'Meisje,' zei hij streng, 'eet jij je tweeback eens op. Wil jij soms ziek worden? We hebben geen scheepsdokter op deze tocht, hoor. Je moet sterk aankomen. Ik weet dat het nergens naar smaakt, het is ook niet mijn lievelingseten, maar het is erg voedzaam.'

Met tegenzin nam ze een hapje van het keiharde beschuit. Het kostte haar bijna een tand. De anderen keken haar geamuseerd aan.

'Wist je dat er op deze schepen vaak mensen uit andere landen meevaren?'

Sjorsje schudde niet geïnteresseerd haar hoofd.

'Je zult het misschien niet geloven,' ging meneer Vrooman door, 'maar het eten op de Hollandse schepen is stukken beter dan op de buitenlandse. Dat is overal bekend. De beste rogge en tarwe wordt gemalen door de molens uit de Zaanstreek. Nog even volhouden, we zijn er bijna. Ik beloof je dat er in ons nieuwe thuisland vruchtbare akkers en moestuintjes zijn, waar de groenten van thuis worden verbouwd.'

Na het eten waren ze naar het bovendek gegaan waar ze nog even met de kleintjes mochten spelen. Het was een hete dag geweest, zonder ook maar een zuchtje wind, waardoor ze bijna niet vooruit waren gekomen. Van de schipper hadden ze gehoord dat er bijna land in zicht was, nog een paar dagen op z'n hoogst, maar dan moest het wel harder gaan waaien. Het aftellen was begonnen, wat ook weer nieuwe spanningen met zich meebracht.

Boven was het, nu de zon was ondergegaan, lekker om te verblijven. In hun benauwde hut zonder ventilatie was het verstikkend heet. Eva stond erop om *hemel-hel-aarde* met Bodine en Sjorsje te spelen. Ze keken elkaar vragend aan, maar kwamen er al snel achter dat het een hinkelspel was, toen Eva met krijt blokken op de grond tekende en er de cijfers één tot en met tien in zette. In het bovenste blok schreef ze *Hel* en in het blok daaronder *Hemel*. Het was de bedoeling dat je al hinkelend met het blokje in de hemel kwam, zonder buiten de lijnen te komen. Eva was er erg goed in, maar liet haar kleine zusje vaak winnen.

De jongens speelden braaf een potje ganzenbord, dat Adam van huis had meegenomen. De twee kleintjes vermaakten zich ook prima met hun speelgoed. Bartje was druk in de weer met een zweepje, dat hij om een houten paddenstoelachtig tolletje met ribbels wond. Toen hij klaar was, smeet hij deze met een boos gezicht tegen de grond en probeerde de tol draaiend te houden door met de zweep steeds tegen de ribbels te slaan, maar het wilde hem maar niet lukken op de scheve houten planken van het wiegende schip.

Bartje droeg een hoedje met pluimen en Sjorsje keek verrukt naar het oude tafereeltje dat zich voor haar ogen afspeelde. 'O, wat schattig,' riep ze spontaan, 'een oud-Hollands spelletje.'

Bodine en de jongens konden een glimlach niet onderdrukken toen ze de blunder van Sjorsje hoorden.

Eva keek haar niet begrijpend aan en zei: 'Wat bedoel je Georgina, het is niet oud, hoor. Deze spelletjes zijn speciaal voor ons gemaakt.'

Opgelucht haalden ze adem toen Eva verder hinkelde. Niet lang daarna was het bedtijd voor de kleintjes. Eva pakte Bartje en Kathlijntje bij de hand en trok de twee tegenstribbelend mee.

Meneer Vrooman liep met zijn kinderen mee, terwijl Bodine en Sjorsje het speelgoed opruimden. Daarna gingen ze bij de jongens zitten die ook klaar waren en nu op hun rug lagen en omhoog keken. Ze hadden een aantal juten postzakken weten te bemachtigen, zodat ze geen natte broek zouden krijgen van die lekkende schuit.

Het was al vroeg donker op de oceaan en het schip dobberde en kraakte op het pikzwarte water. Het was rustig op het achterdek en de meeste passagiers hadden zich al teruggetrokken in hun hut of zaten nog met de schipper te kletsen aan de kajuitstafel. Met zijn allen tuurden ze naar de miljoenen sterren die fonkelden tegen de inktzwarte hemel en luisterden ze naar het geklapper van de zeilen. Op dat moment leken ze alle ellende even te zijn vergeten en zelfs een moment van geluk te ervaren dat ze dit mochten zien. Het uitzicht was eindeloos en maakte een onvergetelijke indruk.

Thijs probeerde het sterrenbeeld van de Grote Beer te ontdekken. Ineens vroeg hij zich af of ze in de zeventiende eeuw al wisten dat de aarde rond was in plaats van plat. Hij durfde er niet naar te vragen.

'Ze zeggen dat er 's winters geschaatst kan worden', doorbrak Adam de stilte.

'En zou Sinterklaas daar echt helemaal komen?' De opmerking kwam van Jan die, hoewel hij al elf was, blijkbaar nog in de goedheiligman geloofde.

Hendrick Bartholomeus Vrooman sloot de deur toen hij zich ervan had verzekerd dat de twee kleinsten in slaap waren gevallen. Hij liep door het gangetje en zijn gedachten dwaalden af naar zijn vrouw. Wat had hij graag gewild dat de moeder van zijn kinderen erbij kon zijn. Ze waren gelukkig getrouwd, hadden een goed bestaan in Leiden en waren gezegend met veel kinderen. Totdat ze ineens ziek werd en overleed.

Hij had geen andere keus gehad dan zijn kinderen mee te nemen naar Nieuw-Nederland, waar hij net een goede handel met de wilden had opgezet. Het was hier goed zakendoen, nu de bonthandel door de compagnie was vrijgegeven.

Het was beter voor de handel om ter plekke aanwezig te zijn, want het bont werd steeds schaarser. Zodra het seizoen begon, moest hij erbij zijn. En je wist nooit hoe lang een schip er over zou doen. Als het tegenzat, gingen de beste vellen aan zijn neus voorbij. Hij kon dus beter alles regelen vanuit de kolonie. Als de vracht eenmaal in de Republiek was, werd het daar verder door zijn zakenpartners afgehandeld.

Vrooman had nu vijf kinderen om voor te zorgen en dat zag hij als zijn belangrijkste plicht, maar hij was te vaak ver van huis om ze een behoorlijke opvoeding te geven. Hij vond het niets om ze aan de zorgen van een meid over te laten. Aan een nieuwe vrouw en moeder voor zijn kinderen was hij nog niet toe en daar had hij ook helemaal geen tijd voor. Als ze eenmaal in Nieuw-Nederland waren aangekomen, en hij zich op een nieuwe toekomst voor hem en zijn kinderen kon richten, moest hij maar eens naar de kermis of een jaarmarkt om een vrouw te ontmoeten. Die kans was wel klein, want hij had van andere kooplieden gehoord dat er weinig vrouwen waren.

Pas sinds de laatste jaren waren de Heeren van de Staten-Generaal begonnen met het promoten van de kolonie. Al die jaren daarvoor waren er alleen maar boeren en ongetrouwde mannen naartoe gegaan die niet bang waren voor de overtocht. En nu zaten ze met de problemen: een mannenoverschot en weinig gezinnen.

De heer Stuyvesant was de eerste die ervoor zorgde dat Nieuw-Nederland als een volwaardige provincie van de Republiek werd gezien en dat deze hoognodig bevolkt moest worden met jonge gezinnen. Zijn voorgangers hadden dit niet gesnapt en er maar een puinhoop van gemaakt. Het waren zatlappen die de kolonie bijna om zeep hadden geholpen.

Vrooman had veel vertrouwen in de heer Stuyvesant en durfde de overtocht dan ook wel te wagen met zijn gezin. Alleen hopen dat de rust bewaard bleef met de wilden, dat was het enige wat hem zo nu en dan dwars zat. Hij probeerde er niet al te veel aan te denken. Daarbij, in Nieuw-Amsterdam en Beverwyck, waar de wilden altijd in het voorjaar met hun bevervellen langskwamen, ging het er altijd vriendschappelijk aan toe. Maar in zijn achterhoofd bleef de angst toch sluimeren, vooral nu er wat spanning heerste met de Engelsen en de Fransen, die jaloers waren op de goede handel van de Hollanders. Het gevaarlijkst van alles was dat beide landen de wilden aan hun kant probeerden te krijgen door ze gereedschappen en drank te geven. Als er iets fout liep, dan namen ze de wapens op tegen de kolonisten zelf.

Hun eigen directeur-generaal had het veel beter geregeld. Het was ten strengste verboden om gereedschap, wapens of drank met de wilden te ruilen. Vooral als die wilden dronken waren, veranderden ze in beesten en moordden dan een heel dorp uit. Hij hoopte maar dat hij de juiste beslissing had genomen om te vertrekken.

'Nou papá, is het waar wat ze zeggen?'

In de verte hoorde meneer Vrooman de stem van zijn zoon, die hem wat leek te vragen. 'Neem mij niet kwalijk, Jan, wat was je vraag?'

'Heeft de heer Stuyvesant echt maar één been?'

'Aha, het been van de directeur-generaal. Dat zal ik je vertellen. Petrus Stuyvesant voerde lang geleden het bevel over Curaçao, Aruba en Bonaire. In die tijd was de Republiek nog steeds in oorlog met Spanje en tijdens een gevecht tegen de Spanjaarden op het eiland Sint-Maarten werd hij geraakt door een gemene Spaanse kogel, die zijn been verbrijzelde. Het was zo ernstig dat de scheepschirurgijn zijn onderbeen moest afzetten. Niet veel mensen overleven dit, maar de jonge Stuyvesant was sterk en in de Republiek herstelde hij wonderwel. Hij kreeg een houten been en liet het beslaan met zilver. We zullen hem vast wel een keer tegenkomen in de stad.'

'En papa,' vroeg Jan weer, 'is het echt waar dat de huizen er hetzelfde uitzien als in Holland?'

'Jazeker, mijn zoon. Maar dat is niet altijd zo geweest. De eerste kolonisten die aankwamen waren geen vakmensen, maar boeren. Ze kwamen aan in een grote ruige wildernis met wilde dieren en hadden geen geld om een huis te laten bouwen. De compagnie raadde daarom aan om een gat van twee meter diep te graven. Op de grond en tegen de zijkanten werd hout gelegd. Het dak bestond uit ronde balken, afgedekt met boomschors, gras en takjes. Dat was dan je bescherming. Daarbij was het verstandig om een tuintje aan te leggen met kruiden en maïs, dat meteen als voedsel diende voor mens en dier. Pas later kwamen er eenvoudige en comfortabele huisjes in de veilige buurt van het fort en de pakhuizen van de compagnie. Zo, en nu naar bed, kinderen.' Meneer Vrooman stond op van de jutezak en zei: 'Eén ding kan ik jullie nog wel vertellen.'

Nieuwsgierig keken ze op.

'De directeur-generaal heeft grachten laten graven, net als in Amsterdam. De grootste is de Heere Gracht en in de winter, als het héél hard vriest, kan er op de grachten worden geschaatst.' Liefdevol keek hij nu zijn op één na oudste zoon aan en zei met een glimlach: 'O ja, voor ik het vergeet: Sinterklaas brengt op zes december altijd een bezoekje aan Nieuw-Nederland.'

De kinderen van meneer Vrooman lagen die nacht heerlijk te dromen over hun nieuwe land. De vier vrienden lagen voor de zoveelste keer wakker.

Zondag 20 juli

Eindelijk was het dan zover. Na elf dagen op zee kwam de kustlijn van Nieuw-Nederland in zicht. Net als de rest van de kolonisten renden Thijs, Daan, Bodine en Sjorsje naar de boeg van het schip en probeerden over de reling heen te kijken. Hoewel ze het verwachtten, kregen ze toch een schok. Hun ogen zochten automatisch naar het Vrijheidsbeeld en de wolkenkrabbers.

'Kijk kinderen,' hoorden ze de deftige stem van meneer Vrooman zeggen, terwijl hij zijn jongste zoontje optilde zodat deze beter kon kijken, 'daar op het puntje ligt Nieuw-Amsterdam, de hoofdstad van Nieuw-Nederland.'

'Papá, ik zie de molen waarvan u vertelde, net als thuis,' riep Eva dolblij.

'En is daar het Stadt Huys, papá, met de vlag op het dak?' Jan wees naar een statig gebouw op de rechteroever.

'Heel goed gezien, Jan, daar zitten de schout en de schepenen die recht spreken.'

Daan en Thijs, die het gesprek stonden af te luisteren, probeerden de gebouwen en de molen te ontdekken. De kustlijn van het eiland eindigde in een smalle landpunt en twee rivieren kronkelden eromheen. In een rij doemden de bakstenen huizen op met trapgeveltjes en rode dakpannen. Daarachter, op de linkeroever, stond inderdaad een molen. Wat meteen opviel, was een hoge aarden wal, stervormig en met vier bastions op de hoeken.

Sicke en Gerrit, de twee soldaten van de compagnie, hingen uitgelaten over de reling en wezen naar de kanonnen die bovenop stonden. 'Dat moet Fort Amsterdam zijn,' hoorden ze Sicke opgetogen zeggen. Er was niet veel meer van te merken dat ze ziek waren geweest. Het dubbele dak van de kerk torende boven het fort uit. De torenspits met het weerhaantje bovenop, was goed zichtbaar voor de aankomende zeilschepen.

Daan en Thijs zagen het staan op het smalste landpuntje van Manhattan. Nog maar amper twee weken geleden had Daan erover staan vertellen tegen zijn vrienden. De houten stellages waren duidelijk zichtbaar. Niet een of andere archeologische vondst die in het museum stond tentoongesteld, geen nagebouwd ding, nee, gewoon de

91

levensechte, nog in gebruik zijnde, galg. Het stond daar op het puntje als waarschuwing voor elke kolonist die in de Nieuwe Wereld arriveerde. De boodschap was duidelijk: ook in deze overzeese versterkte zeventiende-eeuwse nederzetting hoorde je je gewoon aan de regels te houden. Gelukkig bungelde er geen lijk aan, maar het bleef een angstaanjagend gezicht. Daan en Thijs probeerden cool te blijven, maar keken elkaar nerveus aan.

Er was nu geen ontkomen meer aan, geen weg terug. Hier waren ze, zonder enig idee van wat er met hen zou gaan gebeuren. Waren ze overgeleverd aan de grillen van een éénbenige stijfkoppige man die zo over hun lot ging beslissen? Konden ze wel overleven, zo ver terug in het verleden? Zouden ze ooit hun ouders nog terugzien? Allemaal vragen waar ze geen antwoord op hadden. Er was geen andere keus dan zich over te geven aan deze nachtmerrie.

Daan probeerde er maar een grapje van te maken, voordat hij zou gaan huilen. 'Zo te zien kunnen we een vette cheeseburger met cola wel vergeten.'

'Yep,' zei Thijs, 'daar moeten we nog iets meer dan driehonderd jaar op wachten. Welkom in de zeventiende eeuw!'

De Eendracht voer tussen Staaten Eylant en het Lange Eylant door en liet nu zijn anker vallen in de Oost Rivier, voor de kust van Nieuw-Amsterdam. Daan gaf zijn zus een hand en kneep er hard in. Met zijn andere hand pakte hij die van Thijs, die op zijn beurt Sjorsjes hand zocht. Hun bevuilde gezichten, pikzwarte voeten, vette haren en gescheurde kleren maakten dat ze er uitzagen als echte zwervers. Voor het eerst in hun leven hadden ze geen thuis. Zwijgend staarden ze naar de kustlijn van het vreemde Hollands uitziende stadje.

7

Godvrezende calvinisten

Maandag 21 juli

Behalve het luide gekrijs van een zeearend en de ruisende golven die zachtjes tegen de houten kade klotsten, was het stil in de haven. De nieuwe kolonisten lagen nog vredig te slapen in het onderdek. Plotseling dreunden er doffe knallen over het schip. Geschrokken verlieten de kolonisten hun hutten en haastten zich naar het bovendek om te kijken wat er aan de hand was.

Bodine kneep haar ogen tot smalle spleetjes toen ze bovenkwam. Het felle zonlicht deed pijn aan haar ogen. Ze keek naar de hemelsblauwe lucht zonder wolken en wist dat het de zoveelste bloedhete plakkerige dag zou worden. Bodine proefde het zout op haar lippen en kon wel huilen. Ze had er zo de balen van en behalve verdrietig voelde ze zich vies, uitgehongerd en had ze een enorm droge keel. Ze hadden nu snel vers water nodig.

Op het dek leek alles in orde. Toen ze de familie Vrooman ontdekten, liepen ze erop af.

'... ter begroeting worden dan saluutschoten richting het fort afgevuurd. Ah, goedemorgen kinderen! Kom erbij staan. Ik leg net uit waarom er kanonskogels zijn afgevuurd.'

'Waren dat kanonskogels?' sidderde Sjorsje.

'Ja meisje, maar het is geen reden om te vrezen. Dat was alleen om het fort te laten weten dat we er zijn. En dat we goed volk zijn.' Meneer Vrooman was in een opgewekte stemming. Je kon zien dat er een last van hem af was gevallen nu zijn kinderen veilig en gezond de overtocht hadden doorstaan. 'Hoe groter het schip,' vervolgde hij, 'hoe meer saluutschoten er afgevuurd moeten worden. Dat is niet altijd zonder gevaar, kinderen.' Hij had nu de aandacht van iedereen en ging verder. 'Lang geleden kwam het compagnieschip *Groningen* aan bij de Afrikaanse kust. De kanonnier wilde net zijn saluutschoten voor de begroeting afvuren, toen het kanon uit elkaar barstte. De vlammen grepen snel om zich heen en voordat ze het in de gaten hadden stond er een vat met brandewijn in brand. Heel stom, sterke drank geeft ook altijd problemen.'

'Hoe is het afgelopen, vader?' vroeg Eva.

'Nou, niet zo best, mijn lieve kind. De Groningen zonk naar de bodem en alle manschappen zijn vergaan. Er is geen muis aan ontkomen. Aan boord was een lading van tweehonderdduizend gulden. Gelukkig zitten wij op een klein schip, daarom zijn er maar drie saluutschoten afgevuurd.'

Iedereen had zich nu verzameld op het dek, in de hoop snel aan land te kunnen gaan.

'Weet u ook wanneer we aan land mogen?' Thijs snakte ernaar om van boord te gaan. Alles was beter dan op deze smerige schuit te zijn.

'Misschien kunnen we vanmiddag al voet aan wal zetten.'

Opnieuw werd het geduld van de vier vrienden flink op de proef gesteld.

In de rustige haven kwam de bedrijvigheid op gang. Een vlag werd gehesen en kleine beurtvaarders maakten zich klaar om naar het schip te roeien om de vracht en daarna de opvarenden te halen. Meneer Vrooman wees naar een huis bij de kleine pier. Het was de Waag, waar de havenmeester werkte, die alles nu ging regelen. Er mocht geen mens van of aan boord voordat alle goederen waren gecontroleerd. De havenmeester kon elk moment aan boord komen om alle goederen aan de hand van een laadbrief te bekijken.

Meneer Vrooman, die tijdens de reis als WIC-ambtenaar een oogje in het zeil had gehouden, liet de havenmeester weten dat alle goederen ongeschonden waren aangekomen. Maar eerst moest het havengeld worden betaald. Een beurtvaarder kwam langszij de Eendracht te liggen. Met wat leek op een voorloper van de hijskraan werden allerlei grote en kleine houten kisten, vaten en tonnen van boord getakeld.

Daan vond het allemaal reuze interessant en was blij met de afleiding. Hij wees naar een grote bruine kist die nu in de lucht bungelde, waar hij de letters *J.v.R.* op zag staan. Hij vroeg aan meneer Vrooman waar dat voor stond.

'O, die kist is van de heer Jeremias van Rensselaer. Een zeer belangrijk man. De letters zijn de initialen van de eigenaren voor wie de vracht is bestemd.'

Bij elke kist die van boord werd getakeld, controleerde de havenmeester of het klopte met zijn laadbrief.

'Kijk, kinderen,' meneer Vrooman wees naar een stenen gebouw aan het water dat met zijn trapgevel hoog boven alle andere huizen uitstak. 'Dat is het pakhuis van de compagnie. Alle goederen gaan daar naartoe en worden dan opgemeten en geopend. Als de inhoud klopt en het juiste bedrag ervoor is betaald, dan wordt er met krijt WIC op gezet. Dan pas mag de eigenaar zijn vracht meenemen. Jullie zien, het gaat allemaal heel zorgvuldig, want er wordt veel gesmokkeld en dat is verboden. De West-Indische Compagnie is een handelsorganisatie en moet winst maken. Iedereen die goederen wil importeren of exporteren moet daarover belasting betalen. Het is hier erg gemakkelijk om 's nachts, uit het zicht van het fort, met een klein jachtje naar het schip te roeien en drank aan boord te smokkelen zonder dat daarvoor is betaald. Als mensen dit vaak doen, dan loopt de compagnie veel geld mis en dat willen ze voorkomen. De WIC is niet zo rijk als de VOC, vandaar deze strenge havenregels.'

Ergens in de middag was het dan eindelijk zover en werden de opvarenden in een sloep naar de Waag gevaren. Achter een tafel zaten de strengkijkende magistraten van de West-Indische Compagnie met breedgerande hoeden met pluimen klaar om de nieuwe burgers te registreren. Voor hen op tafel lagen landkaarten, inktpotjes en pennen van ganzenveren.

De ene ambtenaar noteerde de namen van de nieuwkomers op een stuk papier. Als dit overeenkwam met hun eigen informatie, mochten ze doorlopen. De ander wees op zijn beurt op de uitgerolde landkaart de plek aan waar de nieuwe burger zijn huis mocht bouwen, evenals de grootte van zijn perceel dat bestemd was voor de landbouw.

Vervolgens gebaarde hij welke kant ze op moesten om in Beverwyck, Nieuw-Haarlem, Vlissingen of in één van de andere dorpjes te komen. De reis kon een halve dag tot enkele dagen lopen zijn.

Meneer Vrooman en zijn kinderen gingen achter de familie Jeppes in de rij staan en maakten een praatje met Jentje en zijn vrouw Sytje. Hun kinderen stonden er stilletjes en zwaar vermagerd bij.

Thijs, Daan, Bodine en Sjorsje waren behoorlijk nerveus, maar meneer Vrooman had beloofd dat hij alles zou regelen. Het enige wat ze hoefden te doen was wachten, lang wachten. Vanaf de pier keken ze zo tegen het pakhuis aan, waar het nu razend druk was. Waagdragers liepen met kisten en tonnen naar binnen en allerlei handelaren stonden te zwaaien met papieren om hun bezittingen op te eisen. Volwassenen en kinderen van het stadje waren uitgelopen en stonden nieuwsgierig te kijken naar het net gearriveerde schip met de nieuwe mensen.

'We vallen met onze kleren wel uit de toon, geloof ik', ontdekte Sjorsje, die het volk aan de kade in zich stond op te nemen. 'Zo te zien is zwart hier de favoriete kleur.'

'Kijk, de familie Jeppes is al aan de beurt', riep Thijs opgewonden uit. De familie Vrooman kwam hierna.

Nadat ze afscheid hadden genomen van Eva en haar zusje en broertjes, die met al hun bezittingen bij de Waag moesten wachten tot hun vader terug was, gingen de vier met meneer Vrooman op weg. Ze konden nauwelijks geloven dat ze nu op weg waren naar het huis van Anneke Janse, de briefschrijfster.

Het was het laatste obstakel dat genomen moest worden. Schommelend en met onvaste benen liepen ze langs de modderige oever en lieten het pakhuis en het Waaggebouw achter zich. Ze passeerden een groot wit huis met een chique tuin en een privéaanlegsteiger. Het keek uit over het water en een hek bakende het terrein af. Volgens meneer Vrooman woonde daar de hooggeëerde heer Stuyvesant. Ze liepen het huis voorbij en staken de drassige kruising bij de waterkant over, waarna ze een straat insloegen die keurig was geplaveid met ronde keisteentjes. Het was de Paerel Straet.

'Dag heer Vrooman', riep een man met een klein rond brilletje van ijzerdraad vanaf de overkant van de straat. Hij had een vriendelijke blik. 'U bent weer teruggekeerd in het land van melk en honing? Heeft u een goede reis gehad?'

'Dag heer Steendam. Ja hoor, wij hebben een uitstekende reis gehad. Helaas met een omweg via Schotland. Tja, die Engelsen weer met hun Scheepvaartwet. Maar goed, we zijn er. Hoe maakt u het?'

'Uitstekend. Dank u, dank u.'

'Heeft u nog fraaie gedichten geschreven over ons lieflijke Nieuw-Nederland?'

'Jazeker wel:

Want ik sou wel durven roemen
Dat man niemand weet te noemen
Die een beter plaats besit
Als die ik heb tot mijn wit

Siet, mijn tuyn leyd an twee stromen
Die van 't Oost en 't Noorden komen
En haar storten in de zee
Visch-rijk boven allen mee

Melk en Boter, Ooft en Fruyten
Dat men nau 't getal kan uyten
Tuyn-vrucht, wat men wenschen mach
Granen, 't beste wat men sach.'

'Prachtig, prachtig. Wat een lof voor ons nieuwe vaderland', prees meneer Vrooman de eerste koloniale dichter. Opgetogen klapte hij in zijn handen.

'Blij dat u het kunt waarderen', lachte de dichter. 'Op dit moment liggen de verzen bij de uitgeverij in Amsterdam en daarna gaan ze naar de drukkerij. Houdt u het maar goed in de gaten!'

'Dat ga ik zeker doen', zei meneer Vrooman verheugd.

'Zo, nu ga ik eens zien of er nog post uit het vaderland voor mij is meegekomen. Goedemiddag, heer Vrooman. Dag kinderen.'

'Goedemiddag', zeiden ze beleefd in koor en vervolgden hun weg.

'Dat was Jacobus Steendam, de buurman van mevrouw Anneke Janse. Hij heeft al vele fraaie verzen over de kolonie geschreven.'

De vier keken hun ogen uit in het liefelijke Paerel Straetje. Aan weerszijden ervan stonden huizen van gele baksteen met rode dakpannen, zoals ze vanaf de Eendracht al hadden gezien. Sommige hadden trapgevels en andere liepen in een punt. De mooie gevels stonden naar de straatkant gericht. Het waren huizen zoals je ze aan de Amsterdamse grachten zag. Ze hadden een rode deur in het midden met aan beide zijden houten bankjes. Ervoor lagen nette verzorgde voortuintjes die vierkant, ovaal of zelfs de vorm van een diamant hadden. Ze stonden vol met witte en rode rozen, zonnebloemen en lelies en waren keurig afgezet met buxushaagjes, die in de vreemdste vormen waren gesnoeid. Op de bankjes in de voortuin genoten enkele burgers van het zonnetje. Huisvrouwen waren druk met het lappen van de ramen of veegden het stoepje voor hun huis. Het zag er gezellig Hollands uit.

Bij het een-na-laatste huis bleef meneer Vrooman plotseling staan. Het huis had een trapgevel en op de voorgevel stond met ijzeren haken *1653* aangegeven, het jaar waarin het huis was gebouwd.

Een smal tuinpad leidde naar de voordeur, die uit twee helften bestond. De onderkant bleef vaak gesloten en zorgde ervoor dat de dieren niet naar binnen konden. Nu was de bovenkant ook gesloten.

Meneer Vrooman pakte de zware ijzeren deurklopper, die de vorm van de kop van een ram had, en liet deze drie keer krachtig neerkomen. Na een tijdje hoorden ze voetstappen. De bovenkant van de deur werd geopend. Een jonge negerin die haar dikke bos haar had geprobeerd weg te stoppen onder een wit kapje, keek verbaasd naar al het volk op de stoep. Een paar pijpenkrullen waren ontsnapt en dansten vrolijk voor haar gezicht als ze bewoog.

'Kan ik u helpen?' vroeg ze met een gek Nederlands accent. Ze kwam maar een klein stukje boven het onderste gedeelte van de deur uit.

'Ik zou graag willen spreken met de weduwe Janse', antwoordde meneer Vrooman.

'En wie kan ik zeggen dat u bent?'

'De heer Hendrickus Bartholomeus Vrooman, mevrouw.'

De negerin sloot het bovenste gedeelte en maakte de deur daarna helemaal open. Ze mochten doorlopen. In de naar boenwas geurende voorkamer werd hen gevraagd om te wachten.

'Mevrouw Janse komt er weldra aan', zei de meid, die weer was teruggekomen. Ze knikte beleefd en verliet de ruimte.

Vanuit hun ooghoeken namen Thijs, Bodine, Daan en Sjorsje de ruimte op. Tegen de muren stonden glimmende donkere meubels, waardoor het er heel antiek uitzag.

Niemand zei een woord. Ook meneer Vrooman was doodstil en staarde voor zich uit.

Eindelijk hoorden ze vlugge voetstappen op de krakende planken in het gangetje ernaast.

Bij elke stap voelde Thijs zijn hart in zijn keel kloppen. Nog een paar seconden. Toen, amper twee weken na het lezen van de eeuwenoude brief, keek hij in de ogen van de briefschrijfster. Het werd tijd dat iemand hem wakker kneep.

Verbaasd maar vrolijk staarde ze naar de onverwachte bezoekers. En naar de kwispelende hond in haar voorkamer. Net als bij de meid waren haar haren onder een wit kapje verborgen. Om haar nek lag een kanten kraagje. Ze droeg een lange lichte jurk die bijna de grond raakte en zwarte veterschoenen. Er verscheen een glimlach op haar ronde mollige gezicht, toen ze meende meneer Vrooman te herkennen. Zijn kinderen herkende ze niet. Ze vroeg zich af wat hij in haar huis deed. Misschien wilde hij wat kopen? Dat zou mooi zijn, het zou haar eerste klant van de week worden.

'Dag meneer Vrooman, waarmee kan ik u helpen?' kwam ze meteen ter zake. Haar stem was even vrolijk als haar oogopslag. En net als meneer Vrooman sprak ze bekakt.

Meneer Vrooman legde mevrouw Janse kort uit dat ze net een zware reis vanuit het vaderland achter de rug hadden, maar dat hij haar voor belangrijke zaken dringend onder vier ogen wenste te spreken. De weduwe vroeg zich af waarover hij het zou hebben. Voor zover ze zich kon herinneren had hij geen bestellingen bij haar gedaan. Ze vroeg hem mee te komen en liet de kinderen achter in de kamer, maar niet nadat ze nog even een afkeurende blik over de hond en haar net geboende vloer liet gaan.

Daan hield de riem van Saar strak vast, zodat ze alleen maar kon zitten. Hij moest er niet aan denken dat de hond hier rond zou rennen na de blik van die vrouw. Ze keken wat onwennig om zich heen. Thijs' ogen bleven rusten op een zwarte walnotenkast die op grote bolle poten stond. Hij keek vol afschuw weg toen hij zag dat de kast versierd was met ivoor.

Bodine keek ook naar de kast, maar niet naar het ivoor. Zij zag een uitgestald servies. Op het witte porselein waren blauwe figuurtjes geschilderd in Hollandse landschappen. Dit was zeker het beroemde blauw-witte servies uit Delft.

'Kijk dan', fluisterde Sjorsje en stootte haar vriendin zachtjes aan. In de hoek stond een prachtig uit hout gesneden hemelbed met glanzende gordijnen. Ze waren versierd met bontgekleurde bloemen en hadden franjes aan de onderkant. Verder stond er nog een tafel met een rond blad en zware houten stoelen. Het groene pluche op de zittingen paste perfect bij de groengestreepte zijden gordijnen. Er was geen rommel te bekennen en alle meubels stonden keurig recht. Op een boekenplank prijkten in leer gebonden boeken, die met zilver en goud waren beslagen.

'Wie zou die man met die pruik zijn?' Sjorsje wees naar de muur waaraan enkele olieschilderijen hingen. Op één daarvan tuurde een intellectuele man met een flinke bos krullen de kamer in.

'Misschien is dat die Everhardus waar ze in haar brief over schrijft.' Bodine bekeek het schilderij. Normaal hadden de portretten een strenge of trotse uitstraling, maar dit gezicht keek haar aan met een amusante blik.

'Hij ziet er wel aardig uit', zei Thijs, die er ook bij kwam staan.

'Aardig of niet, ik krijg de rillingen van deze sombere kamer.' Sjorsje draaide zich om en zocht Daan. Deze had zijn hoofd voorzichtig om de hoek van de deur gestoken en keek nu het stille donkere gangetje in. Sjorsje was naast Daan komen staan en probeerde ook de gang in te kijken.

'Ssstt!' Daan keek Sjorsje aan. 'Ik probeer te horen wat ze zeggen.'
Sjorsje spande zich in om wat op te vangen van het gesprek, maar behalve wat flarden van woorden kon ze er niets van maken.
'... is joods', hoorden ze meneer Vrooman zacht zeggen. Geschrokken bracht de vrouw haar hand naar haar mond. De heer Vrooman overhandigde haar nu de brief die de kinderen als bewijs aan hem hadden afgestaan. Ze hoorden dat het papier werd opengevouwen.

Toen de vrouw van de eerste schrik was bekomen nadat ze haar eigen brief had gelezen, werd het haar duidelijk. Ze keek meneer Vrooman vastberaden aan en wist wat haar te doen stond. Daan en Sjorsje hoorden haar zachtjes zeggen: 'Onze lieve Heer heeft deze weesjes hier niet voor niets naartoe geleid. Als domineesvrouw zal ik doen wat mijn plicht is. Ik zal van deze arme schaapjes van mijn zuster, God hebbe haar ziel, godvrezende kinderen maken.'

Daan en Sjorsje trokken hun hoofden snel terug en gingen weer bij Bodine en Thijs staan. Tijd om te vertellen wat ze opgevangen hadden, was er niet. Ze zagen meneer Vrooman met de vrouw, die blijkbaar met een dominee getrouwd was geweest, weer hun kant uit komen. Het was zover. Daan en Sjorsje keken elkaar geschrokken aan. De onheilspellende woorden van de vrouw echoden na in Sjorsjes hoofd: 'Godvrezende kinderen van maken.'

'Kinderen', zei meneer Vrooman terwijl hij aanstalten maakte om te vertrekken, 'mevrouw Janse heeft mij beloofd om jullie onder haar hoede te nemen. Jullie hoeven het weeshuis niet meer te vrezen.'
Ze keken elkaar vluchtig aan. Dat was goed nieuws, al wisten Daan en Sjorsje nog iets meer. Maar voor nu konden ze opgelucht ademhalen.
'Luister goed naar mevrouw Janse. Zij zal jullie beschermen en goed opvoeden. Het is een heel mooie kans die jullie nu krijgen.'
De vier bedankten hem voor alles wat hij had gedaan, maar meneer Vrooman wilde er niets van horen. Hij dankte de kinderen en zei dat ze een grote steun waren geweest voor zijn eigen kroost. Vooral hun hulp aan Eva, die de zorg voor haar kleine broertje en zusje had, zou hij nooit vergeten.

Ook mevrouw Janse bedankte meneer Vrooman, die op het schip de zorg van de kinderen van haar zuster op zich had genomen. De dood van Marritgen was als een klap in haar gezicht aangekomen. Ze wist dat Adriaen besmet was geraakt met de pest, maar dat ze inmiddels allebei waren overleden, kon ze amper geloven. Ze zat al enige tijd met spanning op een antwoord te wachten, toen haar eigen neefje en nichtje ineens op de stoep stonden. Mevrouw Janse sloot de deur achter meneer Vrooman, die zelf op weg ging naar Beverwyck.

'Zo, laat me jullie eens goed bekijken', zei ze verheugd. Haar blik gleed over de twee jonge familieleden die ze alleen kende uit de brieven van Marritgen.

'Ik vraag me af of ik er ooit achter was gekomen als jullie niet waren weggelopen.' De vrouw keek de vier vermanend aan.

'Waarachter, mevrouw?' flapte Daan eruit.

'Dat jullie arme vader en moeder zijn overleden aan die afschuwelijke pest.'

'Ja, arme papa en mama.' Daan herstelde zich onmiddellijk en nam zijn nieuwe rol als Joost aan. Hij moest nu opletten. 'Ik mis ze.' Hij trok een triest gezicht, wat hem gemakkelijk afging nu hij het beeld van zijn eigen ouders voor zich zag.

'Ik ben altijd met mijn zuster in Oosterhout blijven schrijven, nadat ik met mijn ouders en mijn eerste man Roeloff naar de kolonie vertrok. We schreven regelmatig, maar de laatste tijd was het erg stil. Nu weet ik waarom. Arme schaapjes. Maar wat zijn jullie al groot, zeg.' Ze pakte de gezichten van Bodine en Daan om de beurt vast.

'Dus jij bent Machtelt? En jij bent Joost?

'Ja mevrouw', antwoordden ze verlegen.

'Nou, we zullen het vast goed met elkaar kunnen vinden', zei ze vrolijk. Toen pas nam ze de gezichten van Sjorsje en Thijs in zich op. 'En jullie zijn natuurlijk ook welkom in dit huis. Jij bent Georgina en jij heet Thijs. Heb ik alle namen goed?'

'Ja, mevrouw', knikten Sjorsje en Thijs op hun beurt.

Mevrouw Janse keek goedkeurend. 'Als iedereen zich aan de regels houdt, dan komt het allemaal goed. Daar zullen we het later over hebben. Zo, wassen jullie je eerst maar even voor het avondeten, dan gaan we straks alles bespreken. De meid zal jullie naar de kamer brengen. Die hond kan wel naar de keuken, hier is net schoongemaakt.'

'Ja mevrouw', zei Daan beleefd en liep de vrouw met Saar achterna. Daarna volgden ze de meid de trap op die een emaillen kan met schoon water vasthield. Boven staarden ze een troosteloos kamertje in, waar ze de komende tijd zouden slapen. Op de muren zat dikke witte kalk. Behalve een krukje waren een vierkante tafel met een tinnen pot, waar de behoefte 's nachts in kon worden gedaan en een houten stoel met biezen zitting de enige meubels in het vertrek. De groene verf bladderde ervan af. Een bed konden de vier niet ontdekken. Ze hoopten niet dat ze op de harde houten vloer moesten liggen, terwijl beneden een comfortabel hemelbed stond.

De meid zette de rode kan op het tafeltje naast een stenen waskom. 'Hier kunnen jullie je wassen en ik kom zo jullie nieuwe kleren brengen. Niet treuzelen, want het avondeten is bijna klaar en mevrouw houdt er niet van om te laat te eten.'

Eindelijk konden ze het vuil na al die weken van zich af wassen.

Gespannen liepen de vrienden de trap af, waar een lucht van gebakken spek hun neuzen binnendrong. De meisjes gingen gekleed in zwarte jurkjes die tot aan hun knieën reikten. Een kanten mutsje bedekte hun haren. Ondanks de hitte droegen ze zwarte kousen en degelijke, eveneens zwarte veterschoenen.

Met de jongens was het niet veel beter gesteld. Zij hadden een wijde kniebroek aan die op de knieën met strikjes werd dicht gemaakt. Daarop een linnen vest met lange mouwen, ze hadden witte zijden kousen aan en droegen een muts. Hun leren schoenen waren behoorlijk versleten.

De vier gingen de ruimte binnen waar lawaai vandaan kwam. Een jankende Saar kwam hen tegemoet, met haar staart tussen de achterpoten. De bange hond had een lage houding en keek haar baasjes met grote ogen aan.

Een knappend vuur lag op de stenen vloer van een grote schouw. Aan de potten en pannen te zien moest dit de keuken zijn. Het meisje van straks was bezig om allerlei etenswaar op schaaltjes en grote borden te leggen. De vrouw gaf haar opdracht om theewater boven het vuur te hangen.

'Jawel, mevrouw Janse.' Gehoorzaam liep de meid naar buiten om een koperen ketel te vullen met water.

Anders dan de sombere en donkere ontvangstkamer, zag de keuken er gezellig en huiselijk uit. Op een krukje lag een breiwerkje en je kon zien dat er in deze ruimte werd geleefd. Het was er alleen bloedheet.

De vrouw des huizes kwam op Sjorsje afgelopen en met het meel nog aan haar handen duwde ze de ontsnapte krullen terug onder het mutsje. Van een afstand keek ze goedkeurend toe. 'Ik heb zo veel kinderen gehad dat ik kleren in alle maten heb. En ze zijn er zuinig mee geweest, zelfs de jongens. Die gekke kleren van het weeshuis hoeven jullie nooit meer aan. En dan heb ik het nog niet eens over al die kleuren en versieringen. Allemaal blootshoofds, het is een schande!' sprak ze verontwaardigd. 'Nu zien jullie er in ieder geval weer uit zoals het hoort. Niemand zal jullie nu gek aankijken, we willen niet dat er wordt geroddeld.' Tevreden ging ze door met haar werk.

Door een laag deurtje kwam de meid weer binnen. Ze hing de volle ketel in de schouw. Vanuit haar ooghoeken wierp ze een steelse blik op de vreemde kinderen.

De vier op hun beurt bleven stil en met verbazing kijken naar het zeventiende-eeuwse tafereel dat zich hier levensecht voor hun eigen ogen afspeelde.

Even later zaten ze aan een heerlijk gedekte tafel in het voorhuis. Een héél klein momentje vergaten ze de ellendige situatie waarin ze verkeerden. Ze hadden alleen nog maar aandacht voor al het lekkers dat op de tafel stond uitgestald. Deze mevrouw moest vast heel rijk zijn. Na het beschimmelde eten aan boord zag dit alles eruit als een feestmaal. In het midden van de tafel stond een groot geglazuurd aardewerken bord waar verschillende hapjes op lagen, van plakjes worst tot stukjes gebakken forel in een vreemd sausje.

De meid zette er nog een bord bij, waar een vers gebakken taart op lag. De geur van warme appeltjes en kaneel vulde de kamer. Op een porseleinen schaal lagen platte oliebollen, waar stukjes krenten en appel uitstaken. Mevrouw Janse legde uit dat het oliekoeken waren, gebakken in zwijnenvet.

Daan, die niet langer kon wachten, prikte zijn vork in een stukje worst toen hij opmerkte dat mevrouw Janse begon te bidden. Geschrokken schudde hij het plakje eraf en legde zijn vork weer neer. Net als de anderen vouwde hij zijn handen. De vrouw merkte niets van dit alles en ging helemaal op in het zegenen van de spijzen. 'Amen', sloot ze af.

'Amen', herhaalden ze in koor.

De vrouw pakte toen haar vork, prikte een stukje vlees van de schaal en stopte het in haar mond. De vier volgden haar voorbeeld dankbaar. Eindelijk! De meid, die niet mee at, schonk thee uit de blauwe porseleinen theepot.

Mevrouw Janse stond op en liep naar de servieskast. Ze kwam terug met een glimmend zilveren doosje dat de vorm had van een schelp. Trots zette ze het op tafel. 'Zo, kijk eens kindjes. Echte suiker. Dat zullen jullie vast niet op het schip of in het weeshuis hebben gekregen. Smul er maar lekker van.'

Ze opende de schelp, waar kleine donkere kleverige brokjes suiker in lagen. Het leek meer op toffees, gemaakt van een dikke stroop, dan op witte vierkante klontjes. Sjorsje was de enige van de vier die altijd suiker in haar thee deed. Toen ze zag dat de vrouw een brokje uit het zilveren doosje nam, pakte ze zelf ook een stukje en liet het in haar kopje vallen. Mevrouw Janse keek even vreemd op en wilde iets zeggen, maar deed het niet.

Sjorsje voelde haar gezicht rood kleuren. Ze keek naar de vrouw en zag dat die nu een stukje van haar suiker afbeet en dit voorin haar mond hield. De thee ging met veel geslurp naar binnen, netjes om het brokje suiker heen. Door het eten kregen de vier weer wat energie en voor het eerst sinds hun barre tocht op zee voelden ze zich allemaal opknappen.

Toen ze het maal eindigden met de nog lauwwarme appeltaart legde mevrouw Janse uit wat er ging gebeuren en wat zij verwachtte van de kinderen. 'Zoals het er nu naar uitziet, blijven jullie voorlopig onder mijn hoede. Er moet een hoop worden geregeld, maar dat komt wel in orde. Ik heb in mijn leven al heel wat kinderen laten opgroeien. Ik mag dan wel grootmoeder zijn, maar een paar kinderen opvoeden kan ik nog wel.' Ze vertelde over al haar kinderen die ze inmiddels had grootgebracht tot ijverige volwassenen. De meesten waren getrouwd en hadden nu zelf kinderen, opgevoed volgens de leer van Calvijn.

'Ik verwacht ook hulp van jullie', ging ze door en keek de kinderen ernstig aan. 'Want, zoals meneer Vrooman ook al opmerkte, als de hooggeëerde heer Stuyvesant hoort dat jullie uit het weeshuis zijn ontsnapt, dan zouden jullie direct in het armenhuis worden gestopt. En dat willen we voorkomen. Ik ga daarom mijn best doen voor jullie.'

Genietend van de appeltaart luisterden ze hoe mevrouw Janse alles regelde. Tussendoor knikten ze een keer, terwijl de vrouw maar verder ratelde. 'De kolonie kan kinderen gebruiken en ik ga gelovige en hardwerkende volwassenen van jullie maken. Voor de jongens zorgen we dat ze morgen naar de Latijnse school kunnen.'

Thijs verslikte zich bijna in een stukje appel. 'De Latijnse school?'

'Als jullie later belangrijke mannen willen worden, zoals een klerk of notaris, of een eigen kantoor willen beginnen, dan zullen jullie naar school moeten om Latijn te leren spreken. En niemand beter dan meester Aegidius Luyck zal van jullie een eerlijke klerk of koopman maken. Jullie krijgen nu een mooie kans, die je in het vaderland nooit zou hebben gekregen. Daar zouden jullie voor galg en rad opgroeien en nooit mannen van enige betekenis worden.'

Thijs maakte zich grote zorgen. Hij had dan wel Latijn in zijn vakkenpakket, maar dat kreeg hij maar twee uur in de week en dan alleen nog maar wat basisgrammatica. Verder leerde hij veel over het dagelijks leven van de Romeinen. Hij dacht niet dat dit hem erg zou helpen. Daan had bovendien een pakket zonder klassieke talen, dus die zou er al helemaal niets van bakken.

'Is de meester een aardige man?' wilde Daan weten. Hij begon zich ook zorgen te maken.

'Schoolmeester Aegidius? O ja, hij is heel bekwaam en eerlijk, vijfentwintig jaar en komt van een familie met een goede reputatie. Meester Aegidius heeft goede methoden om Latijn en Grieks te leren en heeft een duidelijk handschrift. Verder kan hij psalmen van een notenbalk zingen. Hij lispelt niet en kan brieven en verzoeken schrijven. Soms stuurden ze ons onderwijzers uit het vaderland die niet eens naar de universiteit waren geweest. Aegidius' voorganger was zó slecht. Die kon geen orde en discipline houden. De jongens trokken elkaar de kleren van het lijf en vochten veel. Hij moest dit bestraffen, maar dat deed hij niet, omdat sommige ouders niet wilden dat hun zoontjes werden geslagen. Gelukkig heeft mijn man zich nog sterk kunnen maken voor goed onderwijs bij de Staten-Generaal. Nu krijgen alle arme en rijke kinderen onderwijs, zelfs die van de zwarten en de wilden. Nieuw-Nederland kan nu een serieuze en volwaardige provincie van het vaderland worden. Nicolaes en Balthazar hebben nog privéonderwijs van meester Aegidius gekregen.'

'Wie zijn dat, mevrouw?' vroeg Bodine nieuwsgierig.

'Dat zijn de zoons van de heer Stuyvesant. Twee alleraardigste jongens die jullie vast nog eens gaan ontmoeten. Wij verkeren ook in die kringen.'

'Naar welke school gaan Bodine en ik dan?' vroeg Sjorsje bezorgd. Ze wilde voorkomen dat zij en Bodine van de jongens gescheiden zouden worden.

De vrouw begon te lachen. 'Georgina, je weet toch dat meisjes niet naar de grote school gaan? Hebben jullie op de lagere school les gehad met het abc-plankje?'

Sjorsje en Bodine knikten gedwee. 'Mooi zo, dan kunnen jullie lezen en schrijven. Dat is het belangrijkste voor meisjes. Reizigers die Nederland bezoeken, zijn vaak verbaasd dat bijna iedereen kan lezen en schrijven, zelfs de vrouwen. Ik zal jullie verder thuis les geven uit de Heidelbergse catechismus, zodat jullie straks de belangrijkste gebeden kunnen opzeggen.

Bodine zag dat haar vriendin wit wegtrok. Zelf voelde ze een golf van misselijkheid opkomen. Ze had gehoopt dat het bij het ene gebedje voor het eten zou blijven.

'Cattewattus?' flapte Sjorsje er spontaan uit. Het leverde haar een schop onder de tafel op van Daan.

Mevrouw Janse keek haar vreemd aan. 'Ja, meisje, binnenkort zul je alle regels uit je hoofd kennen. Iedere dag doen we een klein stukje en zien we vanzelf wel hoeveel ze jullie al geleerd hebben in het weeshuis.

Verder breng ik jullie alles bij over het schoonhouden van het huis. Jullie worden later goede huisvrouwen.'

Sjorsje legde haar vork neer. De appeltaart smaakte haar niet meer.

'Zo heb ik mijn meisjes ook opgevoed', ging de vrouw onverstoorbaar door. 'Alleen Sara, mijn oudste dochter, heeft verder geleerd. Maar zij was zo slim. Toen ze nog een klein meisje was, sprak ze al snel de taal van de wilden. Zo. En nu het volgende: het geloof. Wat ik jullie nu ga vertellen, is heel belangrijk. Knoop het goed in jullie oren.'

Al snel werd duidelijk dat alles wat ze wisten over hun eigen geloofsachtergrond moesten vergeten. Hier in de kolonie bestond er maar één waar geloof: het calvinisme. 'We zijn hier allemaal godvrezende en hardwerkende calvinisten en niets anders', zei ze streng.

Dit was schrikken voor de vier. Ze wisten niet beter dan dat de Republiek der Zeven Verenigde Nederlanden juist goed was voor mensen met andere geloven. Veel joden, quakers, hugenoten en andere gelovigen ontvluchtten vaak het land waar ze woonden om naar Amsterdam te gaan. Daar werden ze met rust gelaten en konden ze hun geloof zonder al te veel problemen uitoefenen.

'Hier in Nieuw-Nederland hebben we niet veel op met andersdenkenden. De directeur-generaal is een goede calvinist en hij ziet het liefst dat iedereen volgens het ware geloof leeft.'

Thijs slikte even. De grote blauwe ogen van het kleine vrouwtje priemden in de zijne.

'Thijs, ik heb van meneer Vrooman gehoord dat jij joods bent?'

'Ja, mevrouw', zei hij beleefd.

Altijd waren die Joden weer de pineut, dacht Thijs bij zichzelf. En die enge Hitler met zijn haatzaaierij was in deze tijd nog helemaal niet geboren. Hij vroeg zich dan ook af wat nu al het probleem kon zijn.

De kinderen kregen een preek over drieëntwintig joodse vluchtelingen uit de WIC-kolonie Mauritsstad in Nederlands-Brazilië, die was veroverd door Portugal. De vier mannen, zes vrouwen en dertien kinderen waren op weg naar Amsterdam, waar ze godsdienstvrijheid hadden. Halverwege Jamaica werden zij overvallen door een Spaans piratenschip en beroofd van al hun bezittingen. Nu hadden ze niets meer om hun tocht naar Amsterdam voort te zetten. Gelukkig werd het groepje gered door een Frans schip, dat koers zette naar Nieuw-Amsterdam. Ze hadden het idee dat ze daar net zo goed in vrijheid konden wonen als in de grote stad Amsterdam. Helaas mochten de joden van de directeur-generaal geen land kopen. Hij vond dat ze zelfs een ernstige bedreiging voor de kerk vormden. Maar de joden kenden de rechten die in het vaderland golden en deden een beroep op de Republiek. 'Sinds 1654 is er dus wel vrijheid van godsdienst voor de joodse burgers. De heer Solomon heeft nu een herberg met een huis ernaast en meneer Levy kreeg van de directeur-generaal toestemming om een slagerij te beginnen.' Mevrouw Janse keek Thijs doordringend aan. 'Maar zolang jij onder mijn dak woont, verwacht ik dat je je gedraagt, jongeman. Ik wil geen klachten van de buren of vernemen dat jij je later tegen de regering keert. Het is voor je eigen bestwil.'

Thijs liet het allemaal gelaten over zich heen komen en stemde in. Hij was toch niet van plan lang te blijven. Terwijl hij nog nadacht over de harde realiteit van de joodse kolonisten, had de vrouw nu haar zinnen gezet op het katholieke geloof en keek hierbij uitdrukkelijk naar Bodine en Daan. 'Dan hebben we nog de ergste van alle geloven.' De felle blik in haar ogen maakte hen bang.

'Het páápse!' Ze spuugde de woorden haast uit. 'In principe vinden we de katholieken verdacht. Kijk maar naar al die papen die aan de kant van de Spanjaarden stonden, die oorlog heeft tachtig jaar geduurd. Ze mogen hier wonen, maar mogen hun geloof nooit in het openbaar uitdragen.'

'Joodse en paapse mensen worden hier gewoon niet vertrouwd. Jullie zullen nooit een koopman of winkelier kunnen worden. En geen werk, geen brood!'

Sjorsje keek vol medelijden naar Bodine en Daan, terwijl ze haar tanden in een vette oliebol zette. Ze was zelf net van de eerste schrik over een huisvrouwenbestaan bijgekomen toen ze zag dat de vrouw haar blik nu op haar richtte.

'En jij, meisje?' Sjorsje keek haar niet begrijpend aan. 'Welk geloof heb jij?'

'Ik geloof nergens in, mevrouw.' Het leek Sjorsje het veiligste antwoord en het was niet gelogen. De vrouw hapte naar adem en verschoot van kleur. Nu leek ze pas goed van slag en vol verbazing herhaalde ze de woorden.

'Uit welk land kom je, Georgina?'

'Ik kom gewoon uit Holland, mevrouw. Maar mijn vader is geboren in Indonesië.'

'Indonesië?'

'Ze bedoelt Batavia. Toch, Georgina?' schoot Thijs haar te hulp.

'Ja, dat bedoel ik, Batavia.' Sjorsje keek Thijs dankbaar aan.

'Ah, Nederlands-Indië, vandaar je zwarte kleur, was je vader soms slaaf?'

'Nee mevrouw', zei Sjorsje radeloos.

'Hij handelde in nootmuskaat en kaneel', gokte Thijs weer, die dacht aan de specerijenhandel van de voc.

De vrouw keek weer verbaasd van Thijs naar Sjorsje. 'Ben je dan Moors?' drong ze verder aan. De vrouw kon er maar niet over uit dat iemand geen geloof had.

Sjorsje kreeg het behoorlijk heet van deze ondervraging en nam snel nog een hapje van haar bol, zodat ze even tijd had om na te denken. Maar het was al niet meer nodig.

De vrouw keek hen vanonder haar hoofdkap met streng opgetrokken ogen aan. 'Vanaf nu zijn jullie godvrezende calvinisten, althans gauw. En niemand beter dan ik als domineesweduwe kan jullie daarmee helpen. Jullie zullen hier een goed bestaan krijgen en gerespecteerd worden door de burgers. De kolonie heeft kinderen nodig en ik ben jullie enige familie. Als we maar nooit meer spreken over joden of katholieken, anders kunnen we moeilijkheden krijgen. Begrijpen jullie dat?' In stilte knikten ze haar toe.

Rond zes uur hadden ze een volle maag en leek hun hele toekomst, zo lang die hier ook duurde, in kannen en kruiken.

'Vanaf nu mogen jullie mij tante Anneke noemen', zei mevrouw Janse weer goedgeluimd. De goede sfeer was weer terug na de preek over alle foute geloven. Als ze ooit nog op school zouden leren dat vrouwen in de zeventiende eeuw onderdanig en afhankelijk van hun man waren, dan wisten ze wel beter.

Tante Anneke was een zelfstandige vrouw die van aanpakken hield. Ze kon goed organiseren en had de boel in nog geen drie uur na hun aankomst al geregeld. Dit nam voorlopig hun eerste zorgen weg. De vier bedankten haar en tevreden sloot tante Anneke de maaltijd af met een gebed.

8

Regel der schoolmeesters

Na het avondeten verlieten ze het huis voor een late wandeling. Tante Anneke hoopte nog met meester Aegidius van de Latijnse school te kunnen spreken. Voor de jongens wilde ze zo snel mogelijk een plekje regelen in zijn klas. Ze liet er geen gras over groeien, als het aan haar lag hadden Thijs en Daan morgen al hun eerste schooldag.

Tante Anneke trok de piepende deur dicht en via het schemerverlichte tuinpad stapten ze allemaal de zwoele avond in. Saar, die haar oren nog steeds plat naar achteren had liggen, liep ook mee. Bodine en Daan waren blij dat de hond eindelijk een goede wandeling kreeg na al die tijd opgesloten te hebben gezeten in dat afschuwelijke hokje op het schip.

De klamme lucht lag als een warme deken over hen heen. Terwijl ze langs de tuintjes liepen, werden ze zich bewust van een vreemde sensatie. Het leek alsof ze in een sprookjesachtig decor terecht waren gekomen dat al hun zintuigen deed prikkelen.

Ze snoven de zilte zeelucht op, vermengd met de zoete geur van de karmijnrode bloemen van een slingerende kamperfoelie. In de verte staken donkere heuvels dreigend omhoog. In hun mond proefden ze nog de pure smaak van de lang vergeten groenten van het avondeten. Deze sterke gewaarwording kenden ze niet van thuis, alsof alles daar gewoon was.

Even later staken ze een groot plein over dat het Marckvelt heette. Ze zagen een verlaten kraam. Aan de rechterzijde ervan stonden huizen die allemaal van indrukwekkende gevels waren voorzien. De huizen vormden samen rechthoekige blokken en bevonden zich langs de buitenrand. Erachter lagen de tuintjes en weiden naast elkaar, ze maakten samen één groen hart. Tussen de huizenblokken liepen smalle straatjes en nauwe steegjes.

Tante Anneke vertelde dat Nieuw-Amsterdam tientallen jaren geleden nog een gehucht was met enkele houten huizen en modderige straten. Ze zei dat er sinds de komst van de heer Stuyvesant veel was veranderd. Er stonden nu wel driehonderdvijftig huizen van steen, buitentoiletten waren verboden, er was een ziekenhuisje en zelfs een postkantoor. Er woonden nu wel vijftienhonderd burgers in de stad.

Onderweg wees ze de kinderen op de belangrijkste straten en gebouwen. 'Dit is de Brugh Straet, die leidt naar de het bruggetje dat over de Heere Gracht loopt. En hier loopt de Brouwer Straet. Daar zit het Marckvelt Steegie. Ik heb liever niet dat jullie daar rondlopen, want er zitten veel herbergen en die van Pierre Pia de Fransman is de ergste van allemaal. Jullie zijn gewaarschuwd!'

Ze begrepen niet meteen wat er mis was met bezoeken van een herberg. Maar al snel kwamen ze erachter waarom tante Anneke daar zo fel op tegen was. Een herberg was niet alleen een eenvoudig hotelletje dat onderdak en een maaltijd verschafte aan mensen op doorreis. Nee, de belangrijkste reden waarom de burgers een herberg bezochten, was vanwege de brandewijn en andere sterke drank die er werd geschonken, het dansen en spelen van kaarten. Drie dingen die volgens de strenge regels van het calvinisme waren verboden, omdat ze voor hel en verdoemenis zorgden. Toch zag je op bijna elke hoek en in elke steeg wel een herberg. Ze zaten overvol.

'En dit is Fort Amsterdam.' Tante Anneke wees omhoog naar een aarden wal aan het Marckvelt. Bovenop stonden zestien kanonnen met hun gietijzeren lopen naar buiten gericht. 'Het zal ons in tijden van aanvallen bescherming bieden.' Op verschillende plekken ervoor lagen bergjes puin en zand. De wal die de bewoners moest beschermen, was aan het afbrokkelen.

'In het fort staat de Sint Nicolaaskerk.' De eikenhouten balken, die de vierkante toren ervan vormden, staken boven het fort uit. Het godshuis was gebouwd van grijze steen. 'Die kerk bestaat dankzij het huwelijk van mijn oudste dochter Sara met de chirurgijn van de compagnie.' Vol trots begon ze te vertellen. 'Het was een groot feest, waarbij de belangrijkste burgers van de kolonie aanwezig waren. De heer Kieft was toen nog directeur-generaal en heeft op de bruiloft veel geld kunnen inzamelen voor de bouw van de kerk. Het is de eerste stenen kerk van Nieuw-Amsterdam. Aan de voorkant hangt een mooi plakkaat. Jullie zullen het zondag kunnen zien.'

Sjorsje trok haar neus op naar Daan, die somber keek. Ze dachten allebei hetzelfde: zondag naar de kerk. Toen ze de metershoge wal voorbij waren, kwamen ze bij een lange weg, die begon bij de toegangspoort van Fort Amsterdam. Volgens tante Anneke was dit brede zanderige pad de belangrijkste weg van de stad en heette het de Heere Wegh. Een rivier, die er parallel aan liep, stroomde traag mee. Aan het begin van de brede weg stond de molen, die ze vanaf het schip hadden gezien. De normaal door de wind aangedreven houtzaagmolen stond er vervallen bij en uit een aantal wieken was het zeildoek gehaald.

'In dat grote huis daar woont dominee Megapolensis, de opvolger van mijn man. En hier rechts begint de Bever Gracht', vervolgde tante Anneke overbodig, want de stank had het al verraden. 'Deze gracht staat aan het eind weer in verbinding met de belangrijke Prince Gracht en de Heere Gracht. Als je erlangs loopt, is het net alsof je in Amsterdam bent. Zo lijkt het net of we toch een beetje thuis zijn.' De kinderen bekeken het vieze slootje, dat een gracht moest voorstellen.

'Psst, Daan', siste Thijs tegen zijn vriend. Even hield Daan zijn pas in, tot ze naast elkaar liepen. Sjorsje en Bodine liepen aan weerszijden van tante Anneke, die er vrolijk op los kletste. Met kinderen om haar heen was ze helemaal in haar humeur.

'Wat?' Daan keek Thijs aan.

'We moeten deze route goed in ons hoofd opslaan.'

Daan knikte, hij had er ook al aan gedacht.

'Vanavond moeten we een plattegrond tekenen. Elk straatje van dit stadje moet als een blauwdruk in ons hoofd zitten.'

'Ik ga proberen het te onthouden', fluisterde Daan terug.

'We zijn omringd door water', merkte Thijs op. 'Als daar', hij wees naar de kant waar ze gisteren waren aangekomen, 'de Oost Rivier loopt, welke rivier zou *dat* dan zijn?' Hij dacht even na en gaf zelf toen het antwoord. 'Dan moet dit de Hudson Rivier zijn, vernoemd naar zijn ontdekker Henry Hudson. Wacht, ik vraag het gewoon.'

'Nee, Thijs... Stel dat je...'

'Tante Anneke?' Het was al te laat. Ze draaide zich om.

'Ja, Thijs, wat wil je vragen?'

'Is die rivier de Hudson Rivier?'

'De Hudson Rivier?' riep ze verschrikt uit. Tegelijkertijd verscheen er een verbaasde uitdrukking op haar gezicht. 'Hoe kom je erbij om dit water zo te noemen, jongen?'

Thijs voelde dat hij een kleur kreeg. Hij dacht dat hij met deze vraag niet de fout in kon gaan. Zelfs voor deze eerste kolonisten was het al meer dan een halve eeuw geleden dat Hudson de rivier had ontdekt. 'Ik eh, ik dacht dat ze in het vaderland zeiden dat de heer Hudson hier had gevaren met zijn schip de Halve Maen.'

'Dat kun je beter niet hardop zeggen, jongen.' De stem van tante Anneke sloeg over. 'De rivier mag dan misschien wel door iemand zijn ontdekt die in dienst was bij de VOC, maar het blijft een Engelsman die daarna gewoon weer voor zijn eigen land ging werken. De Engelsen denken zelfs dat Nieuw-Nederland bij Nieuw-Engeland hoort. Spreek voortaan liever van de Groote Rivier', wees tante Anneke hem streng terecht, 'of de Noort Rivier. Zelfs de Maurits Rivier is goed. Maar de naam Hudson mag je nooit meer noemen.'

'Het spijt mij, tante Anneke, ik zal het nooit meer zeggen.' Stom, stom, stom, Thijs kon zichzelf wel op zijn tong bijten. Voortaan eerst nadenken in plaats van meteen eruit flappen. Die rivier was natuurlijk pas in hun tijd zo genoemd.

Daan keek hem aan. 'Shit man, dat ging net goed. Het is gewoon gevaarlijk, al die voorkennis.'

Tante Anneke was al weer doorgelopen en besteedde er verder geen aandacht meer aan. Ze lachte alweer en haakte haar armen in die van de meisjes, die nog wat verschrikt achterom naar de jongens probeerden te kijken. Druk kwebbelend liepen ze verder de Heere Wegh over. Thijs en Daan sloften er stil achteraan. Ze keken ondertussen waakzaam om zich heen.

Op de Heere Wegh was het een drukte van jewelste. Boeren duwden volgeladen handkarren voor zich uit, blanke en zwarte mensen sjouwden met zware zakken op hun rug en anderen maakten zomaar een wandelingetje. Tante Anneke leek bijna iedereen te kennen en de mensen die ze gedag zei, keken haar en de kinderen onderzoekend aan. 'De burgers hebben vaak niets beters te doen en er is altijd wel iets om over te kletsen. Zoals over ons nu', voegde ze er lachend aan toe. 'De soldaten van de compagnie in het fort marcheren hier ook en er zitten helaas veel herbergen. Maar iets verderop, vlak voor de Stadt Waal, liggen de boomgaarden en de tuinen van de compagnie. Daar kun je bij volle maan mooi wandelen.'

Bij een ijzeren hek bleef ze even rusten. Erachter staken grafstenen uit de grond. 'Dit is de begraafplaats voor calvinisten. Alle anderen worden achter de Stadt Waal begraven.'

Sjorsje kreeg altijd een naar gevoel als ze een eeuwenoude begraafplaats zag met verzakte grafstenen en uitgesleten teksten. Maar deze was niet eeuwenoud en de letters waren goed te lezen. Ze las op één van de stenen:

Hier leyt begrafe
Elsje Kip
5 jaeren. 8 m.
dochter van Cornelis en Geertje
Ende stierf in 't jaer onzes Heeren
1663

Elsje was nog niet zo lang dood en er lag geen bloemetje bij haar grafje. Bij de andere graven lagen ook geen bloemen. Het waren eenvoudige stenen, zonder versieringen of wat dan ook. De overleden calvinisten rustten in de schaduw van grote iepen, die met hun donkergroene bladerdek over de graven hingen. Erachter stroomde de Noort Rivier.

Deze kant van de Heere Wegh zag er heel landelijk uit, met bouweryen en moestuintjes. Het was een groot verschil met de overkant, waar de stinkende grachten waren gegraven en waar de vele ambachtshuisjes met werkplaatsen voor bedrijvigheid zorgden.

'Daar aan de waterkant woont Lodewijck Pos. Hij is de kapitein van de ratelwacht. En daar op de hoek staat het tabakspakhuis van Albert Andriessen. In dat prachtige huis woont een van de burgemeesters, Paulus Leendersen van der Grist.'

Aan het einde van de Heere Wegh, aan de kant van de Noort Rivier, wees tante Anneke de vier op de bouwery en de boomgaard van de compagnie. Vlak daarvoor sloegen ze rechtsaf een klein straatje in. Net toen de jongens de hoek omgingen, riep tante Anneke: 'Zien jullie die poort daar?'

Thijs en Daan waren al afgeslagen. Toen ze omkeken, viel hun oog nog net op een rij boomstammen, waarin een stenen toegangspoort was gemetseld.

'Dat is de Landpoort. Daar moeten jullie morgenvroeg doorheen om vers water te halen.'

Aan het eind van het korte straatje stond een stenen gebouw. Het was de Latijnse school. Tante Anneke vroeg de kinderen om buiten te wachten, terwijl zij zou gaan praten met de meester.

Sjorsje, Daan en Bodine liepen naar een van de grote ramen van het gebouw en probeerden naar binnen te gluren. Het vertrek zag er sober uit. Er waren geen kinderen binnen, maar aan de lessenaar zat een jongeman met een gestreepte jas en een zwarte hoed met brede rand een brief te schrijven. Hij doopte zijn ganzenveer in een glaasje met inkt totdat deze was volgezogen en schreef verder bij het zwakke lichtje van de lantaarn. Hij keek verbaasd op toen hij de domineesweduwe binnen zag komen en legde zijn ganzenveer neer. De drie doken snel weg tot onder het raamkozijn. Thijs was bij de ingang blijven hangen, waar een bordje met regels zijn aandacht had getrokken.

'Hé, moeten jullie hier eens kijken.' De anderen kwamen om hem heen staan. Daan keek nog even achterom, hij had iets vreemds geroken. Naast de school leek een bierlucht te hangen.

'Wat heb jij daar?' Bodine keek naar het plakkaat waar Thijs bij stond.

'Volgens mij zijn het regels. Kinderen die zich hier niet aan houden, worden flink afgestraft. Kijk wat hier staat.' Hij wees naar een zinnetje onder aan het bord en las hardop voor. '*Welke scholiers deze voorzeide punten niet onderhouden, zullen twee plakken hebben, of zich met de roede afrossen.*'

'Gezellige tijden hier', slikte Sjorsje. Ze lieten hun ogen snel over de regels gaan, voordat tante Anneke alweer zou verschijnen.

117

Regel der schoolmeesters

Hij
die zijn muts niet afneemt voor een man van ere,
die daar lopen krijten, vloeken en zweren,
die wild en onzedig lopen langs de straten,
die spelen om geld, boeken of leugenen praten,
die der lui eenden bekogelen en beesten jagen,
die niet en doen dat de anderen behagen,
die buiten meesters of ouders' raad thuis blieven,
die geld, boeken, pennen, papier nemen als dieven,
die naakt baden, in erwten, in wortelen lopen,
die in de kerk rabouwen, of snoepgoed kopen,
die het gebed 'Here zegent deze spijzen' niet over tafel en lezen,
noch 's morgens noch avonds niet bidt geprezen,
die 't boek scheurt, of beklad zijn papier,
die malkanderen geven toenamen hier,
die zijn eten werpt voor katten en honden,
die niet willen tonen wat zij in school vonden,
die op de wallen lopen als men gaat naar huis,
die malkanderen bewerpen met snot, vlooien en luis,
die niet zedig lopen naar de kerk of daarvan,
die malkander smijten stukken, korf of kan...'

'Ik weet wel zeker dat ik hier goed zal luisteren', bedacht Daan zich. Thijs knikte heftig mee.

'Ik ben eerlijk gezegd toch blij dat jullie niet naar school moeten,' zei Daan beschermend, 'ook al vind jij het niet leuk, Sjors.' Hij wist niet hoe hij zou reageren als hij zou zien dat zijn zusje of vriendin geslagen zou worden.

'Op de gang staan is er niet bij. Hier is het menens.'

'Bij nader inzien is vloeren schrobben toch niet zo vervelend, hè Bo?' Bodine maakte zich juist zorgen dat de jongens geslagen zouden worden, vooral Daan. Luisteren ging hem nooit zo makkelijk af. Van Thijs wist ze het niet, maar ze dacht dat hij wel de verstandigste van de twee zou zijn.

Met haar handen vol kwam tante Anneke al weer het schooltje uit. 'Zo jongens,' zei ze ingenomen, 'kijk eens wat ik voor jullie heb.' Ze drukte de lesboeken bij Thijs en Daan in de handen. 'Een ganzenveer en papier zijn bij de meester te koop, maar die heb ik voor jullie thuis liggen. Morgenochtend verwacht meester Aegidius jullie in zijn klas. Hij heeft nog wat plekjes over tussen zijn jongens.'

Met een zucht bekeken Thijs en Daan de titels van de boekjes: *Historie van den ouden ende jongen Tobias* en *Latina Grammatica*. Er zat ook zat er een exemplaar van de Heidelbergse catechismus tussen en nog een psalmenboek. Het klonk allemaal erg religieus.

De ingang van de school lag aan de Prince Straet. Daar sloegen ze rechtsaf. De gore grachtenlucht benam hen de adem.

'Tante Anneke?' vroeg Daan braafjes.

'Ja mijn jongen, wat is er?'

'Het rook bij de school naar bier. Hoe kan dat?'

'Dat heb je goed geroken, Joost. Naast de Latijnse school ligt de brouwerij van Van Couwenhoven.'

De kinderen keken verwonderd naar elkaar. Zo'n strenge school waar de kinderen geacht werden om zich netjes en braaf te gedragen. Tante Anneke had zelfs gezegd dat de meester nog geen brief mocht schrijven in de herberg en dat de lesboekjes door de kerk moesten worden goedgekeurd. En naast de school stond gewoon een bierbrouwerij, nou niet direct de meest geschikte plek om de kinderen op het goede pad te houden.

Aan de rechterkant van de Prince Straet, daar waar de Prince Gracht was gegraven, tekende zich het silhouet van een hoog somber gebouw tegen de lucht af. 'Kijk maar goed kinderen,' verduidelijkte tante Anneke, 'dat is het armenhuis. Laten we hopen dat jullie daar nooit terecht zullen komen.'

Ze liepen verder langs de Prince Gracht, aan weerszijden lagen weer verschillende huizenblokken. Ze vervolgden hun weg langs de Heere Gracht, waar tante Anneke hen wees op de Slyck Steeg, een ongeplaveid goor steegje. Ook passeerden ze de Hoogh Straet, zo genoemd omdat de straat op een heuvel lag en boven de rivier uitstak. Hier bevonden zich de bakkerij van Nicolaes Jansen en de hoedenwinkel van de heer Samuel.

Het einde van de Heere Gracht mondde uit in de Oost Rivier. Ze waren aangekomen op de plek waar de Eendracht de vorige dag had aangemeerd. Over de drassige oever wandelden ze door naar huis.

Het was bijna negen uur en de burgers die nog buiten waren, spoedden zich naar hun huizen. Ze hadden nog een uur de tijd, want vanaf tien uur mocht niemand zich meer in de straten begeven. Burgers die zich na die tijd nog in een herberg bevonden, waren gedwongen om er de nacht door te brengen.

Binnen maakte tante Anneke zich gereed om naar bed te gaan. De meid was nergens meer te bekennen. Anneke doofde de meeste lichten en de twee jongens en de twee meiden werden de trap opgestuurd. Dit was het moment waar ze op hadden gewacht: vannacht waren ze eindelijk samen. Opnieuw liepen ze het kale en warme kamertje in. De waskom met het zwarte water was geleegd en de kan gevuld met schoon water. Hun oude kloffie was verdwenen.

Tante Anneke was in de slaapkamer gekomen, ze liep naar de paneeldeuren en opende deze. Tot hun grote vreugde zagen de kinderen een bed verschijnen. Een flinke stapel kussens lag tegen het hoofdeinde. Het zag er best knus uit. Sjorsje moest meteen gapen toen ze het bed zag. Ze voelde nu pas hoe moe ze was en hoe pijnlijk haar spieren aanvoelden.

'De meisjes slapen hier.' Tante Anneke legde twee witte katoenen nachtjaponnen op het bed. De jongens begonnen te grinniken. Vol afgrijzen staarde Sjorsje naar de truttige nachtkleding die haar oma nog niet aan zou trekken. Ook Bodine keek niet vrolijk naar de dikke ouderwetse japon, het was al warm genoeg.

Ondertussen had tante Anneke een la opengetrokken die zich onder het bed bevond. 'En hier hebben we de rolkoets.' Ook hier lagen wat dekens en kussens in. 'Het is bedoeld voor de kleine kindjes, maar ik denk dat de jongens er ook wel in passen. Jullie zullen alleen niet onder het bed geschoven kunnen worden. Ik zal jullie nachttabbaards even pakken.'

Ze keken elkaar even vragend aan. Werden kleine kinderen hier dan onder het bed geschoven? Tante Anneke legde twee wijde hemden met lange mouwen in de la. Nu was het de beurt van de jongens om even te slikken toen ze hun nachtkleding zagen.

'Slaap wel, mijn kinderen. En vergeet jullie gebed niet.'

'Tante Anneke?'

'Ja, Joost?'

'Hoe laat moeten we morgen opstaan?'

'Om vijf uur.' Ze liep naar de deur. 'Het ontbijt is om zes uur en voordat Thijs en jij naar school gaan, moeten jullie water halen. Maar dat leg ik morgen allemaal wel uit.'

De deur werd gesloten en de kinderen bleven alleen achter.

'Vijf uur! Dat meent ze toch niet?' verbaasde Thijs zich hardop.

'Eigenlijk is het niet zo gek. Als de mensen hier al om negen uur 's avonds naar bed gaan, hebben ze gewoon acht uur slaap', antwoordde Bodine.

Voor het eerst in hun leven zouden ze slapen in een bedstee met traditionele kleding en een po binnen handbereik voor als ze 's nachts hun behoefte moesten doen. Daan en Thijs zaten met hun rugzakjes, die tot hun grote opluchting niet waren verdwenen, in de hoek en zochten naar pen en papier om alvast te beginnen aan hun plattegrond, nu de stad nog vers in hun geheugen lag.

Ineens had Daan zijn mobieltje vast. Hij had er helemaal niet meer aan gedacht dat hij die bij zich had. Er was natuurlijk geen signaal, het schermpje bleef zwart. Ergens was een andere wereld, dat wisten ze, de wereld waar ze vandaan kwamen. Helaas hadden de antennes niet zo'n groot bereik. Hij kon zijn telefoon dus maar beter wegdoen. Ze zagen het al gebeuren dat tante Anneke tussen hun spullen zat te snuffelen en het mobieltje zou vinden. Dat zou niet uit te leggen zijn. Hoe raakte je zoiets kwijt?

Nadat ze allemaal met tegenzin hun nachtkleding hadden aangetrokken, hoorden ze dat Saar bij de deur was gaan liggen en zachtjes jankte. Ze moest van tante Anneke op de gang blijven, maar Sjorsje opende de deur en liet de hond binnen.

Met hun kladblok in de aanslag klommen Daan en Thijs in de bedstee. Ze hadden de plattegrond al wat uitgewerkt en wilden nu weten of de meisjes misschien nog aanvullingen hadden. In de bedstee was het heerlijk koel, al rook het wel wat muf. Ze hadden zelfs een echt dekbed, gevuld met veren. Het voelde lekker licht en luchtig. Ondanks dat er geen gordijnen waren, was het nu toch te donker geworden om nog iets te kunnen zien. Ze hadden alleen nog het brandende stompje kaars dat in een kandelaartje op de tafel stond. Met zijn vieren staarden ze bij het zwakke kaarslicht naar de zelfgetekende kaart.

Na een tijdje overleggen en kletsen, stapten de jongens uit de bedstee om in hun la op de grond te gaan liggen. Ze hadden nog uren willen praten, maar het ging niet meer. Ze waren op. Daan had de pennen en het schrijfblok weer weggestopt en Thijs blies de kaars uit. Voor het eerst sinds tien dagen vielen ze in een diepe slaap.

Plotseling schrokken ze wakker. Slaapdronken keken ze elkaar aan.

'Waar zijn we?' Bodine stootte haar hoofd tegen de planken en keek verwilderd rond in de bedstee.

In de verte hoorden ze een raar geluid, dat steeds dichterbij leek te komen. Het klonk vaag bekend en toch konden ze niet zeggen wat het was. Voetje voor voetje slopen Daan en Thijs naar het raam. De planken kraakten een beetje. Van sommige huizen kwam een vaag lichtschijnsel, maar verder was het pikdonker.

'Jeetje, dit is niet te vergelijken met thuis met al die lantaarnpalen en lampen die branden', fluisterde Thijs.

'Ssst!' Daan zag dat er een man aankwam.

'Wat voor man? Hoe ziet hij eruit?' wilde Sjorsje vanuit de bedstee weten.

'Het is toch niet de weesmeester die ons alsnog komt halen?' beefde Bodine met een zacht piepstemmetje.

'Wacht even, hij komt steeds dichterbij. Ja, nu zie ik hem goed. Hij heeft een kniebroek aan met een jasje met grote knopen en... hij draagt lange witte kousen en zwarte schoenen met enorme gespen. Hij heeft een hoge hoed op zijn hoofd en houdt iets vast, maar ik kan niet zien wat.'

De man hield stil op de hoek van de Paerel Straet.

'Aha,' ontdekte Thijs, 'het is een reusachtige ratel.'

'*De klok slaat elf, elf slaat de klok!*' verkondigde de man nu luid. Hij liep door naar het eind van de straat, waar hij opnieuw met zijn ratel draaide en de tijd riep. Daarna liep hij door naar de volgende hoek waar hij weer hetzelfde deed. Het geluid stierf weer zachtjes weg. Opnieuw vielen ze in een onrustige slaap. Elke keer als de ratelman voorbij kwam, schrokken ze weer wakker.

'Hoe doen die mensen hier een oog dicht?' geeuwde Sjorsje. Ze draaide zich maar weer eens op haar rechterzij en legde een kussen over haar linkeroor.

9

De Kolck

Dinsdag 22 juli

ij het eerste ochtendgloren werden de vier voor de zoveelste keer ruw uit hun slaap gehaald. Het weksignaal was dit keer een luid tromgeroffel. Met veel kabaal kondigde drummer Claes het vroege ochtenduur aan.

Bodine wreef in haar ogen en keek opzij naar Sjorsje, die zich nog een laatste keer omdraaide. De korte nacht zat erop. Zachtjes werd er op de deur geklopt. Het was de negerin die kwam vertellen dat het tijd was om op te staan. Geruisloos verdween ze weer.

Iedereen was nu wakker. Met tegenzin stapten de jongens als eersten uit hun la om zich aan te kleden. Nadat ze wat water in hun gezicht hadden geplensd en hun kleren hadden aangetrokken, verdwenen ze naar beneden. Het dagelijks leven in de zeventiende eeuw was begonnen. De meisjes kwamen nu ook uit hun bedstee. Een lekkere douchebeurt zat er niet in.

'Zo schoon als het huis is, zo vies zijn ze zelf', merkte Bodine op terwijl ze zich in de strakke kousen hees. Toen ze bijna klaar waren, kwam de meid weer binnen om te vragen of ze nog iets voor de meisjes kon doen. Sjorsje vroeg haar of ze kon helpen met de mutsjes. Zwijgend zorgde de meid ervoor dat er geen plukje meer te zien was van Sjorsjes dikke bos haar.

'Hoe heet jij?' vroeg Sjorsje, die de stilte niet langer verdroeg.

'Louwize', zei het meisje nauwelijks hoorbaar.

'Dit is Machtelt en ik ben Georgina.'

Het meisje knikte. Toen ze ook bij Bodine het kapje goed had gezet, vertrok ze weer.

Even later stapten de meisjes de keuken in, waar tante Anneke en Louwize al druk bezig waren met het ontbijt. De vrouw des huizes was alweer in een opperbest humeur en groette de meisjes vriendelijk. De jongens zaten aan de keukentafel en staarden stil voor zich uit. Rond zessen namen ze allemaal plaats aan tafel en na het gebed begonnen ze aan hun ontbijt. Met moeite probeerden ze de dikke gekookte maïspap en de worstjes binnen te houden. Kokhalsneigingen moesten ze zien te onderdrukken. Het kon niet anders dan dat het heel gezond was. Toch een schrale troost. Opeens vroeg Sjorsje naar de man met de ratel.

'Aha, jullie hebben de mannen van de ratelwacht gehoord.' Tante Anneke probeerde het spannend te brengen. Ze sprak op lage toon en keek de kinderen een voor een doordringend aan. 'De ratelman dwaalt 's nachts door de straten, op zoek naar dieven en ander gespuis die de straten van Nieuw-Amsterdam onveilig maken. Wees maar niet bang, mijn kind,' tante Anneke legde haar hand even over die van Sjorsje, 'daarom hebben we een ratelwacht ingesteld. Deze mannen gaan om de beurt met hun ratel langs de huizen om aan te geven dat alles voor de avond in orde is, zodat we rustig kunnen slapen.'

'Gelukkig maar, tante', zei Sjorsje gerustgesteld.

Daarna legde tante Anneke de jongens uit wat de bedoeling was van hun taak deze ochtend. Er moest water worden gehaald bij de Kolck, de naam die de kolonisten hadden gegeven aan het verse water dat ontsprong uit een ondergrondse bron.

Daarvoor gingen ze de Landpoort door. Daarna zouden ze in het *Swarteland* komen, waar ze het pad dat naar de Kolck leidde, moesten volgen. Als ze onderweg droog hout zagen, mochten ze dat ook meenemen. Ze moesten wel haast maken, want ze mochten niet te laat in de klas komen.

'Is het niet gevaarlijk, tante Anneke, in het Swarteland?' Bodine vond die naam maar eng klinken.

'Ach nee, mijn lieve kind', wuifde ze Bodines ongerustheid weg. 'Onze eigen heer Stuyvesant leeft er al jaren met zijn vrouw en zoons.'

'Maar meneer Stuyvesant woont toch in dat grote witte huis aan het water?' herinnerde Thijs zich.

'Ja ook, maar dat is alleen als hij hier zaken te regelen heeft en in het fort moet zijn. Het liefst gaat hij naar zijn bouwery achter de palissade. En als hij daar met zijn gezin durft te wonen, dan zal het toch wel in orde zijn? De enigen die jullie tegenkomen zijn de zwarte mensen.'

'*Zwarte* mensen?'

'Ja, de negermensen die voor ons hebben gewerkt. Net als Louwize hier. Zij wonen daar in hun bouweryen. Maar je hoeft ze niet te vrezen.'

'Dus er zitten geen wilden?' wilde Thijs toch nog even weten. Als hen onderweg wat zou overkomen, dan zaten de meisjes hier waarschijnlijk de rest van hun leven vast. Hij wilde geen risico's lopen.

'Nee, malle jongen, die zitten hier niet. Hier zul je geen wigwam zien. Degenen die hier komen, zijn ons goedgezind en komen om beverhuiden te verkopen. En mocht je er toch een tegenkomen, dan zeg maar dat je familie bent van Sara Kierstede. Dan komt alles goed. Als ze dat niet begrijpen, dan roep je maar *Oratam*. Dat is de naam van het opperhoofd, een wijze negentigjarige wilde. En niet treuzelen nu, huphup, die bordjes leegeten. Het is tijd om aan het werk te gaan. Straks komen jullie nog te laat op school en daar houdt de meester niet van.'

De jongens hadden minder dan een uur de tijd om water te halen en hout te sprokkelen. Met Saar voor hen uit liepen de jongens met hun emmertjes door het nog donkere stadje op weg naar de Kolck. Alleen in de verte boven de donkere heuvels kwam een rode gloed tevoorschijn. Gelukkig brandde er om de paar huizen een licht.

Het viel hen op hoe keurig alles er uitzag. Nette huizen, schoongeveegde stoepjes, verzorgde tuintjes en nergens lelijke felle neonreclame of andere opzichtige uithangborden. Ook konden ze zich niet herinneren dat ze ooit een straat zonder kauwgom hadden gezien.

'Geen kauwgomgangsters hier', zei Daan, die met heimwee dacht aan betere tijden toen hij deze kinderachtige musical opvoerde in de laatste klas van de basisschool.

Door de gracht voeren wat kleine bootjes om hun goederen af te leveren bij de winkeliers. De jongens hadden de route via de grachten genomen en zouden door de Heere Wegh weer teruglopen.

Met de handen voor de neus liepen ze snel over het bruggetje van de Heere Gracht. Een walgelijke combinatie van vis en rioollucht steeg uit de gracht omhoog en deed hen kokhalzen. Vooral tijdens een hete zomer was de rottende lucht niet te harden. Het kon haast niet anders dan dat het vuilnis van de burgers gewoon in de gracht werd gedumpt. Ze moesten ervoor uitkijken dat ze er niet in zouden vallen. En anders maar hopen dat hun tetanusprik nog geldig was. Toen ze zagen dat ze helemaal alleen waren, pakte Daan zijn mobieltje vliegensvlug uit zijn zak en mikte het over de leuning van de brug. Het vuile grachtwater spatte bijna in zijn gezicht.

'Jammer van het beltegoed', zei hij met een laatste blik op de belletjes die omhoog kwamen op de plek waar het mobieltje verdwenen was. Thijs trok hem mee en vlug renden ze richting de Landpoort. Niet veel later keken ze hun ogen uit. Ze stonden voor de Stadt Waal, de houten palissade die Nieuw-Amsterdam moest beschermen tegen een aanval van de Engelsen. Hoge boomstammen stonden in een lange rij naast elkaar op een metershoge verstevigde aarden wal. Deze liep helemaal van de Noort Rivier naar de Oost Rivier. De bovenkant van de eiken palen waren in scherpe punten geslepen. Op sommige plekken in de wal zat een lage stenen borstwering en hier en daar was de beschermingswal aan het rotten. Ondanks dat zag het er toch indrukwekkend uit.

Daan vond het heel bijzonder dat hij hier nu stond, ondanks de hele situatie die hij liever niet had gehad en zei: 'Dit is dus Wall Street.'

Thijs keek op bij die woorden. Het leek alsof er een licht bij hem aanging.

'*Natuurlijk*, wat stom, dit is Wall Street.' Hij had die hele link van de beschermingswal met de toekomst nog niet gelegd. 'Vorig jaar liep ik ook op deze plaats. Toen was het een drukke straat, met zakenmensen in streepjespakken, druk pratend in hun mobieltjes en een grote beker koffie in de hand. Die werkten hier op de beurs. Wat gek zeg. Ik heb toen geen boomstammetje gezien.'

'Zouden die nog in de grond zitten?' vroeg Daan geïntrigeerd.

Thijs haalde zijn schouders op. 'Dat zou best eens kunnen.'

'Hé Thijs, herken je de straat?' Allerlei gedachten kwamen er bij hem op.

'Niet echt', somberde Thijs. 'Normaal heb ik een goed gevoel voor richting, maar nu kan ik me niet goed oriënteren. Maar wacht eens...' Hij keek van links naar rechts. 'Deze palissade loopt van de ene rivier naar de andere. Van de Noort Rivier tot de Oost Rivier. De echte Wall Street ook: van de Hudson River naar de East River. Ik herkende het niet meteen, omdat ik in New York het water niet kon zien. Het stond hier vroeger natuurlijk vol met hoge gebouwen.'

Ze moesten allebei lachen om de fout. 'Zelfs de naam van de Oost Rivier is nog hetzelfde gebleven.'

'Probeer eens te herinneren hoe jullie toen zijn gelopen', stelde Daan opgewonden voor.

Thijs dacht na en keek weer om zich heen. 'De beurs lag aan die kant van het water, daar zijn we niet in geweest, maar ik sta nog wel op de foto voor het gebouw. Toen liepen we door, langs de theaters van Broadway. Daar hebben we ergens pancakes met blauwe bessen gegeten. Ik kan het me nog goed herinneren. Broadway is een brede laan, net als de Heere Wegh. En ook vlak aan het water. Dus... Shit!'

Thijs keek naar het kippenvel op zijn armen.

'Wat?' riep Daan verschrikt.

'Broadway is de Heere Wegh. De straten lopen gewoon nog steeds hetzelfde.'

Daan was nu compleet buiten zinnen. 'We moeten kijken of dat met de andere straten ook het geval is. En als dat zo is, dan hebben die lui die wolkenkrabbers gewoon bovenop de Hollandse trapgevels gebouwd.'

'Wat een ontdekking! Dit is geweldig, al heb ik geen idee waarom', zei Thijs. 'We moeten vanavond alle papieren nakijken over New York die we bij ons hebben. En er vooral niet meer onze kont mee afvegen. We moeten die plattegronden over elkaar leggen.'

'Precies, dat is onze eerste taak. De boel in kaart brengen, vanavond...'

Verderop zagen ze een compagniesoldaat op en neer lopen.

'Kom op!' spoorde Thijs aan. 'Daar is de Landpoort. We moeten nu echt opschieten!'

Ze zetten het op een rennen. Door hun geklets hadden de jongens waarschijnlijk al veel kostbare tijd verloren. Zonder problemen mochten ze de poort door. Het was heel vreemd om vanuit een volgebouwd kleurig stadje zo plotseling de ruige natuur in te stappen.

Aan beide kanten van de rivieren doemden heuvels op met ondoordringbare bossen, zover ze konden kijken. Delen ervan waren gekapt. Op die plekken waren groene weiden vol met klavertjes en boterbloemen ontstaan, waar schapen en koeien graasden. Het was plattelands, maar niet zoals een liefelijk dorpje. Het was ergens in het wild met oerbossen eromheen. Ze liepen over het uitgesleten pad waar ze, zoals tante Anneke al had gezegd, inderdaad niet alleen veel zwarte, maar ook blanke mensen zagen die hun land aan het bewerken waren. Het gaf de jongens een veilig gevoel te weten dat er hier vooral lekker geboerd werd en er geen indianen met bijlen achter de struiken lagen.

Aan de rand van een weiland timmerde een man een hek. De jongens vroegen hem beleefd de weg naar de Kolck. De man, die zich voorstelde als Claes de Neger, legde hen vriendelijk uit dat ze er bijna waren, het was nog maar een klein stukje rechtdoor. Claes sprak gewoon Nederlands, al moest hij oorspronkelijk ergens uit Afrika komen.

Er kwam een prangende vraag op bij de jongens. Hier woonden aardige donkere mensen bij elkaar, ze werkten hard en spraken de Nederlandse taal. Toch moesten ze afgezonderd wonen van de rest. Maar waarom?

Na ongeveer een kilometer begon het landschap van vruchtbare akkers te veranderen in zompig en drassig gras. Hun voeten zogen zich telkens vast in de grond.

'Dit is net wadlopen', kreunde Daan, toen zijn voet voor de zoveelste keer wegzakte in de moerasachtige grond. Na een paar minuten kwamen ze bij een uitgestrekte plas water. Het was geen vijvertje, zoals ze dachten, maar een meer van minstens dertig voetbalvelden groot. Een stroompje kabbelde naar de Noort Rivier. Ze keken hun ogen uit. Rondom de Kolck lag drijfzand, dus moesten ze erg oppassen waar ze gingen staan. Nog meer mensen vulden er emmers en vaten en Daan en Thijs liepen erop af. Toen ze een plekje hadden gevonden, vulden ze hun emmers. Al blaffend rende Saar het water in.

'O, wat heb ik zin om hier in te duiken, moet je kijken wat helder!' riep Daan uit, terwijl hij water in zijn handen liet stromen en het over zijn gezicht plonsde. 'Het is heerlijk koel, Thijs!'

Thijs deed hetzelfde. Hij voelde zich opknappen. 'Ik ben zo smerig, het liefst zou ik er nu in springen.'

Ze namen even een flinke slok van het water. Meteen trokken ze een vies gezicht. Het was niet echt smerig, maar brak smaakte het wel. Daar moesten ze dan maar aan wennen.

'Zodra het kan, moeten we hier met Bodine en Sjorsje naartoe om onszelf eens goed te wassen en een lekkere frisse duik te nemen. Een helderder meer dan dit zullen we in ons leven misschien nooit meer tegenkomen.'

Snel vulden ze de emmers. Daarna sprokkelden de jongens wat takken bij elkaar en begonnen aan de terugweg, die nu een stuk zwaarder was. Ze waren blij dat ze een stevig ontbijt op hadden, al was het niet te eten geweest.

Nadat de jongens het hout bij de schouw hadden gelegd en hun emmers met water buiten in de ton hadden geleegd, gingen ze gehaast naar boven om hun boeken te halen. Nu werden ze pas goed zenuwachtig en dat was niet alleen vanwege de school. Ook vonden ze het geen prettige gedachte dat de meisjes nu voor het eerst sinds hun hachelijke avontuur alleen zouden zijn. Ze wilden samen blijven, kaarten intekenen en vooral een manier bedenken om weg te komen. Thijs en Daan kenden de straf die op spijbelen stond en dus was er geen keus. Bovendien konden ze geen problemen met tante Anneke gebruiken. Ze woonden nu bij haar in huis en hadden inmiddels al goed begrepen dat zij tot de hogere klasse in de kolonie behoorde. Ze zou alles te weten komen en misschien kwamen ze dan wel op straat te staan.

Tante Anneke gaf beide jongens nog een veer en een dik vel papier. 'Maak haast nu!' Ze duwde hen de deur uit. Thijs en Daan zagen nog net de angstige gezichten van de meisjes voordat de deur in het slot viel.

Om acht uur precies werd er een bel geluid. Een stuk of twintig jongens liepen netjes achter elkaar het leslokaal in. Daan en Thijs volgden hijgend. Ze hadden het nog net gered. Omdat ze hadden moeten rennen, waren ze blij dat ze geen klompen aan hadden, zoals ze bij veel andere jongens zagen. Volgens tante Anneke was dat voor de boeren. Háár kinderen droegen leren schoenen met strikken.

Bij binnenkomst zagen ze dat de jongens een buiging voor de meester maakten. Hun petten namen ze niet af. Daan en Thijs deden maar weer hetzelfde en keken vervolgens een kaal lokaal in. Zeker vergeleken met hun eigen klas met moderne apparatuur was het hier saai en kleurloos. Er stonden lage houten bankjes zonder rugleuning, waar de jongens gingen zitten. Aan de muur hing een zwart krijtbord. Daarnaast was één zielig plankje aan de muur bevestigd waar wat boeken op stonden. Het was er bloedheet. Er waren wel grote ramen, maar die zaten potdicht.

Daan en Thijs liepen naar de lessenaar van de meester om zich te melden. Met grote ogen staarden ze naar de vele spullen. Er stonden allerlei grote en kleine schaaltjes met verschillende kleuren inkt, een glas vol met ganzenveren en een blauw tegeltje waarop verschillende kleuren inkt gemengd waren. Ook zagen ze een bijbel, twee kandelaars, een rekenbord, een liniaal, boekjes met wit papier, een zegel en lak. En daar, op het hoekje van de lessenaar lagen ze: een stevige roe van wilgentakjes en een houten plankje aan een steel voor de pechvogels. Het was al heet, maar nu kregen de twee jongens het nog warmer.

Meester Aegidius heette hen welkom en wees een plekje aan, ergens in het midden. Thijs en Daan gingen naast elkaar op het bankje zitten en keken opgelucht. Ze zaten in ieder geval niet helemaal vooraan, maar waarschijnlijk ontging de meester toch niets.

Daar was in de loop van de tijd toch wel iets veranderd. Hier oefende een meester nog gezag uit en dan was de les nog niet eens begonnen. Alle jongens zaten keurig stil en op het geluid van het krassen van een ganzenveer over het dikke papier en een enkel kuchje vanuit de klas na, was het doodstil. Af en toe doopte de meester zijn veer in het glas met de zwarte inkt en noteerde de namen van de leerlingen nauwgezet.

Toen hij klaar was, noemde hij de naam van een jongen die het ochtendgebed moest opzeggen. Thijs en Daan konden het ook al vlekkeloos opdreunen. De meester wees elke dag iemand anders aan en dus had tante Anneke hen voorbereid en het gebed er gisteravond al ingestampt. Als hun vrienden of ouders thuis hen zo braaf konden zien zitten, zouden ze het niet meer houden van het lachen.

Na het gebed moesten ze het boekje *van den ouden ende jongen Tobias* openslaan op bladzijde zeven. Het stukje heette *De historie van Joseph den dromer* en ging over hoe een vader zijn zoon moest opvoeden en hoe een zoon zich onderdanig moest gedragen. Om elf uur werd de ochtend afgesloten met een gebed voor het middagmaal en mochten de jongens voor een pauze van twee uur naar huis. 's Middags werd er opnieuw gebeden en de Latijnse grammatica doorgenomen. De dag werd afgesloten met het zingen van psalmverzen. Om vier uur, na het avondgebed, ging de school uit.

De volgende dag was het woensdag en dat betekende catechismusoverhoring in de kerk. De meester haalde alle jongens op die zich bij school hadden verzameld en met zijn allen marcheerden ze naar de kerk in het fort. Onder het toeziend oog van de dominee en de ouderlingen werd gekeken of de tien geboden uit de Heidelbergse catechismus zonder haperen konden worden opgezegd.

De rest van de week bestond uit het schrijven van gedichten en brieven. Op vrijdag waren de jongens bekaf en tot hun grote afgrijzen gingen de lessen ook op zaterdag gewoon door. Ze waren alleen op woensdag- en zaterdagmiddag vrij en natuurlijk op zondag, de dag van de Heer.

Die eerste week hadden Sjorsje en Bodine zo hun eigen problemen met het geloof. Als domineesweduwe zag tante Anneke het als haar plicht om één keer in de week wat vrouwen uit de stad uit te nodigen en hen in de Heilige Schrift te onderwijzen. Sjorsje had de akelig somber kijkende vrouwen in hun eenvoudige donkere jurken al snel de bijnaam *zwarte wieven* gegeven. Streng, somber en eenvoudig, dat was het motto hier. Het rijmde bijna niet met het leven van tante Anneke, terwijl zij de vrouw van de dominee was. Ze was zo anders dan de andere vrouwen.

Iedere dag was tante Anneke goed geluimd en deed vrolijk haar verplichtingen in het huishouden. Daarnaast had ze nog een handeltje in huishoudelijke goederen, al werd haar dat niet door de burgers in dank afgenomen. Een vrouw hoorde niet te werken. Toch trok tante Anneke zich daar niets van aan. Ze deed zelf de boekhouding, poetste, kookte en waste, maakte en verstelde kleren. Daarnaast zette ze zich in voor de gemeenschap. Zo was ze getuige bij de vele kindjes die werden gedoopt en verzorgde ze ook de zieken als dat nodig was. Ze deed het van Nieuw-Amsterdam tot en met Beverwyck in het noorden. En dat alles met één hulpje in de huishouding. De vier hadden diep respect voor haar gekregen in de korte tijd die ze hier nu waren.

En het mooist van alles vonden de kinderen nog dat tante Anneke gewoon lichte jurken droeg als ze daar zin in had. Bodine en Sjorsje vroegen haar er een keer naar, toen ze weer eens een lichtbeige jurk aanhad. Tante Anneke antwoordde dat vrouwen dat gewoon konden doen, zonder dat ze meteen hun goede zeden verloren. Veel mensen in de kolonie dachten daar heel anders over. De manier van leven van tante Anneke was voor veel vrouwen in de stad ondraaglijk.

Bodine en Sjorsje zagen geregeld een paar van die zuurpruimen afkeurend op Anneke neerkijken, als ze samen over het Marckvelt liepen. Maar niemand die het tegen haar durfde te zeggen, want tante Anneke behoorde tot de grootburgers, de elite, zoals dat heette. En dus bleef het bij geroddel achter haar rug.

10

Opschudding op het Marckvelt

Zaterdag 26 juli

Elke zaterdag veranderde het plein rond het fort in een grote weekmarkt. De burgers hadden geëist dat deze leek op de markt zoals ze die in het vaderland gewend waren. Ze wilden er dezelfde producten kunnen kopen en dat was uiteindelijk gelukt. Ze hadden zelfs een flinke kraam met een afdakje waarop dakpannen lagen. De markt van Nieuw-Amsterdam zag er niet anders uit dan de Amsterdamse markt. Er waren stalletjes met vis, kip, eieren, boter, varkens en ganzen. Verderop was er wol, kant en linnen te koop. Iedereen mocht er komen om te kopen, maar ook om zelf te verkopen of ruilen.

Er was één ding dat wel verschilde met het vaderland. Dat was het betaalmiddel. Behalve met guldens en bevervellen kon er ook worden betaald met wampum en sewant. Deze schelpen waren het betaalmiddel van de indianen. De wampum waren de witte schelpen en de sewant waren donkerpaars tot zwart. De sewant hadden de meeste waarde.

Voor iemand die niet beter wist, was het niet meer dan wat schelpen aan een draadje. Maar voor de indiaanse bevolking hadden ze een grote betekenis en waren ze bijna heilig. Het hoorde bij hun cultuur. Elk schelpje stond symbool voor een herinnering. Een los exemplaar was niet zo veel waard. Maar een flinke riem, waar wel zesduizend schelpjes aan konden zitten, waren veel herinneringen. De waarde daarvan was dan ook groot.

Als je een indiaan met een grote riem vol schelpjes om zijn middel zag, dan wist je dat dit een belangrijk man voor de stam was, een leider met veel macht. De kolonisten zagen het belang van de schelpen al snel in. Op de markt waren de wilde mensen dan ook van harte welkom. Tussen de kraampjes zaten indiaanse vrouwen gewikkeld in duffelse lakens. De dikke wollen stof was door de kolonisten meegenomen en werd geruild tegen bevervellen. Zittend op matjes regen de vrouwen de schelpen aan een draad. Ook vlochten ze manden en maakten ze bezems, die ze verkochten aan de kolonisten. En als het zomerseizoen was aangebroken, zag je de indiaanse mannen over het Marckvelt rondlopen met de vellen van bevers, otters en muskusratten die ze die ze te koop aanboden.

Eerst had de WIC het monopolie op de bevervellen, maar na een tijdje zagen ze in dat het beter was dat de handel erin werd vrijgegeven. Het trok veel Hollandse kooplieden aan die er aardig rijk van waren geworden. Zelfs tante Anneke hield zich bezig met het handelen in bont.

Vandaag was tante Anneke snel in haar eentje naar het Marckvelt gelopen. De wolken werden dreigend zwart en in de verte was een zacht gerommel te horen, dus ze wilde opschieten. Het was kwart voor elf geweest en de jongens konden ieder moment thuiskomen om te eten. Ze hoopte dat het Sjorsje en Bodine zou lukken om de kippenpastei met pruimen en krenten te maken. Louwize had een dagje vrij, dus kwam het koken en schoonmaken op de meisjes aan. Het was erg belangrijk dat ze op tijd klaar zouden zijn, want het was de avond voor de rustdag.

De houten keukentafel stond vol met geglazuurde aardewerken kookpotten, koperen pannen en grote glazen flessen. Daan en Thijs kwamen net thuis van school en waren blij dat ze de meisjes alleen in de keuken aantroffen. Nu konden ze vrijuit praten.

Terwijl de jongens een vuurtje maakten in het fornuis, tante Anneke was een van de weinige mensen met een echt fornuis, werd het buiten onheilspellend donker. De hemel lichtte steeds vaker op en het begon zachtjes te regenen. Het duurde niet lang meer voordat het noodweer de stad had bereikt.

Thijs zette het luchtgaatje in het deurtje open en Daan blies het vuur zachtjes op. Er hing nu een gezellige, schemerachtige sfeer. Bodine, die in de moestuin was geweest om verse groenten te plukken voor in de rauwe salade, kwam gehaast binnen. Snel sloot ze de dubbele deuren achter zich.

Op hetzelfde moment knalde de lucht van het onweer, zoals ze nooit eerder hadden gehoord. De keukenramen dansten op en neer in de sponningen. Vlug sloten ze de houten luiken. Saar kroop blaffend onder de keukentafel en zelfs in de omringende huizen hoorden ze de honden tekeergaan. De regen, die was overgegaan in hagel, kletterde nu hard tegen de luiken.

'Sjee, wat een knallen!' zei Daan opgewonden.

Het was binnen nog donkerder geworden en Thijs maakte een olielampje aan. De pastei voor het middageten stond op het vuur gaar te worden en het volgende werkje lag al weer klaar. Met een chagrijnig gezicht haalde Sjorsje twee volle handen zout uit een aardewerken kruik die op de grond stond. Ze strooide het uit over de augurken die in een bak met water lagen. Ze was aan het inmaken en vond het een verschrikkelijk werkje.

Hoe leuk Bodine het koken ook vond, Sjorsje verafschuwde het. Daan dacht even dat zijn ogen uit zijn kassen vielen, toen hij zag hoeveel zout Sjorsje bij de augurken deed. 'Sjors, niet om het een of ander, en ik denk heus dat je ooit vast een', hij wierp een snelle blik op de titel van het kleine kookboekje dat naast hem lag, '*verstandighe Kock of sorghvuldige Huyshoudster* zult worden, maar is dat niet iets te veel van het goede?'

'Nee Daan, als het je interesseert, dit schijnt precies genoeg te zijn.' Ze liep naar het kookboekje en las met een grappig accent voor. '*Neemt augurckes als die in de tijdt zijn en neemt twee à drie handen vol sout en doet die in 't water waer ghy de augurckes in sult leggen.* Snap je? Maar lief dat je meedenkt, hoor. Dank je.'

Bodine en Thijs keken elkaar lachend aan. De tijd die ze hier nog moesten doorbrengen, probeerden ze voor elkaar zo aangenaam mogelijk te maken. En humor was er genoeg om angst en verdriet even te vergeten.

Sjorsje stak haar tong uit naar Daan en ging op zoek naar een vergiet. 'Ik was ook liever een jongen geweest in deze eeuw, maar helaas.'
Met een verveeld gezicht legde ze pepers, kruidnagelen en schijfjes
venkel in een glazen fles. 'Wat heb ik hier thuis nou aan? Jullie leren
tenminste nog iets nuttigs. Ik word waarschijnlijk nooit een verstan-
dige huisvrouw of een zorgvuldige kok. Ik sta hier gewoon mijn tijd
te verdoen. En alsof dat nog niet genoeg is, kunnen we hierna verder
met het schoonboenen van de vloeren. Naar school gaan is eigenlijk
best leuk. Je zult mij nooit meer horen klagen.'

Bodine was naar een andere tafel gelopen en zette haar rieten mand
erop. Zij moest nu alle groenten gaan schoonmaken en snijden. Tante
Anneke stond erop dat alles goed gebeurde.

'En, wat hebben we vanmiddag in de rauwkostsalade?' Thijs wierp
nieuwsgierig een blik in de mand.

'Eh, eens zien.' Ze haalde de groenten er een voor een uit. 'We hebben een komkommer, tuinkers, Hollandse kropsla en paardenbloemen.'

'Paardenbloemen?' Thijs staarde met opgetrokken neus naar het
bosje gele bloemetjes. 'Kun je die eten?'

'Yep, de bladeren ervan zijn eetbaar. Zie het maar als een hippe bio-
logische salade', giechelde Bodine.

Thijs vond haar salades goed te eten. Behalve het sausje van gesmolten boter met azijn en zout, daar griezelde hij van. 'En die dan,
wat zijn dat voor bloemen?' Thijs wees naar zonnig uitziende oranje
bloemetjes met groene harige bladeren aan de steel. Ze waren mooi
om te zien, maar zagen er verre van smakelijk uit.

'Dat zijn goudsbloemen.'

'En jij bent er zeker van dat het in de salade kan?'

Bodine knikte. 'Wat hier in de groentetuin staat, verschilt niet zo
veel met thuis. De ingrediënten zijn hetzelfde, alleen de namen zijn
anders. Maar ik herken de soorten van mama's tuin. Zoals de paarden-
bloem bijvoorbeeld, wij noemen dat molsla. En puurder dan hier zul
je het nooit meer krijgen, want hier hebben ze gelukkig nog niet van
bestrijdingsmiddelen gehoord. Je hoeft echt niet bang te zijn dat ik
jullie ga vergiftigen.'

'Oké, ik wilde het alleen even zeker weten. Zal ik je helpen schoonmaken?' bood hij aan.

'Goh, wat lief. Dat zou Daan nou nooit vragen.' Ze gaf hem een mes en de komkommer aan. 'Alsjeblieft, die mag je in blokjes snijden.'

Thijs sneed de groene vrucht in keurige blokjes en gooide deze in de vergiet. Bodine keek hem dankbaar aan.

Sjorsje zag dit met lede ogen aan. 'Zeg, kunnen we misschien wat minder klef en huiselijk bezig zijn?' Ze had de fles tot aan de rand gevuld met rode wijnazijn en drukte er een stop op.

'Tante Anneke zal wel elk moment binnen kunnen komen,' merkte Daan op, 'gezien het weer. Kunnen we weer niet praten.'

'Ach ja, die arme vrouw is op de markt om vis te halen voor het avondeten.'

'Zeg Thijs,' Sjorsje ramde krachtig met haar vlakke hand op de houten stop, 'heb je al een plan bedacht om ons zo'n 345 jaar vooruit in de tijd te sturen? Zodat ik nooit meer van mijn leven augurckes hoef in te maken, of wat het ook in godsnaam mag zijn wat ik zojuist heb gedaan?'

Aan de andere kant van de tafel bleef het angstvallig stil.

Tante Anneke pakte het pakje uit de handen van de marktman die een lekkere vette makreel voor haar in een papier had gewikkeld, toen het ineens donker werd en het onweer losbarstte. Ze keek omhoog en zag dat de hemel pikzwart was geworden. De bliksemschichten schoten voor de donkere heuvels langs en de donder rolde van berg naar berg.

'Zo mevrouw Janse,' zei de koopman vanachter zijn tafel, 'dat ziet er serieus uit. Gaat u maar snel naar huis. Ik ga ook inpakken.'

'Dat lijkt me een goed plan', zei ze en legde de vis in haar mandje. Ze trok haar kapje stevig om haar hoofd. Ze woonde hier nu al heel lang, maar bleef het een fascinerend gezicht vinden. Onweer en bliksem leken hier veel dreigender dan in Holland. Ze moest snel naar huis, de kinderen waren vast bang en als ze nog lang treuzelde zou ze zo doorweekt zijn. Het was in ieder geval goed voor de tuintjes. Die konden na al die droge weken wel wat regen gebruiken. Binnen een minuut was het Marckvelt veranderd in een flinke modderpoel. Om haar heen begonnen de mensen nu te rennen en te gillen en de marktkooplui pakten hun waren snel in.

Tante Anneke tilde met haar ene hand een stuk van haar rokken omhoog, zodat de onderkant niet met de modder besmeurd zou worden. Snel stapte ze over de plassen heen. De vrouw had al meer dan genoeg om te wassen met vier kinderen erbij. Vanuit haar ooghoek zag ze dat wat tegemoetkomende vrouwen haar even vreemd aanstaarden.

Na een tijdje stapte ze doorweekt de keuken in. Ze zag tot haar volle tevredenheid dat de jongens het vuur hadden aangemaakt. De meisjes waren druk aan het koken. Zelfs de pastei rook goed.

'Hoe gaat het met de augurckes, Georgina?'

'Goed, tante. Ik ben er klaar mee.'

'Mooi, dan mag je ze naar de kelder brengen en op het schap bij de andere flessen zetten. En dan kun je de tafel dekken voor het eten. Ik trek even een andere jurk aan.'

'Ja, tante.' Sjorsje pakte de fles, liep langs de jongens en haalde haar neus op. Ze daalde het enge smalle keldertrapje af. Daan hielp haar, zodat ze niet met pot en al te snel op de onderste tree zou belanden. Goh, dacht Sjorsje, hij is toch nog een beetje galant. Ze vond het jammer dat tante al terug was. Het was eigenlijk best gezellig en ze hadden nog steeds niet serieus kunnen praten. Er was altijd wel een klus te doen waarbij ze hun concentratie nodig hadden.

Kort na het middagmaal werd er drie keer stevig met de klopper op de deur gebonsd. Tante Anneke vroeg aan Sjorsje of ze even wilde kijken wie er voor het huis stond. Ze vroeg zich af wie zijn huis verliet in dit hondenweer. Ze verwachtte ook niemand, misschien was het een klant. Dan kon Sjorsje ook wel even helpen.

Sjorsje opende de deur in zijn geheel. Voor haar stond een man die zich voorstelde als Jan Gilissen. Hij kwam namens de rechtbank van Nieuw-Amsterdam en wenste persoonlijk met de weduwe te spreken. Sjorsje zag dat hij een document met een rood lakzegel in zijn handen hield en dacht aan hun eigen ooit verzegelde brief, waar ze geen goede herinneringen aan bewaarde. 'Een ogenblikje alstublieft', zei ze beleefd en liep de keuken in om tante Anneke te halen.

'Nou, dat is fraai zeg.' Tante Anneke hield het papier met het gebroken zegel vast en staarde ernaar alsof ze de inhoud amper kon geloven. Bodine zag dat haar gezicht rood was aangelopen.

'Heeft u slecht nieuws ontvangen, tante?'

'Dat was de bode van het gerechtshof. Ik word maandagochtend verwacht in het Stadt Huys.'

'Waarom, tante?'

'Het schijnt dat ik op het Marckvelt mijn rokken heb opgetild en mijn enkels daarbij heb ontbloot. Ik moet me nu komen verantwoorden voor de schepenbank.'

'En als u niet gaat?' vroeg Daan, die het te belachelijk voor woorden vond.

'Dan moet ik de gemaakte kosten betalen en verlies ik het recht om mezelf te verdedigen. Het is raadzaam om te gaan.'

'Maar wie klaagt u dan aan?' wilde Bodine weten. Ze vond het zielig voor tante, zij verdiende dit niet.

Tante Anneke begon te lachen en zei verontwaardigd: 'De hoer van Nieuw-Amsterdam!' Ze keek fel uit haar ogen. 'Grietje Reynders met die Turk van haar.'

De vier reageerden geschokt op de schunnige taal van de stichtelijke vrouw.

Nadat de rust was teruggekeerd, werd alles in gereedheid gebracht voor de rustdag. De Heilige Schrift kwam op tafel en tot negen uur werd er voorgelezen. Vanaf zonsondergang op zaterdag tot zonsondergang op zondag mocht er niets meer worden gedaan. Dit werd echt letterlijk genomen. Er werd zelfs niet meer gekookt of schoongemaakt door het normaal zo ijverige volkje, vandaar alle voorbereidingen van deze ochtend voor de komende avond en dag. Om negen uur waren de vier blij dat ze naar bed konden.

De eerste week zat er nu bijna op. Ze vonden dat ze het er goed vanaf gebracht hadden en zich redelijk snel hadden kunnen aanpassen aan het harde werken, de school en het steeds maar weer bidden en bang moeten zijn voor God. De vrienden hadden door dat ze zowel geestelijk als lichamelijk een zware tijd tegemoet gingen.

Toch verliep het leven volgens een vast patroon. Alle dagen zagen er hetzelfde uit. Daarin moesten ze nu een gaatje zien te vinden om met zijn vieren te kunnen praten. Dat zou alleen geen eenvoudige opdracht worden, je kon hier bijna niets ongezien doen, omdat iedereen elkaar in de gaten hield.

Bekaf vielen ze in een diepe slaap en voor het eerst werden ze niet meer wakker van de ratelwacht. Als ze hadden geweten wat hen de volgende dag te wachten stond, hadden ze een zoveelste slapeloze nacht gehad. De enige die nog in zijn bed lag te woelen, was Thijs. De opmerking van Sjorsje eerder die dag had hem aan het denken gezet. *Zorgen dat ze 345 jaar vooruit in de tijd kunnen.* Hij had nog geen idee hoe ze naar huis konden, maar hij wist wel hoe het *niet* moest. Die nacht bleef hij nog lang naar het balkenplafond staren.

11

De kerk in het fort

Zondag 27 juli

Zondag, de rustdag, was altijd belangrijk voor de kolonisten, want dan werden de vragen en antwoorden uit de catechismus gepredikt. Door meester Aegidius waren Thijs en Daan na een week school al aardig op de hoogte gebracht over het hoe en wat van de Heilige Schrift. Maar de meisjes nog niet.

Eerder die week zaten ze samen in de voorkamer aan tafel te studeren. Met een strenge blik had tante Anneke gezegd dat ze alle vragen en antwoorden uit het hoofd moesten leren.

Sjorsje zat te wiebelen op haar stoel en gleed bijna onderuit. Ze greep zich vast aan de rand van de tafel en vroeg onthutst: '*Alle* 129 vragen én antwoorden?' Ze dacht het huiswerk wel even door te nemen, zodat ze een vaag idee had van waar het over ging. Maar niets van dat alles. Woord voor woord moest het opgedreund kunnen worden.

Gespannen friemelden Bodine en Sjorsje bij elkaar aan de hoofdkapjes. Er mocht geen haartje onbedekt blijven. Op hun slaapkamer hoorden ze het eenvoudige luiden van de kerkklok. De calvinistische dienst ging zo beginnen.

'Meisjes?' riep tante Anneke opgejaagd beneden aan de trap. 'We gaan, maak haast nu.' Als domineesweduwe kon ze het zich niet veroorloven om te laat in de kerk te verschijnen. De meiden vlogen naar beneden, waar iedereen al klaarstond om te vertrekken.

De twee oudste dochters van tante Anneke waren ook aanwezig. Haar overige kinderen woonden in andere plaatsen in de kolonie en gingen daar naar hun eigen kerk. Sara Roeloffs was gekomen met haar man Hans Kierstede, de chirurgijn van de compagnie, en hun vijf kinderen. Aan haar dikke buik te zien zou het niet bij dat aantal blijven. Trijntje Roeloffs was er met haar man Johannes van Brugh en hun vier dochters. Johannes was schepen bij de rechtbank van Nieuw-Amsterdam.

De mannen gingen gekleed in zwarte mantels, fluwelen pofbroeken, witte zijden kousen en grote gouden gespen op hun schoenen. Op hun hoofden stonden hoge hoeden. Het grote en drukke gezelschap ging op deze vroege zondag op pad om de eredienst van dominee Megapolensis bij te wonen.

Louwize ging ook mee, netjes gekleed voor de gelegenheid. De meid leek een wat nerveuze indruk te maken en Sjorsje en Bodine wisten waarom. Ondanks dat ze wat schuchter en verlegen was, hadden zij haar de afgelopen dagen wat beter leren kennen.

De dag ervoor, toen tante Anneke naar de markt was, hadden Sjorsje en Bodine Louwize op haar eigen kamertje aangetroffen, waar ze op een stoeltje zat te haken. In het kleine hokje in de keuken pasten net een bed, een klein tafeltje met een stoel en een dekenkist. Ze keken naar de schamele spullen, terwijl de kleine vrouw openhartig begon te vertellen hoe ze in het huishouden van de familie Bogardus terecht was gekomen. Waarschijnlijk was ze toen vijf jaar geweest. De dominee zelf had haar vlak voor zijn dood nog gedoopt. De arme predikant was zeventien jaar geleden omgekomen op het schip Prinses Amalia, dat voor de kust van Engeland verging. Hij wilde getuigen in de Republiek tegen de bloedige indianenoorlogen van directeur-generaal Kieft. Nooit meer zou Louwize vergeten hoe dominee Bogardus en mevrouw Janse haar in hun gezin hadden opgenomen, alsof ze hun eigen dochter was. Ze had een fraaie jurk gekregen, maar ook onderwijs en godsdienstles én ze had eten en onderdak.

Een jaar geleden was ze verliefd geworden op Christoffel van Angola en hij ook op haar. Christoffel was een halfvrije slaaf die in het Swarteland een kleine bouwery bezat. Bij zijn aankomst in de kolonie had hij als negerslaaf het vak van timmerman geleerd en werd hij ge-

kocht door Frederick Philipse, een eenvoudig timmerman uit Fries-
land en nu één van de rijkste burgers in de kolonie. Uiteindelijk kon
Christoffel zich vrijkopen en voor zichzelf beginnen. Voorwaarde was
wel dat hij zich liet dopen. Hij werkte heel hard, zodat hij Louwize
over een tijdje vrij kon kopen. Als ze voor de kerk zouden trouwen,
had mevrouw Janse daar geen problemen mee.

Bodine en Sjorsje vonden haar erg aardig en waren dan ook razend
nieuwsgierig naar haar vriendje. Dat Louwize één van de vele slaven
in de kolonie was, en rechtstreeks uit de binnenlanden van Afrika was
gehaald, kwam toen nog niet bij hen op.

Terwijl ze over het Marckvelt liepen, galmden de lage bronzen
klanken nog steeds door de stad. Overal kwamen families uit hun
huizen gelopen. De vrouwen zagen er als altijd uit: met een eenvoudige donkere jurk en een kapje op het hoofd. De mannen waren haast
onherkenbaar zonder hun vuile dagelijkse werkkloffie. Ze droegen
een muts of vilten hoed en de meesten hadden hun klompen vervangen door leren schoenen. Sommigen van hen hielden een krukje of
stoeltje onder hun arm, zodat ze wat dichter bij de dominee konden
zitten.

Zolang de dienst duurde was het niet toegestaan om iets anders te
doen. Of het nu ging om de alledaagse dingen, zoals kopen of verkopen, kaatsballen, tuinieren, zagen of met een handkar lopen, het was
allemaal verboden.

Het was een heerlijke zonnige dag en gelukkig niet meer zo benauwd
als de voorgaande dagen. Ook van het slechte weer van de vorige dag
was niets meer te merken, behalve dan dat het het gesprek van de dag
was. '...belooft niet veel goeds, zulke harde knallen.' '... nog nóóit gehoord
sinds ik hier woon.' '... slecht voorteken...' en meer van dat soort onheilspellende zinnen vingen ze op.

Tante Anneke moest lachen om het bijgeloof van de burgers. Zodra
er iets gebeurde wat ze vanuit het vaderland niet kenden, hoorde je in
alle hoeken van de stad dat er iets vervelends stond te gebeuren. Op
elke straathoek was er wel een waarzegster te vinden die, voor veel
geld, precies verkondigde wat de angstige kolonisten wilden horen.

Ver weg van hun eigen vertrouwde omgeving aan de overkant van de grote plas, met angst voor ziekten en aanvallen van de wilden, waren de meeste kolonisten eerder geneigd om de verhalen van deze oplichtsters te geloven dan hun nuchtere verstand te gebruiken. En hoewel de kolonie verboden was voor waarzegsters, omdat ze als heksen werden gezien, konden ze hun werk zonder al te veel problemen uitoefenen.

Stuyvesant geloofde niet in hekserij en in Nieuw-Nederland werden geen heksen vervolgd. Dat was in Nieuw-Engeland wel anders. Connecticut, een Engelse kolonie die grensde aan Nieuw-Nederland, stond bekend om zijn heksenvervolgingen. In het kleine plaatsje Hartford vond de grootste heksenjacht ooit plaats. De puriteinse kolonisten waren erg fel als het om hekserij ging en iedere heks, jong én oud, moest voor een speciaal hiervoor opgericht tribunaal verschijnen.

Onderweg vertelde tante Anneke over het Nederlandse meisje Judith Varlet, dat door de Engelsen was opgepakt omdat ze contacten met de duivel zou hebben. De heer Stuyvesant had zijn uiterste best gedaan om het meisje van de galg te redden. Helaas zouden ze er niet meer achter komen hoe het met het meisje was afgelopen. Ze waren aangekomen bij de ingang van het fort.

Er was maar één toegang en die lag aan de kant van de Heere Wegh. Bodine en Sjorsje keken hun ogen uit toen ze het fort via de houten poort binnengingen. Het was één droge stoffige ruimte en leek wel een ministadje binnen Nieuw-Amsterdam.

De jongens waren afgelopen woensdag, de dag van de catechismus-overhoring, voor het eerst in de kerk geweest en wisten dus al hoe het eruit zag. Ze hadden al snel door waarom ze de soldaten van de compagnie altijd buiten het fort zagen marcheren, binnen was er gewoon geen ruimte.

In één van de vier stenen hoeken van het fort bevond zich een vlaggenmast. In de andere hoeken stonden kapotte kanonnen en eikenhouten rolpaarden, die de kanonnen normaal droegen, onverschillig door elkaar. Tegen een afbrokkelende muur waren musketten neergezet en op de grond lagen allerlei degens en vuursteenpistolen. Overal slingerden emmers rond.

145

Aan de buitenkant zag het fort er al niet fraai uit, maar binnen was het niet veel beter gesteld. Twee musketiers in uniform kwamen een verwaarloosde houten barak uitgelopen. Hun donkerblauwe rokken reikten tot hun knieën. De voorpanden van de lange jassen waren omgeslagen en afgezet met grote metalen knopen. Daaronder droegen ze een lichte pofbroek met witte kousen en zwarte schoenen. De hoeden waren aan twee kanten omgeslagen. In elk van hun staarten prijkte een zwart zijden lintje. Aan de zij van de ene soldaat bungelde een degen. De twee soldaten in uniform straalden macht uit, dat kon van het fort niet worden gezegd.

Verderop stond een gebouw dat er iets beter uitzag dan de rest. Het was het woonhuis van de directeur-generaal. De vier hadden van tante Anneke al gehoord dat Stuyvesant dit kleine huisje in het fort geen plek vond om met zijn gezin te wonen. Dus was het nu de woning van zijn secretaris, de heer Van Ruyven. Als Stuyvesant officiële gasten moest ontvangen, dan deed hij dat wel in zijn mooie huis aan het water.

Al lopend achter de andere kerkgangers aan zagen ze een opslagplaats van munitie. Er lagen gietijzeren kanonskogels, kruitflessen, musketkogels en patroontassen. Boven in het fort, bij de kanonnen, waren drie soldaten op wacht druk met elkaar in gesprek zonder acht te slaan op de omgeving buiten de vesting. Het was één grote wanordelijke bende.

Ze stonden nu in een lange rij bij de ingang van de Sint-Nicolaaskerk en de burgers schuifelden langzaam achter elkaar naar binnen. Thijs en Daan zagen meester Aegidius met zijn vrouw vooraan in de rij staan.

De kerk, die zeker een kwart van de ruimte van het fort in beslag nam, was vierendertig meter lang, zeventien meter breed en zes meter hoog. Boven de deur hing het bronzen tablet, waarover tante Anneke op de dag van hun aankomst had gesproken.

AO. DO. MDCXLII
W. Kieft Dr. Gr. Heeft de Gemeente desen Tempel doen Bouwen

Ze wisten nu dat dit te danken was aan het huwelijk van tante Annekes dochter Sara met de belangrijke chirurgijn en hun rijke gasten, die in dronken toestand hun geld aan de slimme directeur-generaal hadden afgestaan. Bij de ingang van de kerk hing een bordje waarop stond te lezen:

Geen appelen, peere of ander fruyt in de kerck te schillen, snyden of eenige andere vuylichheden in de kerck te brengen.

Ze gingen het sober aangeklede godshuis binnen en volgden tante Anneke helemaal naar voren. Dat de vrouw en haar familie tot de aristocratie van Nieuw-Amsterdam behoorden, net als de directeur-generaal, de burgemeesters en de predikanten, was vandaag het duidelijkst zichtbaar. Eén van die privileges was dat ze plaatsnamen op de belangrijkste bankjes op de voorste rij. Daar hadden ze het beste zicht op het hoge spreekgestoelte waar de dominee straks zou gaan staan.

Thijs en Daan zochten naar meester Aegidius, maar konden hem vooraan niet vinden. De meester, die toch een belangrijke functie had, behoorde niet tot de elite en kreeg nog minder betaald dan de voorman van een timmerwerkplaats. Hij zat ergens tussen de kleinburgers.

Louwize, die wel vooraan mocht zitten, omdat ze deel uitmaakte van het gezin, zat naast Bodine. Ze wees haar Christoffel aan, die achterin zat. Bodine was blij voor Louwize, die nu overduidelijk straalde.

Daan, die ook om zich heen zat te kijken, hield zijn blik ineens stil. Aan de andere kant van het gangpad had hij iemand opgemerkt. Hij stootte Sjorsje naast hem in het bankje aan en fluisterde in haar oor: 'Daar zul je hem hebben!' Hij knikte naar de overkant.

'Wie?' vroeg Sjorsje onnozel.

'Wie denk je zelf?' fluisterde Daan terug.

Sjorsje rekte haar nek uit om te kunnen kijken wie er op de voorste bank zat. Ze hoefde niet lang na te denken en lichtte de anderen in. Daar zat hij dan, op nog geen tien meter afstand: de man die ze alleen kenden uit de geschiedenisboekjes en van internet. Hij was klein, maar zag er sterk gebouwd uit. Hij had een lang gezicht met een grote rechte neus en zag er trots uit. Zijn golvende haren vielen in slierten over zijn gesteven witte kraag en op zijn zwierige hoed stonden veren. Ondanks dat Petrus Stuyvesant ijdel was – zijn houten been was niet voor niets met zilver beslagen – had hij geen interesse voor de pruikenmode die uit Europa was komen overwaaien. De bestuurders in Nieuw-Engeland daarentegen waren er gek op. Hij droeg een groen fluwelen jasrok met ruime plooien en grote mouwomslagen. Zijn wijde kniebroek was aan de onderkant vastgeknoopt met linten. Het houten been konden ze niet zien. Naast de man zaten twee leuke jongens. Het gezicht van de vrouw, die aan zijn andere zijde zat, konden ze niet goed in zich opnemen, omdat er een kanten sluier over haar haren lag die de zijkant van haar gezicht bedekte.

Onder het spreekgestoelte van de predikant stond een bureau. Daarachter stond de voorlezer klaar om de dienst te beginnen met een Bijbellezing. Het geroezemoes nam af. 'Luister met eerbied naar het woord van uw God', sprak hij de burgers monotoon toe en begon met het voorlezen van de tien geboden uit de Heidelbergse catechismus, de regels van God waarnaar de mensen moesten leven. Daarna zong hij een psalm, langzaam en met hoge en luide stem. Dat gebeurde zonder begeleiding van een orgel, want dat was door Calvijn verboden.

Ondertussen schreed een ernstig kijkend man de kerk binnen. Gedwee sloegen de burgers hun ogen neer terwijl de man in zijn lange zwarte gewaad met wit befje en beige pruik doorliep naar het spreekgestoelte, waaronder hij neerknielde in gebed. Het was dominee Megapolensis.

Toen de psalm was beëindigd, beklom hij de treden van zijn kansel boven in de kerk en zag neer op de angstig kijkende burgers onder hem. De dominee spreidde zijn armen. Het leek wel of hij boos was. Zijn emotionele stem schalde door de kerk. Hij ging tekeer over de zeventien herbergen in de stad en sprak over de dronkaards en de goddeloosheid.

Naast de kerkbankjes verschenen ineens diakenen. Ze bleven star naar het spreekgestoelte kijken, terwijl ze een lange stok voor de burgers uitschoven. Aan het eind ervan hing een fluwelen zakje met een belletje. De burgers lieten er een muntstuk in vallen en als de laatste van de rij was geweest, werd er aan het belletje getrokken.

Ondertussen tierde de dominee verder over de heidense rooms-katholieken, quakers, wederdopers en andere dwaalgeesten. Handen werden ineengevouwen en sommige kerkgangers sloten hun ogen. De vier schoven versuft en ongemakkelijk heen en weer op de keiharde banken, terwijl de dominee stond te schreeuwen en te schuimbekken. Het zag er niet naar uit dat hij snel zou stoppen.

Bodine begreep het bordje bij de ingang van de kerk nu goed. Ze kon zich wel voorstellen dat de mensen tijdens zo'n lange preek over hel en verdoemenis zin kregen in een frisse appel of peer. Sjorsje snapte op haar beurt waarom de burgers hun ogen sloten. Die lagen gewoon een dutje te doen. Ze zagen dat zelfs Stuyvesant nu een groot zilveren horloge uit zijn zak tevoorschijn haalde en met een diepe zucht keek hoe laat het was.

De voorlezer, die nog steeds achter zijn bureau stond, keek naar de zandloper en pakte een stok waarmee hij drie keer op zijn bureau tikte. De dominee, die in een andere wereld leek te zijn, beëindigde zijn donderpreek en daalde weer af van zijn kansel. De dienst was voorbij. Versuft liepen Daan, Bodine, Thijs en Sjorsje achter de familie aan naar huis. Het was een lange ochtend geweest en straks ging het allemaal weer verder.

Die middag was de catechismusoverhoring. De dominee had al een paar kinderen op het oog. Nadat alle voorbereidingen waren getroffen, luidde de voorlezer de kerkbel voor de middagdienst.

Dominee Megapolensis nodigde enkele oudere kinderen uit om bij hem te komen zitten. Onder toeziend oog van de ouderlingen aan de zijkant liepen de kinderen naar voren. De ouderlingen hadden altijd een belangrijke rol in de gemeenschap. Ze gingen op huisbezoek en hielden alle leden van de kerk in de gaten. Nu keken ze of de kinderen wel opletten en ijverig genoeg waren.

Bodine kromp van schrik ineen. De vinger van de dominee was op haar gericht. Hij bleef haar strak aankijken en uiteindelijk stond ze op. Sjorsje, Daan en Thijs, die het amper doorhadden, staarden haar vol afgrijzen na. Daan wilde haar nog tegenhouden, maar ze schudde haar arm los. Moedig liep ze door het gangpad naar voren en ging bij de andere kinderen zitten, die trots voor zich uit keken.

Thijs boog naar voren om bij tante Anneke te informeren wat er ging gebeuren.

'Stil jongen', beet ze hem vinnig toe. Tante Anneke was niet van plan om in te grijpen. Thijs en Daan dachten allebei hetzelfde. Afgelopen woensdag waren ze met de klas naar de kerk gegaan, waar ze door meester Aegidius overhoord werden uit de Heilige Schrift. De oudere kinderen moesten dan, net als nu, naar voren komen om te laten zien dat ze hun lesje hadden geleerd. Als ze hadden geweten dat dit vandaag ook ging gebeuren, hadden ze de meiden kunnen voorbereiden. Bodine was overgeleverd aan een zeventiende-eeuwse dominee en stond er helemaal alleen voor.

Berustend in haar lot keek ze om zich heen en liet haar ogen over de kerkgangers gaan. Haar blik bleef een moment hangen bij de familie Stuyvesant, vooraan in de banken. Ze voelde dat ze een rode blos op haar wangen kreeg toen een paar grote donkerbruine ogen onder borstelige wenkbrauwen in de hare priemden.

Snel keek ze weer voor zich en probeerde zich te concentreren op de bruuske stem van de dominee. '...*moet geloven?*' hoorde ze hem nog net vragen. Gelukkig, hij keek niet naar haar. Ze had de vraag niet helemaal gehoord. Ze moest nu opletten. Een van de kinderen uit het groepje gaf het antwoord meteen.

'Ik geloof in God de Vader, de Almachtige, Schepper van de hemel en de aarde. En in Jezus Christus, zijn eniggeboren Zoon, onze Heere, die ontvangen is van de Heilige Geest, geboren uit de maagd Maria.'

Ze zag de dominee en de ouderlingen een zuinig knikje geven. Blijkbaar had de jongen tegenover haar het juiste antwoord op de vraag gegeven.

'*Wat eist God in het derde gebod?*' bulderde de dominee nu met een stem die door merg en been ging.

Bodine keek hem even geschrokken aan, maar zag dat hij naar het meisje naast haar keek. Zelf had ze de vraag niet begrepen.

'Dat wij Gods naam niet lasteren of misbruiken door vloeken of door een valse eed en evenmin door onnodig zweren.'

Verbluft keek Bodine opzij naar Vredegund Steendam, dochter van de dichtende kolonist. Van de week had ze haar nog in de straat horen lachen met haar vriendinnetjes. Ze speelden met een soort knikkers van klei of steen. Nu klonk ze als een volwassen vrouw. Huivering-wekkend. Ze vroeg zich af of het meisje zelf wel begreep waar ze het over had. Het kwam er in ieder geval zonder enige aarzeling uit en aan de reactie van de dominee en de andere mannen te zien had het antwoord van het meisje hen tevreden gestemd. Nu moest Bodine zich weer concentreren voordat ze de volgende vraag zou missen. En wat moest ze zeggen als hij haar zo zou vragen wat het vierde gebod eiste? Iets verzinnen, zoals Gij zult niet stelen, of gewoon eerlijk zeggen dat ze het niet wist?

Ze hadden deze week, naast alle schoonmaakklusjes, wel wat les van tante Anneke uit de Bijbel gehad. Maar ze was zo moe van alles dat het vaak het ene oor in ging en het andere weer uit. Bodine probeerde echt haar best te doen, maar het wilde gewoon niet blijven hangen. Ze haalde diep adem en zocht steun in de ogen van haar broer. Maar toen ze de angstige gezichten van Daan, Thijs en Sjorsje zag, kon ze wel huilen. Ze *moest* sterk zijn, voor hen. De dominee was al weer bij de volgende vraag aangekomen. Zij had deze gemist.

'...verbiedt God niet alleen het stelen en roven, maar Hij bedoelt naast diefstal ook alle boze plannen en kwade praktijken.'

Opnieuw werd er tevreden geknikt. Alles ging als een waas aan haar voorbij. Ze zat er wel, maar het voelde alsof ze er zelf geen deel van uit maakte.

Opeens lag de indringende blik van dominee Megapolensis op de hare. Een stuiptrekking trok door haar lichaam en haar adem stokte. 'Zo meisje, vertel jij ons eens wat het woord amen betekent.'

Bodine had door dat het nu menens was. Ze had de vraag gehoord, begrepen en wist dat zelfs het antwoord niet moeilijk kon zijn. *Amen*, dacht ze bij zichzelf, *amen, amen*. Het woord tolde rond in haar hoofd. Het leek zo'n simpele vraag.

'Amen zegt u, dominee?' Ze probeerde zo wat tijd te rekken, maar hoe ze ook zocht, het antwoord wilde niet in haar opkomen.

'Ja meisje, *amen*. Wat betekent dat?' Hij keek haar onderzoekend aan.

'Dat eh, betekent... gewoon amen, dat zeggen we na een gebed.'

In de kerk klonk geroezemoes en kinderen begonnen zachtjes te giechelen. De kinderen naast haar waren doodstil en keken haar met grote ogen aan. Hoe ging ze zich hier uit redden?

'Dat zeggen we dan ja, na een gebed, maar wat bedoelen we daar dan mee te zeggen, mijn kind?'

'Nou eh, ik dacht dat het iets als...'

'Ja?'

'Als...'

Koortsachtig zocht Bodine naar het antwoord, maar er wilde haar gewoon niets te binnen schieten. Hulpeloos keek ze de kerk in, alsof ze het antwoord daar hoopte te vinden. Ze zag dat enkele zuurpruimen hun handen voor hun mond hadden geslagen en er geschokt bij zaten. De ouderlingen aan de zijkant schudden hun hoofden. Alleen omdat zij niet duidelijk zei wat amen betekende. Ze wist het wel, het was een soort van afsluiting, maar de precieze betekenis...

Ineens viel haar blik op de zoons van Stuyvesant. De een keek haar mistroostig aan en de ander maakte geluidloos gekke bewegingen met zijn mond. Eerst ver open en toen breed opzij, alsof hij iets tegen haar wilde zeggen. Opeens had ze door dat hij haar probeerde te helpen, maar ze kon er niets van maken. Ze moest nu toch snel met een antwoord komen, want dominee Megapolensis begon zijn geduld te verliezen.

'Nou?'

Bodine deed nog een laatste poging. 'Is het niet zoiets als een afsluiting en dat je dan dank u wel zegt tegen God of, eh, Jezus Christus?' Ze zag het hoofd van de dominee rood aanlopen en in de kerk werd het nog rumoeriger. Hard tikte de voorlezer met zijn stok op de tafel.

Plompverloren stond één van de zoons van Stuyvesant op en riep hard maar beschaafd: '*Het is waar en zeker*, dominee.'

'Uitstekend, Nicolaes, maar aan jou is niets gevraagd', zei de dominee geërgerd. Hij probeerde zijn irritatie niet te laten blijken aan de zoon van de hoogste baas. Hij vroeg zich af waar die jongen met zo'n keurige opvoeding het lef vandaan haalde om zijn catechismusoverhoring te verstoren. 'Meisje, ga jij terug naar je plaats. Volgende week zondag zie ik jou hier weer en dan zeg jij de eerste vijf geboden op. Zonder treuzelen. Ga nu, kinderen.'

Braaf liep iedereen weer terug naar de vaste plaatsen in de kerk. 'Dan gaan we nu uit de psalmen zingen.' Na het waardige en verheven gezang werd de middagdienst beëindigd.

Na de dienst wilden ze de kerk snel verlaten. De belangrijkste mensen mochten er eerst uit, maar tante Anneke werd bij dominee Megapolensis geroepen. Bodine zag dat de jongen, die Nicolaes heette, naar haar omkeek. Hij liep samen met zijn broer achter zijn ouders aan. Ze wilde hem graag bedanken omdat hij haar te hulp was geschoten, maar ze konden nog niet weg. Ze glimlachte dankbaar toen hij door het gangpad liep. Hij knikte beleefd terug. Daarna verdween de jongen in de menigte.

Aangeslagen wachtten de vier op de harde bank, totdat tante Anneke was teruggekeerd. Ze waren totaal van de kaart door deze predikant, die met zijn angstaanjagende stem en heftig zwaaiende handen sombere voorspellingen deed. Het was het treurigste dat Bodine ooit had meegemaakt. Geen wonder dat ze de mensen hier nooit zag lachen. Volgens dominee Megapolensis hoorde je bang te zijn. Ze hoopte van harte dat dit het was voor vandaag.

'Het spijt mij ontzettend, tante Anneke.' Ze hadden de kerk in het fort verlaten en liepen over het Marckvelt naar huis. 'Was de dominee boos op u?'

'Jawel mijn kind, maar dat geeft niet. Wat denkt hij wel, om kinderen die net zijn aangekomen zo aan te pakken?' Ze keek haar dochters aan. 'Volgens Samuel Megapolensis deed ik er goed aan om de mensen wat beter te onderwijzen in de Heilige Schrift en kon ik beter niet met blote enkels over plassen springen.'

Sara en Trijntje schoten in de lach. Sara, die haar arm door die van haar man had gestoken, schamperde: 'De dominee is zeker vergeten dat alle brave en godvrezende mannen nu direct doorgaan naar de *Drie Kleine Duyfjes*? Misschien moeten we hem er een keer aan helpen herinneren dat hij *die* mensen aanspreekt. Maar dat zal hij wel niet durven. Nee,' zei ze vrolijk, 'op zondag mag er worden gedanst, gekaart en mag er sterke drank worden geschonken. Maar o wee als een klein meisje niet weet wat amen betekent en een huisvrouw even haar rok optilt om zo droog over een plas heen te stappen.'

'Nou, Sara, zo kan het wel weer', sprak de heer Kierstede zijn vrouw vermanend toe. 'De kinderen lopen erbij.'

'Wees maar gerust, Machtelt.' Troostend legde Sara haar arm over de schouders van haar jonge nichtje. 'Volgende week zeg jij niet vijf, maar zelfs alle tien geboden op, zonder treuzelen. Daar zorgt mama wel voor. Dan kunnen dominee Megapolensis en de ouderlingen weer gerust slapen.'

Bo keek opgelucht naar de anderen. Zo te zien tilde tante Anneke niet zwaar aan het hele voorval in de kerk. Waarschijnlijk was ze in haar hoofd druk bezig met haar eigen rechtszaak.

Een eindje voor hen uit liep de familie Stuyvesant. Het getik van Stuyvesants houten been was te horen op de kinderkopjes. Nu zagen ze duidelijk dat het met zilveren plakken was beslagen. Aan zijn linkerbeen droeg hij een leren kaplaars met sporen, die tot aan zijn knie reikte. Daar liep de laars wijd uit en was met een flinke rand omgeslagen. De binnenkant was van zijde en afgezet met kant. Zijn vrouw hield hem vast aan zijn arm en zijn zoons liepen rustig pratend met de handen op de rug achter hun ouders aan.

Ze naderden de kruising bij de Paerel Straet en namen afscheid van Sara, Trijntje en hun familie, die de andere kant op gingen. De enige die geen gedag zei en chagrijnig keek was Blandina, de elfjarige dochter van Sara. Met tante Anneke en Louwize liepen de weeskinderen verder, de Stuyvesants waren rechtdoor gewandeld.

'En vanavond gaan we naar de bouwery.'

'De bouwery? Wat gaan we daar doen?' Alweer zag Thijs een avond om eens goed na te kunnen denken aan zich voorbijgaan. Hij had echter één troost. Op dit moment *moest* zijn vader thuis ook weten wat er was gebeurd. Ze stonden er niet meer helemaal alleen voor. Maar het bleef een schrale troost, want Thijs had geen idee wat zijn vader deed of kon.

'Voor de avondpreek.'

'De avondpreek?' stamelde Sjorsje. Ze dacht niet dat ze *nog* een lange zit aankon.

'Onze directeur-generaal heeft bij zijn prachtige bouwery een kapelletje laten bouwen. Hij heeft er wel veertig slaven in dienst die alles goed onderhouden. En vanavond, Georgina, gaan we daarheen.

Iedere zondagavond komt dominee Seleyns vanuit Breuckelen naar de huiskapel van de familie Stuyvesant om te preken en alle burgers zijn welkom. Is dat niet alleraardigst van hem?'

'Zeker tante, dat had hij niet hoeven doen'. Tante Anneke hoorde het sarcasme in Sjorsjes stem gelukkig niet.

'Ik hoef toch niet bang te zijn dat ik weer vooraan moet zitten, tante?' Bodine klonk paniekerig.

12

De bouwery achter de palissade

*V*oor de tweede keer deze week begonnen ze aan een lange wandeling. Ditmaal op weg naar de kapel, volgens tante Anneke de mooiste plek in de kolonie. Buiten was het heerlijk aangenaam. Er was een fris zeebriesje opgestoken en het voelde niet meer zo klam. Keuvelend gingen ze op weg naar de Waterpoort en onderweg sloten ook de beide dochters van tante Anneke met hun gezinnen weer aan. Louwize was er ook bij. Vanavond zou ze haar aanstaande man weer zien, die vlak bij de directeur-generaal woonde.

Het Swarteland grensde aan het landgoed van Stuyvesant en was slechts gescheiden door een zanderig pad dat van de palissade naar het noorden liep.

Tante Anneke wees naar groot gebouw met drie verdiepingen. Op iedere etage zaten vensters met bovenin kleine ruitvormige glas-in-loodraampjes. De blauwe luiken van de ramen eronder waren gesloten. Het was weer de typische Hollandse bouwstijl met twee trapgevels aan de zijkanten. In het houten koepeltje op het dak hing een kleine klok.

'Kijk, dit is ons mooie Stadt Huys.' Haar gezicht vertrok even tot een grimas toen ze eraan toevoegde: 'Daar sta ik morgenochtend terecht.'

'Dit was eerst onze stadsherberg', bracht Sara de kinderen op de hoogte. 'Hier logeerden de zeelieden tijdens hun verblijf in de kolonie. Later, toen Nieuw-Amsterdam stadsrechten kreeg, hadden we natuurlijk een Stadt Huys nodig. Nu wordt er recht gesproken en in de kelder is een kleine gevangenis.'

Voor het Stadt Huys stond de door de burgers gevreesde schandpaal. Met een vals lachje vertelde dokter Kierstede dat de burgers bij kleine vergrijpen aan deze paal werden vastgezet. Voor grotere overtredingen kwam Pieter de Neger er met zijn zweep aan te pas. En bij een zware misdaad werd je veroordeeld tot de doodstraf en vervolgens opgehangen.

'De doodstraf?' Sjorsje verstijfde bij het horen van dat woord. 'Dat bestaat toch helemaal niet in Nederland?'

De chirurgijn keek haar bevreemd aan. 'Natuurlijk wel, meisje. Al heeft de heer Stuyvesant nog nooit iemand laten ophangen.'

Sjorsje ademde weer uit. Die extreme dingen waren hier zo alledaags, barbaars gewoon. Geboeid bleven de jongens naar de schandpaal kijken. De rest was verder gelopen. Langs de oever, vanaf het Stadt Huys, was een schutting gebouwd van planken die in de modder waren verankerd. Het bood de burgers aan de kant van de Oost Rivier bescherming tegen het opkomende water. Het bouwwerk liep door tot aan de Waterpoort en werd door de burgers Langs de Waal genoemd.

Terloops vroeg Bodine of de zoons van de directeur-generaal er ook zouden zijn. Ze wilde de jongen die haar vandaag had geholpen graag bedanken. Het kon nooit kwaad om zo'n belangrijk persoon te kennen.

'Jazeker, die gaan jullie straks ontmoeten.'

Sjorsje trok haar wenkbrauwen plagend op naar Bodine.

'De jongste zoon is Nicolaes', legde tante Anneke alvast uit. 'Hij is degene die jou te hulp schoot, Machtelt. De zoon van de belangrijkste man in de kolonie.'

Ze klapte in haar handen en zei: 'Daar was dominee Megapolensis niet blij mee. Zagen jullie zijn gezicht? Nicolaes is zestien en wie weet heeft hij wel een oogje op jou, Machtelt.'

'En misschien is zijn oudere broer wel wat voor jou, Georgina. Het zijn zulke keurig opgevoede jongens. Het lijkt mij een prachtige avond om eens kennis met hen te maken.'

'U kunt het weer eens niet laten om voor koppelaarster te spelen, mevrouw Janse? Wat zouden al die jongens en meisjes zonder u moeten beginnen?' sprak de chirurgijn vermakelijk.

157

Blandina, die achteraan liep, keek met een kwade blik naar de twee indringsters. Ze kon niet uitstaan dat Nicolaes dat blonde wicht vanmorgen te hulp was geschoten. En nu scheen ze ook nog een verre nicht te zijn. Maar van Nicolaes zou die Machtelt afblijven. *Zij* was verliefd op hem en wilde met hem trouwen. Ze had al een tijdje zijn aandacht, maar vandaag in de kerk had ze wel gezien dat hij steeds naar dat vreemde meisje had gekeken dat ook nog eens bij *haar* oma was komen wonen. Nicolaes had bijna de hele week al niets tegen haar gezegd. Ze wilde dat die armoedige kinderen uit het weeshuis ophoepelden, terug naar Holland.

Misschien moest ze Nicolaes maar eens de waarheid over deze vier vertellen. Dat ze waren ontsnapt, zodat zijn vader hen kon overdragen aan de weesmeester. Die zou er wel raad mee weten. Dan konden ze het Marckvelt schoonvegen en de kraam poetsen. Nicolaes zou zijn aandacht dan wel verliezen, dacht Blandina grimmig. Ze wist dat haar oma niet eerder zou rusten voordat ze geschikte vrouwen en mannen voor die schooiers had gevonden. Nijdig trapte ze de lege oesterschelpen, waarmee de grond lag bezaaid, voor zich uit. Ze zou snel een stokje steken voor deze dreigende romance. En wel vanavond.

Vlak bij het Stadt Huys lag een rokerige herberg, waar veel lawaai uit kwam. Een uithangbord, dat hing aan zware ijzeren ringen, deinde krakend op en neer. *Drie Kleine Duyfjes* stond er met sierlijke letters ingegraveerd. In een glazen lantaarn aan een ketting brandde een kaars. De deur stond uitnodigend open en enkele burgers gingen naar binnen.

Nieuwsgierig wierpen de vier een blik in de smalle donkere ruimte. De herbergier had het druk. In een hoekje zaten vier mannen, lurkend aan kleipijpen met lange stelen, op krukjes bij elkaar. Aan een ander tafeltje werd er met dobbelstenen gegooid en luid gepraat. De herbergier bracht grote tinnen kroezen met bier naar de tafel. Ook was er een stelletje aan het dansen. Op een bankje voor de herberg zaten twee mannen moppen te tappen.

'Weet ghy dat die Piet Houtepoot op een wolf lijkt?'

'Nee, ha ha ha! Waarom lijkt die tsaar van Moscovië dan op een wolf?'

158

'Hoe ouder hij wordt, hoe harder hij gaat bijten.'

Een van de mannen hield het niet meer, greep naar zijn ranzig dikke buik en barste in hard lachen uit. Een bedompte bier- en tabakslucht kwam hen tegemoet.

'Ach, ach, ach...' jammerde tante Anneke. 'O mijn lieve Heer, dat herbergvolk! Luister maar niet naar die dronken lieden, mijn kinderen. Overdag zogenaamd godvrezende burgers, ik schaam me diep. Dit tuig heeft geen respect voor de hoogedele directeur-generaal, die niets dan goeds voor deze stad heeft gedaan. Zij trekken zich op de dag des Heeren niets aan van de regels. Ik zou willen dat we wat meer op de Engelsen leken, die tonen *wel* respect voor hun directeur-generaal. Misschien komt het dat ze in de Engelse kolonie harder straffen. We kunnen veel zeggen van die Engelsen, maar *dat* kunnen ze wel.'

De beschutting langs de rivier ging aan het eind over in de Stadt Waal en hierin bevond zich de Waterpoort. In de halfronde stenen opening stond een soldaat op wacht. Hij liet de passerende burgers gauw door en samen met de andere families vervolgden ze hun weg over het winderige Wagenpat. Eenmaal door de poort bleven ze graag bij elkaar, omdat er volgens tante Anneke nog wel eens halftamme honden door de bossen struinden en op het pad kwamen.

Aan de andere kant van de houten palissade was niet veel meer te bezichtigen. Het zag er ruig uit en aan weerszijden van het pad groeiden struiken met wilde aardbeien. Af en toe vingen ze een glimp op van vruchtbare akkers en grazige weilanden met bouweryen. Daarachter lagen donkere eikenbossen.

Na een paar minuten lopen passeerden ze het veer. In een boom aan de oever hing een metalen hoorn en als je daarop blies, kwam Herman, de eigenaar van het veer, vanuit zijn weiland aangesneld. Hij zette je dan voor een paar stuivers over naar het Lange Eylant.

'Vertelt u nog eens over die halftamme honden, tante.' Het idee dat er ieder moment een hond tevoorschijn kon komen, gaf Thijs een beklemmend gevoel. Halftam was voor hem hetzelfde als halfwild. Ze antwoordde dat de wilden geen hekjes om hun tuinen hadden staan, zoals de Hollanders. Ook hielden ze geen vee, zoals de Hollanders, die de koeien in hun akkers lieten grazen. 'De honden en andere dieren van de wilden konden dan ook vrij rondlopen en dat zorgde wel eens voor problemen. De wilden kennen geen bezit, alles is van iedereen', besloot tante Anneke.

'Maar wij hebben het land toch gekocht?' Thijs snapte er niets meer van.

'Ach ja, dat was in de tijd van Pieter Minuit. Hij was directeur-generaal toen wij hier kwamen wonen. Minuit was een capabel bestuurder, net als de heer Stuyvesant. Ik heb hem drie jaren meegemaakt, maar na een conflict met de kolonisten vertrok ook hij weer naar het vaderland. Hij zou het land in 1626 van de wilden hebben gekocht, maar wat begrijpen die daar nu van? De wilden leven met de natuur. Deze vruchtbare vlakten zijn aan hen geschonken en daar maken ze dankbaar gebruik van. Zij gaan daar zuinig mee om. Dan komen daar ineens vreemde mensen in grote schepen uit het niets en kopen de grond waar zij wonen en jagen. Geloven jullie echt dat deze Amerikanen wisten wat ze deden? Ik niet! Voor hen is het land voor iedereen, dus hoe kunnen ze het dan verkopen? En dan laat de heer Kieft ze daarna ook nog eens korenbelasting betalen omdat ze het land gebruiken...'

'Wat is korenbelasting?' vroeg Bodine.

Hans Kierstede gaf haar het antwoord. 'De wilden moeten een gedeelte van hun maïs afstaan aan de compagnie. Iedereen betaalt belasting, dus ook die Amerikanen.'

'Maar daar klopt niets van', verdedigde Sara de wilden. 'Wij komen hier op hún land, drijven ze het achterland in, waar ze op de jachtgronden van vijandelijke stammen terechtkomen en dan gaan we ze ook nog hun eten afnemen. Het is afschuwelijk om te zien hoe ze in botsing komen met andere stammen.' Sara had veel vrienden onder de wilden. Doordat ze vaak voor Stuyvesant als tolk optrad bij conflicten, kende ze veel van de problemen.

'En dan geven we ze ook nog wapens en drank.' Tante Anneke trok een verontwaardigd gezicht. 'Daar kunnen onze eigen mensen al niet tegen, laat staan die naturellen. We vragen zelf om problemen.'

'Nou nou, mevrouw Janse', zei Hans Kierstede verbolgen. 'Ik vraag er niet om, als zo'n wilde een roer op me richt.'

'Maar wie heeft hem dat pistool gegeven?' kaatste ze terug. Tante Anneke liet zich niet vermurwen.

De vier luisterden met veel interesse naar de discussie die over de indianen was ontstaan. Tante Anneke en Sara trokken zich het lot van de oorspronkelijke bewoners zelfs persoonlijk aan. 'Voordat de kolonisten kwamen, liepen de wilden met pijl en boog en stenen bijlen. Nu zie je ze met ijzeren bijlen en een roer over de schouder, die ze van ons volk krijgen.'

'Ja, Hans.' Sara nam het voor haar moeder op. 'Mama heeft gelijk. De wilden mogen van hun eigen volk helemaal geen geweld gebruiken. Dus als er per ongeluk toch iets gebeurt, dan geven ze de alcohol de schuld. Dan zeggen ze dat de duivel in hen was. De opperhoofden kunnen ze zo niet straffen, want ze kunnen er niets aan doen. Zij komen hier klagen en vragen of wij hun geen vuurwater meer willen geven, maar de boeren willen niet luisteren.' Vol ongeloof schudde ze haar hoofd. 'Wie is hier nu de schuldige, Hans?'

Het was duidelijk dat de chirurgijn niets moest hebben van de indianen. 'We geven hen wapens om de banden aan te sterken en bij de eerstvolgende ruzie worden die wapens tegen *ons* gebruikt, in plaats van tegen de Fransen. Zij zouden ons dankbaar moeten zijn. Dat onbeschaafde volkje heeft zichzelf gewoon niet in de hand. Weet je nog, drie jaar geleden, Sara? Die wilden waren zo dronken dat er één zijn roer gewoon afvuurde.'

'Ja, Hans. Maar Wopigwooit was heel blij en wilde nooit iemand kwaad doen. Er is toch niemand geraakt?' Sara sprak de woorden fel uit. 'De compagnie heeft het incident laten onderzoeken en er was geen kwade opzet in het spel.'

'Daar dachten die boeren toch duidelijk anders over, Sara.'

Hans Kierstede weigerde toe te geven dat de Hollanders fout zaten in hun gedrag.

'En hoe is het afgelopen met Wopi...' Sjorsje struikelde over de indiaanse naam.

'Wopigwooit', zei Sara. 'De kolonisten dachten dat hij het met opzet had gedaan. Sommigen stormden het fort uit om de wilden aan te vallen. De meesten konden ontsnappen, ook Wopigwooit.'

'En wat gebeurde er toen?'

'Die Hollanders', Sara zei het alsof ze zich schaamde voor haar eigen volk, 'gebruikten de tactiek van de verschroeide aarde en brandden de grote maïsvelden van de stammen plat om ze zo uit te hongeren. Heel gemeen, want de landbouw is de voornaamste voedselbron van de wilden. Zo ging het van kwaad tot erger en de wilden zouden de kolonisten komen doden, totdat er versterking kwam uit Nieuw-Amsterdam. Ik ben bij de onderhandelingen geweest en dankzij de heer Stuyvesant is het ons gelukt om land te ruilen tegen voedsel en vrede. Zo eindigde de oorlog, maar aan beide kanten zijn veel doden gevallen. Wopigwooit was er een van.'

'Daar heeft hij zelf om gevraagd, Sara. Als hij van de drank was afgebleven, dan was er niets gebeurd.'

'Nee Hans,' besloot tante Anneke, 'het klopt allemaal niet en ik kan me voorstellen dat ze af en toe op wraak zinnen. Maar als we op het pad blijven,' probeerde ze de kinderen gerust te stellen, 'kan ons weinig gebeuren.'

Ze lieten het Wagenpat achter zich en liepen nu een laan in die uitkwam bij een imposante boerderij met witte pilaren en een versierde voorgevel. Het was de bouwery van Petrus Stuyvesant. Tante Anneke wist te vertellen dat het huis wel 6400 gulden had gekost. Verrukt wees ze op de tuin die was geïnspireerd op de formele Franse stijl. Het was een doolhof van ronde en rechthoekige vakken, afgezet met buxushaagjes. In het midden stond een uitbundig versierde fontein waarin helder water omhoog spoot.

Een slingerend pad leidde naar een eenvoudig wit kapelletje. Ondanks dat iedereen welkom was bij de preek op zondagavond, liepen alleen de burgers van de hoogste klasse en de omwonende slaven aan het Wagenpat naar binnen. En natuurlijk de grote families van Stuyvesants eigen slaven. De dominee, die eigenlijk in Breuckelen preekte, kwam iedere zondagavond naar de bouwery. Stuyvesant betaalde hem hiervoor tweehonderd gulden in de maand, uit eigen zak.

De directeur-generaal was een groot liefhebber van dichtkunst en schreef zelf ook wel eens wat. Hij liet dominee Seleyns, die behalve predikant ook dichter was, in de privékapel preken én dichten. Deze had zelfs een mooi lang vers geschreven voor meester Aegidius, toen die ging trouwen. Stuyvesant en zijn vrouw Judith zaten duidelijk zichtbaar te genieten.

De eenentwintigste-eeuwers konden Judith nu goed zien met haar prachtige gele japon. Er overheen droeg ze een satijnen jasje met een bontkraag. Haar haren waren in een knot gebonden en enkele krullen hingen aan de zijkanten van haar fijne bleke gezicht. Ze zag er elegant uit.

Na de dienst werd tante Anneke door een echtpaar uit de stad ge-vraagd of zij getuige wilde zijn bij de doop van hun zoontje. De vier liepen daarom achter de kinderen van Trijntje en Sara aan de kapel uit. In de tuin keken Daan, Thijs, Bodine en Sjorsje verloren om zich heen, totdat een jong stel hun kant uit kwam lopen.

'Dag, Ik ben Judith Varlet. Leuk om jullie te ontmoeten. Ik heb al veel over jullie gehoord.'

Sjorsje keek in het lachende gezicht van het meisje met de donker-bruine pijpenkrullen en huiverde toen ze de naam hoorde. Dit spon-tane meisje was de heks waar tante het vanochtend over had gehad. Ze leefde dus nog!

'En dit is Nicolaes Bayard', stelde Judith de oudste zoon van Anna Stuyvesant voor.

De vier zeiden beleefd wie ze waren en hoopten dat er niets bekend was geworden over hun zogenaamde ontsnapping.

'Ik heb gehoord dat jullie uit Brabant komen?' Nicolaes keek de nieuwe burgers nieuwsgierig aan.

'Dat klopt,' zei Daan, 'wij komen allemaal uit Oosterhout.'

'Oosterhout bij Breda?' Nicolaes keek verrast. 'Dan hebben we vlak bij elkaar gewoond toen ik nog in Brabant woonde. Ik ben geboren in Alphen.'

'Wat leuk', zei Sjorsje, alhoewel ze nog nooit van het plaatsje had gehoord. Ondertussen kon ze haar ogen niet afhouden van de heks die naast Nicolaes stond. Zo op het eerste gezicht zag ze niets raars.

'Waarom bent u hierheen gekomen?' vroeg Thijs geïnteresseerd. Hij kon er nog steeds niet over uit waarom mensen hun vaderland verlieten en afreisden naar een ruige wildernis. Nederland was per slot van rekening een van de rijkste landen in de wereld.

'Dat is al weer lang geleden. Toen mijn moeder weduwe werd, kreeg mijn oom Petrus net een belangrijke functie in Nieuw-Nederland aangeboden. Mijn moeder besloot om met haar broer mee te gaan naar de Nieuwe Wereld. Ik was nog klein, evenals mijn broers en zusje. Er was niets wat haar nog in Alphen hield.'

'Nicolaes is nu de privésecretaris van zijn oom en hij spreekt Latijn, Frans en Engels.' Verliefd keek de heks hem aan.

'Als we daar onze nieuwe kolonisten niet hebben!' Een lange jongen, gekleed in een donkerblauw fluwelen pak en een witte blouse met ruches, was erbij komen staan. Hij droeg witsatijnen kousen en onder zijn schoenen zaten hakken die hem nog langer maakten. Bovenop zaten grote rozetten. Zijn golvende haren droeg hij in een staart.

Bodine keek omhoog in het gezicht van Nicolaes Stuyvesant, de jongen die haar vanochtend te hulp was geschoten. Even later voegde ook Balthazar zich bij het groepje en werden de vier overvallen met vragen. De jongeren wilden alle laatste nieuwtjes uit de Republiek horen.

Ook Sjorsje greep haar kans en met bonzend hart vroeg ze aan het kleine vrouwtje naast haar: 'Zeg Judith, mag ik jou iets vragen?'

Nadat ze een tijdje met elkaar hadden gepraat, stelde Balthazar voor om de vier een rondleiding over het landgoed te geven. Nicolaes stemde in, maar op dat moment kwam Blandina snel op het groepje afgestapt. Ze had hen al een tijdje vanaf een afstandje gadegeslagen en nu moest ze wat ondernemen voordat haar ouders en oma wilden vertrekken. Brutaal onderbrak ze de gesprekken, wat haar een verstoorde blik van Nicolaes opleverde. 'Nicolaes, weet jij dat Machtelt en Joost met hun vrienden uit het weeshuis zijn ontsnapt?'

Geschokt werd er gereageerd. De vier trokken wit weg. Louwize had de meisjes vanmiddag al half gewaarschuwd voor het sluwe meisje dat erop uit was om bij de familie Stuyvesant in te trouwen. Ze was pas elf, maar de meisjes in deze tijd waren al vroeg wijs en Blandina wist precies wat ze wilde.

'O ja, Blandina, is het werkelijk?' Nicolaes had zich snel hersteld en zijn stem klonk kil.

'Ja, echt waar', ging Blandina zonder blikken of blozen door. 'Ik hoop maar niet dat je vader of de weesmeester erachter komt, anders moeten ze zo direct nog naar het armenhuis.'

'Nou,' zei Nicolaes, Blandina's blik negerend, 'dan is het zaak dat mijn vader óf de weesmeester dat niet te weten komen. Nietwaar, Blandina?' Nu keek hij haar met een koele blik aan. 'Ik denk dat ze bij jouw oma een stuk beter af zijn. En mocht mijn vader het op de een of andere manier toch te horen krijgen, dan luistert hij gelukkig nog eerst naar Balthazar en mij.' Hierop gaf hij Bodine een arm en Balthazar vergezelde Sjorsje. 'Thijs en Joost, lopen jullie mee?'

Judith en Nicolaes namen afscheid van de vier. Blandina keek een moment beteuterd en haalde toen nonchalant haar schouders op. Ze besefte dat Nicolaes geen interesse in haar had. Misschien moest ze toch maar met Petrus Bayard gaan praten, de oudste zoon van Anna Stuyvesant. Van hem kreeg ze *wel* aandacht.

Ze waren een stukje van de bouwery afgedwaald en keken naar de schamele huizen aan de rand van het landgoed.

'Ik heb je nog niet eens bedankt voor je hulp in de kerk', zei Bodine eindelijk. Ze keek naar de knappe jongen die haar stevig vasthield, waardoor ze zich wat nerveus voelde. Het was te bizar voor woorden dat ze nu aan de arm van de zoon van Stuyvesant liep, maar tegelijkertijd vond ze het ook spannend dat deze jongen belangstelling voor haar had. Zo galant als dit zou ze thuis waarschijnlijk nooit meer meemaken.

'O, maar dat is niet nodig. Ik heb het graag gedaan en het was een makkelijke vraag.' Ze moesten allebei lachen. Nicolaes keek omlaag naar het meisje waar hij vanmiddag zo'n medelijden mee had gehad. De dominee kon hem toch niets maken. Zijn vader was de baas. 'Die man jaagt iedereen de stuipen op het lijf. Ik hoop dat de preek van vanavond je beter is bevallen?'

'Ja hoor, Nicolaes, dank je wel.' Ingenomen keek Bodine in het sympathieke gezicht van de jongen. Als ze ooit nog moeilijkheden zouden krijgen, dan wist ze wel naar wie ze toe kon gaan.

Ze waren bij een wit hek aangekomen dat het landgoed omringde. Erachter lag een ondoordringbare wildernis vol met pijnbomen. De zon was nu bijna achter de heuvels verdwenen en een laatste rode gloed viel over de bouwery.

Aan het einde van het landgoed stopten ze bij een indrukwekkende boom. De dikke stam had zich aan het eind in twee dikke koppen van zeker zes en negen meter gesplitst en de witte perenbloesem stak weelderig af tegen de donkere lucht. Er hing een frisse fruitige geur. De scheuten hingen vol grote rijpe peren. Balthazar en Nicolaes plukten wat vruchten van enkele laaghangende takken en deelden ze uit.

Sjorsje keek met grote ogen naar de geelgroene peer en zette er meteen haar tanden in. Gulzig at ze de sappige vrucht, die precies goed was, verder op.

'Heerlijk jongens', zei ze met volle mond, terwijl het geelwitte vruchtvlees via haar kin op de grond lekte. De gebroeders Stuyvesant moesten lachen om het meisje dat zich blijkbaar niet stoorde aan de blikken om zich heen.

'Het doet me deugd dat je mijn peren lekker vindt.'

Sjorsje deinsde terug toen ze de zware hooghartige stem achter zich hoorde. Ze had hem niet zien aankomen. Ze draaide zich nog met volle mond om en verschoot van kleur en moest haar best doen om haar ogen niet te laten afdwalen naar zijn houten been.

De directeur-generaal keek het kringetje rond en er viel een doodse stilte.

'De peer smaakt heerlijk, heer Stuyvesant, dank u wel', durfde Sjorsje uit te brengen.

Verstijfd keek Stuyvesant haar even aan, alsof hij niet gewend was dat mensen zomaar als eerste tegen hem spraken. Maar toen werden de harde trekken in zijn gezicht zachter. 'Ik heb de scheut van een perenboom meegenomen uit de Republiek.' Trots keek hij omhoog. 'Het is al een flinke boom geworden en zal nog veel groter worden. Lang nadat ik gestorven ben, zullen er nog peren in deze boom hangen en zullen de mensen mij en dit mooie stukje van de Nederlanden herinneren. Over driehonderd jaar zal noch mijn naam, noch die van Nieuw-Nederland zijn vergeten. Helaas zullen we dat zelf niet meer meemaken.' Stuyvesant lachte vriendelijk en knikte naar de kinderen en naar zijn zoons. Hij wilde weer verder wandelen, maar bedacht zich en draaide zich weer om. 'Ik heb gehoord dat jullie bij mevrouw Janse wonen?'

'Ja, geachte heer Stuyvesant', deed Thijs het woord. 'We zijn vorige week aangekomen.'

'Uitstekend, jullie zullen daar een goede opvoeding krijgen. Er is niets zo belangrijk als welgemanierde en goed opgevoede kinderen. En het beste is om daar zo vroeg mogelijk mee te beginnen. Kinderen zijn de toekomst en de kolonie kan jullie gebruiken. Ik wens jullie goede jaren in deze mooie provincie van de Republiek. En jongens,' hij richtte zijn blik op Thijs en Daan, 'veel wijsheid op de Latijnse school. Als er problemen zijn, dan hoor ik het graag. En anders verneem ik het wel via mijn zoons. Ik zie dat jullie al in goede handen zijn. Geniet maar van de peren, je zult ze nooit meer zo lekker krijgen.'

Dat wist Sjorsje wel zeker en likte haar lippen af. Ze vergat te vragen hoe ze heetten.

Die avond in de bedstee begon Sjorsje fluisterend aan haar vriendin te vertellen wat ze te weten was gekomen. Judith woonde met haar ouders bij *Huys de Goede Hoop*, een fort en handelspost van de Nederlanders in het noorden. Haar vader handelde in zijde. Huys de Goede Hoop lag vlak bij de Engelse kolonie Connecticut en nadat de grenzen opnieuw werden verdeeld, hoorde het plaatsje ineens bij Nieuw-Engeland. De Engelsen noemden het Hartford. 'In 1662 werd ze opgepakt door de Engelse magistraten en in de smerige kerkers gegooid. Daar zat ze wekenlang vast met zware kettingen om haar polsen en enkels. Ze sliep op vies stro op de koude stenen en moest haar behoefte doen in een ton. Eten kreeg ze amper. Af en toen een oude korst brood, maar verder was ze afhankelijk van familie die het eten kwam brengen. Ze kon zich niet wassen of schone kleren aantrekken en het stonk er verschrikkelijk. Andere vrouwen die ook waren vastgezet, zaten hele dagen te kreunen en te schreeuwen en Judith dacht dat ze gek zou worden als ze niet snel zou worden vrijgelaten.'

'Maar wat had ze dan gedaan?' fluisterde Bodine zachtjes, terwijl ze de deken verder over haar hoofd heen trok.

'Helemaal niets!' zei Sjorsje verontwaardigd. 'Die Engelsen dachten werkelijk dat die heksen 's nachts op hun bezemstelen hun huizen verlieten en elkaar dan in het bos ontmoetten...'

Bodine grinnikte zachtjes onder de deken.

'Maar dat is nog niet alles', ging Sjorsje door. 'Op een zwoele avond had Judith afgesproken met een paar vriendinnen. Die meisjes kwamen bij haar in de tuin op bezoek en samen hebben ze gezongen en gedanst. De volgende dag werd een kindje van een belangrijk iemand ziek. Iemand had de meisjes de avond ervoor gezien en gezegd dat ze contact probeerden te leggen met de duivel.'

Nu lachte Bodine niet meer, maar kreeg ze kippenvel.

'De meisjes kregen de schuld van de ziekte van het jongetje en werden beschuldigd van hekserij.'

'Hoe is ze weer vrijgekomen?'

'Judith zat daar met haar vriendinnen Rebecca en Mary en ze moesten elk moment verschijnen voor het heksentribunaal. Toen Stuyvesant hoorde dat Judith was opgepakt, werd hij heel kwaad. Anna, de zus van Stuyvesant, is getrouwd met de broer van Judith, Nicolaes. Dus eigenlijk is ze familie. Stuyvesant is met zijn zwager Nicolaes naar Hartford gegaan en heeft haar vrij gekregen. Hij zei dat het een vergissing was en dat ze keurig was opgevoed en een goede opleiding had gehad, ze kon dus geen heks zijn. Toen mocht ze met haar broer en Stuyvesant mee.'

'En Rebecca en Mary?' vroeg Bodine sidderend.

Sjorsje was even stil.

'Zij hadden minder geluk.'

Bodine perste haar lippen op elkaar. 'Vlak nadat Judith weg was, moesten zij voor het tribunaal verschijnen. Judith zei dat dat heel erg eng was geweest. Zij had er ook voor gestaan, toen ze net was opgepakt. IJzig kijkende mannen met lange witte pruiken en zwarte gewaden zaten op een rij. Als een wildvreemde toeschouwer uit het publiek zei dat het was gebeurd, dan namen die mannen dat zonder twijfel aan. Je kon alleen vrijkomen als je toegaf dat je een heks was en andere heksen aanwees.

Maar Judith was heel dapper, ze was niet van plan om iemand vals te beschuldigen. Tegen de mannen zei ze dat heksen niet bestonden, waardoor ze nog kwader werden en haar zonder pardon veroordeelden. Haar straf zou haar later worden meegedeeld.

Rebecca en Mary gaven ook niet toe en werden veroordeeld tot de galg. De volgende dag al werden ze naar een heuvel gebracht en alle

Engelse kolonisten hadden zich verzameld in de vallei, zodat ze vanaf daar een goed zicht hadden op de galg. Judith is ook gaan kijken. Ze wilde bidden voor haar vriendinnen op het moment van hun dood. Op de heuvel stond een oude eik met een dikke tak.'

Bodine en Sjorsje gruwden samen.

'De meisjes werden één voor één met een touw om hun nek door de beul een trap op getrokken en eraf geduwd. De onschuldige meisjes zijn als heksen gestorven.'

13

In het Stadt Huys

Maandag 28 juli

*I*ets voor negenen liep de familie de bordestrappen van het Stadt Huys op. Elke week tussen negen en twaalf werd hier rechtgesproken. En als er veel zaken lagen, tot ver in de middag. Thijs en Daan zaten op school, maar Bodine en Sjorsje mochten mee. De schepenbank hield zitting op de tweede verdieping, in een kamer met hoge vensters, die uitkeken op de rivier en de veerboot die op en neer pendelde tussen het Eylant Manhatans en het Lange Eylant. Op een verhoging, achter een lange tafel, zaten de schout, een burgemeester en vijf schepenen te wachten op de eerste zaak van die dag. Ze waren allemaal in het zwart en droegen breedgerande hoeden met zilveren banden, waaraan je kon zien dat ze belangrijke magistraten waren. Achter hen was een vlag opgehangen met het ronde stadswapen van Nieuw-Amsterdam, waarop een bever en het symbool van de GWC te zien waren. En naar voorbeeld van de moederstad waren de drie andreaskruisen in het zegel zichtbaar. Eronder stond de zin *Sigillum Amstellio Damensis in Novia Belgio*, het zegel van Nieuw-Amsterdam in Nieuw-Nederland. Het zegel was omringd door een krans van laurierblaadjes.

Aan een andere muur hingen vijftig leren emmers die behoorden tot de uitrusting van de brandweer. Het leek wat weinig voor de hele stad, maar de overige honderd stuks waren strategisch verdeeld over de woonhuizen van de burgers. Ook lagen op sommige straathoeken ladders en haken.

In het gewelf boven hen zagen ze de bel hangen die je hoorde als de magistraten bijeen kwamen of als er een belangrijke aankondiging voor de burgers was. Jan Gillissen, de bode die tante Anneke het slechte nieuws van de week had gebracht, gaf burgemeester Steenwyck de papieren van de eerste zaak van vandaag.

De zeven heren zaten comfortabel op hun hoge stoelen met rode gevulde kussentjes. Diezelfde kussentjes zouden straks door de bode weer naar het fort worden gebracht, zodat de magistraten zondag geen zere billen kregen van het lange zitten op de harde kerkbanken. De eerste zaak was van Philip Gerard. Hij was soldaat in dienst van de compagnie en in zijn vrije tijd runde hij een herberg. Hij werd beschuldigd van afwezigheid, terwijl hij op wacht moest staan. Zijn verweer was dat hij het geld hard nodig had. Maar dat was niet voldoende. Een van de heren veroordeelde hem tot de bekende straf voor soldaten: het rijden van het houten paard. De veroordeelde zou de hele week, twee uur per dag, wijdbeens op een vier meter hoge balk moeten doorbrengen. De rug van de balk was scherp geslepen, zodat het extra pijnlijk was. De arme soldaat kreeg daarbij aan iedere voet een gewicht van vijfentwintig kilo en in zijn ene hand moest hij een kroes bier vasthouden en in de andere een getrokken zwaard.

De hamer kwam hard neer op de tafel en de volgende aangeklaagde was aan de beurt. Het ging nu om Michiel Piquet, die schandalige taal had gebruikt tegen de hooggeëerde directeur-generaal. Hij mocht zich verweren, maar het had weinig zin. Er waren genoeg getuigen die het hadden gehoord. Zijn straf werd snel bepaald. Met het eerstvolgende schip kon de kolonist terug naar Amsterdam waar hij de komende achttien jaren in het rasphuis zou doorbrengen. De doffe dreun van de hamer weerklonk in de ruimte. Onder luid protest werd de man aan zijn arm de rechtszaal uitgetrokken.

De volgende kon voorkomen. Dat was een zaak die was aangespannen tegen Egbertjen Egberts: een herbergierster die bier had verkocht aan twee wilden. Ze kreeg te horen dat dit ten strengste was verboden en dat hierop de doodstraf stond. Getuigen werden gehoord en het zielige verweer van de arme vrouw was dat ze wat tapoesjens – versierde poefjes van hertenleer – in ruil voor wat bier van hen had gekregen.

Schout Tonneman vroeg of ze het bier zonder aarzelen had verstrekt of dat ze het onder dwang had gegeven. De vrouw gaf eerlijk toe dat de wilden haar geen pijn hadden gedaan. De straf werd snel voorgelezen: een boete van driehonderd gulden. Daarbij werd ze voorlopig onder burgertoezicht gehouden, totdat het weer veilig genoeg leek.

Bodine en Sjorsje, die vanaf de bankjes toekeken, waren met stomheid geslagen hoe rap alles er door ging. De straffen werden ook bijna allemaal meteen uitgevoerd. Er zat maar een paar dagen tussen iemand aanklagen, de veroordeling en de eventuele uitvoering van de straf. Zelden werd iemand in de gevangenis gezet, omdat er gewoonweg niet genoeg ruimte was.

Een nieuwe ongehoorzame burger werd binnengebracht. Het was weer niet tante Anneke, maar Manuel Sandersen. Hij was een vrije slaaf die een boete kreeg, omdat zijn zoon op zondag in de bossen op duiven had geschoten. Dit was verboden op de dag des Heeren en hij had beter moeten weten.

De volgende zaak maakte de twee meisjes duidelijk dat slaven ook met succes konden aanklagen. Anthonie Portugees klaagde omdat zijn varken was aangevallen door de valse hond van een blanke koopman. Het varken had wonden opgelopen en er was ook nog schade aangericht in zijn tuin. De koopman werd veroordeeld tot het betalen van de kosten van de wonden van het varken én de tijd die Anthonie Portugees overdag daardoor was verloren, totaal tweeëndertig gulden. De aangeklaagde koopman begon nu te protesteren en deed een tegenbod. Hij wilde tweeëntwintig gulden betalen plus twee kilo boter. Anthonie Portugees ging hiermee akkoord en daarmee was de zaak gesloten.

Hierna werden een man en zijn hulpje binnengebracht. Sjorsje en Bodine herkenden hem als bakker Anthony. Ze hadden wel eens iets in zijn winkel gekocht. In de rieten manden voor zijn huis lagen de broden altijd uitgestald. Het was een aardige man en ze vroegen zich af wat hij had gedaan.

'Uw gebakken brood is te licht bevonden', zei de schout stug. De bakker gaf eerlijk toe dat zijn brood inderdaad niet van dezelfde kwaliteit was als normaal. Hij vertelde dat het brood te lang in de oven had gelegen en dat het beslist niet met opzet was gedaan. Pieter Tonneman was niet overtuigd van zijn verweer. Laurens, het hulpje, sprong bij. Hij legde de magistraten uit dat een brood normaal gesproken drie uur in de oven ligt, maar dat dit exemplaar wel vier uur had gebakken. Zijn baas was voor handel de winkel uit en hijzelf had het te druk gehad om er op te letten. De schout was niet onder de indruk van het verhaal.

'Normaal kunnen er zeventig plakken van een goed gebakken brood worden gesneden. Nu maar veertig. Hoe verklaar je dat?'

De bakker legde uit dat hij de dag daarvoor veel had gebakken en dat de oven daardoor te heet was geworden. Het brood was hierdoor te droog geworden en had in zwaarte verloren. Daarom konden er minder plakken van worden gesneden. Aanwezige bakkers in de zaal werden gehoord en vertelden de mannen van de rechtbank dat hun collega een juiste verklaring had gegeven. De schout veroordeelde de bakker tot het betalen van een boete van honderdvijftig gulden.

Schout Tonneman zei de sip kijkende bakker dat hij nog van geluk mocht spreken. Eigenlijk had hij hem de komende zes weken een verbod tot broodbakken willen opleggen.

De twee meisjes keken sprakeloos toe. Ze vreesden het ergste toen tante Anneke werd binnengebracht, samen met een scheldende vrouw met een haveloos gezicht en slordige onbedekte haren.

Vanachter hun tafel keken de heren naar de hysterische vrouw, die zich nu luid beklaagde over het gedrag van de weduwe. De schout en schepenen waren altijd een hoop tijd kwijt met de conflicten en meningsverschillen tussen de burgers, maar deze Grietje Reynders maakte het wel erg bont.

Ze was getrouwd met Theunis Jansen van Salee, beter bekend als De Turk. Zijn vader Jan Jansen was een Haarlemse koopman die piraat werd. Zijn hoofdkwartier was in Marokko, Salee. Daar trouwde hij met een Moorse vrouw en bekeerde zich tot het mohammedaanse geloof. Theunis werd geboren, die later in Nieuw-Amsterdam kwam wonen en met Grietje Reynders trouwde. Regelmatig verschenen ze in de rechtbank als aangeklaagden of als aanklagers. Met iedereen in de kolonie maakten ze ruzie. Ze waren al eerder verbannen naar het Conijne Eylant, maar daarmee hielden de problemen niet op. Er werd beweerd dat Theunis piraten ontving en weigerde om calvinist te worden. En Grietje probeerde, soms met succes, alle huisvrouwen van de kolonie het leven zuur te maken. Nu had ze een vrouw, die in hoog aanzien stond in de kolonie, kunnen betrappen op schaamteloos gedrag.

Burgemeester Steenwyck zakte onderuit op zijn kussentje en gaapte schaamteloos. Hij moest zijn best doen om niet in slaap te vallen. Urenlang was hij gisteravond nog op de bouwery van Stuyvesant gebleven. Hij had genoten van de eigen geschreven gedichten die de directeur-generaal hem had voorgedragen.

'En juist een domineesweduwe zou toch beter moeten weten?' krijste Grietje nu door de zaal. 'Altijd maar prediken wat goed en slecht is en dan zelf haar rok omhoog trekken. Nou, ik vind het schandalig. In plaats van een domineesvrouw leek ze wel een hoer!'

Er ging een schok door de zaal en de heren keken vanaf hun verhoging geamuseerd toe. Het beste was om deze vrouw even uit te laten razen.

'Ik ben zeer ontdaan door de slechte zeden van deze gierige vrouw en ze bezorgt de stad een slechte naam. En dan heb ik het niet eens over de lichte jurken die ze draagt.'

Op dat moment begonnen de toeschouwers te lachen en iemand schreeuwde: 'Ze valt ons in ieder geval niet lastig met lelijke billen!' De man die het riep, had het over een gebeurtenis uit het verleden, toen Grietje vanaf de kade haar rug naar een schip vol met matrozen keerde, haar rokken optilde en haar billen liet zien. Als er iemand was die het niet nauw nam met de goede zeden, dan was het Grietje wel. De aanwezige burgers wisten dus wel beter.

'Stilte in de zaal!' riep Pieter Tonneman boos en liet zijn hamer hard neerkomen op de tafel. Als schout had hij een heel belangrijke functie binnen de kolonie. Wanneer Stuyvesant niet aanwezig was, had de schout het laatste woord.

'Laat mevrouw Janse een verklaring geven voor haar onzedelijke gedrag. Spreek, weduwe!'

'Hoogmogende heren.' De domineesweduwe keek hierbij Cornelis Steenwyck, de buurman van haar oudste dochter, eerbiedig aan. Haar schoonzoon Johannes van Brugh zat naast hem.

'Ik was op het Marckvelt om vis te kopen en zag in de verte dat er zwaar weer aankwam. De marktman, bij wie ik op dat moment een makreel kocht, kan dit bevestigen. Op het moment dat het losbarstte, spoorde hij mij aan om snel naar huis te gaan. Het was niet zomaar een buitje, maar harde slagregen die overging in hagel. Het Marckvelt lag al gauw vol met modderpoelen. Ik had mijn goede jurk en niet mijn regenjurk aan. Ik vond het zonde dat deze met modder zou worden besmeurd. Ook had de swartin net de vloer gedweild en ik wilde niet dat zij weer van voor af aan moest beginnen. Op dat moment besloot ik om mijn rokken een klein eindje op te tillen. Net genoeg, zodat ze niet in de plassen zouden komen. Het is nooit mijn bedoeling geweest om opschudding te veroorzaken. Graag wil ik u wijzen op de eed die ik heb afgelegd als grootburger. Ik heb gezworen dat ik me als een goed burger zou gedragen en dat heb ik altijd gedaan.'

De magistraten staken de koppen bij elkaar en hadden hun oordeel snel klaar. Tante Anneke werd vrijgesproken en Grietje Reynders draaide zelf op voor de gemaakte kosten. Daarmee was de zaak afgedaan en konden alle belangstellenden terugkeren naar hun werk.

De burgemeester, schout en schepenen bogen zich alweer zuchtend over de nieuwe documenten die Jan Gilissen had klaargelegd. Het was een conflict, waarbij een burger door de hond van een andere burger was gebeten en wilde dat de hond in kwestie zou worden gedood.

Het zou nog een lange dag worden.

14

Op de tafel bij de chirurgijn

Kermismaandag

Vlak na de vrijspraak van tante Anneke brak er een vrolijke tijd aan. Niet alleen bij de familie van tante Anneke, maar ook omdat het feest was in de stad. Het was kermis. Hier keken alle burgers erg naar uit. Het betekende dat de hete plakkerige zomer voorbij was en de dagen weer aangenaam werden. De kinderen kregen een week vrij van school en de strenggelovige kolonisten veranderden van de ene op de andere dag in spontane, vrolijke en zorgeloze burgers. Ze konden dus tóch lachen!

De familie van tante Anneke slenterde over het Marckvelt, langs met bloemen en vlaggen versierde kramen, etende, drinkende en hossende mensen en overvolle herbergen. Aan de brugleuningen waren witte houten kruisen vastgespijkerd waar de bezoekers van de jaarlijkse kermis en veemarkt van heinde en verre op af kwamen. Er waren niet alleen de inwoners van Nieuw-Nederland, maar ook die uit andere koloniën. Het was die dagen een gezellige smeltkroes van allerlei nationaliteiten en geloven en er werden wel achttien verschillende talen gesproken. Van Frans, Zweeds, Engels, Nederlands en Indiaanse dialecten tot Duits, Fins, Pools en zelfs Litouws. En allemaal kwamen deze mensen om feest te vieren op de kermis en handel te drijven op de veemarkt.

De enigen die grote problemen hadden met dit onbeheerste gedrag van de burgers en alle overdaad, waren de calvinistische leden van de kerkenraad. Het verderfelijke volksvermaak paste niet bij de van nature zondige burgers die zich sober hoorden te gedragen en hard moesten werken. Maar het eeuwenoude volksfeest dat in het vaderland zo populair was, was ook aan de overkant van de plas niet uit te bannen.

De ogen van tante Anneke sprankelden weer na alle heisa in het Stadt Huys en ze had zin om met haar familie over de kermis te struinen. Zelfs Blandina leek in een goed humeur. Ze liepen met zijn allen naar een kraam waar een heerlijke geur vandaan kwam. Een oud vrouwtje bakte er wafels. De heer Kierstede, die in een gulle bui was, kocht er voor iedereen een.

Tante Anneke vertelde aan Thijs, Bodine, Sjorsje en Daan dat dit een andere kermis was dan ze vanuit het vaderland gewend waren. Zo waren er in Nieuw-Nederland geen reizende gezelschappen die een theater opvoerden, kwakzalvers die je zelfgemaakte brouwsels probeerden te verkopen, gekke en bijzondere mensen om naar te kijken of beesten uit exotische landen.

Wel waren er waarzegsters aanwezig en de burgers lieten zich al lachend de toekomst voorspellen. Volwassenen keken naar het poppentheater, waar het laatste nieuws werd uitgebeeld en verteld. Kinderen renden naar een speelgoedkraam, waar de jongens zich vergaapten aan de trommels en de stokpaardjes en de meisjes aan de mooie poppen. Ook bij de poffertjeskraam stonden de burgers te wachten. Dan zagen ze weer een man die met een bijl tevergeefs een taaie stroopachtige koek door midden probeerde te hakken. Keer op keer sloeg hij mis. Als het hem lukte, mocht hij de heerlijke zoete maar toch ook pittige kermiskoek, die was gevuld met kruidnagelen, gember en andere specerijen, opeten. Jochem, de zoon van de chirurgijn, wilde Thijs en Daan meenemen, maar zijn moeder stak daar een stokje voor.

'Je weet toch nog wel wat er vorig jaar met dat jongetje is gebeurd, Jochem?'

Jochem knikte teleurgesteld en dacht aan de arme jongen die vorig jaar zijn vingers had verloren. Zijn vader had de vingers er weer aangenaaid, maar na een tijdje werden ze toch zwart en vielen er uiteindelijk af.

'Er gebeuren veel te veel ongelukken met het koekhakken', hoorde hij zijn moeder zeggen.

'De mensen hakken overal in, behalve in de koeken. Je vader zal zo wel weer aan het werk moeten, want als ik deze man zo bekijk dan duurt het niet lang meer voordat de bijl in zijn been zit.'

'Ja, mama.'

De familie liep door naar een minder gevaarlijke attractie van een jongleur verkleed als nar in bonte kleuren en met rinkelende belletjes op zijn vilten hoed. Hij gooide drie kegels om de beurt in de lucht en ving ze weer netjes op.

Wat nog meer verschilde met de kermis in het vaderland waren de wilden en de zwarten. De Afrikanen dansten en zongen en maakten gekke sprongen. Ze beeldden van alles uit. De wilden verkochten eigengemaakte spullen en toonden ook wat van hun acrobatische kunsten.

Jongens en meisjes zongen gearmd en draaiden rondjes op hun klompen. Ergens anders waren meisjes aan het touwtjespringen. Ervoor stond een rij meisjes te wachten om erin te springen. Ze zongen er iets bij, maar dat was moeilijk te verstaan. Toen het touw de benen van een van de meisjes raakte, werd er gegild en gelachen en konden ze weer van voor af aan beginnen.

Geamuseerd stonden Sjorsje en Bodine het schouwspel te bekijken. Helena en Lucretia, de dochters van Trijntje, wilden naar hun vriendinnen die meededen met het touwtjespringen. Eenmaal dichterbij zagen ze pas dat er niet gewoon met één touw, maar met twee werd rondgedraaid.

Twee meisjes, die tegenover elkaar stonden, hielden beiden in iedere hand een touw dat ze om de beurt naar binnen draaiden. Als het ene touw in de lucht was, raakte het andere de grond. Zo te zien was het touwtje ronddraaien nog een hele kunst op zich en ook het springen zag er best ingewikkeld uit.

'Oh, look at that, Hannah, it's double Dutch!'

Twee keurige Engelse meisjes uit Providence, een stad in de Engelse kolonie Roodt Eylandt, waren aan komen rennen en bleven naast Sjorsje en Bodine stilstaan, waar ze vol verbazing naar de Hollandse meisjes keken die nu met twee tegelijk stonden te springen en de knieen om de beurt steeds sneller omhoog trokken.

'Waarom wordt er met twee touwen gesprongen?' Sjorsje vond het springen met één touw al niets, laat staan met twee. Typisch een meisjesding waar ze zich graag verre van hield. Ze stond argwanend toe te kijken toen ze plots door een onbekend meisje mee de touwen in werd getrokken. De andere meisjes liepen er snel uit. Sjorsje had geen idee wat haar overkwam en zag het meisje dat haar had meegetrokken lachend snelle sprongetjes maken. Op de achtergrond klonken vrolijke meisjesstemmen. Ze probeerde het meisje naast haar na te doen, maar hield het niet vol met die onhandige jurk. Elke keer als ze een sprongetje maakte, was het volgende touw er alweer. De ondergrond was ook niet echt stevig en voor ze het goed en wel in de gaten had, raakte ze met haar voeten verstrengeld in de touwen en ging onderuit. Met een bons knalde haar hoofd op de keitjes.

Sjorsje opende haar ogen en keek recht in de ogen van een vreemde jongeman die over haar heen gebogen stond.

'Dag,' zei hij vriendelijk, 'ik ben Gerrit Schutt.'

Sjorsje begreep er niets van en keek naar de smalle houten tafel waar ze languit op lag. Paniekerig zochten haar ogen naar haar vrienden.

'Rustig maar, alles is goed.' Daan kwam bij haar staan en pakte haar hand vast, opgelucht dat ze weer bij kennis was. Ze waren zich allemaal rot geschrokken.

'Wat is er gebeurd?'

'Je bent hard gevallen en was even bewusteloos. Je kwam heel ongelukkig op je hoofd terecht.'

Dokter Schutt stond met zijn rug naar hen toe en hing een ketel in het vuur. Sjorsje greep automatisch naar haar hoofd.

'Nee, je hoofd is gelukkig in orde', zei Daan lief en wees naar haar knie. 'Je knie is alleen kapot, maar ik denk dat het er erger uitziet dan het is.'

Ze keek bezorgd naar de hevig bloedende wond. Het zat vol met kleine steentjes en zand.

'Waar zijn we eigenlijk?' vroeg ze nog steeds in verwarring.

'In het huis van Sara en haar man, schuin tegenover het huis van Stuyvesant.' Daan gooide zijn hoofd achteruit. 'Dat is de assistent van die Hans Kierstede. We zitten hier dus wel goed.' Hij probeerde Sjorsje gerust te stellen.

'Goed?' herhaalde ze verongelijkt. 'Hoe kun je dat nu zeggen?' siste ze nijdig tussen haar tanden door en wilde van de tafel stappen.

'Maak je alsjeblieft niet ongerust, Sjors. Ik ben wel geen dokter, maar volgens mij is het alleen maar een schaafwondje. Hij zal het wel schoonmaken en er een pleister opplakken, denk ik.'

'Een pleister?' beet ze hem weer verontwaardigd toe. Jij denkt toch niet dat die kwakzalvers pleisters hebben?'

'Kalm nou. Als hij iets gaat doen dat ons niet bevalt, dan til ik je op en gaan we er zo vandoor.'

Sjorsje wilde net wat zeggen, toen de dokter aan kwam lopen. In zijn hand hield hij een stopflesje. De letters erop waren onleesbaar. Hij haalde de stop van het aardewerken flesje en bracht het naar Sjorsjes lippen.

'Nee, het is al goed', zei ze. 'Dank u wel voor de moeite, maar het is niets ernstigs. Wij gaan er maar weer eens vandoor.'

Dokter Schutt keek haar hoofdschuddend aan. 'Jij gaat helemaal nergens naartoe, meisje. Niet voordat ik klaar met je ben.'

Ze keek de man met grote ogen aan.

'Ik zou het de heer Kierstede niet durven vertellen. Wees maar niet bang, ik ga niets engs doen. Ik ben een goed opgeleide chirurgijn en zeker geen barbier.'

Alleen al de woorden *niets engs* hield volgens Sjorsje in dat hij dus *wel* eens iets engs deed. Misschien was hij geen barbier, maar wel een barbaar. Ze keek naar zijn gezicht en vond hem er wel betrouwbaar en vriendelijk uitzien. Totdat hij de ijzingwekkende woorden zei: 'Als je je niet laat helpen, dan kan er koudvuur in je been komen en moeten we het doorzagen.'

Sjorsje dacht dat ze van haar stokje ging en voelde de tranen in haar ogen prikken. Hulpeloos liet ze zich tegen Daan aan vallen die de man, die zich van geen kwaad bewust was, nijdig aankeek. Dit was nu precies haar grootste angst geweest: terechtkomen in zeventiende-eeuwse doktershanden, beter bekend als de handen van een kwakzalver. Het kon haar niets schelen dat hij goed was opgeleid. Al studeerde hij nog honderd jaar, voor moderne begrippen bleef hij een kwakzalver.

Ze keek de ruimte rond en zag allerlei enge ijzeren voorwerpen hangen en liggen, van schroeven, klemmen, tangen en glazen potten vol krioelende bloedzuigers tot varkensblazen en schapendarmen. Het leek eerder een slagerij dan een behandelkamer. Op een plank stonden dikke in leer gebonden geneesboeken en op een tafeltje zag ze een microscoop. Aan de andere wand was het apothekersgedeelte, waar glazen stopflessen en blauwe apothekerspotten stonden. Sjorsje ontwaarde een opgezette salamander en een scherpe tand van waarschijnlijk een beest. Toen was voor haar de maat vol. Ze wilde onmiddellijk met Thijs spreken. Hij zorgde er maar voor dat ze nu naar huis konden. Ze keek om zich heen. Waar hing hij uit?

Bodine en Thijs liepen een heel stuk langs de rivier, terwijl ze in spanning op de anderen wachtten. Ze hadden graag bij Sjorsje willen blijven, maar de assistent van chirurgijn Kierstede had geen zin in een kamer vol kinderen. Vol vertrouwen hadden ze Daan achtergelaten. De riem van Saar knelde Thijs' hand steeds verder af. Als het aan de labrador lag, zou ze zo van de lage kade afspringen. Ze waren de Waterpoort doorgegaan en liepen door naar het boothuis. Ongestoord konden ze rondkijken, want de veerman was zojuist naar de overkant vertrokken om de wachtende kolonisten in Breuckelen op te halen. Hij deed goede zaken, deze week met de kermis.

'Moet je hier kijken', riep Thijs naar Bodine.

'Wat dan?' riep ze terug.

Bodine was net op het bankje geploft dat om een grote boom was gebouwd en had geen zin om weer overeind te komen. Saar was onder het bankje gekropen, lekker in de schaduw. Ze wilde de hond even rustig laten liggen en zelf vond ze het ook wel prettig om even uit de zon te zijn.

'Er wordt hier weer volop gediscrimineerd', schreeuwde Thijs vanuit het blokhutje. 'Maar dit keer zijn de indianen aan de beurt. Passagiers te voet worden voor drie stuivers overgezet, maar indianen betalen er zes. Alleen als ze met minimaal twee of meer zijn, betalen ze ook drie stuivers per persoon. Belachelijk! Eerst pikken we hun land in en dan laten we ze ook nog extra betalen.'

'Daarom zie je ze altijd met hun eigen kano's in de weer. Ze peddelen zichzelf wel naar de overkant. Dat hebben ze natuurlijk altijd al gedaan, dus waarom zouden ze nu ineens betalen?' helderde Bodine op.

Thijs kwam naast haar zitten. 'Gelukkig trappen ze er niet in. Valt me weer mee dat Joden niet extra hoeven te betalen.'

'Thijs?'

'Hmm?' Hij wist precies wat er ging komen. Ze waren bijna een maand van huis en hadden nog geen kans gehad om rustig met elkaar te praten. Daan en hij hadden 's ochtends tijdens hun wandelingen naar de Kolck en de Latijnse school wel tijd gehad om met elkaar te overleggen en Thijs had iets in gedachten dat hem niet losliet. Hij had het van de week met Daan besproken en het verder uitgewerkt. Maar het belangrijkste stukje van de puzzel ontbrak nog. Misschien werd het tijd om de meisjes in te lichten, kijken of zij verder konden komen waar zij vastzaten. Thijs begon te vertellen.

'Wat heeft u daar in dat flesje zitten?' hoorde Sjorsje Daan wantrouwig vragen.

'Laudanum.'

'En waar is dat precies goed voor?'

Gerrit Schutt antwoordde wat geïrriteerd. Hij wilde graag opschieten, want er stond nog een burger met kiespijn te wachten. Hij had nog niet eerder meegemaakt dat burgers, laat staan kinderen, zo achterdochtig waren. 'Laudanum? Dat gebruiken we om de pijn te verzachten en te kalmeren. Er zit wijn en opium in en helpt tegen alle kwalen.'

'Drugs?' fluisterde Sjorsje tegen Daan, die onverschillig zijn schouders ophaalde.

'Lijkt me geen kwaad kunnen. In de wijn zit alcohol, dan is het meteen ontsmet. Opium wordt gebruikt om te verdoven, geloof ik, net als in de oorlog.' Ondanks dat Daan het zelf wel goed vond klinken, wist hij het ook niet exact. Maar iemand moest Sjorsje geruststellen.

'Zo meisje, neem maar een paar druppels.'

'Drinken?' Maar... maar, ik heb geen pijn.'

'Ik zou graag willen dat je wat kalmeert. Ik zie dat je onrustig bent.'

Met tegenzin zette Sjorsje haar lippen aan het flesje en nam een druppeltje van het zogenaamde wondermiddel.

'Goed zo, meisje.' Daarna drukte hij de stop weer op het flesje. 'Nu ga ik de wond reinigen.'

'Het spijt me als ik brutaal ben, dokter Schutt, maar u hoeft de wond niet schoon te maken.'

De assistent keek Daan geamuseerd aan. 'En mag ik u ook vragen waarom niet?'

'Omdat... het water vuil is en dat er dan een infectie kan ontstaan?'

'Een *infeksie* kan ontstaan?' herhaalde de verbijsterde heelmeester Daans woorden. 'Jongeman, ik zou graag willen weten waar jij die onzin vandaan haalt.'

'Eh...van een dokter in Holland. Die heeft verteld over bacteriën die een infectie kunnen veroorzaken.'

'Hoe zeg je, knaap? *Bakteeriejen* en *infeksie*? Ik weet niet waar die zogenaamde dokter die flauwekul vandaan haalt. Heeft hij wel aan een universiteit gestudeerd?'

'Ik geloof het wel', zei Daan zwakjes. 'Geneeskunde.' Hij besefte dat hij zichzelf goed in de nesten had gewerkt. Hij had geen idee gehad dat ze niet bekend waren met bacteriën.

'Nou, in dat geval wil ik graag de naam van de dokter in Holland hebben, dan kan ik hem aanschrijven. Ik zou graag van hem willen weten aan welke universiteit hij zijn *leeringhe* heeft gehad. Zo, en nu zou ik graag door willen gaan met mijn werk. Met dit water is niets mis en ik wil dat je mij mijn werk laat doen voordat dit arme meisje haar been kwijtraakt.'

Met grote ogen keek Sjorsje naar Daan, die haar probeerde gerust te stellen. Hij zat zich af te vragen of ze er nu vandoor moesten gaan.

Gerrit Schutt praatte ondertussen verder. 'Het is zo dat mensen vroeger wel eens doodgingen nadat de wond was schoongewassen, maar we hebben ontdekt dat het water uit de ketel dat goed verhit is, wel werkt. Waarom weet ik niet. Nou, wilt u opzij gaan?'

Daan knikte naar Sjorsje. Het water dat ze gebruikten was gelukkig eerst gekookt en dus steriel. Ze haalden nu voor het eerst opgelucht adem en lieten de man doorgaan met zijn werk.

'En *dat* is jullie grote plan?'
Thijs keek Bodine aan van opzij en kon niet zeggen of ze nu teleurgesteld klonk of niet.
'Ja, ik ben bang dat we het hier voorlopig mee moeten doen. Ik heb wel het idee dat we op de goede weg zitten, alleen weten we niet hoe we het moeten uitvoeren.'
Hij staarde over het water en zag dat het veer aan de terugweg was begonnen.
'Wat denk je ervan?' probeerde hij aarzelend.
Bodine dacht even na voordat ze sprak. 'Ik begrijp wel als je zegt dat wij terug moeten kunnen komen in onze eigen tijd, omdat we hier ook zijn gekomen.'
'Precies, we weten zeker dat gaten in de tijd bestaan, anders zaten we hier niet. We *moeten* dus terug kunnen, maar wij kunnen de gaten niet vinden met de middelen die we hier hebben.'
'Alleen jouw vader heeft de apparatuur om de gaten te vinden?'
'Ja, daar ga ik wel van uit.'
'Dus wat je zegt is dat wij hier niets kunnen doen?'
'In grote lijnen komt het daar wel op neer, ja.'
'Dus we moeten wachten tot je vader iets doet, terwijl hij helemaal niet weet waar we uithangen?'
'Precies Bo! Dat is het probleem én de oplossing.'
'Dat snap ik niet.'
'Kijk, we moeten wel wat doen, maar zoals ik het zie moeten wij onze tijd nu niet verdoen met het vinden van zo'n gat. Dat lukt ons niet, wij zijn geen wetenschappers. We kunnen denken tot we een ons wegen, maar daar komen wij met zijn vieren nooit uit.'
'Maar we kunnen toch niet...'
'Nee wacht. Laat me even uitpraten. Toen we op dat schip terecht kwamen, was ik in gedachten al steeds bezig met die ene vraag: hoe moeten we terug? Waar is die plek en hoe laat? Ik kom er niet achter en weet dat ik er nooit achter zal komen. Dat is mijn vaders werk. Van-

uit zijn kantoor zijn we vertrokken, dus vanuit zijn kantoor zullen we ook weer moeten worden teruggehaald.'

'Hmm, daar zit wat in. Maar we kunnen hier toch niet gaan zitten wachten tot dat moment is aangebroken? Misschien komt het wel nooit.'

'Klopt. En daarom moeten we zelf wel wat doen.'

'Maar wat *kunnen* we dan? Je zegt net dat wij dat zelf niet kunnen.' Ze keek verward in Thijs' rusteloze gezicht. Zijn trieste ogen fonkelden nu. Ze had geen idee wat zich allemaal in dat hoofd van hem afspeelde. Wel wat doen, toch niets doen? Wat bedoelde hij nou?

'Luister goed, Bodine, naar wat ik nu zeg. Ik weet zeker dat we er wel vanuit kunnen gaan dat onze ouders weten waar we uithangen en dat mijn vader er alles aan doet om ons terug te krijgen. Maar als hij ons terug wil halen...' Thijs pauzeerde even en keek Bodine onderzoekend aan. Hij wilde dat ze het begreep. De oplossing leek zo simpel. 'Dan moet hij wel precies weten waar wij zijn.' Langzaam maar zeker begon het tot haar door te dringen. De tranen sprongen van ontroering in haar ogen.

'Stel dat mijn vader ons terug kan halen. We zijn niet altijd samen. Jullie zijn vaak in het huis van tante Anneke en wij zitten veel op school en het lijkt mij dat er maar één klein gat is. Als hij in het wilde weg dingen terug gaat halen, dan kan hij de halve kolonie met indianen en al naar de moderne tijd overzetten. Zie je het al voor je, die indianen in onze tuin met hun speren achter de kippen en herten aan?'

De tranen liepen nu over Bodines wangen toen Thijs het over thuis had. Ze had er al lang niet meer aan gedacht. Misschien bewust, dat kon ze niet zeggen. Het voelde heel gek om er aan te denken, haast als een wrede droom. Ergens bevond zich een wereld die ze goed kende, waar ze graag heen wilde, maar waar ze misschien nooit meer naartoe kon. Door haar tranen heen proestte ze: 'Die kolonisten kunnen we nog wel in het Openluchtmuseum afzetten. Daar zullen ze zich wel thuis voelen.'

Thijs grinnikte. Hij zag het al voor zich hoe de kolonisten verbaasd hun intrek namen in de boerderijtjes en daar het dagelijks leven weer oppakten. Aan de slag in de broodbakkerij, de kinderen die naar het schooltje gingen en vanuit het kerkje klonk een bulderende stem over al het zondige gedrag van de mensen. En de nietsvermoedende bezoekers van het museum maar denken wat een goede acteurs er ingehuurd waren. Toen keek hij weer serieus.

'Dus... een voorwaarde om terug te kunnen gaan, is dat we bij elkaar moeten zijn. Op een bepaalde plek, een vaste dag en een vast tijdstip. En zelfs dat is het probleem niet, dat kunnen we plannen. Maar de grote vraag is hoe...'

'... komt jouw vader dat te weten?' maakte Bodine zijn zin af.

Thijs keek haar verheugd aan, ze had het begrepen.

Het veer was er bijna. Ze moesten nu echt gaan opstaan voordat de veerman zijn stuivers kwam ophalen en hen naar de overkant roeide.

'We moeten dus een boodschap de toekomst in sturen. Dat wordt onze opdracht deze zomer. Of hadden we er al een?' Thijs probeerde de humor erin te houden, maar Bodine hoorde het niet. Ze was in gedachten verzonken.

'We kunnen ergens een boodschap achterlaten,' dacht Bodine hardop, 'bijvoorbeeld iets in de muur van een gebouw krassen.'

'Ja, ga door!' Thijs knikte haar bemoedigend toe.

'Oké, eh... neem nu het Stadt Huys. Ergens op de muur zetten we met een watervaste stift,' ze moest er zelf om lachen, 'een scherp mes dan, een boodschap waar we zijn, hoe laat en op welke dag. Het moet natuurlijk meer dan driehonderd jaar blijven zitten.'

'Ja, en dan?' Thijs vond het niet slecht klinken, maar vroeg zich af hoe zijn vader dat gebouw zou vinden.

'Als wij weten dat we een boodschap moeten sturen, dan zit hij op een boodschap te wachten. Ik stel me voor dat hij naar New York vertrekt om op onderzoek te gaan, op zoek naar ons bericht.'

'Oké, oké, we komen ergens,' zei Thijs. Het gaf hem nieuwe hoop. 'Maar eh... wie kan ons vertellen of dit Stadt Huys er dan nog staat? Dan zal hij die boodschap nooit kunnen vinden.'

'Dat is waar,' zei Bodine peinzend, 'dan moeten we dus op zoek naar een gebouw dat er in 2009 nog steeds staat. Jij bent eerder in New York geweest. Kun je je nog herinneren of je historische gebouwen hebt gezien?'

Bodine raakte nu goed op dreef. Ze had het gevoel een goede inbreng te hebben en zo hardop met elkaar overleggen werkte goed. Ze *zouden* tot een oplossing komen, ze voelde het tot in haar vingertoppen.

'Historische gebouwen? In New York? Weinig kans. Er zijn alleen maar hoge gebouwen en wolkenkrabbers en wel wat oude kerkjes en zo, maar die staan er nu nog niet. Niets van wat ik tot nu toe heb gezien, komt me bekend voor.'

'Balen zeg', zei Bodine teneergeslagen, maar ze wilde niet zo snel opgeven. 'Denk eens na waar jouw vader zou kijken als hij hier zou zijn.'

'Ik kan me herinneren dat we ergens een boerderij hebben bezocht. Dat is nu een museum en was nog gebouwd door oude kolonisten. Ik zou ver in mijn geheugen moeten graven voor de naam. Die klonk wel Nederlands trouwens. Iets met Van Dijck, of Dijkhof.'

'Nou, dat is al iets. En waar lag die boerderij precies? Met een beetje geluk is het al gebouwd.'

'Daar.' Thijs wees naar het eiland met de groene heuvels aan de overkant. Als je zes stuivers hebt, kunnen we gaan kijken. Ik kan me herinneren dat we de Brooklyn Bridge over gingen naar Long Island. De boerderij ligt dus in Brooklyn of Breuckelen nu. En dat ligt hier aan de overkant, op het Lange Eylant. Maar goed, stel dat we de exacte locatie vinden van die boerderij of bouwery, wat dan? Bellen we dan aan bij de boer en vragen we of we zijn huis even mogen zien? En vervolgens ziet hij ons in zijn hout krassen? Dan zijn wij de volgende die aangeklaagd worden voor vandalisme, een beetje vroeg om dat nu al in te voeren.'

'Hé, en dat Stadt Huys dan? Het is van steen en het is mooi. Zou er een kans bestaan dat het er nog staat?'

Thijs dacht even na en was er toen van overtuigd. 'Nee, dat is er niet meer. En ik weet het zeker omdat ik hier op deze plek ben geweest. Hier is nu South Port. Er liggen wat historische schepen en allerlei pieren. Dat was vlak bij de Brooklyn Bridge, en als daar', hij wees opnieuw naar de overkant, 'Long Island ligt, of het Lange Eylant, dan ging de brug vanaf dat punt over het water. South Port ligt dus hier naar beneden, ter hoogte van het stadhuis. We zijn in City Hall park geweest en dat ligt', hij keek om zich heen om zich te oriënteren, 'als ik het goed heb in het verlengde van de brug, vlak bij het World Trade

Center, dat nu niet meer bestaat. En die bevond zich volgens mij niet binnen de palissade, of Wall Street moet ik zeggen. Dat lag echt een stuk verder. In dat park ligt nu het stadhuis van de Amerikanen. De Engelsen moeten dus een nieuw gebouw hebben neergezet. Dit stadhuis zou veel te klein zijn geworden.'

Thijs keek weer om zich heen. 'Even kijken... Dat park ligt hier dus ergens achter, want wij zitten nu ongeveer op de plek waar de brug gebouwd gaat worden en we zijn vanaf de brug naar dat park gelopen. Als er in die haven nog een oud gebouw had gestaan, dan had ik dat wel geweten en waren we zeker naar binnen gegaan. Zeker zo'n oud huisje, dat zou opvallen tussen al die wolkenkrabbers. Dan was het vast een historische plek of een museum geworden. Daar staat me niets van bij. Nee, ik denk dat alles meters onder de grond ligt verborgen.'

'Jammer. Dus een boodschap in de muur krassen kunnen we wel vergeten?'

'Ja, ik zou niet weten wat er in onze tijd nog steeds zou kunnen staan.'

Bodine werd er moedeloos van. Alle hoop was samen met de oude gebouwen de bodem ingeslagen. Ze zette haar ellebogen op haar knieën en liet haar hoofd vermoeid in haar handen zakken, weer vechtend tegen haar tranen.

'Die Engelsen hebben alles verpest. Als ze met hun handen van onze schepen waren afgebleven, dan waren die zakken post ook niet geplunderd en netjes bij diegenen bezorgd waar ze voor waren bedoeld. En hadden een stel nieuwsgierige kinderen zichzelf niet in de problemen kunnen brengen door het stelen van een brief uit het verleden die helemaal niet voor hen was bestemd.'

Een lange, ijzige stilte volgde. Thijs zei niets meer en zat als versteend voor zich uit te staren. Bodine keek naar het veer dat nu ging aanleggen. Ze moesten nu echt vertrekken. Ineens voelde ze een dikke zoen op haar wang. Ze durfde Thijs niet aan te kijken. Waarom deed hij dat in godsnaam?

'Je bent een engel,' zei hij met een stralend gezicht, 'een reddende engel.'

'Hoezo, wat heb ik gedaan?'

'Je hebt ons zojuist gered van een leven in dit ellendige gehucht.'

'Wie? Ikke?'

Thijs zag dat hij haar volle aandacht had. 'Bo?' zei hij, terwijl ze weer overeind kwam en hem aankeek, totaal van haar stuk gebracht. Hij had haar nog wel een zoen willen geven, maar in plaats daarvan stond hij op.

De kolonisten kwamen er al aan lopen en het werd tijd om de anderen te gaan zoeken.

'Pak je spullen maar, misschien wil je nog een souvenir meenemen, zo'n oesterschelp of zo, want hier komen we nooit meer terug.' Hij nam de riem van de hond uit haar handen, met zijn andere hand pakte hij de hare vast en trok haar van het bankje. 'Kom op!' zei Thijs en trok Bodine en Saar achter zich aan. 'We hebben werk te doen en mogen geen tijd meer verliezen. Tijd is namelijk het enige dat we nodig hebben en dat moet zijn tijd hebben. Ik zal het je onderweg wel uitleggen.'

Gerrit Schutt hing de koperen pan weer boven het vuur en legde nog een verband van doeken aan. Daarna was het klaar en mocht Sjorsje van de tafel komen. Verdoofd stapte ze eraf. Ze voelde geen pijn meer. Sjorsje beloofde dokter Schutt dat ze morgen terug zou komen, al was ze daar nog niet zo zeker van. Ze pakte Daan bij de hand en trok hem, half strompelend door de strakgebonden lap om haar knie, gehaast mee naar buiten voordat de dokter alsnog met een zaag achter haar aan kwam.

Buitengekomen keken ze om zich heen. Ze hadden verwacht de andere twee te zien, maar die waren nergens te bekennen. Toen ze even later naar de Waterpoort staarden, zagen ze Thijs, Bodine en Saar, gevolgd door een horde kolonisten. Het duizelde Sjorsje in haar hoofd en ze vroeg zich af of ze het wel goed zag. Hadden die twee daar nu echt elkaars hand vast? Het moest niet gekker worden. Op dat moment besefte ze dat zij Daans hand ook nog vasthield en liet hem snel los.

Een paar dagen later was ook Sjorsje weer in een goed humeur. Ze had zich wel wat suf gevoeld, maar nu voelde ze zich weer goed. Het verband mocht eraf van Gerrit Schutt en de gehavende knie zag er goed uit. 'Geen *infeksie*', zei ze opgewekt tegen Daan toen ze weer buiten stonden.

Daan was er niet zo makkelijk vanaf gekomen. De chirurgijn eiste van hem het adres van de dokter uit de Republiek. Toen Daan zich zonder nadenken liet ontvallen dat het een vrouw was, keek de man bedenkelijk en schudde zijn hoofd. Ten slotte gaf Daan hem het adres van zijn huisarts in Oosterhout. Hij hoopte maar dat de brief zou worden gekaapt.

De rest van de week genoten de burgers met volle teugen van de feestelijkheden. Dat het voorlopig hun laatste feest zou zijn, konden de vrolijke burgers tijdens die zonnige kermisweek niet vermoeden. Zelfs de waarzegsters hadden geen idee van de voorbereidingen die nu in volle gang waren.

15

Het Swarteland

'Komt dat zien, komt dat zien, het is de Gideon!' Opgewonden renden de mensen langs Daan en Thijs, die van school op weg waren naar huis. De vier waren die middag lekker vrij. Eindelijk samen. Tante Anneke verbleef in Beverwyck en dat kwam wel érg goed uit, al was de reden dat ze was vertrokken niet zo leuk. Na alle feestelijkheden van afgelopen week was de uitgelaten stemming van de burgers omgeslagen in neerslachtigheid. Nu vreesden ze de Heer echt, want de waterpokken waren uitgebroken. Gelukkig niet in Nieuw-Amsterdam, maar dat was alleen maar een kwestie van tijd. Als het niet goed werd aangepakt, was het zo hier.

Zodra tante Anneke het nieuws had vernomen, vertrok ze met de eerste de beste boot die klaarlag. Genadeloos hadden de waterpokken toegeslagen in Beverwyck. In dit kleine plaatsje in het noorden van Nieuw-Nederland woonde een aantal van haar kinderen en kleinkinderen. Tante Anneke logeerde zolang in de Handelaers Straet bij Jan Roeloffsz, de ongetrouwde zoon van haar eerste man. Ze wilde de mensen zo goed mogelijk bijstaan. Zo hielp ze in het huishouden, kookte ze en bracht ze natte lappen als de zieke een hoge koortsaanval had. Bang om zelf ziek te worden, was ze niet. Het was niet de eerste uitbraak van waterpokken en tante Anneke was nog nooit besmet geraakt.

De kinderen vonden het vreselijk voor haar, maar in de schaarse vrije uurtjes die ze daardoor met elkaar hadden, konden ze eindelijk hun plan verder uitwerken. Ze hadden nog twee vragen om op te lossen: het waar en wanneer. Louwize liep weliswaar nog in huis rond, maar zij liet de vier hun gang gaan, zolang ze hun huishoudelijke taken maar deden.

Daan en Thijs gingen na schooltijd dan ook zo snel mogelijk naar huis, maar in de straten was er geen doorkomen aan. In de stad was iets gaande. Een schreeuwende mensenmassa begaf zich langs de Prince Gracht richting de kade. Er zat voor de jongens niet veel anders op dan zich met de stroom mee te laten voeren. Ze werden onderhand ook wel nieuwsgierig. Wie of wat was die Gideon?

Achter het Stadt Huys stak een woud van huizenhoge masten indrukwekkend de lucht in. Het was iedere keer weer een machtig gezicht als er een schip was aangekomen. Eén schip stak er met zijn masten bovenuit.

'Stoer!' riep Daan. Bij het Stadt Huys was het razend druk, maar de jongens konden nauwelijks iets zien. Daan flapte er opeens uit: 'Toch niet de Engelsen al?'

'Dat is niet te hopen,' zei Thijs bedachtzaam, 'want dan zijn ze wel te vroeg.'

'Misschien hadden ze wind mee,' zei Daan weer.

Thijs keek zijn vriend vertwijfeld aan.

'Kom!' Thijs trok Daan mee in het gedrang. Hij wurmde zich door de bezwete lichamen van de nieuwsgierige kolonisten heen, die allemaal naar het water stonden te gapen. Daan hield Thijs aan zijn hemd vast en liet zich door zijn vriend leiden, totdat hij ineens tegen hem opbotste. Het was hen gelukt om de waterkant te bereiken. Een paar honderd meter van de kade lag een kolossaal schip voor anker. De haven leek opeens erg klein.

'Als het je geruststelt, Daan, het is er maar één.'

Daan fronste.

'De Engelsen, weet je nog?'

'Ja, en?'

'Nou, die kwamen, of komen dus, met vier schepen.'

'O, zo bedoel je! Inderdaad, wat goed zeg!' De diepe frons maakte plaats voor opluchting en hij gaf Thijs een vriendschappelijk klopje op de rug.

'Hoeveel zijn er gekomen?' vroeg iemand achter hen, zich koortsachtig met zijn ellebogen naar voren werkend.

'Eindelijk hulp', verzuchtte een vrouw naast Thijs.

Hij waagde zijn kans. 'Wat is het voor schip dat daar ligt?'

De vrouw begon te lachen om deze twee jongens, die waarschijnlijk de enigen waren die van niets wisten. 'Daar ligt de Gideon,' zei ze opgetogen, 'net aangekomen uit Curaçao. Ik kijk zelf ook even of er iets voor mij bij zit. Burgemeester Paulus van der Grist vertelde mij zojuist dat het er wel driehonderd zouden zijn.'

Daan en Thijs werden niet veel wijzer van dit antwoord, maar aan de verheugde gezichten te zien leek het niets ernstigs. Het klonk alsof de mensen al lang op dit schip hadden gewacht, omdat ze het steeds over hulp hadden.

'Driehonderd wat?' vroeg Thijs aan Daan, die had staan meeluisteren.

Daan haalde zijn schouders op. 'Misschien zijn het soldaten van de compagnie of nieuwe kolonisten. Kom, laten we gaan, anders worden de meisjes ongerust. We horen het wel. Misschien weet Louwize het.'

'Oké, kom op. Laten we kijken of we er nog uit kunnen komen.'

Net toen ze zich wilden omdraaien, begon de menigte te joelen. Vervolgens klonk er een vreemd gerammel. Toen de jongens keken waar het eigenaardige geluid vandaan kwam, bleven ze staan, als door de bliksem getroffen.

Lange rijen zwarte mannen en vrouwen schuifelden voorbij. Ze waren spiernaakt en aan hun polsen en enkels zaten zware ringen die met ijzeren schakels waren verbonden. Enkele burgers knepen hun neus dicht toen zich een bedorven lucht van zweet en uitwerpselen verspreidde.

'Slaven...' stamelde Thijs.

Het water lag nu vol met bootjes die vanaf het grote schip naar de kade kwamen roeien, ze waren volgeladen met nog meer slaven. Er leek geen einde aan te komen. Nadat de bootjes bij de steiger waren aangekomen, werden de slaven er hardhandig uitgeduwd.

'De Gideon is een slavenschip', prevelde Daan, terwijl hij in het schichtige gezicht van een jonge jongen keek. Het was nog een kind. De jongen was zwak en zo ernstig vermagerd dat zijn botten onder zijn huid uitstaken. Bij zijn polsen zaten open vleeswonden van de zware en pijnlijke schakels. In de bovenkant van zijn rechterschouder waren cijfers gebrand. Het was nog niet zo lang geleden gedaan, want het vlees was nog roze. Daan voelde zich beroerd worden en wendde zijn gezicht af. Hij kon het niet langer aanzien. Deze mensen waren net als zij in een ijzingwekkende nachtmerrie terechtgekomen.

Ze hadden al die slaven van Stuyvesant wel gezien en ook Louwize was een slaaf, maar ze hadden er nooit bij stilgestaan hoe ze hier waren aangekomen. Als ze aan slaven dachten, dan dachten ze aan grote plantages met statige witte landhuizen met hoge pilaren, ergens aan de Mississippi en in het diepe hete zuiden van Amerika. Als ze aan slaven dachten, dan dachten ze aan negers die met de zweep afgeranseld werden. Maar nu begon de afgrijselijke waarheid zachtjes tot hen door te dringen. Alle zwarte mensen die hier woonden, waren ooit op deze manier aangekomen.

Thijs en Daan duwden de mensen naast hen opzij en probeerden zo snel mogelijk weg te komen uit de massa. Weg van het gruwelijke schouwspel. Na een paar minuten rennen kwamen ze terecht op het Tuyn Pat. Ze hadden geen idee waar ze waren, maar het was er rustig, zodat ze even op adem konden komen.

Daan kon zich niet langer inhouden. Hij gaf over tot hij niets meer in zijn maag had. De tranen stroomden over zijn gezicht. Onderweg naar huis moesten ze elkaar er aan herinneren dat de slavernij nu afgeschaft was. Maar toch, hier was een wereld waar het gewoon opnieuw gebeurde en de Nederlanders waren er schuldig aan. Thijs en Daan waren blij dat de meisjes er niet bij waren. Wat zich hier afspeelde, stond nu op hun netvlies gebrand.

Zichtbaar opgelucht kwam Sjorsje het trappetje opgelopen en trok de kelderdeur achter zich dicht. Ze was blij dat ze uit die vochtige ruimte was, waar een schimmellucht hing.

Tante Anneke had er de huishoudelijke artikelen gestald die ze in de Republiek bestelde en hier aan de kolonisten verkocht. Het muffe keldertje lag vol met balen linnen, zilveren bekers en lepels, tweedehands kleding en nog allerlei soorten knopen en garen. Ze had zelfs de rossige huid van een bever zien liggen. Iedere keer als ze er langs liep, griezelde ze. Wat waren die beesten akelig groot.

Sjorsje had zojuist een stuk zeep verkocht aan een stuurs kijkende vrouw. Nu tante Anneke in Beverwyck zat, waren Bo en zij verantwoordelijk voor de verkoop. 'Ongelooflijk, wat een verzameling oude troep heeft die vrouw.' Sjorsje liep door de keuken, waar Bodine met potten en pannen in de weer was.

Ze keek op van haar werkje toen Saar, die haar baasje vreedzaam van onder de tafel had gadegeslagen, kwispelend naar de keukendeur liep. De hond hoorde het altijd het eerst.

Sjorsje en Bodine hadden zich net afgevraagd waar de jongens bleven, de school was al lang uit.

'Jullie geloven nooit wat we net gezien hebben', viel Daan met de deur in huis. Hij sloeg zijn armen om de nek van de hond heen en knuffelde Saar stevig.

'Wat dan?' Bodine had buiten wel wat rumoer gehoord, maar er verder geen aandacht meer aan besteed.

Thijs pakte de met druiven versierde roemers van het schap en vulde de breekbare kelkglazen met het verse bronwater van de Kolck. 'Er is een slavenschip aangekomen', zei hij en nam een slok van het koele water. Bodine, die met een tinnen lepel in een pannetje stond te roeren, hield ogenblikkelijk op en keek de jongens vol afgrijzen aan.

'Een slavenschip?'

'Serieus, het heet de Gideon. Het is gigantisch groot en er zitten wel driehonderd slaven op.' Daan klonk opgewonden en vol afschuw tegelijk. 'We hebben ons gewoon nog nooit gerealiseerd hoe het er hier aan toeging, maar onze grote vriend Stuyvesant is een regelrechte slavenhandelaar.'

Sjorsje keek hevig ontdaan. 'Misschien weet hij niet beter?' probeerde ze hem te verdedigen. Ze mocht de directeur-generaal eigenlijk wel.

Daan haalde zijn schouders op. 'Dat weet ik niet, hoor. Je zou wel anders praten als je het had gezien. Hij ziet toch ook dat deze mensen niet vrijwillig zijn komen aanvaren? Hij weet echt wel waar hij mee bezig is, hij is een intelligent man.'

'Ja, dat is ook zo. Hè gats, was het echt zo akelig?'

195

'Nog veel erger dan jij je voor kunt stellen. Ze bleven maar met bootjes, volgepropt met uitgemergelde naakte Afrikaanse mannen, vrouwen en kinderen naar de kant varen. Het was gruwelijk! We zitten hier gewoon midden in het slaventijdperk.'

Er viel een stilte in de keuken die werd verbroken door een kreet van Bodine.

'O, verdorie, de *soetemelck* kookt over.' Snel haalde ze het pannetje van het vuur.

'Wat ben jij aan het bakken?' Nieuwsgierig keek Daan in de pan.

'We maken een vlaai voor vanavond.'

'Hmm, ik zal me er maar niet op verheugen.'

'Ha ha. Doe maar eens iets zinnigs en ga even wat eieren voor me halen uit het kippenhok.'

Daan gehoorzaamde zijn zusje en zette even later een mand met eitjes op de tafel. 'Waarom maak je die vlaai eigenlijk? Is er iets te vieren of zo?'

'Nou, niet echt, maar we hebben Louwize gevraagd om Christoffel uit te nodigen.' Bodine begon nu te fluisteren, omdat Louwize zich ergens in het huis bevond. 'Sjorsje en ik dachten dat het leuk was om een keer iets aardigs voor haar te doen. We hebben het idee dat ze zich soms niet helemaal lekker voelt. Ze werkt zo hard en we horen haar 's ochtends op het erf wel eens overgeven. Maar ze wil er niet over praten. Misschien helpt het als ze Christoffel wat vaker kan zien.'

'En, komt hij?' Thijs hoopte van niet. Het was aardig bedoeld van die meiden, maar daar was nu echt geen tijd voor.

'Nee, volgens Louwize kan het niet als tante Anneke niet thuis is. Ze is bang dat de buren gaan roddelen. Dus we gaan naar hem toe.'

'Wat?' Daan keek de meiden ongelovig aan.

'Ja Daan, we gaan vanavond naar het Swarteland.'

Thijs baalde. Hij wilde het plan vanavond verder uitwerken en daar kwam nu weer niets van.

'Sjorsje, lees jij het recept van die vlaai even voor?'

Ze wierp een blik op het kookboekje en grinnikte even. Met een grappig accent las Sjorsje voor: '*Neemt een pintje soetemelk. Laat het eens opkoken.* Het volgende kan ik niet lezen hoor... Volgens mij moet je roeren. Een dan... *Neemt dan acht eieren, de hanen wel uit gedaan...*

196

Hè gats! *Dan klein geklopt met een half mutsjen roosewater en twee lepelen suiker en doet het dan ondereen met de melk.* Snap je het nog?'

'Ja, hoor. Ik weet alleen niet wat een mutsje is, maar dat gokken we dan maar. Wil jij de eieren even klein kloppen met twee lepels suiker?'

Louwize stapte met een goed humeur de keuken binnen. 'Ah, de jongens zijn er ook, gezellig. Gaat het goed met de vlaai?'

'Ja, Louwize, uitstekend.'

'Als de eitjes geklopt zijn, kunnen ze met de melk in de vlaaipan. Zet het maar op een laag vuur en laat het rustig stoven totdat het stijf is. Maar het mag niet koken.'

'Goed, Louwize.'

'Mooi zo, dan ga ik de vloer dweilen in het voorhuis.' Ze liet de kinderen weer alleen in de keuken. Daan loerde om het hoekje en verzekerde zich ervan dat ze buiten gehoorafstand waren, toen hij Louwize zag neerknielen naast de roodkoperen emmer met een schrobborstel en een dweil. Hij wist inmiddels dat die schrobbeurt nog wel een tijdje zou duren. Nu konden ze vrijuit praten.

'Oké, nu! Vlug!' Hij rende naar boven en kwam terug met zijn kladblok, een pen, een kaart en alle informatie over Nieuw-Amsterdam die ze bij zich hadden gehad toen ze die laatste middag bij de Slotbosse toren hadden gezeten. Voorzichtig vouwde hij de kaart open op de keukentafel.

Sjorsje sloot haar ogen en snoof diep aan het papier. 'Heerlijk, al die spullen uit de eenentwintigste eeuw.' Bodine legde een deksel op de vlaaipan en ging naast haar zitten. Thijs haalde het haakwerkje van Louwize van een krukje en kwam ook aan tafel. Hij pakte de papieren waarin hij eerder die week, midden in de nacht, belangrijke data en gebeurtenissen had onderstreept. Hij zocht nu naar een bepaalde gebeurtenis. Thijs wilde zich daar wat meer in verdiepen. Hij hoopte maar dat de informatie te vertrouwen was en dat degene die het op internet had gezet, zijn huiswerk goed had gedaan. Hun leven zou er letterlijk van afhangen.

Een zachte vanilleachtige geur verspreidde zich door de keuken en deed hen het water in de mond lopen.

Saar legde haar kop bij Daan op schoot. Hij aaide haar en fluisterde zacht: 'Ja meisje, het wordt tijd dat we naar huis gaan, hè? Dan krijg je tenminste weer echte brokken.'

'Hier heb ik het', riep Thijs gespannen en begon zijn onderstreepte stukje voor te lezen. *'Het gebied kwam onder Engels gezag te staan toen vier Engelse fregatten de haven van Nieuw-Amsterdam op 26 augustus 1664 zonder oorlogsverklaring binnenvoeren en de provincie Nieuw-Nederland opeisten voor de Engelse koning.* Wat voor ons belangrijk is, is die datum: 26 augustus 1664. Dat is...'

'... over dertien dagen', rekende Sjorsje snel.

'Wat een gek idee', merkte Bodine op, 'dat wij nu de enigen zijn die weten dat die schepen al onderweg zijn. En we kunnen niets met al die voorkennis.'

Niemand zei iets, maar ze dachten hetzelfde. Over twee weken zou het gedaan zijn met dit mooie Hollandse stadje. Het was haast niet te geloven.

'En dan moeten we het doen?' vroeg Bodine aan Thijs.

'Wel ergens rond die tijd. Maar eerst moeten we wat meer te weten zien te komen wat er gaat gebeuren als die schepen aankomen.'

'Het lijkt me sterk dat ze dat meer dan driehonderd jaar later nog weten', zei Bodine weifelend.

'Lees eens door', zei Sjorsje ongeduldig.

Thijs keek weer op zijn blaadje. 'Even kijken... Dit stukje gaat over de eerste kolonisten die in 1624 aankwamen, dat is verder niet zo interessant voor ons. Eh...'

Daan loerde ondertussen weer even de gang in en zag tot zijn tevredenheid dat Louwize nog druk met de schrobborstel in de weer was.

'Ja, hier heb ik het...' Thijs las de tekst vluchtig door. *'De komst van Stuyvesant en zijn Raad van Negen... De stichting van Beverwyck door Stuyvesant... Nieuw-Amsterdam kreeg stadsrechten in 1653...* O, Bo, hier staat dat archeologen een stukje muur van het oude Stadt Huys onder de grond hebben gevonden. Het klopt dus dat het er niet meer staat.'

'Schiet nou op', zei Daan, die de gang angstvallig in de gaten bleef houden, 'we checken thuis wel of het allemaal klopt. Hoe zit het nou met die overname?'

'Oké, oké', Thijs sloeg de blaadjes snel om. 'Aha, de verovering door de Engelsen.' Geboeid luisterden ze naar Thijs, die alvast een verslag uitbracht over wat henzelf binnenkort te wachten stond. 'En?' Drie gezichten staarden hem hoopvol aan. 'Kunnen we hier iets mee, denk je?'

Thijs keek ze glunderend aan. 'Het tijdstip! Maandagochtend om tien uur. Dat is alles wat we moeten weten.'

'Perfect', zei Daan, die meteen begreep waar Thijs op doelde. 'Dan staat natuurlijk de hele stad toe te kijken en kunnen wij ongestoord onze gang gaan. Niemand die op ons let.'

'Eindelijk iets om naar uit te kijken', verzuchtte Sjorsje.

'Maar voor het zover is, hebben we nog een hoop te doen. Het moeilijkste moet nog komen', zei Thijs somber.

'De plek', vulde Bodine aan.

Thijs knikte, hij zat alweer tussen zijn printjes te rommelen. 'Ergens moet het antwoord op onze vraag toch staan, we moeten het alleen maar zien te vinden.'

Na het avondeten stapten ze met de versgebakken vlaai naar buiten. Louwize was opgetogen: normaal zag ze haar aanstaande alleen in de kerk en af en toe op een schaarse vrije dag. Christoffel werkte dag en nacht om het geld bij elkaar te krijgen om haar van mevrouw Janse te kunnen kopen. Een lekker stukje vlaai had hij zeker verdiend.

Zonder lastige vragen te stellen, liet de verveelde soldaat bij de Waterpoort hen door. De route over het Wagenpat konden ze inmiddels dromen en ze waren lang niet meer zo schrikachtig als de eerste keer. Zo vlak achter de palissade was er helemaal niets aan de hand. Die oude directeur-generaal Kieft was sluw geweest. Door flinke *morgen* land – iets minder dan een hectare – achter de palissade aan de vrije en halfvrije slaven te geven, vormden ze voor het stadje een uitstekende buffer tegen de indianen met wie Kieft steeds oorlog zocht. De slaven hadden vruchtbare akkers en weiden van het ondoordringbare bos gemaakt, waar ze gewassen verbouwden en het vee konden laten grazen. Hun eigen verbouwde producten mochten ze zelf verkopen.

Via een boomgaard waar appel-, kersen-, vijgenbomen en zelfs een kastanjeboom stond, kwamen ze aan bij de bouwery. Christoffel stond te timmeren bij de schuur.

Christoffel van Angola had als slaaf hard gewerkt én goed verdiend. Al zijn geld had hij opzij gelegd, totdat hij de kans en het recht kreeg om zichzelf vrij te kopen. En die kans had zich al eerder voorgedaan dan gedacht.

Bij een aanval van de wilden op de stad kreeg hij een geweer in zijn handen gedrukt. Hij werd geacht om de burgers te beschermen, net als de andere mannen. Dat had hij goed gedaan. Als beloning mocht hij een halfvrije slaaf worden.

Wel had hij zich moeten bekeren tot het geloof van de Nederlanders. Net als de Nederlandse burgers ging hij naar de kerk in het fort en op zondagavond naar de kapel op het landgoed van de heer Stuyvesant. Christoffel had voor zichzelf een goed huis getimmerd, waar hij in vrijheid oud hoopte te worden, samen met Louwize.

Uitzinnig van vreugde legde hij zijn hamer neer toen hij zijn aanstaande vrouw met het groepje kinderen en de zwarte hond door de boomgaard zag naderen. Met zijn allen liepen ze lachend en pratend door naar de knusse veranda die Christoffel aan zijn bouwery had getimmerd. Hij had het huis en de schuur zelf gebouwd en veel burgers huurden Christoffel nu in als timmerman. Hij was hartelijk en behulpzaam. Bodine en Sjorsje begrepen wel waarom Louwize hem leuk vond. Op de veranda legde hij even zijn hand op Louwizes buik en zette haar in zijn zelfgemaakte schommelstoel. Voor de kinderen haalde hij krukjes.

Niet veel later zaten ze bij een flakkerende kaars van hun vlaai te smullen. Met een glimlach op haar gezicht en een haakwerkje in haar hand schommelde Louwize tevreden op en neer. Bodine en Sjorsje zochten oogcontact met elkaar. Nu wisten ze het zeker. Ze moesten zich wel heel erg vergissen als daar geen babysokjes werden gehaakt.

'Wat een heerlijk plekje heeft u hier', begon Sjorsje.

'Dat is niet altijd zo geweest, hoor', haastte Christoffel zich te zeggen.

'Wanneer bent u uit Afrika gekomen?' Thijs hoopte niet dat zijn vraag pijnlijk voor Christoffel was, maar hij brandde van nieuwsgierigheid om te weten te komen hoe de Nederlanders tijdens de slavernij te werk waren gegaan. Eigenlijk wist hij het antwoord al. Toch zou deze unieke kans zich nooit meer voordoen. Hij kon het verhaal horen uit de mond van een echte slaaf uit de zeventiende eeuw.

Christoffel staarde naar de donkere heuvels die hem na al die tijd nog een beklemmend gevoel gaven. 'Ik weet niet meer zo veel van mijn leven in Afrika of tot welke stam ik hoorde. Ik moet zes jaar zijn geweest toen ik hier in 1642 aankwam, want in het jaar 1648 heeft mijn nieuwe eigenaar mij laten dopen. Ze dachten dat ik toen twaalf jaar was.'

'En hij is gedoopt door mevrouw Judith Stuyvesant zelf', zei Louwize trots. 'Zij heeft haar best gedaan om alle negermensen te laten dopen, zodat ze onderwijs en een religieuze opvoeding konden krijgen, net als de burgers. In het begin doopte mevrouw Stuyvesant de zwarten gewoon in haar eigen keuken, omdat de dominee hier niet aan wilde meewerken. Hij vond dat de zwarten zich alleen maar lieten dopen, omdat ze hoopten zich zo vrij te kunnen maken. Ook de slaven van de directeur-generaal zijn halfvrij en hebben een eigen bouwerytje hier aan het Wagenpat.'

Christoffel vertelde verder, toen Louwize was uitgepraat. 'Soms komen er wel eens oudere slaven aan uit dezelfde buurt en daar hoor ik wel eens wat van. Maar hoe het met mijn achtergebleven familie is, weet ik niet. Ik heb geen namen. Bij mijn doop werd mijn achternaam Van Angola, naar het land in Afrika waar ik vandaan kom.'

'De Slavenkust.' De woorden kwamen geluidloos over Thijs' lippen.

'Wat ik me vreemd genoeg nog heel goed kan herinneren', ging Christoffel door, 'is hoe het gebeurde. Alsof het gisteren was. Ik speelde met een vriendje en we waren iets te ver van huis gelopen.'

Nagelbijtend schoof Thijs zijn krukje dichterbij om elk woord van Christoffel goed te kunnen verstaan. Ook de anderen keken hem gespannen aan, niet wetend of ze dit wel wilden horen.

'Te laat hadden we in de gaten dat we de hutten niet meer zagen. Jullie moeten weten dat dat van onze ouders niet mocht, want we moesten altijd in het zicht blijven van de hutten. In géén geval mochten we naar het water. Er gingen geruchten dat er wel eens mensen zomaar verdwenen. Er was zelfs een gezin dat we goed kenden, waar nooit meer iets van vernomen werd. Niemand wist waar ze waren gebleven. Voordat we het goed en wel doorhadden, waren we toch richting kust afgedwaald. Het was een prachtig strand met het witste zand. De blauwgroengekleurde zee lag te schitteren in de zon. We waren zo overdonderd van wat we zagen en kropen steeds verder de struiken uit om de zee goed in ons op te nemen. Het was misschien de enige kans die we in ons leven zouden krijgen. Totdat we zo'n zin kregen om het verkoelende water te voelen. We besloten om er alleen even snel in te lopen en dan meteen weer terug te gaan. We dachten niet aan het gevaar, daarvoor zag de zee er veel te mooi en vredig uit. We wisten ook niet eens op welk gevaar we moesten letten, dus liepen we zo het strand op. Ik voel het hete zachte zand nog branden onder mijn voetzolen. We begonnen steeds harder te rennen naar het lokkende water. En toen zagen we het pas liggen. Af en toe denk ik er nog wel eens aan en dan is er steeds één vraag die me bezighoudt: hoe was het mogelijk dat we het, toen we daar achter die struiken lagen, over het hoofd hadden gezien? Het was zo groot en het lag maar een klein eindje uit de kust.'

'Wat dan?' fluisterde Daan.

'Een zeilschip. We schrokken flink, want we wisten onmiddellijk dat dit wel eens het gevaar kon zijn waar onze ouders het over hadden gehad. Vlug renden we terug en verborgen ons weer in de struiken. Onze harten klopten in onze kelen. Bang om geluid te maken en ontdekt te worden, bleven we daar muisstil liggen. Een heel eind verder zagen we een reusachtige Afrikaan op het strand met de kapitein van het schip staan praten. We konden hen niet verstaan, maar ze stonden duidelijk te onderhandelen. Er werd over en weer geschreeuwd. Ze waren zo druk bezig dat we dachten dat ze ons niet gezien hadden. We besloten dat het veilig genoeg was om te proberen terug naar huis te komen. Maar toen verschenen er ineens wel honderd geketende mannen, vrouwen en kinderen op het strand. We hoorden zelfs baby's huilen. Als versteend keken we toe hoe de gevangenen door de witte mannen door elkaar werden geschud. Na een tijdje knikte de kapitein goedkeurend en overhandigde een aantal buidels aan de grote neger. Toen werden we echt bang en probeerden we weg te sluipen. Het was wel duidelijk dat ze werden meegenomen. We draaiden ons zachtjes om, maar het was te laat. Achter ons stonden een paar potige Afrikanen met stokken. Dat is het laatste wat ik me van het strand herinner. Toen ik bijkwam, zat ik al op het zeilschip en kwam, na nog een stop op een ander eiland waar we werden genummerd, hier terecht. Ik heb mijn ouders nooit meer gezien.'

Het was even stil toen Bodine uiteindelijk vroeg: 'En uw vriendje? Is hij ook hier?'

'Nee, hij is onderweg aan zijn verwondingen overleden. We waren op het strand aardig toegetakeld. Natuurlijk hebben we ons verzet, maar dat hielp niet. Mijn vriendje hebben ze als een stuk vuil overboord gegooid.'

Bodine moest op haar lip bijten om niet te gaan huilen toen ze het beeld van de twee kleine spelende jongetjes voor zich zag die door wildvreemden op een groot schip werden weggevoerd, weg van hun huis en ouders.

'Werden de slaven wreed behandeld?' wilde Daan weten. Hij kreeg een boze blik van Bodine toegeworpen.

'Nee, dat niet. De witte mensen vonden het belangrijk dat we levend aankwamen, anders kon de slavenhandelaar zijn geld wel vergeten. We kregen twee keer per dag water bij de maaltijd, die bestond uit gort, paardenbonen met spek, palmolie en pepers. We zijn zeker niet uitgedroogd, daar zorgden ze wel voor. Maar het werd ons ook niet makkelijk gemaakt.'

Terwijl hij zat te vertellen zag Christoffel dat één van de meisjes aandachtig naar de plek op zijn arm staarde. 'Dat is het brandmerk dat ik op dat andere eiland heb gekregen, 487 E. Het is er met hete ijzers ingebrand. Daarna noteerden ze de cijfers en letters in boeken, zodat ze precies wisten wat er met wie gebeurde. Wie te oud of te zwak was, wie voor de handel was bestemd of wie op dat eiland achterbleef om op de plantages te werken.'

Christoffel beantwoordde de vragen van de kinderen geduldig. Hij vond Thijs, Daan, Bodine en Sjorsje anders dan de andere kolonistenkinderen. Ze waren oprecht in zijn verhaal geïnteresseerd en dat had hij nog niet eerder meegemaakt. En ondanks de pijnlijke herinneringen, die hij lang geleden had weggestopt, werkte het ook helend om over zijn verleden te praten, opdat nooit vergeten zou worden dat hun wortels in Afrika lagen.

'Zaten jullie vast... met kettingen?' vroeg Sjorsje aarzelend.

'We zaten wel vast, maar we moesten ook beweging krijgen. Sommigen onder ons hadden scheurbuik en waren erg ziek. Ondanks het eten kregen we toch lang niet genoeg binnen. Bewegen was wel het laatste waar we zin in hadden. We waren alleen maar bezig met overleven. Ineens kwamen de zwepen tevoorschijn en werd er op de trommels geslagen. Wie niet dansen wilde, moest maar voelen.'

Sjorsje moest een traan wegslikken voordat ze de volgende vraag kon stellen. 'En... hoe sliepen jullie?'

'Dat was afschuwelijk benauwd, dat kun je je wel voorstellen. We brachten de meeste tijd liggend door op de overloop, het laagste dek op het schip. De bemanning noemde ze slavengaten. In die ruimte moesten we ook slapen. In rijen naast en onder elkaar lagen we op een paar planken, die ze beddings noemden. Het was allemaal zo krap dat we nauwelijks konden zitten. Daar beneden waren geen raampjes en dus geen verse lucht. Het stonk er dan ook verschrikkelijk naar braaksel, zweet en diarree. Er stonden tonnen waar we onze behoefte in konden doen. Die werden pas geleegd als ze vol waren. Soms viel er wel eens een klein kindje in, dat dan bijna stikte. Maar de meesten onder ons hadden te lijden van de rode loop. Dat was ook niet verwonderlijk, als je het verrotte water zag dat we te drinken kregen. De vaten zaten vol met dode insecten en ander afval. Ook het gekreun van de stervenden maakte het geheel ondraaglijk. Maar weten jullie wat het ergste was van alles?'

Zwijgend werd er met de hoofden geschud.

'De angst. Die allesoverheersende angst van het niet weten wat je nog allemaal ging meemaken. Ik was bang dat we opgegeten zouden worden. En die witte mensen met hun lelijke rode gezichten maar op de trommels slaan in de hoop dat we gingen dansen.'

Daan was misselijk geworden. Zijn maag was nog gevoelig van het overgeven en hij voelde zijn spieren alweer samentrekken. Hij wilde niets meer horen, niet met de weerzinwekkende beelden van de Gideon nog voor ogen. Het hartverscheurende verhaal van Christoffel was het verhaal van al die mensen die hij die ochtend voorbij had zien schuifelen.

Cristoffel keek naar de betraande gezichtjes voor zich en besloot om maar niet meer te vertellen over de mishandelingen en verkrachtingen die soms plaatshadden. 'Toen ik wat ouder werd, kwam ik in dienst van de compagnie en mocht ik een vak leren. Ik koos voor timmerman, maar anderen werden metselaar, schoenmaker of kopersmid.'

'De Heere Wegh, Fort Amsterdam, de Stadt Waal? Alles is hier dankzij de zwarten', nam Louwize het woord van haar vriend over. 'De keien in de straten? Slavenzweet!' zei ze nu fel. 'Zonder ons kon de compagnie hier wel inpakken en terugkeren naar Holland. Ze hadden en hebben ons tot op de dag van vandaag nodig. Ze kunnen daarom maar beter goed voor ons zijn. En dat zijn ze.'

'Wat is er gebeurd met de Afrikaanse mensen die vandaag zijn aangekomen?' informeerde Bodine. Ze had nog willen vragen naar het verleden van Louwize, maar durfde dat na het aangrijpende verhaal van Christoffel niet meer.

'In het begin werden de nieuwe slaven ondergebracht in het negerhuis van de compagnie aan de Slyck Steeg, maar tegenwoordig is er een echt ziekenhuis. Daar worden ze onderzocht door artsen van de compagnie', antwoordde Louwize. 'Daar blijven ze net zo lang tot ze worden verkocht. Zwarten die hier al langer wonen, vangen de nieuwe slaven op en verzorgen ze. Soms zoek ik hen op om ze gerust te stellen. Dan zeg ik dat het allemaal goed komt. Ik spreek hun taal niet, maar ze lijken, als ze mij zien, toch wat kalmer te worden. En na een tijdje zijn ze hier gewend, net zoals wij. Als je veel geduld hebt en goed spaart, dan word je op een dag een halfvrije slaaf, net als Christoffel.'

Ontroerd keek Christoffel naar zijn geliefde, die driftig zat te haken. Het zou nu niet lang meer duren. Hun eerste kind zouden ze Adam of Eva noemen. Eigenlijk waren Louwize en hij al getrouwd, alleen nog niet voor de kerk van de Nederlanders. Maar dat zouden ze meteen doen zodra hij haar had gekocht.

'Mijn buren Claes Portugies, Anthony de Blinde en Emanuel de Reus hebben het net zo goed als ik', vertelde Christoffel weer verder. 'We zijn allemaal gedoopt en staan klaar als de compagnie ons roept.

Dat geldt voor elke inwoner. Alle mannen, witten en zwarten, moeten zich dertien dagen in het jaar beschikbaar stellen om openbare werkzaamheden te verrichten voor de compagnie, zoals het versteviging van het fort of de Stadt Waal. Maar ook moeten we het land verdedigen als er een oorlog uitbreekt. In het begin werkten de slaven alleen voor de compagnie, maar tegenwoordig kan iedereen met een beetje geld beschikken over zijn eigen slaaf. Net zoals mevrouw Janse de eigenaar is van Louwize. Wel heb je de plicht om je slaaf goed te verzorgen, te kleden en te voeden, net als de rest van het gezin. Verder kunnen we in de kerk trouwen en de kinderen kunnen worden gedoopt. Ook zijn er veel zwarte families die witte huisbedienden hebben. Dus jullie zien, lieve kinderen, we hebben eigenlijk dezelfde rechten als de Nederlanders. En bij Pieter de Neger ontloopt niemand zijn straf!'

'Hoe zit het met de lijfstraffen hier in de kolonie?' vroeg Thijs nieuwsgierig. 'Wordt er wel eens iemand geslagen met de zweep?'

Christoffel wilde het net uit de doeken doen, toen Saar begon te blaffen.

'Goedenavond, buurman!' De kinderen draaiden zich om en keken recht in het rimpelige gezicht van een oude Afrikaan, die bij de veranda was gaan staan. Hij lachte hen vriendelijk toe. Onderin zijn gebit zaten schuinstaande zwarte stompjes. 'Kom zitten. Kinderen, dit is Emanuel de Reus.'

De vrienden zeiden de buurman gedag, terwijl deze op de grond naast Daan ging zitten. Daan bood hem zijn kruk aan, maar daar wilde hij niets van weten.

'Ik kwam even kijken of alles hier in orde was. Ik hoorde een hoop stemmen en geblaf. Maar zo te zien', lenig ging hij in kleermakerszit zitten, 'is het hier gezellig.'

Het was inmiddels donker geworden, maar de temperatuur was nog aangenaam. Er was een stukje taart over, dat door Emanuel met smaak werd opgegeten.

'Zeg, Manuel, de kinderen hier zijn geïnteresseerd in de lijfstraffen van Pieter. Vertel jij hun jouw verhaal eens. Ik heb geen ervaring met Pieter.'

Louwize schudde haar hoofd.

Emanuel begon luid te lachen met zijn mond vol en keek de vier toen in ernst aan. Hij slikte zijn laatste hapje vlaai door en begon toen lispelend te vertellen.

'Het was een ijskoude januarinacht in het jaar 1641. Ik werkte als compagnieslaaf. Met een paar mensen woonden we in een barak bij het fort. Met ijzeren boeien om onze polsen en enkels werkten we in groepjes aan de straten en huizen van de burgers. Ik zat in de ploeg met Groote Manuel, Kleine Manuel, Anthonie Portugees, Kleine Antonie, Paolo van Angola, Simon Congo, Gracia Angola en Jan van Fort Oranje. Maar er was er nog een tiende...'

Hij pauzeerde even en keek de vier doordringend aan. Hij genoot van de spanning die hij bij de kinderen opwekte.

'Jan Premero. Hij werd dood voor het fort gevonden. Vermoord. Maar door wie? Wij werden met zijn negenen beschuldigd, want één van ons moest het volgens de compagnie hebben gedaan. Als we zouden zeggen wie, dan zou ons een vreselijke marteling bespaard blijven.

'En? Wie had het gedaan?' Sjorsje hing aan zijn lippen.

Emanuel haalde zijn schouders op. 'Dat zou ik je niet kunnen zeggen. Dus zeiden we maar dat we het allemaal hadden gedaan.'

'Alle negen?' vroeg Thijs ongelovig.

'Ja, wij waren allemaal schuldig', zei Emanuel eenvoudig. 'We wisten alleen niet meer wie de dodelijke klap had toegebracht of wie de leider was.'

'Dus jullie hadden het *wel* gedaan?'

Emanuel keek Daan raadselachtig aan. 'De compagnie zei van wel en dat telde. De burgers waren zo bang dat de schout besloot dat er recht moest worden gesproken. Er was dus een zondebok nodig. We wisten dat de compagnie ons niet alle negen tegelijk zou doden.' Christoffel zag dat de vier niet begrepen waarom dat was. 'De kolonie was nog in opbouw, hulp was nodig en als wij allemaal opgehangen zouden worden, dan had de compagnie door eigen toedoen in één klap negen sterke mannen minder om te helpen.'

'Slim', merkte Daan op.

'Misschien wel', vertelde Emanuel verder. 'Maar toch moest er iemand worden opgeofferd, voor het recht. De heer Kieft was nog directeur-generaal en hij had het er maar moeilijk mee. Wie was nou de hoofddader? Hij en zijn raad kwamen er niet uit en dus trokken ze een strootje.'

'Een strootje?' Thijs was verbijsterd. Hij kon niet geloven dat je leven afhing van een stukje stro.

'Echt waar. Ze lieten het over aan de almachtige God, maker van hemel en aarde, om te beslissen. En weten jullie wie er aan het kortste eind trok?'

Ze hadden wel zo'n vermoeden, maar hielden zich van de domme.

'*Ik*', zei Emanuel, alsof hij er trots op was. 'Ik kreeg de doodstraf en zou in het openbaar worden opgehangen. De schout wilde de straf zo snel mogelijk uitvoeren. Diezelfde dag nog kreeg ik van Pieter twee stroppen om mijn nek en werd ik door onze beul op een trapje gezet. Jullie mogen best weten dat ik het toen wel wat benauwd begon te krijgen. Alle burgers hadden zich verzameld om toe te kijken. Ook de directeur-generaal zag ik van een afstandje naar me staren. Met een keiharde trap schopte Pieter het trappetje onder me weg en wat denken jullie?'

Weer haalden ze hun schouders op. Blijkbaar was er niets gebeurd, want hij zat hier levend voor hen.

'De touwen om mijn nek knapten.'

Opgelucht werd er ademgehaald.

'Het waren ook zwakke touwtjes, hoor. Ik weet niet of Pieter dat met opzet had gedaan. Ik kan me niet herinneren dat het ooit eerder was gebeurd.'

'Wat gebeurde er toen?' haastte Bodine zich te vragen. 'Probeerden ze het nog eens?'

'Nee. Ik had het geluk dat de burgers er stonden. Zij hebben mij gered door te roepen dat dit Gods wil was en dat ik mocht blijven leven. De heer Kieft bood nerveus zijn verontschuldigingen aan en beende weg. Daarna werden we alle negen vrijgesproken. Wel moesten we beloven dat we ons verder goed en gewillig zouden gedragen. En dat deden we.'

'Maar door wie was Jan dan vermoord? En waarom?' Sjorsje wilde toch wel graag weten of Emanuel meer wist dan hij vertelde.

Emanuel haalde voor de zoveelste keer zijn schouders op. 'Daar zullen we nooit meer achter komen.'

Uit het niets klonk plotseling een angstaanjagend gebrul. De kinderen keken elkaar met grote ogen aan en Saar begon wild te blaffen. Christoffel en Emanuel lagen slap van het lachen.

'Jullie zijn ook net kleine kinderen', sprak Louwize de mannen vermanend toe. 'Rustig maar, dat is een beer.'

'Een... *beer*?' haperde Thijs. 'Lopen... hier beren?'

'Ja,' veegde Christoffel zijn tranen weg, 'van die grote zwarte. Als ze op twee poten staan, zijn ze wel vier meter. Maar ik heb ze nooit gezien, dat hoorden we van die naturellen.'

'Vier meter?' Thijs was nu echt van streek.

'Jazeker. Maar ze hebben een scherpe neus. Als ze ons ruiken gaan ze er vandoor. En ze zitten op veilige afstand, net als de wolven.'

'Wolven?' vroeg Sjorsje overstuur, die de eerste schok van de beren nog aan het verwerken was.

'Ja, mijn lieve kinderen. We hebben gehoord dat jullie van een land zonder bergen komen, maar daar zijn jullie nu niet. Hier zijn bossen, bergen en valleien met naturellen en wilde beesten. Maar wees gerust, ik loop zo een stukje met jullie mee.' Het stelde hen nauwelijks gerust.

'Bent u ook een halfvrije slaaf, zoals Christoffel?' vroeg Bodine. Ze vond Emanuel aardig en hij moest al ergens in de zeventig zijn.

'Nee, ik ben helemaal vrij. Drie jaar na de mislukte ophanging werd ik al halfvrij. Op dat moment was ik al negentien jaar lang slaaf van de compagnie en verdiende ik mijn vrijheid. Voorwaarde was dat ik elk jaar een vet varken en wat graan aan de compagnie zou leveren en dat ik klaar zou staan wanneer ik nodig was op het water of het land. Maar nu ben ik al lang een vrij man.'

'En bent u getrouwd?' wilde Sjorsje weten.

'Nee, helaas niet. In 1624 kwamen de eerste mannelijke slaven aan en ik hoorde daarbij. De mannen waren nodig om het harde werk te doen. De vrouwen kwamen pas veel later, toen de huizen werden gebouwd. Zij gingen werken in de huishoudens van de burgers. Ik was toen al oud. Ik ben wel gedoopt, dat was een voorwaarde om vrij te kunnen zijn. Ik kon ook met een witte vrouw trouwen, maar vond geen goede vrouw. Wel heb ik een witte huisbediende, Mayken. Zij maakt schoon en is een goed werkster. Ik ben een tevreden man en klaag niet, want ik ben omringd door goede buren. We zijn een hechte gemeenschap hier aan het Wagenpat.'

Het was inmiddels erg laat geworden. Louwize besloot dat ze weer naar huis moesten. Als ze nog langer zouden wachten, zou de poort al gesloten zijn. Christoffel liep zoals beloofd een eindje met hen mee. Emanuel bedankte hen voor de gezellige avond en vertrok weer naar zijn bouwery. Het gejank van de wolven was nu goed te horen. Met de oren plat liep Saar behoedzaam mee met Daan.

Ze waren al bijna bij de poort, toen ze onverwacht oog in oog kwamen te staan met een eland, die in het moeras stond. Het reusachtige gewei zag er vervaarlijk uit, maar volgens Christoffel hoefden ze niets te vrezen. Een bronstige stier had wel gevaarlijk kunnen zijn, maar het paarseizoen zou pas over enkele weken beginnen.

Bij de Waterpoort konden ze pas weer ademhalen en namen ze afscheid van Christoffel. Ze bedankten hem voor zijn openhartige verhaal en beloofden hem plechtig dat ze het nooit zouden vergeten. Christoffel omhelsde zijn nieuwe vrienden en bedankte hen dat ze zo goed voor Louwize waren. Hij was blij dat zij hulp kreeg bij haar zware huishoudelijke taken. Dat stelde hem gerust tijdens zijn eenzame nachten, wanneer hij zich afvroeg hoe het met haar ging.

Toen Christoffel zag dat ze goed en wel door de poort waren, zwaaide hij nog één keer en liep toen snel naar huis. Er lag nog een werkje op hem te wachten waar hij overdag geen tijd voor had. Aan Louwizes buik had hij gezien dat hij vaart moest maken. Weer aangekomen in zijn schuur stak hij een kaars aan en pakte zijn hamer weer op.

Terwijl hij het kleine bedje aftimmerde, dacht hij na over hoe hij zo snel mogelijk nog honderdvierentwintig gulden bij elkaar kon krijgen.

16

Muh-he-con-neok

Donderdag 14 augustus

etrus Stuyvesant zat in de tuin van zijn bouwery en keek achterdochtig van Symon Gilde van Rarop tegenover hem naar de rekening van de lading in zijn hand. Wilde duiven vlogen door de omringende eikenbossen, de zon schitterde aan de hemel en een kleine papegaai met kleurrijke veren en oranje wangetjes klauterde over een tak. Toch was Stuyvesant allesbehalve vrolijk. Hij was van plan om deze schipper van de Gideon eens goed aan de tand te voelen. Vanochtend waren de slaven per opbod verkocht en Stuyvesant voelde zich behoorlijk belazerd door de slavenhandelaar.

'Het is een zeer slechte partij, heer Gilde. Ik heb 153 slaven en 137 slavinnen ontvangen. Negenentachtig slaven waren boven de zesendertig jaar. Ik heb er dus drie voor de prijs van twee moeten verkopen. Ook de slavinnen waren zo zwak dat er amper geld voor te krijgen was. We blijven ermee zitten, of ik moet ze ver onder de marktwaarde van de hand doen. Het aantal slaven tussen de vijftien en zesendertig jaar, waar de marktwaardeprijs van tweehonderd gulden voor is geboden, is bedroevend klein.'

Symon Gilde wilde net wat zeggen, toen Stuyvesant hem de mond snoerde en met bulderende stem schreeuwde: 'Kunt u mij uitleggen, heer Gilde, waarom ik zo veel slechte handelswaar heb ontvangen?'

Symon Gilde negeerde het stemgeluid en de blik die de mankepoot hem toewierp. Hij was niet van plan om zich door deze despoot te laten inpakken. Hij had zijn werk gewoon gedaan en kwam nu zijn geld opeisen. 'Ik ben eerst naar de handelspost El Mina gevaren, waar wat van die slaven in de kerker van het kasteel lagen te wachten. Naast slaven moest ik ook nog slagtanden en koper meenemen voor Curaçao. Toen ben ik doorgevaren naar de Slavenkust om daar nog meer in te kopen voor agrarische activiteiten in Nieuw-Nederland. De makelaar op het strand kon mij een flink armasoen leveren. Ik heb alles aangenomen, omdat ik opdracht had gekregen van de kamer in Amsterdam om zo veel mogelijk mee te nemen. Ik dacht dat er altijd wel iets bruikbaars tussen zou zitten. Daarna moest ik eerst naar de Wilde kust om slaven af te geven in Cajenne voor de compagnie daar. Toen kon ik pas naar Curaçao. Het was een lange en gevaarlijke tocht, omdat die Engelsen overal op de loer liggen en onze slavenschepen veroveren.'

'Ga door', beval Stuyvesant.

'Bij aankomst in Curaçao bleken veel van die zwarten scheurbuik te hebben. Ik heb geen citrusvruchten aan boord om aan die zwarten te geven. Vicedirecteur Beck heeft een hoop slechte slaven van het schip gehaald, omdat hij wilde dat u een goede lading zou ontvangen, zoals afgesproken. Hij heeft ze aangevuld met volwaardige slaven die al op Curaçao waren. Ze zijn helemaal onderzocht en niet lam of blind en vrij van besmettelijke ziekten. Zodra die andere zwarten zijn genezen, zullen ze alsnog worden nagestuurd. De heer Beck zei verder dat er voorlopig geen slaven meer te verwachten zijn en dat u het hiermee moet doen.'

Stuyvesant besefte dat hij niet anders kon doen dan afwachten of er een betere lading vanuit Curaçao zou volgen. Toch kon hij deze slavenhandelaar nog wel even onder druk zetten. Vanuit zijn geloofsovertuiging stond Stuyvesant een wrede behandeling niet toe. Hij wilde zeker weten dat de slaven goed verzorgd waren. Ze verkeerden in zo'n slechte toestand.

'Heeft u de negers goed behandeld tijdens de reis?'

'Ik zweer u dat ik mij heb gehouden aan de instructies, zoals opgelegd door de compagnie.'

Het was de bedoeling dat Symon Gilde in beverhuiden en geld zou worden betaald, maar daar wilde Stuyvesant nog even mee wachten.

Hij stond op en liet Symon Gilde vertrekken naar zijn schip met de mededeling dat hij later op de betaling terug zou komen.

Stuyvesant gaf zijn ros de sporen en galoppeerde naar het ziekenhuis in de Brugh Straet. De slaven die gisteren nog niet waren verkocht, werden nu opnieuw onderzocht door de chirurgijn van de compagnie. Hij wilde eerst zeker weten of er geen mishandelingen hadden plaatsgevonden.

Diep van binnen wist hij dat deze hele mensenhandel niet door de beugel kon. Zelfs de WIC was na onderzoek tot de conclusie gekomen dat het onethisch was, maar dat was al weer tientallen jaren geleden. De belangen van het land stonden nu voorop.

In 1657 had Stuyvesant hierover al een brief ontvangen van de bewindhebbers in het West-Indisch Huis op het Rapenburg, het pak- en slachthuis voor alle goederen uit de West.

Na de Tachtigjarige Oorlog was de WIC in financiële moeilijkheden geraakt. De compagnie verloor het recht om de Spaanse vloten, waarvan de ruimen volgestouwd waren met zilver uit Peru en Mexico, te veroveren en kwam er geen geld uit de kaapvaart meer binnen. De hoge huur van het statige West-Indisch Huis kon niet meer worden opgebracht en noodgedwongen vertrokken de directeuren naar hun eigen pakhuis aan het IJ. Nu vergaderden ze in een kleine kamer tussen de tabakspersen aan de balken en de geslachte beesten. Ze hadden houten pilaren laten bouwen en deze de uitstraling van marmer gegeven, zoals ze voorheen gewend waren. Maar het statige van het oude hoofdkwartier aan de Heerenstraat hadden ze er niet mee teruggekregen.

De WIC had zijn beste tijd gehad. Ook met de aanvoer van nieuwe kolonisten hadden ze geen succes. Het scheen de Republiek maar niet te lukken om de kolonie te promoten. Niet veel mensen hadden belangstelling om te emigreren naar de Nieuwe Wereld. Waarom zouden ze ook? De Republiek was welvarend en er was geen reden om naar een onbekend gebied vol gevaren te verkassen. Hierdoor was er een tekort aan werkkrachten ontstaan. Dat was een probleem, want zonder nieuwe kolonisten kon Nieuw-Nederland niet verder groeien en personeel uit de Republiek was veel te duur.

De Heeren Negentien adviseerden Stuyvesant dringend om gebruik te maken van slaven. Volgens hen was dit ras uit Afrika fysiek voldoende in staat om timmerman, kopersmid of metselaar te worden. Daarnaast was het ook nog eens zeer voordelig. In Brazilië en Guinee werkte het ook, want daar waren de koloniën wel tot bloei gekomen.

Als Nieuw-Nederland niet in staat was om te groeien of in zijn eigen onderhoud kon voorzien, dan kon het net zo goed worden opgeheven. In 1624 waren de eerste elf slaven aangekomen. Stuyvesant moest toegeven dat het inderdaad had gewerkt. Ook Nieuw-Amsterdam was een echte stad geworden, naar voorbeeld van Amsterdam en deed zeker niet onder voor de andere koloniën van de Republiek. Maar met de werkkrachten die hij nu had ontvangen, zou de kolonie voorlopig niet verder kunnen groeien.

Tijdens zijn overpeinzingen werd Stuyvesant aangehouden door twee compagniesoldaten.

De sloep van de compagnie was in gereedheid gebracht om hem onmiddellijk naar Fort Oranje te brengen. In het noorden was een conflict ontstaan tussen de kolonisten en de omwonende wilden. Er was gevraagd om onmiddellijke tussenkomst. Stuyvesant betwijfelde of dit nodig was, de inkt van het nieuwe vredesverdrag met de wilden was nauwelijks droog. Maar na spoedoverleg met de burgemeesters en de schout ging hij overstag. Hij moest maar een keer gehoor geven, tenslotte vertegenwoordigden deze klerken de burgers en hij had even geen zin in toestanden.

Vrijdag 15 augustus
Sjorsje, Bodine, Thijs en Daan waren aangekomen bij de Kolck. De vrienden konden niet wachten om het frisse water in te duiken en zichzelf eens een goede schrobbeurt te geven. Deze week, nu tante Anneke op veilige afstand was, hadden ze afgesproken om eens lekker te gaan zwemmen. Nadat ze hun kleren met zeep hadden gewassen en over de rotsblokken hadden gelegd om te drogen, stapten ze zelf de ijskoude poel in, waar Saar al lag te spartelen. De vrienden zeepten elkaars ruggen in en van een afstand stonden enkele kinderen van de

omwonende slaven afwachtend toe te kijken. Sjorsje en Bodine zwaaiden en Thijs gebaarde dat ze dichterbij moesten komen. Na een tijdje lagen zij ook in het water. Van de Afrikaanse kinderen hoorden ze dat de Kolck in het midden wel achttien meter diep was.

Toen Sjorsje na een verkoelende duik weer boven kwam, verstijfde ze. Ze streek haar natte haar uit haar gezicht om beter te kunnen kijken. De rest zag het nu ook. De Afrikaanse kinderen probeerden de vier gerust te stellen. Dat waren Mohikanenkinderen, zij deden geen kwaad. Maar Daan en Thijs namen geen risico.

Daan keek om naar zijn zusje en wilde haar in bescherming nemen, maar zag dat Thijs dat al voor hem had gedaan. Radeloos keken ze elkaar aan, het was te laat om weg te rennen. Daan zwom naar Sjorsje en ging voor haar staan. Sjorsje deed een stap opzij in het water, zodat ze weer naar de dichterbij komende indianen kon kijken. Daan zag dat ze zich verplaatst had en hij deed hetzelfde. Sjorsje, die hem verbaasd aankeek, zwom een eindje bij hem vandaan.

'Daan, hou eens op, ga niet steeds voor mijn neus staan.'

Daan, die alweer naast haar stond, zei bloedserieus: 'Sjors, daar komen échte indianen aan, wees nou even voorzichtig.'

'Echte indianen?' Sjorsje kon het niet helpen dat ze in de lach schoot, het klonk ook zo belachelijk. 'Doe toch normaal, je hoorde net toch wat Christina zei? We hoeven nergens bang voor te zijn.'

'Nergens bang voor te zijn?' herhaalde hij. 'Ik vraag me af in hoeverre we dat kunnen vertrouwen. Die kinderen van slaven, die zelf in gevangenschap leven? Ik denk dat zij ons graag zien lijden. Volgens mij denk jij dat we hier in een gezellig subtropisch zwemparadijs zitten.' Zonder te kijken wees hij met zijn wijsvinger achter zich. 'Dat zijn geen Hollandse kinderen die indiaantje spelen! En die pijl en boog die Winnetou daar vasthoudt, zijn niet van plastic.'

'Daan heeft gelijk, Sjors,' waarschuwde Thijs, 'we zitten in de zeventiende eeuw. Dat zijn wilden!'

'Dank je,' riep Daan terug naar Thijs, zonder zijn blik van Sjorsje af te wenden, 'misschien luistert ze wel naar jou.'

'En dan nog,' ze keek hem uitdagend aan, 'denk je dat die Winnetou ons meesleept naar zijn kookpot en ons daarin stopt, terwijl ze er omheen dansen? Jij kijkt teveel tv. We weten allemaal dat die indianen geen kwaad doen. Het zijn juist heel vredelievende mensen die één zijn met de natuur.'

'O ja? Je hebt tante Anneke toch wel horen zeggen dat die vredelievende indianen van je pas nog een bloedbad hebben aangericht? Dat zal echt niet voor het laatst zijn geweest. Ik wil graag naar huis zonder pijl in mijn bil, maar voor jou vang ik hem graag op. Als jij het daar niet mee eens bent, ga ik wel een stapje voor je opzij.'

'Die aanval was alleen omdat ze uitgelokt zijn door die aardige Hollanders en door Kieft. En het land dat we voor zestig gulden aan kralen van ze hebben ingenomen. Een belediging.'

'Nou, die zestig gulden is anders over een paar honderd jaar heel wat waard.'

'Dat geloof ik graag. En wij weten al wat ze dan hebben, hè? Een paar mooie reservaten.'

'Eh, jongens', probeerde Bodine de twee kemphanen te onderbreken, maar niemand die haar hoorde.

'Sjors, luister, ik begrijp het helemaal. We hebben het er thuis heus nog wel eens over, maar dit is niet het juiste moment om te discussiëren over wat de Nederlanders fout hebben gedaan. We zitten nu, op dit moment, in het echt zeg maar, opgescheept met wilde indianen. Dat bedoel ik niet beledigend, maar zij zijn nou eenmaal indianen en we zitten in het wild en...'

'*Aquai! Swanneke!*' Tijdens de woordenwisseling waren de indianenkinderen hen ongemerkt genaderd.

Sjorsje keek over Daans schouder en liet haar mond openvallen. Ze werd spontaan verliefd toen ze in een paar donkerbruine, heldere ogen keek. Zo'n mooie indiaan had ze nog nooit gezien. Om zijn voorhoofd droeg hij een haarband van gekleurde kraaltjes en achterop waren twee veren gestoken. Zijn gitzwarte haar hing in twee vlechten op zijn blote borst. Op zijn heupen lag een brede riem, met witte kraaltjes die figuurtjes vormden tegen een achtergrond van paarse kraaltjes. In zijn riem zat een lap gestoken die van voor naar achteren liep en om zijn middel droeg hij een leren buideltje.

De meisjes droegen leren bandjes met de gekleurde kraaltjes strak om hun nek en polsen. Ze liepen op mocassin laarzen. Enkele jongens droegen een kano die ze hadden uitgehold uit een eikenboom.

216

Daan, die niet zo goed wist wat hij moest zeggen, bracht verbaasd uit: '*Swanneke?* Zei hij nou swanneke? Zou dat iets goeds zijn?' Hij draaide zich om. 'Wat is die naam ook al weer van dat opperhoofd, die we moesten noemen?'

De slavenkinderen die nog in het water lagen, proestten het uit toen ze Daans blik zagen. 'Het is een scheldwoord voor jullie.'

'Voor ons?'

'Ja, voor de witten. Ze noemen jullie swannekes. Maar ze bedoelen het goed, hoor.'

Daan haalde opgelucht adem en keek de jongen weer aan. Hij zag dat de indiaan en zijn vrienden nu ook in lachen waren uitgebarsten. Gelukkig hebben ze humor, dacht Daan en zei toen op zijn allervriendelijkst: '*Hello*'.

'*He-loo*', herhaalde het jongetje vriendelijk in twee lettergrepen.

Daan probeerde te vragen hoe hij heette en zei weer: '*What's your name?*'

Het jongetje fronste zijn voorhoofd.

'*Name*', herhaalde Daan en wees naar hem.

'Mag ik vragen waarom je Engels spreekt?' Sjorsje keek hem aan, maar Daan gaf geen antwoord. Hij wist het zelf ook niet. Hij had natuurlijk net zo goed Nederlands kunnen praten, maar hij bevond zich nu in internationaal gezelschap en dan was het gewoon om Engels te spreken. Het ging vanzelf.

'Naam!' probeerde Daan toch even op zijn Nederlands, nu met luide stem, alsof de jongen het dan beter zou begrijpen. De jonge indiaan keek hem echter nog steeds niet begrijpend aan.

Daan sloeg zijn rechterhand een paar keer op zijn borst en zei: '*Danie-jel*.' Tot zijn grote verbazing zag hij dat het gezicht van de indiaan opklaarde.

Hij waadde door het water en bleef staan, vlak voor Daan. Met zijn donkerbruine ogen keek hij indringend in de blauwe ogen van Daan en klopte zichzelf, net als Daan had gedaan, op zijn borst en zei trots: '*Muh-he-con-neok*'. Daarna wees hij naar de Groote of de Noort Rivier, of hoe die rivier dan ook mocht heten. Daan begreep niet wat hij met dat water bedoelde, misschien dat hij daar woonde of zo.

Veel later zou Daan pas begrijpen wat de jongen met *Muh-he-con-neok* had bedoeld. Het was niet zijn eigen naam, maar de naam van de stam waartoe hij behoorde. Deze Mohican-indianen hadden zichzelf vernoemd naar de rivier waaraan ze zich hadden gevestigd. Pas toen wist Daan de enige echte naam van de Hudson Rivier.

Het ijs was gebroken en die warme zomerdag werd er in het heldere water van de Kolck gezwommen, gepeddeld en vooral veel gelachen, al verstonden ze elkaar nauwelijks. Ze vingen kleine krabbetjes en garnalen en de indianen lieten zien hoe zij visten.

Eén van de indiaanse jongens, iemand noemde hem Touwohauun-nuk of iets dergelijks, pakte een krabbetje op. Hij sneed het weke ding handig en snel aan stukken en maakte het aan een haak vast, die hij als een hengel in het water wierp. Vis werd er niet gevangen, maar wel een flinke kreeft.

Bodine had veel bekijks van de kinderen. Ze bleven maar aan haar blonde haren zitten, alsof ze zoiets nog nooit hadden gezien. Plotseling dook een jongen naar de bodem en kwam weer boven met een kronkelde slang in zijn handen. Hij hield deze vlak onder Bodines neus. Ze griezelde ervan, maar toen hij haar de onderkant van het dier liet zien, was ze verbijsterd.

Op zijn buik had de slang alle kleuren van de regenboog. Net toen ze het reptiel stond te bewonderen, vroeg ze zich af of hij giftig was. Waren nou juist de mooi gekleurde slangen giftig? Of juist niet? Voor de zekerheid deed ze een stapje achteruit. Maar het was niet meer nodig. Vol afgrijzen zag ze dat de indiaan de kop van de slang er met één ruk afbeet. Een straaltje bloed drupte uit zijn mondhoek.

Ook Sjorsje had veel bekijks. De indiaan die ze zo leuk vond, had haar krullen even voorzichtig aangeraakt. Vol bewondering had hij naar haar gekeken en vroeg haar naam.

'Georgina', zei ze verlegen. Ze had zelf niet eens in de gaten dat ze die naam afschuwelijk vond en erop stond dat iedereen haar Sjors noemde.

'*Djor-djie-na*', herhaalde hij in drie lettergrepen, met de klemtoon steeds op de laatste letters. Ze had haar naam nog nooit zo mooi horen uitspreken.

'Maqwaupey', zei hij en wees naar zichzelf.

'Sinds wanneer heet jij Georgina?' vroeg Daan, die van een afstandje stond toe te kijken.

Het moment was verbroken. Ach, het zou toch niets worden, dacht ze bij zichzelf. Wat moest een Hollandse boerenmeid uit de eenentwintigste eeuw nou met een zeventiende-eeuwse indiaan? Als ze ooit weer thuis zou komen, zou ze Pocahontas weer eens gaan kijken en fantaseren van wat had kunnen zijn.

Aan het eind van de middag hadden de kinderen bontgekleurde strepen over heel hun lichamen. In het leren buideltje, dat de meeste indiaanse jongens droegen, zat poederverf. De indianen deden voor hoe ze het gemaakt hadden. Ze zochten naar steentjes en klopten en wreven net zo lang totdat het gruis was geworden. Het poeder zag er uit als blinkend metaal, maar dan in de zuiverste kleuren die ze ooit hadden gezien: rood, blauw, groen, zwart, geel en wit.

Later kwamen de bessen en noten en zelfs een maïsbrood tevoorschijn en werd het onder iedereen verdeeld. Daarna namen de indiaanse kinderen afscheid en vertrokken met hun kano. Een gevangen schildpad namen ze mee. Sjorsje dacht wrang dat die wel in de soep zou verdwijnen.

Ze keek de mooie en trotse Maqwaupey na en dacht dat het waarschijnlijk de eerste en de laatste indiaan van de Mohicanstam zou zijn die ze in het wild zou zien. Zijn nakomelingen zouden in reservaten leven en het begin was hier gelegd. Ineens moest ze niets meer hebben van de kolonie. Ze wilde naar huis, voor de tv hangen met haar mocassin pantoffels aan en Pocahontas kijken met deze dag als dierbare herinnering.

'Hé broertje, al iets gevonden?'

'Nee, niet echt.' Daan keek over de rand van de papieren naar zijn zusje. Na de zwemmiddag was hij naar de slaapkamer vertrokken en lag lui op bed te lezen. Alle tijd die ze hadden, staken ze nu in het doorpluizen van de printjes. Elke letter kon belangrijk zijn. 'Ik dacht even dat ik iets op het spoor was, maar vette pech weer.'

'Wat dan?' Bodine liet zich bij haar broer op bed vallen en was benieuwd. Wie weet leidde het weer tot iets anders.

'O, iets over het gouverneurshuis van Stuyvesant in de stad.' Daan legde de papieren op zijn buik en vouwde zijn armen onder zijn hoofd.

'Dat huis ziet er erg stevig uit, toch?'

'Zeker, ik denk dat het één van de sterkste huizen binnen de palissade is.'

'Precies. Dus ik dacht: dat gebouw zou er nog wel eens kunnen staan in de eenentwintigste eeuw. Daarnaast is het nog hartstikke mooi ook, dus waarom zouden ze dat af willen breken? In de papieren kwam ik wel wat tegen over het huis. De Engelsen noemden het White Hall, na hun verovering. En de Engelse gouverneur nam er, nadat Stuyvesant was vertrokken, zijn intrek in. Op de plattegrond van New York, uit de tegenwoordige tijd zeg maar, zag ik dat daar nu een straat loopt die Whitehall Street heet. Er stond bij dat deze is vernoemd naar het beroemde huis dat daar ooit stond.'

'Ooit stond?' Bodine keek teleurgesteld.

'Ja. Ik kan niet vinden wat ermee gebeurd is, maar het staat er in ieder geval niet meer.'

Bodine liet de informatie even op zich inwerken en zei ineens opgetogen: 'Hé, en de bouwery?'

Daan schudde zijn hoofd. 'Afgebrand in 1777.'

'Hè? Dat is toch niet te geloven?'

'Hier, lees maar.' Moedeloos overhandigde hij haar de papieren, zuchtte diep en sloot zijn vermoeide ogen. Ze kwamen nergens.

Bodine nam de paperassen aan en liet haar blik erover gaan. Het was bij alle gebouwen hetzelfde liedje. Net als je dacht wat gevonden te hebben, was het wel afgebroken of afgebrand. En nog niet eens zo gek lang geleden. Veel gebouwen stonden er nog in de negentiende eeuw, maar dat was nog niet ver genoeg in de toekomst voor hen. Eén gebouw hadden ze maar nodig, één gebouw dat er zowel in 1664 als in 2009 stond. Dat was alles waar ze om vroegen. Het zag er hopeloos uit.

Terwijl ze zat te lezen en zich probeerde te concentreren op haar tekst, bleef er iets rondspoken in Bodines hoofd. Er was iets met een stukje tekst dat ze zojuist moest hebben gelezen dat niet helemaal tot haar was doorgedrongen. Ze wist ook niet meer waar het over ging, maar blijkbaar had ze net iets gelezen waar ze verder geen aandacht meer aan had besteed. Dat bleef zich nu aan haar opdringen. Misschien kon ze het nog vinden. Ze sloeg wat papieren terug en haar ogen vlogen over de alinea's. Verdorie, waar stond het nou? En wat moest ze er eigenlijk mee? Ze dacht dat het ergens onder het midden stond en opnieuw ploegde ze de bladzijden door. Bodine voelde dat ze zenuwachtig werd, alsof ze iets op het spoor was.

Daan opende één oog en zag dat zijn zus op haar gebalde vuist beet. Haar grote pupillen schoten van links naar rechts en weer terug.

'Doe je wel voorzichtig met die papieren? Het is niet zo dat we het hier opnieuw kunnen uitprinten.'

Daar! Daar stond het! Ze had het gevonden. Opnieuw las ze de alinea en nam ieder woord in zich op. Ze bleef het net zo lang herhalen totdat ze het zeker wist en de woorden in haar geheugen stonden gegrift. 'Wanneer is dit artikel op internet gezet?' Ze las onderaan de pagina's, keek achterop, maar vond niks. Daan keek geamuseerd naar zijn zusje. Ze stootte hem met een nog gebalde vuist hard tegen zijn dijbeen.

'Hé, auw, gaat het goed met je?'

'Help me, vlug, ik hou het niet meer, wat is 354 en 1653?'

'Hoe bedoel je?' Daan wreef over zijn pijnlijke plek en zag dat Bodine hem met verwilderde ogen aanstaarde, hij werd er bijna bang van. Een flits van zijn moeder kwam even omhoog, die zojuist had ontdekt dat hij met zijn voetbal de bloemborders had bewerkt.

'Hoezo, hoe bedoel je?' Ze sprak hem onnozel na. 'Gewoon, wat is 354 en 1653?'

'Sorry, maar ik heb geen idee wat...'

'Hoeveel is dat bij elkaar, verdomme Daan', ze schreeuwde nu bijna, 'opgeteld, wat anders?'

'O, zo. Eh... 2007.' Hij keek haar aan en tot zijn grote opluchting leek ze tevreden met het antwoord.

'Oké, die twee jaren tot 2009 geloven we wel', mompelde ze tegen zichzelf.

Het lukte Daan niet om haar te volgen en zag haar nu in het niets voor zich uit staren. Ze leek iets te zeggen. Hij kon het amper verstaan. '...na 354 jaar hangen er nog steeds peren in...'

Ze sprong van het bed met de papieren nog in haar hand en stoof buiten zinnen de kamer uit. Bodine holde de trap af en schreeuwde, zodat iedereen haar kon horen: 'Na 354 jaar hangen er nog steeds peren in!'

'Wat heeft zij nou weer?' zei Daan hardop tegen zichzelf. Mopperend sprong hij uit de bedstee om achter zijn papieren aan te gaan.

Zaterdag 16 augustus

In grote opwinding gingen de dagen voorbij, zonder dat ze ook maar iets van tante Anneke hadden vernomen. Ze hoopten natuurlijk dat alles goed ging en dat het waterpokkenvirus niet al te veel slachtoffers zou maken, maar de vier hadden nu veel te doen en te regelen. Alles was rond. Zowel de datum als de plek was bekend. Nu kwam het aan op het laatste gedeelte: de brief die zijn werk moest gaan doen. Vandaag nog!

De tafel lag vol met papier, een ganzenpen, de inktpot en de lak voor het zegel van tante Anneke. Louwize had vandaag vrij en was naar Christoffel vertrokken, maar als tante Anneke ineens zou binnenstappen, hadden ze een groot probleem. Snelheid was dus gewenst.

Ze schreven de brief op de zeventiende-eeuwse manier. Ze wilden geen risico nemen en van zeventiende-eeuwse brieven wisten ze dat die de tijd wel goed doorstonden. Maartje had hen nog verteld dat het moderne papier niet zo'n goede kwaliteit had als het papier van vroeger. Dus pakte Thijs de ganzenpen op en schreef zo duidelijk als hij kon wat Bodine voorlas van de brief die ze met zijn allen hadden opgesteld. Toen Thijs klaar was, blies hij de brief droog. Sjorsje pakte het staafje lak op.

'En nu maar hopen dat tante Anneke de staafjes niet heeft geteld, want een beetje gierig is ze wel.' Toen Bodine de brief zorgvuldig had dichtgevouwen, hield Daan de kaars erboven. Sjorsje stak het staafje in de vlam, waardoor de lak begon te smelten. De druppels vielen op de envelop. Toen Daan dacht dat het genoeg was, blies hij de vlam uit. Thijs, die al klaarstond, drukte het houten zegel met het tinnen stempeltje in de zachte lak. Tevreden met het resultaat bekeken ze de verse, rode zegel.

'Niet slecht voor een eerste keer', pochte Sjorsje.

'Laten we hopen dat het ook de laatste keer is', zei Thijs.

'Geef mij maar e-mail, dat gaat toch een stuk eenvoudiger', lachte Daan.

'Barbaar', viel Bodine uit tegen haar broer, 'ik vind het wel wat hebben. Zo is er echt moeite voor gedaan. Het toch veel romantischer om zo'n brief te krijgen dan te staren naar je saaie scherm.'

'Alles van vroeger is in onze eigen eeuw een stuk leuker', besloot Sjorsje.

'Filosofisch hoor', bewonderde Daan haar opmerking.

Sjorsje en Thijs ruimden snel de troep in de voorkamer op en Daan maakte Saar vast aan de riem. Ze hadden het volste vertrouwen dat hun plan zou werken. Zij waren de enigen die op dit moment wisten dat er een verleden bestond. Dat betekende, zo zeiden ze tegen elkaar, dat er ook een toekomst bestond, want daar kwamen zij vandaan.

Dus als je dat wist, dan moest het ook mogelijk zijn om boodschappen naar die toekomst te sturen. En dat gingen ze nu doen, maar daar hadden ze hulp voor nodig. Die hulp gingen ze nu regelen. Bodine wist precies hoe.

'Bo, schiet nou op', riep Daan ongeduldig onderaan de trap. Eindelijk kwam ze eraan. In haar hand hield ze een klein zakje.

'Dat ons plan mag slagen', sprak Thijs hoopvol en pakte de keurig verzegelde brief op van de tafel. 'Laten we gaan.'

Het was een lang en moeilijk verhaal geweest, maar ze konden rekenen op Louwize en Christoffel.

Christoffel kwam tevoorschijn met een prachtig ingelegd houten kistje, waaruit hij een mooie, opvallend gevormde schelp haalde. Het glansde als porselein. Voorzichtig legde hij de verzegelde brief er voor in de plaats en sloot het kistje weer af.

De vier vroegen zich af of Christoffel en Louwize het echt goed hadden begrepen, maar toen Louwize herhaalde wat er van haar werd verwacht, kon het niet meer misgaan. Dit kistje zou nu van generatie op generatie worden overgedragen. Tot die ene dag aan zou breken, over 345 jaar. Eén generatie was in ieder geval al in de maak en zou over enkele maanden geboren worden.

Nu was het Bodines beurt en ze overhandigde het zakje aan Christoffel. Hij schudde het leeg boven zijn hand en staarde naar een klein zanderig bolletje.

'Deze bol heet Zomerschoon en het is een beroemde tulp uit de Nederlanden. De bollen zijn daar veel geld waard.'

Christoffel keek verbijsterd naar het afzichtelijke bolletje dat er niet echt waardevol uitzag. Ook Thijs, Sjorsje en Daan staarden haar stomverbaasd aan. Waar haalde ze dat ineens vandaan?

Bodine glimlachte. 'Je moet de bol in de grond stoppen en dan komt hij volgend jaar uit. Maar wat je beter kunt doen, is deze bol zo verkopen op de markt. Het is een gevlamde tulp en die zijn heel zeldzaam. Je vindt hier vast een rijke koopman die interesse heeft om zo'n zeldzaam bolletje te bezitten. Ze zijn misschien niet zo veel meer waard als een aantal jaren geleden, maar je moet genoeg kunnen krijgen om Louwize van tante Anneke te kunnen kopen.'

Huilend vielen Christoffel en Louwize elkaar in de armen. 'Hoe kunnen we jullie ooit bedanken?'

'Door ervoor te zorgen dat de brief op de juiste datum op het juiste adres aankomt. Jullie zullen nooit weten hoe dankbaar we jullie zijn.'

'Wacht!' riep Christoffel met gesmoorde stem. 'Deze schelp heb ik nog in Afrika uit het zand gepakt, vlak voordat ik werd gepakt. Ik heb hem altijd bij me gehouden voor goed geluk. Daardoor bleef ik altijd denken aan mijn tijd in Afrika. Als je hem tegen je oor houdt, hoor je de Afrikaanse zee. Nu is hij voor jullie goed geluk. Ik snap er niets van, maar wij hopen dat jullie plan slaagt. Ik begrijp dat wij jullie binnenkort niet meer zullen zien, maar waar jullie ook mogen zijn, jullie zijn in ons hart. Als je naar de schelp kijkt, denk dan aan ons.'

Voorzichtig pakte Bodine het grote omhulsel van de zeeslak aan en verbaasde zich erover dat deze zo zacht aanvoelde. Op de schelp stond een hartje gekerfd. Eensgezind gaven ze het terug. Het was Christoffels enige aandenken aan Afrika, maar hij wilde er niets van weten. Hij vroeg hun om zijn verhaal niet te vergeten, waar ze ook waren. Daarna bracht hij de kinderen snel naar de Waterpoort. Louwize was nog vrij en ging niet mee. De volgende morgen, voor de eredienst begon, zou ze er weer zijn.

Ze hadden bij Christoffel niet meer op de tijd gelet en van de soldaat bij de Waterpoort kregen ze een standje. Het was eenieder verboden om zich nog in de straten te begeven. Gelukkig mochten ze nog door, als ze beloofden rechtstreeks naar huis te gaan.

Over de verlaten kade langs de waal renden ze naar huis. Behalve het ruisende water van de rivier was het doodstil. Dat gaf de vier een onbehaaglijk gevoel. Het was inmiddels aardedonker geworden, waardoor ze een verkeerde afslag namen. Nietsvermoedend liepen ze de Hoogh Straet in. In een zijstraatje sloegen ze af en kwamen terecht in een bedompt en smerig smal straatje, de Slyck Steeg. Voorzichtig liepen ze over de aangestampte aarde en knipperden met hun ogen om te zien waar ze waren. Bij de voordeur van ieder zevende huis hing wel een glazen lantaarn met een brandende kaars, maar deze waren zo met roet beslagen dat ze maar een zwak licht over de straten verspreidden. Het zag er naargeestig uit.

'Het is tien uur. Tien uur slaat de klok!'

Hun ogen zochten elkaar in het donker. Het was de ratelwacht en zij mochten hier helemaal niet zijn. Ze hoorden allang op bed te liggen. De wacht kon hen nu elk moment ontdekken. Stil trokken ze zich terug in een portiek. Hun lichamen drukten tegen de houten ladders en ijzeren haken van de brandweer die in het portiekje stonden. Enkele in elkaar gestapelde leren emmers met gevlochten hengsels vielen om. Met ingehouden adem wachtten ze af tot de man het steegje voorbij was gelopen. Toen begon Saar te blaffen.

'Hierheen!' riep Daan. Ze zetten het op een rennen, waardoor ze de ratelwacht achter zich aan kregen.

'Blijf staan!' bulderde een zware stem.

Ze keken elkaar nu radeloos aan. Niemand zei het, maar ze wisten het allemaal: ze waren verdwaald. De man hadden ze voorlopig van zich afgeschud. Nu moesten ze zo snel mogelijk het huis in de Paerel Straet zien te vinden. Ze liepen verder door de Smee Straet en sloegen ergens op goed geluk af.

Door een nevelige waas heen zagen ze dat het pad dwars door de tuinen van de omringende huizen liep, waardoor er amper verlichting was. Ondanks dat ze geen hand voor ogen zagen, besloten ze de straat uit te lopen. Aan het eind ervan wisten ze waar ze zich bevonden. Thijs wees naar een gebouw.

'Daar staat onze school.' Ze waren uitgekomen op de Prince Straet, waar ook de gracht lag. Via de gracht wilden ze teruglopen, want dan kwamen ze vanzelf weer bij het water. Behoedzaam liepen ze verder tot het moment dat ze die ellendige ratel weer hoorden. Alleen nu kwam het geluid van verschillende kanten. Er was versterking gekomen!

Als ratten in de val keken ze om zich heen. Ze waren aan alle kanten ingesloten door de ratelwacht. Vanaf het Cingel, de Bever Gracht en uit de Slyck Steeg kwamen de mannen aangesneld. Daan en Thijs overlegden snel en duwden de meiden het zijstraatje van hun school in. Als ze die uitliepen, zouden ze vanzelf op de Heere Wegh komen en dan konden ze de weg naar huis wel vinden.

'En jullie dan?' riepen de angstige meisjes ontzet.

'Daar is nu geen tijd voor. Vlug, wij redden ons wel.' De jongens wisselden nog een laatste blik van verstandhouding. Toen stoven ze ieder een richting op en vluchtten door de moestuintjes om de ratelwachten te ontwijken.

17

Engelsen!

Sjorsje schoot overeind en wreef over de pijnlijke plek op de zijkant van haar hoofd. Beduusd keek ze naar de keukentafel. Onmiddellijk gingen bij haar de alarmbellen rinkelen. Zachtjes schudde ze aan de schouder van haar vriendin die met haar hoofd op haar armen lag te slapen. 'Bodine, wakker worden!'

Slaperig opende deze haar ogen. 'Wat is er?'

'De jongens!'

Bodine strekte haar prikkende arm. Ze waren de hele nacht opgebleven om op de jongens te wachten, maar Thijs en Daan waren niet gekomen. Radeloos keken de meiden elkaar aan. Als tante Anneke nu thuis zou komen, zou de hel losbreken.

Bodine klopte bij Louwize op de deur, maar de meid gaf geen antwoord. Toen Bodine de deur opende, zag ze dat ze nog niet was teruggekeerd van Christoffel. De wijzers van de staande klok in de voorkamer gaven bijna zes uur aan. Over een paar uur zou de eredienst beginnen.

'We moeten de jongens zoeken. Nu!'

'Als ze maar niet zijn gepakt door de mannen met die ratels.'

'Kom op', zei Sjorsje monter.

Vlug zette Bodine een bak water voor de hond op de grond. Daarna stapten ze de ochtendnevel in.

Behoedzaam staken de meiden het bruggetje van de Heere Gracht over en tuurden langs de aangemeerde boten tot aan de Prince Gracht. Daar hadden ze de jongens gisteravond voor het laatst gezien. Ze spiedden in de Slyck Steeg en in de portiekjes, maar konden geen spoor vinden van Thijs en Daan. De meiden besloten om door te lopen naar de Waterpoort. Misschien had de soldaat iets gezien? Net toen ze het Stadt Huys voorbij waren, hoorde Bodine dat iemand haar naam riep, zacht maar overduidelijk. Ze draaide haar hoofd opzij. Geschokt kwam ze tot stilstand.

Bodine greep Sjorsje bij haar arm, maar kon geen woord uitbrengen. Sjorsje had het al gezien. Ze hadden de jongens gevonden. De meiden holden het plein over en kwamen hijgend tot stilstand bij de schandpaal, waar de hoofden van de uitgeputte jongens in de gaten rustten. Hun handen staken door de kleinere openingen ernaast. En alsof dit niet kleinerend genoeg was, waren ze ook nog als een soort kermisattractie te kijk gezet.

Het was niet nodig geweest om de jongens een bordje om te hangen waarop stond wat ze hadden uitgespookt. De platgetrapte witte kolen op hun hoofden verraadden dat al. Als twee raddraaiers waren ze aan het schavot vastgezet. Hun mutsen lagen netjes op de grond.

Bodine was het liefst hard weggerend. Ze kon er niet tegen om haar broertje en vriend zo vernederd te zien. Thijs en Daan stonden er al de hele nacht en hadden geen eten of drinken gekregen.

'Pieter de Neger komt zo', zei Thijs met een schor stemmetje. 'Ze wisten gisteravond nog niet hoe lang we zo moeten blijven staan.'

'Ze hebben ons te pakken gekregen', zei Daan onnodig. 'We hadden geen enkele kans. Ze waren met zijn zessen.'

'We probeerden via de tuintjes te vluchten', ging Thijs vermoeid verder, 'en we hebben daarbij de groenten stukgetrapt.'

Toen kreeg Sjorsje een idee. 'Bo, kom, ik weet precies wie we om hulp moeten vragen. Als we snel zijn, kan het nog voor de kerkdienst.' Sjorsje keek de jongens hoopgevend aan. 'We hebben jullie er zo uit, hou nog even vol.' Geestdriftig trok ze Bodine met zich mee, de jongens als een hoopje ellende achter zich latend.

De meiden hadden geen geluk. Judith Stuyvesant vertelde dat haar man een paar dagen geleden voor dringende zaken halsoverkop naar

Fort Oranje was vertrokken. Haar vriendelijke stem klonk zacht en harmonieus. Tot haar grote spijt kon zij de meisjes niet helpen.

Totaal ontmoedigd liep Sjorsje terug naar het plein. Bodine ging water halen voor de jongens en hoopte dat Louwize er al was. Misschien kon zij met Pieter de Neger gaan praten.

Ontredderd vertelde Sjorsje van hun mislukte plan. Daan en Thijs staarden haar miserabel aan en Sjorsje kreeg een beklemmend gevoel. Ze was bang dat de jongens bespuugd en met rot fruit bekogeld zouden worden, maar sprak dat niet hardop uit. Ze moest Daan en Thijs moed in praten, maar had geen idee hoe. Wat zeg je tegen twee stoere jongens die met geplette kolen op hun hoofden aan de schandpaal genageld staan?

Ten einde raad liep ze naar de oever, in de hoop Bodine en Louwize te zien. Ineens ontwaarde ze de contouren van haar vriendin. Maar wie liep daar nu naast haar? Toen zag ze het. Sjorsje kon haar geluk niet op en draaide zich snel om, om de jongens in te lichten. Plots botste ze tegen het zwaargebouwde lijf van Pieter de Neger. Ruw greep hij haar vast en staarde haar met zijn donkere ogen nijdig aan.

Furieus stormde Nicolaes Stuyvesant de trappen van het Stadt Huys op, nadat hij Pieter de Neger had gesommeerd het meisje los te laten. Vanuit zijn hokje op het plein hield de beul de schelmen, die op de dag van de Heer de rust hadden verstoord, in de gaten.

Bodine gaf de jongens water en gulzig dronken ze het op. Sjorsje zag dat er een blauwe plek op haar bovenarm verscheen. Nog van streek luisterde ze naar haar vriendin. Bodine vertelde dat ze naar huis was gegaan, in afwachting van Louwize. Toen ze de klopper op de voordeur hoorde, was ze eerst bang dat het tante Anneke zou zijn. Tot haar grote verrassing was het Nicolaes Stuyvesant. Zijn moeder had hem verteld wat er was gebeurd. Nu zijn vader weg was, had hij niet lang na hoeven denken en was zijn nieuwe vrienden te hulp geschoten.

Nicolaes had de schout kunnen overtuigen dat het om een misverstand ging. Hij vertelde dat de kinderen de avond ervoor bij hem op de bouwery waren geweest, en dat het zijn schuld was dat ze te laat waren vertrokken. Hij had beter moeten weten en nam alle schuld op zich. De kosten voor de stukgetrapte groenten zou hij betalen.

De benadeelde burgers werden naar het Stadt Huys geroepen en tot ieders opluchting namen zij genoegen met de veel te royale vergoeding voor hun kapotte groenten.

Met een rammelende sleutelbos kwam Pieter de Neger aangeschuifeld. Nadat de jongens nederig hadden gezworen dat ze hun lesje hadden geleerd, waren ze vrij om te gaan. Ondersteund door de meisjes en Nicolaes strompelden ze naar huis.

Dinsdag 26 augustus

Abrupt had Stuyvesant zijn reis in het noordelijke gedeelte van de kolonie afgebroken en liep nu gehaast het fort binnen. Tijd om zijn vrouw en zoons te begroeten was er niet. De problemen van de kolonisten in het noorden waren precies zoals hij al dacht: ze waren er niet. Het bleek één groot misverstand. Er was ruzie tussen de wilden. De stammen waren op oorlogspad en de inwoners van Beverwyck hadden schijnbaar ergens brand gezien en meteen groot alarm geslagen. Ze vreesden, normaal misschien niet onterecht, voor hun levens en bezittingen. Maar nu was er net een vredesverdrag gesloten met de wilden en kon hij zich niet voorstellen dat ze nu alweer onrust aan het stoken waren. Alle opwinding dus voor niets. De kolonisten had hij gelukkig weer tot bedaren kunnen brengen.

Tijdens zijn verblijf in Fort Oranje ontving hij een telegram met hoogst verontrustend nieuws. Volgens een Engelse informant kon er nu iedere dag een oorlogsvloot van wel veertig schepen arriveren om Nieuw-Amsterdam in te nemen.

Dezelfde berichten werden vorige maand vanuit Boston ook al gemeld. Stuyvesant was toen onmiddellijk begonnen met de voorbereidingen om zijn stad in staat van verdediging te brengen. Hij liet kruit halen in Nieuw-Amstel en werknemers van de compagnie werden naar New Haven gestuurd om flinke voedselvoorraden in te slaan. Spionnen trokken ver het achterland in om alvast naar de vijand uit te kijken en schepen, die volgeladen klaarlagen voor vertrek naar Curaçao, bleven voor anker liggen.

Toen volgde bericht uit de Republiek. Er was niets aan de hand. Alles berustte op een misverstand. Volgens de Engelse regering was er geen enkel gevaar vanuit Engeland te verwachten. Misschien dat er wel twee of drie schepen naar de Nieuwe Wereld onderweg waren, maar dat was dan om te praten.

De Engelse koning wilde meer gelijkheid brengen in de koloniën van Engeland en van de Republiek. Daarom had hij wat afgevaardigden uitgezonden om daarover te spreken. Volgens de Heeren uit Amsterdam stak daar geen kwaad achter en zouden beide landen er baat bij hebben als de banden sterker werden.

Ook was er volgens de Engelse informant toch niets aan de hand. Hij had zich vergist. Met het volste vertrouwen in zijn bazen liet Stuyvesant de burgers weer aan hun eigen werk gaan en konden de wachtende schepen alsnog vertrekken. Het gevaar was geweken.

En nu moest Stuyvesant de harde waarheid onder ogen zien. Het zag ernaar uit dat ze door de Engelsen voor de gek waren gehouden. Volgens het telegram lag er nu écht een oorlogsvloot in de haven van Boston. Als dit waar was, dan had hij zelfs geen tijd meer om de directeuren op het Amsterdamse Rapenburg te waarschuwen.

Zo snel als hij met zijn rechterbeen kon, klom Stuyvesant de ladder op. Nijdig griste hij de scheepskijker uit de hand van een van zijn soldaten.

'Het is rustig, generaal', meldde de verraste soldaat. Stuyvesant bromde wat onverstaanbaars, schoof de kijker uit en zocht de Noort Rivier af. Het oogde kalm op het blauwe kronkelende water en de heuvels en de weilanden met de grazende koeien en schapen lagen er vredig bij. Stuyvesant liet de kijker zakken en keek mistroostig naar de burgers die op het Marckvelt een praatje met elkaar maakten. Kinderen liepen keurig naar school en boeren duwden volgeladen wagenwielen voor zich uit. Vanuit de werkplaatsen aan de Heere Wegh weergalmde het eentonige geluid van het slaan op gloeiendhete ijzers.

De directeur-generaal kon nog steeds niet geloven dat het bericht waar was en dat de rust nu elk moment kon omslaan in paniek en vervolgens in totale chaos. Hij draaide de kijker nu vooruit en tuurde over de glooiende heuvels van het Staaten Eylant.

Hij had maar een klein gezichtsveld met het bolle glaasje en wat hij zag was onscherp en de kleuren klopten niet. Maar alles oogde volkomen kalm. Vervolgens haalde hij het heuvelachtige Lange Eylant dichterbij, maar ook daar merkte hij niets verontrustends op. Mooi, dacht Stuyvesant. Hij liet de kijker nog even rusten in de bocht van de Nyack baai, de nauwe doorgang tussen het Lange Eylant en Staaten Eylant.

Net toen hij zich ervan wilde overtuigen dat hij nog wat tijd had gewonnen om het stadsbestuur te informeren, leek het of er een stukje van een zeil voor zijn oog kwam. Het was alweer weg.

Stuyvesant draaide aan zijn kijker en wilde het beeld dichterbij halen, wat niet ging. Maar dat hoefde ook niet meer, hij wist wat hij had gezien. Hij liep naar de uiterste hoek van het fort en keek opnieuw de bocht in. Nu was het nog klein en ver weg, maar achter de smalle doorgang, ongeveer ter hoogte van Nieuw-Utrecht en het Conyne Eylant, lag een Engels oorlogsschip. Onrustig liep hij over de muur. 'Die kunnen we hebben', zei hij grimmig. Nu moest er snel worden gehandeld. Bruusk gaf hij de kijker terug en beval de soldaat om het schip nauwlettend in de gaten te houden. Hij wilde onmiddellijk op de hoogte worden gebracht als het in beweging zou komen.

De andere soldaten gaf hij het bevel om de zestien kanonnen bovenop de muur in gereedheid te brengen. Terwijl Stuyvesant de ladder afdaalde om de burgemeesters en de schepenen in te lichten, werd het stadje opgeschrikt door drie krachtige knallen. Het oorlogsschip had de inwoners van Nieuw-Amsterdam op deze vroege dinsdagochtend met kanonskogels gewaarschuwd dat ze er waren en dat het menens was.

Hard tikte Stuyvesants houten been tegen de grond en in hoog tempo liep hij de binnenplaats over. De ellende was dus echt begonnen en hij had kostbare weken verloren door zijn verblijf in Fort Oranje en het negeren van de geruchten. Er was nu geen tijd meer te verliezen. De stad moest ogenblikkelijk in staat van verdediging worden gebracht. Hij vroeg zich af of hij aan het begin stond van een nieuwe oorlog tegen Engeland.

Op de Paerel Straet werd het dagelijks leven weer opgepakt. De vier liepen nerveus rond, maar tante Anneke merkte daar niets van. Ze was net terug uit Beverwyck en in gedachten nog bij de arme gezinnen die door de waterpokken getroffen waren. Hoe erg ze het ook vond voor de mensen, ze was blij dat haar kinderen en kleinkinderen door de Heer waren gespaard. De diaconie van Beverwyck had op tijd maatregelen kunnen nemen. Gelukkig waren de waterpokken niet naar de omliggende dorpen overgeslagen. Zodra een kindje hoge koorts kreeg, misselijk was en begon te klagen over hoofdpijn en buikpijn, haalden ze het weg uit het gezin, zodat het geen broertjes of zusjes kon aansteken. Uiteindelijk waren er toch nog zeventien kinderen overleden. Het was verschrikkelijk om naar hun aangetaste gezichtjes te kijken. Van hun voetjes tot hun hoofdjes zaten ze onder de rode vlekjes die uiteindelijk veranderden in blaasjes. Als de blaasjes waren overgegaan in zwerende zwarte puisten was er niets meer aan te doen. Het kindje zou dan snel doodgaan. Meestal werden er alleen kinderen ziek, maar nu waren het ook volwassenen. Tegen de tijd dat ze de pokjes onder controle hadden, waren er niet alleen negentien burgers overleden, maar ook veel armoedige weesjes bijgekomen. Als zij verder geen familie hadden, konden ze worden opgevangen in de armenhofstede op het erf, die net op tijd klaar was.

Er was hard gewerkt door Willem Bout en Christoffel van Angola. Drie dagen achtereen hadden ze gezwoegd en zelfs een afrastering om het erf getimmerd. Dankzij de liefdadigheidsgiften in de kerk – er zat maar liefst 188 gulden in de armenbussen – hadden ze het kunnen afbouwen. Ook was er genoeg geld voor voedsel en kleding en om de zwarte doodskleden te kunnen betalen die over de kisten van de overledenen werden gelegd. De meeste burgers konden de vijf gulden die het kleed kostte, zelf niet opbrengen.

Tante Anneke was een tevreden vrouw, want er was zelfs nog een aalmoes over voor de mensen die door de omstandigheden hun werk waren kwijtgeraakt. God had de rijken de goederen dan ook niet voor niets in beheer gegeven. In tijden zoals deze konden zij het verdelen onder de armen. Calvijn had daarvoor diakenen, armenverzorgers, ingesteld, zodat zij hierop konden toezien. Met een gerust hart was ze teruggekeerd naar huis.

Tante Anneke zat op een krukje in de keukenkelder en controleerde of de meisjes de voorraden tijdens haar afwezigheid goed hadden bijgehouden. Haar gedachten dwaalden af naar haar swartin die binnenkort verkocht zou worden. Christoffel had de afgelopen dagen negen gulden per dag verdiend, een hoop geld. Hij zou haar meid binnenkort wel komen halen, maar tante Anneke kon haar nog niet missen in het huishouden én met het handeltje. Ze had nog veel meer tijd nodig om van de twee meisjes vlijtige huisvrouwen te maken. Ze waren lief, maar niet ijverig. Ze vroeg zich af wat ze die meisjes in het burgerweeshuis hadden geleerd. Door haar liefdadigheidswerk voor de diaconie was ze de slavenveiling helaas misgelopen. Misschien had er wel iets voor haar tussen gezeten. Nee, de swartin zou voorlopig nog niet kunnen vertrekken.

Tante Anneke liet haar vinger over de bladzijde gaan en zag dat er maar één stukje zeep was verkocht. Ze twijfelde of de kinderen wel goed genoeg op het geluid van de deurklopper hadden gelet. Nou ja, ze was er zelf gelukkig weer.

Tijdens haar verblijf in het noorden was ze Jeremias van Rensselaer tegen het lijf gelopen. De koopman stond op het punt om het *Gekruyste Hart* uit te laten varen. Ze zag dat de vijf beverhuiden er nog lagen en bedacht dat deze op de Amsterdamse beurs nog wel negen gulden per stuk zouden opbrengen. Ze zou ze straks door de swartin naar de Waag laten brengen. Het kon nog net mee met het koopvaardijschip.

Terwijl ze zocht naar de betaling van het stuk zeep, hoorde tante Anneke de swartin binnenkomen. Het leek haar beter om meteen met haar te gaan praten. Snel liep ze de keldertrap op, maar halverwege hield ze stil. Het leek wel alsof ze het doffe gedreun hoorde van een kanon. Ze schudde haar hoofd en liep verder omhoog. Ze moest zich vergist hebben. Vlug begaf ze zich naar het voorhuis.

Louwize, die in haar ene hand een mand met groenten vasthad en in haar andere een grote watermeloen, had de deur nog niet dichtgemaakt en hoorde het duidelijk. Hevig geschrokken legde ze haar hand op haar buik. De zware meloen viel en spatte uiteen op de pas geboende vloer, toen mevrouw Janse in het voorhuis verscheen. Ontzet keek de weduwe naar de ravage.

Uit haar blik kon Louwize niet opmaken of ze het erger vond voor de meloen, waar ze nu voor niets geld aan hadden uitgegeven, of vanwege het sap van het rode vruchtvlees dat zich nu verspreidde over de glanzende vloerplanken. Ze staarden elkaar wezenloos aan toen er een tweede knal volgde. En een derde.

Donderdag 28 augustus

Twee dagen waren verstreken. Bij het Engelse vlaggenschip had zich nog een aantal schepen gevoegd. De vloot was in de mist uiteengedreven, maar was nu weer compleet. Het indrukwekkende oorlogseskader had de ankers uitgeworpen in de baai van Nyack en was zo te zien niet van plan om te vertrekken.

Zoals Stuyvesant had voorspeld, was er paniek in de stad uitgebroken. Iedereen zag de oorlogsvloot met eigen ogen liggen en de directeur-generaal kon er niet meer omheen; de burgers wilden weten wat er aan de hand was. Maar een antwoord had hij niet. Tenminste, niet officieel.

Wel gaf hij nu iedere derde inwoner van de stad het bevel om zich te melden met alles wat hij bezat. Spaden, schoffels, wagenwielen, kruiwagens of wat er ook maar voor handen was waarmee de stad kon worden versterkt.

Haastig liep Christoffel met zijn kruiwagen, volgeladen met gereedschap, over de Heere Wegh, richting fort, om zijn plicht te gaan vervullen. Vorige maand was hij hier ook al, maar toen bleek het loos alarm te zijn en kon hij weer omkeren. Maar nu was het echt. Christoffel was behoorlijk van streek. Niet eens van de drie knallen, maar van Louwize, die vlak daarna in tranen bij hem was gekomen. Zij vertelde hem dat ze stiekem was doorgelopen vanaf de Waag om hem het slechte nieuws te brengen. Het komende jaar mocht hij haar nog niet kopen.

Het was een behoorlijke tegenvaller, maar nu was haar veiligheid en die van de baby zijn eerste zorg. Zij woonde in de nabijheid van het fort, dat waarschijnlijk als eerste aangevallen zou worden. En als de gevechten in de stad zouden uitbreken, grepen de armen hun kans bij de rijken. En mevrouw Janse was één van de rijkste inwoners van de stad. Als het zover zou komen, dan ging hij Louwize halen. En de

kinderen nam hij dan ook mee. Hij kon ze niet de hele tijd beschermen, maar achter de palissade zouden ze een stuk veiliger zijn. Op
zijn bouwery viel toch niets te halen.

Bij het fort hadden zich al veel burgers verzameld. Christoffel liep
op Michiel Jansen af, een bekende bierbrouwer. 'U ook hier?' vroeg hij
verbaasd.

'Ja, vrijwillig. We hebben een verbod kregen van Stuyvesant.'

'Een verbod?'

'We mogen geen graan meer malen. Alle brouwerijen liggen stil.'
Christoffel had met de man te doen, maar had ook zijn eigen problemen.

'Is er al bekend wat ze willen?'

'Nee, helaas weet ik niets', antwoordde de bierbrouwer. 'Het gerucht
gaat dat de Engelsen een blokkade in de Noort Rivier aan het opwer-
pen zijn. Als dat waar is, dan is er straks geen communicatie meer
mogelijk tussen het Lange Eylant, Manhatans en de andere eilanden.'

De situatie was dus al snel aan het verslechteren, dacht Christoffel bedrukt. Op dat moment werd de poort geopend, en mochten de
wachtende burgers doorlopen. Nu zouden ze gauw te horen krijgen
wat ze moesten doen om de stad te beschermen. Christoffel hoopte
dat hij het fort mocht repareren, dan kon hij alles in de gaten houden
en zat hij het dichtst bij Louwize.

Stuyvesant zag dat hij nu aan alle kanten door de Engelsen werd ingesloten. Hij probeerde nog hulp te krijgen vanuit andere dorpjes, maar
er was niemand die gehoor wilde of kón geven.

De Engelsen hadden overal slaven, vee en jachten in beslag genomen en het werd de inwoners verboden om goederen of hulp aan te
bieden aan de compagnie. Wie weigerde te gehoorzamen, kon zijn
bouwery in vlammen zien opgaan. Op Staaten Eylant, een gehucht
met een paar inwoners in houten huizen met strodaken, hadden de
Engelsen de blokhut met het kanon ingenomen. De zes oude soldaten
op wacht, die maar met moeite een massief ijzeren bal in het kanon
konden krijgen, hadden geen serieuze tegenstand aan de Engelsen
kunnen bieden. Uit die hoek hoefde Stuyvesant ook geen hulp te verwachten.

Het enige wat hij had, waren honderdvijftig soldaten van de compagnie én de loyaliteit van de burgers. Maar de paar honderd man die zich voor het fort hadden verzameld, zouden bij lange na niet voldoende zijn. Hij moest de burgers en slaven verdelen over de palissade en het fort, want beide konden wel een opknapbeurt gebruiken. Fort Amsterdam leek eerder een molshoop dan een verdedigingswal. De gaten waren zo groot dat een koe uit een van de omliggende tuintjes er zo doorheen kon wandelen. Ook de acht kapotte kanonnen moesten worden gerepareerd. De twaalf- en achttienponders bovenop waren niet voldoende en als ze nog langer zouden wachten, dan hoefde het allemaal niet meer.

Vrijdag 29 augustus
Stuyvesant besloot dat hij lang genoeg had afgewacht. Het was wel duidelijk dat de Engelsen niet van plan waren enige uitleg te geven voor hun intimiderende gedrag in de haven. De inwoners van Nieuw-Nederland stonden erop om te horen wat er aan de hand was en de directeur-generaal kon de ongeruste burgers op deze manier geen antwoord geven. Daarbij bevonden de Engelsen zich zonder aankondiging in Nederlands gebied en dat kon hij niet tolereren. De zogenaamde beleefdheid van de Engelsen was ver te zoeken.

De compagniesloep voer richting het vlaggenschip in de Nyack baai. Aan boord bevonden zich enkele magistraten en dominee Megapolensis. In de verzegelde brief die ze bij zich hadden, vroeg Stuyvesant beleefd waar hij het bezoek van de Engelsen aan had te danken.

Zaterdag 30 augustus
Het antwoord van de Engelse kolonel Nicolls, die de leiding had over de vier oorlogsschepen en vierhonderdvijftig soldaten, was duidelijk. Stuyvesant werd opgedragen om het Eylant, bekend onder de naam Manhatans, over te dragen aan Karel II, koning van Engeland. In een bijgevoegde verklaring stond dat iedereen die gehoor gaf aan de Engelse majesteit, in vrede verder kon genieten van zijn werk en alles waar God hem mee gezegend had, uit welk land hij ook kwam.

In de omliggende dorpjes was deze verklaring al voorgelezen door de Engelsen. Onmiddellijk liet Stuyvesant de schout, schepenen en burgemeesters bijeenkomen om ze in te lichten over het verzoek tot overgave van de stad.

Er werd overeengekomen om de stad onopvallend in staat van verdediging te brengen, maar de Engelsen mochten niets vermoeden. Toen vroeg burgemeester Van der Grist om een kopie van de brief, zodat de verontruste burgers ingelicht konden worden. Stuyvesant schudde zijn hoofd en stond op. De vergadering was voorbij.

De klerken reageerden ontstemd, maar Stuyvesant legde uit dat wanneer de burgers de inhoud zouden vernemen, zij zich meteen zouden willen overgeven. Hij waarschuwde dat de inhoud van de brief en de verklaring onder geen beding onder de burgers bekend mochten worden gemaakt. De burgemeester wees de directeur-generaal er nogmaals op dat de burgers het recht hadden op de inhoud. Stuyvesant bleef volhardend in zijn antwoord en wilde vertrekken.

Ontstemd stonden de mannen op. Burgemeester Van der Grist zei tegen de grimmig kijkende directeur-generaal dat hier het laatste woord nog niet over gesproken was.

Maandag 1 september
Burgemeesters Van der Grist en Steenwyck keken de leden van het stadsbestuur aan de tafel ernstig aan. Het was nog vroeg in de ochtend en ze waren, zoals afgesproken, bijeengekomen op de tweede verdieping van het Stadt Huys in afwachting van de kopie. Paulus van der Grist aarzelde even en zei toen bedrukt dat hem een kopie van de brief zojuist geweigerd was. Wel had hij een verklaring die voorgelezen kon worden.

De klerken reageerden teleurgesteld. Ze eisten een exacte kopie van de brief, zoals die door de Engelse kolonel was afgegeven. Ze waren het er allemaal mee eens dat ze zich niet zouden laten afschepen met een povere verklaring. Paulus van der Grist slaakte een diepe zucht en fronste naar Cornelis Steenwyck naast hem. Hier waren ze al bang voor geweest. Het was een onbegonnen zaak, maar er werd hen geen andere keus gelaten dan het nogmaals te proberen bij die halsstarrige directeur-generaal.

Christoffel gooide het zand tegen de muur. Hij was helaas geplaatst bij de Stadt Waal en stond bij een afbrokkelende stenen borstwering, waar de burgers in nood zich achter konden verschuilen. De palissade was in 1653 gebouwd en hij had er zelf aan meegeholpen. Maar daarna was het verwaarloosd. Alleen in tijden van dreiging was het hier en daar wat opgelapt, net als nu.

Zijn buurmannen van het Wagenpat, Emanuel de Reus, Pieter Tamboer, Groote Manuel, Claes Portugies en zelfs Anthony de Blinde stonden mee te scheppen. Ze konden er allemaal niet over uit dat het stadsbestuur het zover had laten komen.

Christoffel was de leider van het groepje en besliste wat er gebeurde. Af en toe wees hij iemand aan die stiekem weg mocht glippen om te zien of er al wat nieuws te melden was, want ingelicht werden ze hier niet. Ook vond hij het goed dat ze dan even snel gingen kijken bij hun vrouwen en kinderen. Christoffel was niet bang voor de soldaten die alleen bij de toegangspoorten op wacht stonden en af en toe langs kwamen om te controleren. Daarvoor waren er te weinig.

De mannen werden opgeschrikt door hoefgetrappel, dat een geweldige stofwolk veroorzaakte. Briesend kwam het paard bij het Stadt Huys tot stilstand. Een onstuimige directeur-generaal stapte af en vloog het gebouw binnen.

'Wat is er, in de naam van de Heer, toch aan de hand?' vroeg Christoffel hardop aan de rest. De mannen haalden hun schouders op en gingen zwijgzaam verder met het opvullen van het gat.

De deur zwaaide open. Met ingehouden woede liep Stuyvesant naar het hoofd van de tafel. 'Indien ik u een kopie van de brief geef, dan zou dit door het vaderland worden afgekeurd en zal ik verantwoordelijk worden gehouden. Ik kan aan uw eis geen gehoor geven.'

De mannen aan de tafel staarden de directeur-generaal verbouwereerd aan. 'Dat accepteren we niet', riep één van de schepenen nu ziedend van woede. De anderen vielen hem bij en er werd luid geprotesteerd. Met zijn houten been stampte Stuyvesant hard op de planken vloer. De schout, schepenen en burgemeesters keken met een onbehaaglijk gevoel naar hun baas. Ze kenden hem lang genoeg om te weten dat, wanneer hij in de hoek werd gedreven, erg onplezierig kon worden.

Kalm zei Stuyvesant: 'U eist een kopie van de brief?' Er werd geknikt. 'U begrijpt dat wanneer de inhoud bekend wordt, de burgers
zich meteen zullen willen overgeven?' Opnieuw werd er geknikt.
'Mooi!' zei hij luchtig, maar zijn gezicht was zo hard als staal. Toen
bulderde het door het Stadt Huys: 'Dan hoop ik dat u de consequen-
ties daarvan kunt inschatten. Ik ben niet van plan om voor de gevolgen verantwoordelijk te worden gehouden!'

Even later stapte Jan Gilissen het plein voor het Stadt Huys op, waar
de burgers stonden te wachten op antwoord. In zijn hand hield hij een
kopie vast.

Dinsdag 2 september
De sloep naderde het fort snel. Een soldaat hield een witte vlag omhoog. Stuyvesant had allang door dat die roodjassen bezig waren om
een goede indruk op de inwoners van Nieuw-Amsterdam te maken.
Hij bracht de kijker voor zijn oog en zag de strenge volhardende uitdrukking op het gezicht van de kleine man in de sloep. Het was John
Winthrop, de puriteinse leider van de Engelse koloniën Connecticut
en New Haven. Stuyvesant kuierde boven op de uitkijk en bromde
wat in zichzelf. Steeds was er weer gedonder met Engeland over de
grenzen van Nieuw-Nederland. De Engelse regering weigerde om de
Nederlandse grenzen vast te leggen. Daarmee zou Engeland de Nederlandse kolonie erkennen en dat wilde het niet. Maar met deze religieuze leider die zijn eigen gang ging – de koning van Engeland had
niets op met puriteinen en daarop waren de gelovigen uitgeweken
naar de Nieuwe Wereld – had Stuyvesant nu toch duidelijke afspraken
gemaakt over de grenzen van de Nederlandse kolonie. Nu zag het er
naar uit dat die Winthrop-figuur zich toch voor het karretje van koning Karel II had laten spannen. Stuyvesant klom de ladder af en riep
enkele magistraten bij zich om naar de kade te vertrekken. Hij was
benieuwd wat die pompoenetende Engelsman te melden had.

Winthrop deed één stap naar voren, drukte Stuyvesant een verzegelde
brief in zijn hand en zei formeel: 'Ik ben gekomen in naam van de koning om alle inwoners van Manhatans voordelige voorwaarden aan te

bieden.' Hij deed weer een stap terug en zei zijdelings: 'Wees verstandig en geef je over.'

Daarna draaide hij zich om en stapte met de andere afgevaardigde weer in de sloep om terug te varen naar de *Guinea*. Op de terugweg naar het fort verbrak Stuyvesant het zegel en las de brief voor. De burgemeesters vroegen meteen toestemming om de inhoud aan de burgers bekend te maken. Stuyvesant hoefde hier niet over na te denken en weigerde.

'Maar,' probeerde burgemeester Steenwyck later in het fort, 'is het niet zo dat alles wat met het welzijn van de burgers te maken heeft, openbaar moet worden gemaakt?'

Opnieuw legde Stuyvesant de nadelige gevolgen van zo'n actie uit. De burgers mochten niet ontmoedigd worden. Het was in het beste belang van de kolonie. Maar de burgemeesters wilden er niets van horen en waren vastberaden om hun gelijk te krijgen. Stuyvesant ontstak in razernij en bonkte met zijn houten been.

Verschrikt werd er opgekeken, maar dit keer bleef het angstvallig stil. Witheet van woede hield Stuyvesant de brief omhoog. Vol afschuw en ongeloof keken de mannen toe hoe het papier in stukken werd gescheurd. De snippers dwarrelden op de grond.

Burgemeester Steenwyck schoof zijn stoel naar achteren en stond op: 'U zult de gevolgen hiervan ondervinden.' Teleurgesteld in zijn directeur-generaal verliet hij het fort. De verontwaardigde magistraten volgden zijn voorbeeld.

Met een kruiwagen vol liepen Christoffel en Claes het bos uit. Ze hadden hout uit het bos gehaald om de gaten in de palissade verder te kunnen dichten.

Net toen ze de poort door waren, kwam er een groepje boeren voorbij gerend. Christoffel hield hen staande en vroeg wat er aan de hand was. Opgewonden vertelden ze dat ze op weg waren naar het Stadt Huys om het laatste nieuws te eisen. De boeren probeerden Christoffel en Claes over te halen om mee te gaan. Hoe meer hoe beter.

'Welk laatste nieuws?' wilde Christoffel weten. Nadat de brief met de gunstige voorwaarden gisteren op het plein werd voorgelezen, hadden ze niets meer vernomen.

'Enkele burgers hebben een sloep zien aankomen met een soldaat die een witte vlag omhoog hield. Maar dat is al weer een paar uur geleden en we hebben nog niets gehoord van onze burgemeesters', zei een van de boeren bars. 'Ze zeggen dat er een nieuwe brief van de Engelsen is gekomen.'

'Als ze ons het nieuws niet komen brengen, dan komen we het wel halen', zei een ander kwaadwillend. Dreigend hield hij zijn ijzeren pikhaak omhoog.

Christoffel gaf zijn kruiwagen over aan Claes en sloot zich aan bij de boeren die weer waren doorgelopen. Voor het Stadt Huys hadden zich al veel burgers verzameld en er werd flink geschreeuwd om de brief. Hij keek om zich heen in de woedende menigte. De burgers stookten elkaar steeds meer op. Zijn gedachten dwaalden af naar Thijs. De jongen had hem gerustgesteld en gezegd dat er niets ernstigs zou gaan gebeuren. Hij zou alleen nog een paar dagen geduld moeten hebben en dan kwam alles goed. Thijs had een plannetje bedacht en zou ervoor zorgen dat Louwize binnenkort veilig bij hem zou zijn.

Christoffel vond het maar vreemd. Maar aan de andere kant: die kinderen hadden vrienden onder de grootburgers en misschien hadden zij al vernomen wat er stond te gebeuren. Op zijn vraag welk lot de slaven boven het hoofd hing, als de Engelsen het hier voor het zeggen zouden krijgen, had de jongen hem geen antwoord kunnen geven. Nou, Christoffel wist het zelf wel. De Engelsen hier de baas! Hij hoopte dat Stuyvesant dat niet zou laten gebeuren. Hij had gehoord dat de slaven het in de Engelse kolonie heel zwaar hadden. Ze telden daar niet mee als volwaardige burgers en werden goed afgeranseld. De slaven in Nieuw-Nederland hadden veel meer rechten.

Christoffel zou tot het bittere einde voor de stad vechten, ondanks dat hij vond dat ze niet veel kans maakten tegen een Engelse aanval. Opgejaagd begon hij met de andere burgers mee te roepen om informatie, toen het gejoel werd overstemd door het krakende geluid van de instortende beschermingswal.

Een soldaat had wanhopig geprobeerd om de tierende menigte aan de andere kant van de Stadt Waal te houden, maar dat lieten de burgers niet op zich zitten. Als ze niet door de poort mochten, dan braken ze wel door de houten palissade heen.

'Fijn,' mompelde Christoffel in zichzelf, 'kunnen we weer opnieuw beginnen.'

Drie vooraanstaande burgers liepen nu door het ontstane gat heen en gingen regelrecht op hun doel af. Bij het Stadt Huys werden ze tegengehouden door soldaten. Luidkeels verkondigden ze hun boodschap, in de hoop dat ze door de stadsbestuurders zouden worden gehoord. 'Wij eisen een kopie van de nieuwe brief! We zijn niet van plan om hier weer eindeloos op te moeten wachten. Kijk uit het raam! De burgers zijn woest! Als er nú geen kopie komt, dan kunnen wij deze dolle menigte niet meer in de hand houden.'

Hevig geschrokken kwam burgemeester Van der Grist naar buiten gerend en liet weten dat de brief was vernietigd. Hij smeekte iedereen om kalm te blijven.

'Die mankepoot heeft de brief verwoest!' riep iemand door naar achter.

'De brief is vernietigd!' werd er nu door iedereen doorgegeven. Christoffel werd heen en weer geduwd door de joelende massa.

'Dit accepteren we niet!' riep een vrouw boven het tumult uit. 'We eisen een exacte kopie!' schreeuwde ze naar de burgemeester, die beduusd wegliep.

Petrus Stuyvesant, die alles vanaf een afstand had aangehoord, kwam nijdig aanlopen. 'Zijn ze nou helemaal gek geworden?' brieste hij. Denken ze nou werkelijk dat ze officiële documenten van de staat kunnen eisen? Alsof ik verdorie niets beters te doen heb, zoals een stad in staat van verdediging brengen.'

Toen de burgers hem in het vizier kregen, nam het gejoel langzamerhand af. Stuyvesant sprak de burgers bedaard toe. 'Ik wil jullie vragen om te vertrekken en de publieke werkzaamheden te hervatten.'

Een moedige burger durfde het aan om de directeur-generaal weerwoord te geven. 'Wij zijn door de compagnie overgehaald om te vertrekken naar een vreemd land, waar we nooit enig recht op hebben gehad. Vol twijfel zijn we met onze vrouwen en kinderen vertrokken uit ons vaderland. En nu wilt u ons, de hardwerkende burgers, die deze kolonie hebben opgebouwd, blootstellen aan een slachtpartij in een land waar we eigenlijk helemaal niet horen te zijn?'

Nu waren de normaal zo voorbeeldige en nette burgers niet meer te houden. Van alle kanten werd er vol walging gevloekt, gejammerd en gezucht.

'De brief!' werd er weer geschreeuwd.

'Geef ons de brief!'

'Het is onmogelijk om ons tegen zo veel Engelsen te verdedigen!'

'Wij willen de brief!'

'Er is vanaf het begin af aan al slecht geregeerd.'

'Nu moeten wij ons doodvechten?'

Gelaten hoorde Christoffel het allemaal aan. Tot zijn afgrijzen besefte hij dat de burgers helemaal niet van plan waren om te vechten voor een land dat ze niet eens van zichzelf beschouwden. Hij begreep hen wel, maar was bang voor zichzelf en de andere zwarten in de kolonie. Wat zou er van hem, Louwize en hun baby terechtkomen als de Engelsen hier de scepter zwaaiden? Hij hoopte dat Stuyvesant geen haarbreed zou toegeven, de directeur-generaal had zijn onvoorwaardelijke steun. Maar dan moest hij wel weten wat er stond te gebeuren en dus protesteerde hij mee: 'Wij willen de brief!'

Kalm had Stuyvesant de klachten over de compagnie aangehoord. Het deed hem pijn om de burgers zo te horen praten over de kolonie waar hij zo trots op was. Hij besloot dat het beter was om te vertrekken, voordat er muiterij zou uitbreken.

Cornelis van Ruyven legde het laatste stukje papier op zijn plaats. Hij had van zijn baas opdracht gekregen om een kopie van de brief te maken. Daarna sloot de directeur-generaal zich in zijn werkkamer in het fort op en wenste niet gestoord te worden. Cornelis overhandigde de kopie aan de wachtende burgemeesters, die naar het plein snelden om aan de wensen van de nog steeds schreeuwde burgers tegemoet te komen.

Met trillende stem las de bode voor dat alle trouwe onderdanen van de Engelse koning in vrijheid mochten komen en gaan, evenals de schepen. Maar wanneer Manhatans niet werd overgedragen, dan waren doodslag en bloedvergieten het gevolg. Alle ingezetenen van Manhatans zouden hiervan de ellende en ongemakken ondervinden.

Stuyvesant doopte zijn veer in een pot met zwarte inkt. Hij zou die Nicolls wel eens laten weten hoe je beschaafd met elkaar omging. Besefte Nicolls wel wat de gevolgen van het innemen van Manhatans voor het Koninkrijk en de Republiek waren? Zijn ganzenpen kraste over het papier. Hij zou beginnen bij het begin: de eerste nederzetting van de Nederlanders in de kolonie in 1624. Gevolgd door de koop van het Eylant van de wilden door Pieter Minuit en de ontwikkeling tot de huidige stad. Daarnaast zette hij de drie belangrijkste principes van de Republiek nog eens uiteen: ontdekking, kolonisatie en uiteindelijk bezit. Tevens vroeg hij de kolonel wat hij dacht dat de Engelse koning zou vinden van deze vijandige houding tegen een zo machtige staat als de Nederlanden.

U bedreigt ons met wapens, schreef hij verder, *wij protesteren hiertegen. Wij verklaren, voor God en iedereen, dat u ons met geweld en vijandigheid benadert en dat u hierbij alle vredesverdragen verbreekt die zijn gesloten en bekrachtigd door uw majesteit en mijn Heeren van de Staten-Generaal. Op uw dreigementen, zo besloot hij de brief, hebben wij geen antwoord. Behalve dat wij niets vrezen, alleen datgene wat God op ons zal neerleggen. Wij hebben geloof in Hem. Hij zal ons net zo veel behoeden voor een kleine aanval als voor een groot leger.*

245

18

Zestig gulden

Donderdag 4 september

Richard Nicolls beende met grote passen over het dek van zijn vlaggenschip om de commandanten van de andere fregatten in te lichten. Het was zover. Hij had gehoord dat zijn brief door Stuyvesant was verscheurd. En uit de brief die hij had ontvangen, kon hij niet anders opmaken dan dat de man niet bereid was om de stad aan hem over te dragen. De Nederlandse generaal had zojuist een behoorlijke verantwoording op zijn schouders genomen, namelijk die van vijftienhonderd onschuldige burgers. Een diepe zucht ontsnapte aan zijn lippen toen hij dacht aan al het bloed dat zou gaan vloeien.

Nicolls had directe orders van de koning gekregen en de gouverneurs van Nieuw-Engeland moesten naar hem luisteren. Toen hij met zijn oorlogseskader in Boston was aangekomen, had hij van gouverneur Winthrop een koude ontvangst gekregen. Maar de koning had hem brieven meegegeven voor het geval de leiders van de koloniën niet wilden gehoorzamen. Zijn opdracht was duidelijk: al het land tussen de Delaware en de rivieren van Connecticut moest in beslag worden genomen. En dat land was Nieuw-Nederland. In het diepste geheim had koning Karel II besloten om Nieuw-Nederland te schenken aan zijn broer, de hertog van York. Dat er vrede was tussen de Republiek en Engeland interesseerde hem niet.

'De wensen van de koning zijn duidelijk!' schreeuwde de bevelvoerder tegen de commandanten. 'Er mag geen gat meer bestaan tussen Virginia en de koloniën van Nieuw-Engeland! Vanaf nu', brulde hij bars, 'geen waarschuwingen meer! Morgen wordt de stad ingenomen! Desnoods met geweld!'

Stuyvesant stond op één van de hoeken van het fort en keek met een scherp oog naar de vier fregatten die geleidelijk in beweging waren gekomen en nu de baai kwamen afzakken. Ze voeren tussen het Noten Eylant en het Lange Eylant door.

De *Nicolaes and William* en de *Martin* ankerden ter hoogte van Breuckelen. Legertroepen werden met een sloep aan land gezet. Daar verdwenen ze in de dichte bossen en voegden zich bij de cavalerie en vrijwillige troepen die al eerder hun kamp op het Lange Eylant hadden opgeslagen.

Hij richtte zich weer op de twee grootste schepen, de Guinea en de *Elias*, die met bolle zeilen dichterbij kwamen en nu het directe gevaar vormden. Voorbij het Noten Eylant kwamen ze tot stilstand. Langzaam begonnen de schepen langszij te draaien.

'Engelse honden', vloekte Stuyvesant.

De zestig meter lange driemasters lagen bijna in hun volle lengte voor het fort en de geschutspoorten openden zich. Het schrapende geluid van de gietijzeren lopen die met veel mankracht door de poorten naar buiten werden geschoven, was duidelijk te horen voor de enkele burgers die het hadden aangedurfd om op de kade te gaan kijken. Geschrokken deinsden ze achteruit toen de tientallen zwart gapende openingen van de kanonnen op hun stad werden gericht.

'Allemaal bluf', bromde Stuyvesant wrevelig.

Onrustig liep hij op en neer en vroeg zich af of Nicolls daadwerkelijk tot bestorming over zou gaan en de levens van de burgers in gevaar zou brengen. Hij kon het zich niet voorstellen; het zou één groot bloedbad worden. En toch moest hij dit serieus nemen. De oorlogsschepen binnen schootsafstand van het fort waren een duidelijke boodschap. Hij had geen andere keus dan de stad en de inwoners te beschermen.

Hij, Petrus Stuyvesant, directeur-generaal van Nieuw-Nederland, waaronder de West-Indische eilanden Aruba, Bonaire en Curaçao, legeraanvoerder en bevelhebber van de schepen in de baai, dienaar van de West-Indische Compagnie, kon later niet bij zijn directeuren in Amsterdam aankomen en zeggen dat hij Nieuw-Amsterdam, zonder iets te doen, had overgedragen aan Engeland. Op dat moment nam hij de enige beslissing die hij kon nemen.

'Hoeveel kruit hebben we in voorraad?'

'Als wij het vuur deze ochtend openen, heer generaal, en God sta ons dan bij, dan zijn we voordat de avond valt door onze voorraad heen.'

Vastberaden gaf Stuyvesant zijn instructies aan de soldaat bij het kanon. De jongen vroeg zich af of de generaal zijn verstand had verloren en ontstak een lontstok die hij brandend bij de lont hield. Stuyvesant wachtte nog enkele seconden totdat de schepen dichter genaderd waren.

Dominee Megapolensis en zijn zoon, gewaarschuwd door de burgers, renden de kerk uit en klommen de ladder op. De oude Megapolensis nam de directeur-generaal bij de arm en trok hem weg bij de ommuring. 'Hooggeëerde generaal, laat het niet u zijn die begint met het bloedvergieten. Staat u toch de Engelsen toe om met de vijandelijkheden aan te vangen.'

Stuyvesant keek tussen de dominee en zijn zoon door en zag de vijandelijke schepen steeds dichterbij komen. Onderaan het fort schreeuwden burgers angstig omhoog. Hij rukte zijn arm ruw los en klom woedend naar beneden. Laat de Engelsen met de vijandelijkheden aanvangen? Hoe noemde die predikant dit dan?

Gehaast besteeg de directeur-generaal zijn paard. Hij schreeuwde naar een toegesnelde magistraat om het fort te bewaken. 'U heeft vijftig bewapende soldaten tot uw dienst. De overige honderd gaan met mij mee. Het ziet er naar uit dat ze elk moment aan land kunnen komen.'

Stuyvesant stond op de oever en keek hardvochtig naar zijn slecht bewapende manschappen. De oorlogsschepen lagen op een steenworp afstand. Verdwaasd keken de niet erg strijdlustige soldaten hun generaal aan. Het was overduidelijk dat ze zouden sneuvelen.

'Waar is jullie vechtlust?' vroeg hij bruusk.

'De Engelsen zijn in de meerderheid, generaal, dit is geen gelijkwaardige strijd.'

Stuyvesant trok de teugels van zijn paard strak en brulde naar de lafhartige soldaten. 'Als die roodjassen zich hier aan land durven wagen, dan is het aan jullie om ze tegen te houden!' Hierna gaf hij zijn paard de sporen en galoppeerde naar het Stadt Huys voor een laatste poging om tot een overeenkomst met de vijand te komen. Hij zou de stad nooit opgeven, daar bestond bij hem geen twijfel over, maar hij hoopte toch nog wat zonder bloedvergieten te kunnen bereiken.

In een laatste brief aan Nicolls schreef hij dat hij zich verplicht voelde om de stad te verdedigen, in afwachting op nadere orders vanuit de Republiek. Ook liet hij weten dat, mocht het tot een aanval komen, hij er klaar voor was en dat hij vreesde dat er veel bloed zou gaan vloeien. Stuyvesant deed een laatste verzoek om met elkaar te praten.

Hij gaf de verzegelde brief aan burgemeester Steenwyck, die snel in de sloep stapte om deze bij het Engelse vlaggenschip te bezorgen. Daarna schreef hij aan de directeuren van de West-Indische Compagnie nog een haastige brief: *Er liggen vier Engelse schepen in de haven met hun kanonnen op de stad gericht. Het Lange Eylant is verloren. De stad houdt het niet lang meer vol.* Ten slotte zette hij zijn zwierige handtekening, drukte zijn stempel in de zachte lak en liet de brief bij een schipper bezorgen. Deze zou vannacht, uit het zicht van de vijand, wegvaren door het Helle Gat.

In huize Janse was de spanning te snijden en tante Anneke maakte het er met haar geweeklaag niet beter op. 'O,' jammerde ze, 'als onze hoogedele generaal nu maar de juiste beslissing neemt. Hij zal ons toch niet laten verkrachten door de Engelsen? En waarom zijn we nog niet ondergebracht in het fort?'

'Ik weet het niet, mama,' zei Sara. 'Hans is naar het Stadt Huys gegaan om te informeren waarom het zo lang duurt.'

'O, o, mijn juwelen. Ik moet mijn juwelen verstoppen.' Met grote ogen staarde ze naar haar dochter. 'Waar zijn mijn bloedkoralen?'

'Rustig nou, er is nog niets aan de hand.' Vergeefs probeerde Sara haar moeder te kalmeren. 'Louwize, breng eens vlug wat thee voor mevrouw!'

Nadat tante Anneke haar thee had gedronken kalmeerde ze en kreeg een idee. 'Gaan jullie maar eens een bezoekje brengen aan Balthazar en Nicolaes.'

Burgemeester Steenwyck was teruggekeerd van de Guinea en had slecht nieuws voor Stuyvesant. Richard Nicolls was met een duidelijke missie gekomen en zou net zo lang doorgaan tot hij geslaagd was. Wel was hij bereid tot een gesprek en wilde de volgende dag hiervoor aan land komen.

Stuyvesant liep de kamer op en neer en dicteerde aan zijn secretaris. 'Schrijf hem het volgende. Vrienden zijn welkom, zolang ze maar op een vriendelijke manier komen.'

De briefwisseling tussen de twee hoogste militaire bazen ging nog een tijdje door, totdat ze eruit waren. Sloepen vertrokken en kwamen weer terug met antwoorden. Nicolls liet weten met schip en soldaten te komen, maar waarschuwde vooraf dat de problemen niet te overzien waren als iemand bij het schip in de buurt durfde te komen.

Stuyvesant vroeg daarop weer wat ze daaraan konden doen. De kolonel maakte duidelijk dat de witte vlag boven Fort Amsterdam gehesen moest worden. Dan wist hij zeker dat ze welkom waren en dan zou er misschien iets besproken kunnen worden.

Als een lopend vuurtje ging het laatste nieuws door de stad en al snel ontstond er opnieuw een klein oproer.

De burgers waren zich rot geschrokken toen ze de schepen met hun kanonnen zo dreigend vlak voor de kust zagen liggen. En dan nu weer dit heerszuchtige antwoord van die Engelse kolonel. De stad kon elk moment kapot geschoten worden, waarbij de burgers het leven zouden laten. Had die Stuyvesant zich nou nog niet overgegeven? Er waren toch hele mooie voorwaarden aangeboden namens de Engelse koning?

Toen Stuyvesant het Stadt Huys verliet, werd hij aangeklampt door huilende vrouwen die hem in een allerlaatste poging smeekten om zich over te geven. Misschien dat de baby's op hun armen en de kinderen die aan hun rokken hingen hem tot rede konden brengen. Stoïcijns beklom hij zijn paard en ging er vandoor.

Aangekomen bij het fort werd hij onmiddellijk aangehouden door burgemeester Van der Grist, die hem nogmaals probeerde te overtuigen om gehoor te geven aan de wil van het volk.

Stuyvesant liep hem zonder een blik waardig te gunnen voorbij en riep luidkeels: 'Ik had graag gezien dat de wapens werden opgepakt en dat wij ons vaderland en onze gezinnen verdedigden. Dit land behoort *jullie* toe, *jullie* hebben dit opgebouwd! Laten we het zomaar zonder slag of stoot van ons afpakken? Geloof niet wat er wordt gezegd! De Engelsen hebben al vanaf het begin gelogen! Alles zal veranderen, alles wat jullie gewend zijn! Ik ben niet van plan om dit zomaar op te geven!' bulderde hij nu over het plein. 'Ik word nog liever als een lijk naar mijn graf gedragen dan dat ik Nieuw-Nederland overdraag aan de koning van Brittannië!'

Thijs, Daan, Sjorsje en Bodine liepen door de verlaten straten. De twee broers hadden ze na het voorval bij de schandpaal niet meer gezien. Balthazar en Nicolaes maakten nu vast een moeilijke tijd door. Bijna iedereen in de stad had zich tegen hun vader gekeerd. De vier zagen er tegenop om langs te gaan.

En toen zagen ze de schepen liggen. Verstijfd staarden ze naar de onheilspellend zijwaarts gedraaide schepen met de uitgeschoven kanonnen. Ze keken zo in de donkere lopen. Ze telden er zesenzestig.

Daan keek naar de zestien kanonnen bovenop het fort. Als je dit zag, dan kon je niet anders concluderen dan dat dit stadje geen schijn van kans had. Ze wisten wel dat er niets ging gebeuren, maar als ze dit zo zagen, dan waren ze daar nog niet zo zeker van. Dit waren echte oorlogsschepen en niet te vergelijken met die trekschuit waar zij mee waren gekomen. Er lagen wat koopvaardijschepen in het dok, maar dat leken eerder kleine jachten.

'Het is bijna zover, jongens', sprak Thijs langzaam. 'Over een paar dagen weten we of de geschiedenisboekjes op school kloppen.'

'En of ons plan is gelukt', voegde Sjorsje toe.

Het aftellen was begonnen. Snel liepen ze door naar het witte huis. Een slavin opende de deur en vroeg de kinderen even te wachten. Na een tijdje kwam Judith Stuyvesant aanlopen.

'Dag kinderen, ik ben blij dat jullie er zijn. Die jongens van mij zitten chagrijnig naar buiten te staren. Jullie zullen begrijpen dat de stemming hier niet al te goed is.' Ze glimlachte vriendelijk naar de vier, maar haar gezicht stond gespannen.

'Hoe gaat het met de directeur-generaal?' vroeg Bodine belangstellend.

'Och, lieve kind, wat aardig dat je dat vraagt.' Judith glimlachte naar Bodine. 'Maar helaas weet ik het zelf ook niet. Mijn man heeft zijn intrek in het fort genomen. Ik heb hem al dagen niet meer gezien. Zeggen jullie de jongens maar snel even gedag, we vertrekken zo naar de bouwery.'

De twee jongens keken verbaasd op toen ze het onverwachte bezoek binnen zagen komen. Er heerste een gespannen sfeer in de kamer en het leek erop alsof de broers ruzie hadden.

'We dachten dat jullie misschien wel wat gezelschap konden gebruiken', legde Daan hun komst uit. 'We voelen met jullie en je vader mee.'

'We weten zeker dat hij de juiste beslissing zal nemen', probeerde Sjorsje de jongens op te beuren, 'en wij staan achter jullie.'

'Nou,' zei de oudste met een schamper lachje, 'dat is heel vriendelijk van jullie, maar we weten het zelf niet meer. Nicolaes en ik zijn het niet met elkaar eens.'

'Waarover niet?'

'Over de beslissing die papa gaat nemen. Het is mijn eigen vader, maar ik kan er niet achter staan dat hij de burgers gaat blootstellen aan alle plunderingen en bloedvergieten.'

'Heeft je vader dan al een beslissing genomen?' informeerde Thijs achterdochtig. Hij was er nog steeds niet helemaal gerust op.

'Nee, maar dat is niet moeilijk te raden.' Balthazar klonk somber. 'Kijk hier maar eens uit het venster, dan zie je wat ik bedoel.'

De kinderen liepen naar de ramen en zagen aan de waterkant een klein legertje soldaten staan. Ze hadden musketten bij zich en stonden in een linie van drie opgesteld. De musketiers voorop zagen er nog wel goed uit, maar in de rijen daarachter was het hopeloos. De soldaten stonden niet meer strak in de houding en waren aan het kletsen.

De achterste soldaten leunden zelfs gewoon met hun musketten op de grond en leken niet erg geconcentreerd. Ook waren ze lang niet allemaal in een officieel uniform gekleed, waardoor het er niet erg professioneel uitzag. Stuyvesant zelf was in geen velden of wegen te bekennen en het leek alsof niemand het gezag voerde over het legertje. Als je het angstaanjagende oorlogsschip ervoor zag liggen, dan was het bijna lachwekkend.

'Papa heeft geen andere keus', zei Nicolaes en keek naar zijn ongelukkige broer. 'Ik vind het net zo min leuk wat er staat te gebeuren, maar hij kan de kolonie moeilijk zomaar overdragen. Onze vader is opperbevelhebber, er wordt van hem verwacht dat hij de stad en zijn inwoners verdedigt.'

'Ten koste van alle burgers, kinderen en baby's, Nicolaes?' Balthazar klonk wanhopig. 'Heb jij wel goed uit het venster gekeken? Heb je gezien hoe die soldaten erbij staan? En dat moet ons verdedigen? Papa heeft zich nog niet omgedraaid of dat slappe zooitje zakt in.'

Nicolaes zag zijn broer hulpeloos naar hem kijken. Hij wist dat Balthazar gelijk had. Deze hele toestand was gedoemd om te mislukken. En de soldaten die daar stonden, wisten het. Hij had gezien hoe zijn vader de soldaten netjes in rijen van drie had opgesteld, met de musketten in de aanslag. Zijn vader was nog niet weg of de strakke lijn was al weer ver te zoeken. Het liefst was hij er naartoe gegaan, maar zijn moeder had hem tegengehouden.

'Onze vader heeft hier nog altijd het laatste woord en hij zal doen wat hem het beste lijkt', verdedigde de jongste broer zijn vader. 'Meester Aegidius vindt ook dat we achter papa moeten staan en de stad moeten verdedigen tegen de Engelsen. Hij biedt papa zijn hulp aan bij de verdediging.'

'Maar oom Nicolaes niet.' Balthazar kon geen besluit nemen en keek naar zijn vrienden. 'Wat vinden jullie?'

'Eh... ik weet het niet', stotterde Thijs bij deze plotselinge vraag. Daarna zei hij: 'Als je van tevoren weet dat je geen enkele kans maakt, heeft het weinig zin om de levens van de burgers op het spel te zetten.'

'Precies', zei Balthazar. 'Zo denk ik er ook over.'

'Maar...' Daans ogen glansden, 'bedenk eens hoe belangrijk deze stad later kan worden. Het kan uitgroeien tot een grote wereldkolonie, waar iedereen straks Nederlands spreekt. Het Nederlands wordt dan de belangrijkste taal in de hele wereld en dat alles is begonnen door dit stadje hier. Het is zonde om dat zomaar op te...'

Sjorsje gaf hem een duw, maar het kwaad was al geschied.

'Joost, jij snapt het!' Nicolaes reageerde enthousiast. 'Wij hebben dit toch niet opgebouwd zodat die Engelsen straks alle eer toekomt? Stel je voor dat het Engels straks de belangrijkste taal wordt?'

'Daar zit wel wat in, Joost.' Balthazar keek alsof hij het ineens had begrepen. 'Ik moet flink zijn en mijn vader steunen, net als Nicolaes. Het zou jammer zijn als over een paar honderd jaar niemand meer weet dat wij Nederlanders hier ooit begonnen zijn. En dat iedereen denkt dat het de Engelsen waren. Afschuwelijk, alles voor niets opgebouwd. Papa moet onvoorwaardelijke steun van ons beiden hebben om die Engelsen tegen te houden.'

'*Nee!*' riep Bodine overstuur. Joost heeft geen gelijk, Balthazar, echt niet. Hij ziet het verkeerd.'

'Net als ik?' Nicolaes keek haar vertwijfeld aan. Zijn keus was gemaakt, maar hij vond het belangrijk wat dit meisje te zeggen had.

'Nee, *jij* ziet het goed, Nicolaes', zei Bodine radeloos. De broers keken haar verward aan.

Bodine keek haar broer boos aan. Wat bezielde hem? Had hij gedacht de geschiedenis te kunnen veranderen? Als Stuyvesant belang hechtte aan de mening van zijn zoons, dan mochten zij daar geen invloed op uitoefenen. Iets klopte er niet aan dit plaatje. Hier stonden de jongens van Stuyvesant voor hun neus, vragend wat te doen. En dat terwijl zij helemaal niet in deze geschiedenis hoorden te zijn. Als ze nu niet uit zouden kijken, dan stuurden ze deze twee belangrijke jongens de verkeerde richting op. Daarmee zou de toekomst van Nieuw-Amsterdam worden beïnvloed. En erger... hun eigen toekomst verprutst. Bodine pijnigde haar hersenen. Wat kon ze zeggen om het te laten lopen zoals het moest lopen?

Haar vriendin schoot haar te hulp. 'Jullie vader moet een belangrijke beslissing nemen. Of hij geeft Nieuw-Amsterdam aan de Engelsen en spaart de burgers of hij vecht voor de stad en er zullen veel doden vallen. Maar als hij weet dat hij bij ieder besluit één zoon heeft die hem daarin steunt, dan zal het minder zwaar voor hem zijn.' Thijs keek bewonderend opzij. Die meiden hadden zojuist het verloop van de geschiedenis gered.

Bodine ging nog een stapje verder: 'En onze lieve Heer zal hem de beste beslissing laten nemen.'

Ze kon zich nog herinneren dat de jongens een streng religieuze opvoeding kregen en het kon geen kwaad om de Heer erbij te betrekken. Ze was zelf inmiddels in staat om te bidden voor een goede afloop. Tot hun grote opluchting waren Balthazar en Nicolaes het ermee eens. Ook Balthazar leek een besluit te hebben genomen. Alleen Daan staarde teleurgesteld naar zijn schoenen. In gedachten zag hij een mooie toekomst voor Nederland weggelegd.

Thijs wilde nog wel iets weten. Dit was misschien de enige kans die hij zou krijgen. 'Mag ik jullie wat vragen?' begon hij verlegen. 'Is het waar dat het eiland is gekocht met kralen ter waarde van zestig gulden?'

'Ja, dat klopt,' zei Nicolaes, 'maar dat is al lang geleden. Dat was nog in de tijd van Pieter Minuit, ik geloof ergens in 1626.'

'Is daar dan bewijs van?'

'Er is wel een officieel document, maar dat ligt in Amsterdam. Mijn vader heeft wel een brief liggen, waarin staat dat het gekocht is.'

'Kan ik die misschien zien?' Thijs' hart begon sneller te kloppen.

'Wacht even.' Nicolaes liep de kamer uit en kwam na een tijdje terug met een stuk papier. 'Kijk, hier staat het.'

Sprakeloos bekeken de vier het bewijs van de koop van Manhattan dat Nicolaes vasthield. Daar stond het zinnetje: '... *hebben 't Eylant Manhattes van de wilde gekocht voor de waerde van 60 guld. is groot 11000 morgens.*'

Kort na het incident in het fort waren dominee Megapolensis en zijn zoon vertrokken naar het Stadt Huys. De dominee had geen idee of hij tot Stuyvesant had kunnen doordringen. De man leek dwars door hem heen te kijken, toen hij bovenop het fort op hem inpraatte. Daarna was de directeur-generaal weggestormd zonder een woord te zeggen.

Met een aantal vooraanstaande burgers had de dominee in een allerlaatste poging besloten om hun directeur-generaal in te laten zien dat langer verzet geen zin had. Het was volkomen nutteloos en zou niets meer opleveren. Een protestbrief was de laatste kans om levens te sparen. Deze moest zo snel mogelijk namens de inwoners van de stad aan Stuyvesant worden overhandigd, ondertekend door de belangrijkste burgers.

De dominee werkte snel door en zette alles erin waarvan hij dacht dat het kon helpen. Toen hij klaar was, liep hij snel de trap af voor de handtekeningen. Tevreden keek hij de hal in. Hij ontwaarde chirurgijn Kierstede en kapitein Nicolaes Varlet.

Een glimlach verscheen op zijn gezicht toen hij zag met wie de kapitein sprak. De jongeman stond weliswaar met zijn rug naar hem toegekeerd, maar hij moest zich wel erg vergissen als dat niet de oudste zoon van Stuyvesant was, die daar met zijn oom stond te praten. Hun kans op het voorkomen van moord en doodslag was zojuist behoorlijk gestegen.

Elke seconde telde nu. Elke seconde, waarin geen geluid van kanonsvuur te horen was, was een seconde gewonnen.

19

Een boodschap
in Laag-Nederlands

Den Haag, maandag 20 juli

'Pap, met Maartje. Ik mag hier eigenlijk niet bellen, dus ik moet snel zijn. Heb je pen en papier bij de hand?'

De zus van Thijs bevond zich in een donkere, slecht verlichte ruimte van het Nationaal Archief in Den Haag. Hier lag bijna alle informatie over Nederland en zijn koloniën. Het kamertje, waar ze door een van de medewerksters naartoe was gebracht, bestond uit één lange kastenwand, volgestouwd met boeken, archiefmappen en dozen. De vrouw vertelde Maartje dat er maar zeer weinig bewaard was gebleven, omdat het grootste deel van het oude WIC-archief lang geleden door een brand was vernietigd. Ook waren veel documenten in slechte staat, omdat ze waren aangetast door hitte en vocht van de oude overzeese koloniën.

Zeven meter archief, dat was alles wat er nog over was van de WIC. Volgens de vrouw was er nog wel veel te vinden in de Verenigde Staten, maar voorlopig zou Maartje het hiermee moeten doen. Ze had niets mee naar binnen mogen nemen, maar haar mobieltje hadden ze haar gelukkig niet afgepakt. Ze trok een willekeurige map uit de kast en begon te bladeren. Uren later en na de zoveelste doos vroeg ze zich af of het geen hopeloze zaak was.

Net toen ze het wilde opgeven, viel haar oog op een passagierslijst. De map zat vol met lijsten van koopvaardijschepen die vanuit Amsterdam naar Nieuw-Nederland waren vertrokken.

Toen bedacht Maartje zich iets en begon snel te zoeken naar de schepen die in 1664 waren uitgevaren. Ze liet haar ogen over de vergeelde passagierslijsten van de *Vos, Gekruyste Hart, Trouw, Vergulde Arent, Vergulde Bever, Eendracht, Sint Jacob* en de *Ouwde Wagen* gaan. De ene keer was het een eigen schip van de WIC en dan was het weer gehuurd door ene heer Van Rensselaer of een andere particulier. Toen viel haar iets op en ze greep terug naar een van de oude bladen.

'Ik heb hier de passagierslijst van het laatste schip dat naar Nieuw-Amsterdam is gevaren. Er zijn er daarna nog meer vertrokken, maar dan verandert de naam van Nieuw-Amsterdam in New York.'

'Ga door', zei Thijs' vader ongeduldig.

Maartje fluisterde in haar mobieltje. 'Het schip heet de Eendracht. Het vertrok op 17 april 1664 en kwam op 20 juli 1664 aan in Nieuw-Amsterdam. De hoeveelste is het vandaag?'

'Ehm... de twintigste. Wat heb je ontdekt, Maartje?'

'De namen op de passagierslijst, luister.'

Het bleef lang stil aan de andere kant van de lijn. 'Lieve hemel, Maartje, je hebt ze gevonden. Ze zitten op het schip. Dus de coördinaten in de Atlantische Oceaan, die de machine aangaf, waren juist.'

'Als alle gegevens kloppen, pap, dan komen de kinderen vandaag met de Eendracht in New York aan, ofwel Nieuw-Amsterdam.'

'Eindelijk goed nieuws! Nu kunnen we ze traceren. Kom snel hierheen.'

'Ik kom eraan! Enne... Pap?'

'Ja?'

'We halen ze terug, hè?'

'Al ben ik hier de rest van mijn leven mee bezig, ik zal ze wegkrijgen uit die verdorven plek.'

Slot Limburg, 5 september
Max Fontein had zichzelf opgesloten in zijn werkkamer. Hij zat met een groot probleem. Iets terughalen uit het verleden lukte hem wel, daar was de machine klaar voor, net zoals bij het wegbrengen. Maar om de vier kinderen thuis te brengen, moest hij een exacte datum, plaats en tijd hebben.

De enige zekerheid die hij had, was dat de kinderen ergens rond-zwierven in het Nieuw-Amsterdam van 1664. Maar dat was niet ge-noeg. Al was die keer dat ze zich op het schip de Eendracht bevonden redelijk nauwkeurig. Maar toen was het schip net aangekomen en wist hij niet of de kinderen zich nog op het schip bevonden. En dan nog moesten zij op een vaste plek blijven staan en niet over het schip be-wegen.

Het was van het grootste belang dat de machine zo nauwkeurig mogelijk werd afgesteld, anders zou Max het risico lopen dat hij de eerste de beste zeventiende-eeuwse tandeloze matroos met scheur-buik in huis zou halen. Dan zou hij hem, met vers fruit en al, onmid-dellijk terugsturen.

Wanhopig wachtte Max op een teken van leven. Zonder commu-nicatie met de kinderen was het plan gedoemd om te mislukken. Er *moest* een manier zijn om met de kinderen te communiceren. Hij kon een berichtje via de machine sturen, maar waarheen? Daarvoor moest hij in ieder geval iets weten. Hij kon naar New York vliegen en een boodschap op het Empire State Building schrijven, maar de beroemde wolkenkrabber zou er pas in 1930 staan. En dat is voor de kinderen pas over 266 jaar.

Maartje had contact opgenomen met de stadsarcheologen van New York. Maar ook tot hun grote spijt was er niet veel meer wat nog her-innerde aan de koloniale tijd, behalve wat straatnamen en wijken. Tij-dens de Amerikaanse Onafhankelijkheidsoorlog had een felle brand zo'n beetje alles verwoest: van belangrijke historische documenten tot en met Hollandse boerderijen. Het enige opzienbarende was dat het stadsbestuur in New York een metrolijn wilde gaan aanleggen. Toen ze eenmaal begonnen te graven, stuitten ze op oude stenen. Het waren de resten van het oude stadhuis. Maartje voelde dat ze op een dood spoor zat. En ondertussen tikte de klok kostbare minuten weg.

Max keek zijn dochter, die hem koffie kwam brengen, wanhopig aan. 'Als het ons niet lukt om contact met de kinderen te maken, dan zijn wij van hen afhankelijk. Zij hebben daar helaas geen idee van.'

Maartje ging aan het bureau van haar vader zitten en sprak hem moed in. 'Daar ben ik nog niet zo zeker van.'

Max keek haar verbaasd aan.

'Onderschat Thijs niet. Kijk, het is hem gelukt om in het verleden te komen. Hij heeft de tijdmachine ingesteld op 1664 en Nieuw-Amsterdam is niet per toeval ingetoetst. De zoekopdrachten in hun computers stonden vol met Stuyvesant, Nieuw-Amsterdam en het jaartal 1664. De kinderen zijn precies op die locatie terechtgekomen waar ze zich van tevoren al in verdiept hadden.'

'Hoe kan ik toch zo onvoorzichtig zijn geweest?'

Maartje zag de radeloze blik in haar vaders ogen.

'Je moet het jezelf niet kwalijk nemen. Je deed je werk zoals jij dacht dat het goed was, met alle voorzorgsmaatregelen. Helaas heb je een zoon die je net een stapje voor is.'

Een flauwe glimlach verscheen op Max' gezicht. 'Maar dan moet Thijs toch weten hoe gevaarlijk het is om hiermee te experimenteren?'

'Ik geloof niet dat hij zijn vrienden opzettelijk in gevaar zou brengen met de kans dat ze hun familie nooit meer zouden zien. Maar ze zijn wel gefascineerd door het verleden.' Max ging op het puntje van zijn stoel zitten en dacht aan zijn zoon die de werking van de tijdmachine moet hebben geweten.

'Wat ik bedoel te zeggen,' ging Maartje door, 'als Thijs weet hoe je in het verleden moet komen, dan zal hij ook weten dat jij de machine heel precies moet instellen om iemand weer terug te halen.'

'Dus jij denkt dat Thijs weet dat ik informatie van hem nodig heb?'

'Dat denk ik wel, ja.'

'Dan moet hij ergens een bericht of een spoor voor ons achterlaten.'

'Precies, we moeten we dus zoeken naar een bericht uit het verleden.'

'Maar waar? Er is niets meer te vinden. Jij vertelde zelf dat alles is verwoest met die grote brand van 1776.'

'Niet alles', merkte Maartje op. 'Kijk maar naar die doos met oude brieven van de kolonisten.'

Zenuwachtig slurpte Max van zijn koffie. 'Laten we er even vanuit gaan dat hij weet dat hij ons een boodschap moet sturen. Misschien schrijft hij wel iets op de muur van het stadhuis, omdat hij denkt dat die er nog wel zal staan. Dan kunnen wij het wel vergeten.'

'Zal ik toch voor de zekerheid gaan kijken bij de opgraving van die muur? Misschien heeft hij een kokertje met een briefje in een gat gestopt.' Maartje stond op en liep heen en weer door de werkkamer. Het was een ruimte die ze eerder nooit had mogen zien, maar nu sliep ze er onderhand. Elke keer als ze op die vervloekte machine stuitte, draaide ze zich weer om. Hoe kon haar vader het risico nemen om dit ding hier te ontwikkelen? En toch vond ze het spannend, want wat een mogelijkheden bracht dit apparaat. Tijdreizen was mogelijk en haar eigen vader had het ontdekt. Al die vraagtekens die ze bij het verleden had, mysteries die nooit waren opgelost, alles zou ontrafeld kunnen worden. Tegelijkertijd vroeg ze zich af of het verleden dan nog wel spannend zou zijn. Maakte juist die onwetendheid het niet interessant? Ze zou er later nog eens over nadenken. Voorlopig haatte ze het ding.

Maartje wierp een blik uit het raam en zag dat een vrouw aan de overkant van de straat naar binnen gluurde. 'Toeristen... Die kunnen we er nog wel bij hebben.'

Er staarden altijd mensen naar het huis, omdat de slotjes in de reis-gidsen waren vermeld. In het begin was dat wel leuk, maar nu ging het vervelen. Die nieuwsgierige blikken waren nog tot daar aan toe, maar wat pas echt vervelend was, waren die mensen die aanbelden om te vragen of ze even binnen mochten kijken.

'Heb je er al aan gedacht dat ze ook weer een schip terug naar Ne-derland kunnen nemen?' verbrak Max de stilte. 'Met de gedachte dat ze dan dichter bij huis zijn? Ons huis staat er immers al. Misschien staan ze wel voor de deur.'

Maartje sloot de luxaflex en liep weg van het raam. Het kippenvel stond op haar armen. 'Hè pap, je maakt me bang!'

'Luister, Thijs kan hier een boodschap achterlaten! Hij kent het huis op zijn duimpje en weet de originele plekken in huis die nog tot van-daag zijn behouden. Zou het kunnen?'

Maartje vond het geen slecht idee. 'Oké, dit is wat we gaan doen. We halen alle ouders erbij en iedereen moet zijn eigen huis van boven tot onder doorzoeken. De zolder, oude kastjes en laatjes, *alles*!'

'Maar pap, de ouders van Sjorsje hebben een nieuwbouwhuis en de boerderij van de ouders van Daan en Bodine is gebouwd in 1800-nog-wat. Daar kunnen ze dus niets hebben neergelegd.' Plotseling hield Maartje op met lopen en keek haar vader weer aan. 'Alleen *ons* huis is mogelijk.'

'Nog beter. En jij gaat terug naar Den Haag.'

Maartje keek haar vader vragend aan.

'Scheepsjournalen bestuderen. Alle reizen vanaf juli 1664 van Nieuw-Nederland naar Nederland. Kijken of ze zijn teruggekeerd.'

Uitgeput zaten alle ouders 's avonds met een bord eten op schoot op de bank. Het hele huis was van kelder tot zolder doorzocht. Geen millimeter was overgeslagen, de trapleuning was er zelfs afgehaald. Er was niets gevonden.

Ook Maartje had geen geluk gehad bij het doorspitten van de passagierslijsten. Ze las de namen van dezelfde schepen als enkele weken geleden, alleen stond het schip de Gideon er nu ook tussen. Dat kon hem niet zijn, want die zat volgeladen met soldaten van de WIC. De namen van de kinderen was ze niet meer tegengekomen. Maartje kon zich ook niet voorstellen dat de kinderen terug waren gekomen. Als ze al een heenreis hadden meegemaakt, dan zouden ze zeker niet nog een terugreis willen meemaken. Reizen per schip moet in die tijd een hel zijn geweest.

Verdrietig namen de ouders later die avond weer afscheid van elkaar. Ze hadden net zo goed kunnen blijven, want slapen kon niemand, maar er was gewoon niets te doen. Behalve met elkaar praten en elkaar moed inspreken, maar daar hadden Maartje en Max geen tijd voor. Het enige wat Max steeds weer beloofde, was dat ze terug zouden komen. Het was alleen een kwestie van tijd.

'Pap? Mam?' Maartje keek haar ouders ernstig aan. Het was al na middernacht. Maartje en haar moeder dronken rustgevende venkelthee. Max had een thermosfles koffie voor zichzelf klaargemaakt. Hij was van plan om de hele nacht op te blijven. 'Ik ga naar 1664.'

Haar moeder verslikte zich in de thee en haar vader begon meteen te protesteren.

'Jullie weten net zo goed als ik dat het onze enige optie is. We hebben alles onderzocht, ik heb alle archieven overhoop gehaald, het huis is ondersteboven gekeerd, wat kunnen we nog meer doen, behalve zitten wachten? Het is al 6 september, de oorlog is daar min of meer al uitgebroken en na de achtste is het helemaal chaos. Als we besluiten dat ik ga, dan moet ik *nu* vertrekken.'

Maartje keek haar ouders doordringend aan.

'Meisje, dat kan ik niet van je vragen.' Max zei het beslist, maar Maartje hoorde de twijfel in zijn stem.

'En ik weet niet of *ik* dat aankan,' zei Trees nadat ze uitgehoest was, 'allebei mijn kinderen in de zeventiende eeuw.' Ineens klaarde haar gezicht op. 'Laat *mij* maar gaan. Als jullie mij de instructies geven kan er toch niets mislukken?'

'Nee mam,' zei Maartje nu zeker van haar zaak, 'mijn besluit staat vast. *Ik* ga. Ik weet alles van het verleden af en kan me daar redden.' Ze smeekte haar ouders nu. 'Mijn vertrek is echt de enige manier om die kinderen terug te halen en jullie weten dat. Daarbij is het ook allemaal *mijn* schuld. Ik heb die doos met oude brieven meegebracht en ze op het idee gebracht. Dat was vragen om problemen bij kinderen die gefascineerd zijn door sporen uit het verleden.'

'Maartje, dat mag je niet zeggen. Hoe denk je dat *ik* me voel? Ik heb deze machine uitgevonden. Ik zou het liefst ter plekke in willen storten. Dat doe ik ook nog wel, maar niet voordat die kinderen veilig terug zijn. Eigenlijk zou ik zelf moeten gaan, maar dat is helemaal uitgesloten. Als het systeem kapot gaat, ben ik de enige die het kan repareren. Dan is alles verloren.'

'Pap, stuur me er alsjeblieft heen!' Maartje voelde dat ze haar ouders bijna zover had. 'Ik hoef nog geen antwoord. Denken jullie er vanavond over na. Ik bereid me ondertussen voor en dan ben ik er morgen klaar voor.'

Ze pakte de handen van haar ouders vast en zei: 'Al moet ik de rest van mijn leven daar blijven, ik red me wel. Ik kan oud schrift lezen en schrijven. Jeetje, als de situatie niet zo ernstig was, dan zou ik het niet eens een straf vinden om erheen te gaan.'

Max schudde nog steeds zijn hoofd.

Maartje liet hun handen los en stond op. 'Ik ga nu het een en ander uitzoeken van kleren die ik aan moet trekken, inentingen checken, eh... kaarten uitprinten en weet ik wat nog meer.' Vastberaden liep ze de woonkamer uit, haar ouders sprakeloos achterlatend.

6 september
Max' hoofd lag op zijn bureau. Versuft keek hij om zich heen. Hij had vannacht een oplossing willen vinden, maar in plaats daarvan was hij in slaap gevallen. Maartje kon elk moment in klederdracht binnenkomen. Zou hij vooral in Thijs geloven en zijn zoon nog wat meer tijd geven om een manier te vinden om contact te maken? Of moest hij zijn dochter regelrecht naar het schorriemorrie van de zeventiende eeuw sturen? Hij zuchtte diep en opende de luxaflex. Een straal daglicht viel naar binnen. Hij had geen idee hoe laat het was.

Thijs' vader staarde naar buiten. Aan de overkant, bij het hoge ijzeren hek, dat toegang gaf tot het park, tuurde een vrouw naar het huis. Max keek nog eens goed. Het was diezelfde vrouw als gisteren. En van een aantal dagen daarvoor. Hij vermoedde dat de donkere dame een Amerikaanse toerist was, alleen de camera op de buik ontbrak nog. Ze droeg een spijkerbroek met witte gympen en haar dikke zwart krullende haren vielen over haar grijze trui van een of andere Amerikaanse universiteit. Een zwarte tas hield ze stevig tegen zich aangeklemd.

Max ging weer zitten en toen hij na een tijdje weer naar buiten keek, zag hij dat de vreemde vrouw het huis nog steeds in de gaten hield. Hij begon zich nu aan haar te storen en voelde zich er niet prettig bij. Het was wel brutaal om steeds voor het huis te posten. Hij liep opnieuw naar het raam en met een ruk aan de luxaflex sloot hij haar weer buiten. Max had al zijn aandacht nodig bij het terughalen van de kinderen en kon geen pottenkijkers gebruiken. Na deze nacht had hij al weer veel te veel tijd verloren door in slaap te vallen. Stom, stom, stom!

Over enkele dagen begonnen de scholen weer en als er dan vier kinderen zouden missen en het spoor hierheen zou leiden, dan was de kans groot dat de kinderbescherming ingeschakeld zou worden. Of erger, hij zou in de bak kunnen belanden. Dan waren hij én de kinderen, letterlijk en figuurlijk, nog verder van huis. Thijs, Sjorsje, Bodine en Daan hadden hem nodig, hij was hun enige redding. Max Fontein nam een besluit. Hij trok de deur van zijn kantoor achter zich dicht en liep het pad over naar huis om zijn vrouw te zoeken.

Max keek naar de vermoeide en bleke gezichten in de woonkamer. Zijn vrouw had iedereen naar het slotje laten komen. Voor het eerst sinds bijna twee maanden zag hij dat ze een sprankje hoop hadden. Hij wilde de ouders niet langer in spanning laten zitten en stak snel van wal. 'Wij hebben reden om aan te nemen dat Thijs weet hoe hij weer terug moet komen. Maar daar kunnen we niet meer op wachten. Er moet nu wat gebeuren.'

'Maar wat dan?' de stem van Sjorsjes moeder trilde. Door haar tranen heen keek ze Max vragend aan.

'Ik ga ze halen!' Alle gezichten draaiden zich naar Maartje, die in een lange zwarte jurk in de deuropening was verschenen. Haar haren zaten in een strakke knot gedraaid. Ze droeg geen make-up, waardoor de diepe donkere kringen onder haar ogen haar moeheid verraadden. 'Vandaag.'

Vol afschuw bekeek Trees haar dochter. Toen Maartje ging zitten, zag haar moeder dat ze dikke zwarte kousen aanhad en zwarte veterschoenen met een klein hakje droeg. Zwart, zwart en nog eens zwart. Het was een griezelig gezicht.

Maartje zette een rieten mand met twee klepjes op de grond, waarin ze haar plattegronden en andere belangrijke informatie die ze nodig kon hebben, verborg.

'Dan ga ik met je mee.' Het was de vader van Daan en Bodine die ineens was opgestaan. Zijn vrouw staarde hem aan en wilde iets zeggen, maar kwam niet uit haar woorden.

'Er zitten daar twee kinderen en een hond van ons. Ik ben daar verantwoordelijk voor', zei hij besluitvaardig.

'En ik ga ook mee', zei de vader van Sjorsje nu verheugd, alsof het om een pleziertripje ging. 'Ik heb er helemaal nooit over nagedacht dat dat ook een optie was. Maar dit is geweldig, *dit* is de oplossing. Wanneer vertrekken we en wat moeten we aan?'

De moeder van Sjorsje had net haar tranen gedroogd en keek haar man van opzij aan. Opnieuw begon ze te huilen.

'Lieve mensen, alsjeblieft,' zei Max streng, 'laten we kalm blijven nu.'

Thijs' moeder had een kan water op tafel gezet en schonk een glaasje in voor Sjorsjes moeder, die nog erg overstuur was.

'Ik stel het erg op prijs en we kunnen er wel met zijn allen naartoe gaan, maar dat heeft geen zin. Ik heb, als Maartje weggaat, jullie hulp hard nodig om mee te denken. Als jullie allemaal vertrekken, is de kans ook groter dat jullie elkaar kwijtraken. Je bent overgeleverd aan de omstandigheden ter plaatse en je weet niet wat je aantreft. Misschien ben je wel genoodzaakt om op te splitsen. Hoe graag ik ook iemand met Maartje mee zou willen laten gaan, en het liefst was ik dat zelf, maar...' Hij stopte even. 'Geloof me, het valt me heel zwaar om dit te moeten zeggen en ik wou dat het anders kon, maar als iemand zich daar kan redden, dan is het mijn dochter. En hoe minder van ons daar zitten, hoe beter. Maartje gaat vier kinderen zoeken en ervoor zorgen dat ze als de sodemieter weer terugkomen. We hebben alles tot in detail met elkaar doorgesproken. Geloof me, die kids zitten volgende week gewoon weer in hun schoolbankjes, zoals het hoort.

Op dat moment werd er lang op de deurbel gedrukt. Trees en Max keken elkaar verbaasd aan. Wie kon hen nou op dit moment storen?

'Ik ga wel.' Max spoedde zich naar de voordeur. Hij zou degene die aan de deur stond even snel afwimpelen. Met een beetje geluk, als je in dit geval van geluk kon spreken, kon Maartje binnen een uur in Nieuw-Amsterdam rondlopen. Een paar seconden later staarde hij tot zijn stomme verbazing in het gezicht van de toerist bij het hek.

'Sorry, dat ik u stoor,' zei de vrouw beleefd in het Engels, 'maar bent u misschien meneer Fontein?'

'Klopt,' bromde Max. 'Waarom wilt u dat weten?'

De vrouw had een glimlach op haar gezicht en leek vriendelijk, maar Max zag dat ze nerveus was. Ze was duidelijk Amerikaanse, aan haar knauwerige Engels te horen.

'Het is een beetje vreemd dat ik hier sta, maar zou ik misschien met u kunnen praten?'

'Ik zie niet in waarom en ik heb ook helemaal geen tijd, mevrouw. Als u het niet erg vindt, ga ik weer naar mijn gasten.'

266

'Het spijt me dat ik ongelegen kom, maar gelooft u mij als ik zeg dat dit niet langer kan wachten. Ik kom uit Amerika.'

'Mevrouw, al kwam u regelrecht ingevlogen van Paaseiland, dan nog liet ik u niet binnen. Ik heb wel gezien dat u mijn huis al de hele week vanaf de overkant in de gaten houdt. Liever heb ik dat u *nu* vertrekt en mij niet meer lastigvalt.'

Ze bleef vriendelijk. 'Vergeeft u mij dat ik zo onbeschoft was, maar ik moest zeker weten dat ik vandaag het goede huis zou vinden.'

'Hoezo vandaag? Waar heeft u het over? Waarom belde u niet eerder aan dan? Nee, laat ook maar. Wat wilt u van me?' Max begon nu ongeduldig te worden en wilde af van de opdringerige vrouw. Hij moest echt aan de slag, voordat hij van gedachten zou veranderen. De machine draaide al.

'Ik kon niet eerder aanbellen dan vandaag,' sprak de vrouw raadselachtig, 'anders zou het mis kunnen gaan.' Ze wilde net haar mond opendoen om verder uit te leggen, maar Max viel haar ruw in de rede.

'Mis kunnen gaan? Wat bedoelt u in godsnaam? Zegt u nu maar gewoon wat u wilt, dan kunnen we allemaal verder. Als u het huis van binnen wilt zien, dan gaat dat niet. Maakt u een andere keer maar een afspraak. Dan kan ik u misschien een rondleiding geven, maar de komende tijd niet.' Die verwende Amerikanen ook. Hij had er nu schoon genoeg van.

'O nee, ik kom niet om het huis te zien. Ik, ik... Het is echt nodig dat ik met u praat en niet zo op straat.'

'Mevrouw, als dit uw manier is om binnen te komen, dan heeft u het toch echt mis.' Hij zag dat ze de zwarte tas weer strak tegen zich aangeklemd hield. 'Ik heb echt geen tijd voor u. Als u nu wilt vertrekken...'

Max wilde net de deur dichtdoen, toen de mevrouw deze tegenhield met haar hand. Nu moet het toch niet gekker worden, dacht Max, straks zet ze nog haar voet tussen de deur.

'Ik heb iets voor u,' zei ze snel.

'U *heeft* iets voor mij?' zei Max spottend die nu dacht dat hij met iemand te maken had die een geloof aan hem wilde opdringen, met allerlei boekjes en folders.

'Mevrouw, ik ben Joods en zit niet op een of ander geloof te wachten. Bovendien is het toch dezelfde god, ongeacht welke naam we hem geven of op welke manier we er ook voor kiezen om hem te gedenken. Een goedemiddag!' Weer wilde hij de deur sluiten, toen die opnieuw werd tegengehouden. 'Wat zullen we nu krij...?' Max verschoot van kleur.

'Alstublieft meneer Fontein, het is dringend. Ik probeer mijn geloof niet aan u op te dringen, dat is in het verleden bij mijn voorouders al te veel gebeurd. En bij uw voorouders waarschijnlijk ook. Ik weet niet waarom of wat er aan de hand is, maar ik heb een brief voor u. Een zeer oude', fluisterde ze geheimzinnig. 'Deze is aan u gericht. Wilt u mij nu alstublieft binnenlaten?' Ze keek hem smekend aan en het leek alsof ze elk moment kon gaan huilen.

Max voelde dat zijn hart sneller begon te kloppen en iets in de woorden van de vrouw had zijn aandacht getrokken. Ze zag er ook niet uit alsof ze kwaad in de zin had. Hij twijfelde nog wel, maar iets zei hem dat hij de vrouw binnen moest laten. Hij hoopte dat hij er goed aan deed, want het ging allemaal af van de kostbare tijd.

'U zei zojuist dat u gasten heeft, ik weet niet of het nodig is dat we ergens onder vier ogen kunnen praten?'

'Tja, mevrouw, dat weet ik ook niet. Wat denkt u zelf? Ik heb geen idee wat u me gaat vertellen en hoe privé dat is. Daarbij heb ik momenteel nogal wat problemen aan mijn hoofd en de mensen hier binnen weten mijn diepste geheimen, laten we het daar op houden. Volgt u mij maar.' Met tegenzin liet hij de duidelijk opgeluchte vrouw binnen.

'*O errie sorry, ek sal mynsellef vürstelle*', ze liet haar tas los en stak haar hand naar hem uit. '*Ek ben Eve DeFrees en main thüs is in Amerika.*'

Max voelde hoe het bloed naar zijn hoofd steeg. Het was niet alleen haar Nederlands aandoende naam, maar het waren ook de woorden die ze uitsprak in een soort Nederlands brabbeltaaltje. Hij dacht Friese en Engelse woorden te horen. Sommige woorden sprak ze heel deftig uit en andere juist weer heel plat. Hij had nog nooit van zijn leven zoiets gehoord. Het was zelfs griezelig. Alsof je een oude kolonist hoorde praten.

'Mijn naam is Max Fontein, maar dat wist u waarschijnlijk al.'
'Ek moot bekänne dat ek wheet seer gut wie jou benne.' De vrouw
glimlachte naar hem en liep hem voorbij de gang in.
Verbijsterd staarde de vader van Thijs de oudere vrouw na.

'Dit is Eve DeFrees', zei Max die zijn weg naar de woonkamer weer
had gevonden. 'Eve zegt een brief voor mij te hebben en het kan niet
langer wachten. Ik hoop dat jullie het niet erg vinden dat ik haar even
binnenlaat?'
Het bleef stil.
Hij pakte een stoel voor Eve en vroeg haar in het Engels of ze wilde gaan zitten, wat ze vervolgens dankbaar deed. Trees schonk koffie
voor haar in.
'O trouwens', zei Max en keek de rest aan, 'ze spreekt Nederlands.
Tenminste, iets wat er op lijkt, een of ander mengelmoesje.'
'Een beetsje ken ek kwait choet verstane, mer en beetsje ken ek niet',
zei ze plotseling.
'O!' Maartje keek de vrouw ontsteld aan. 'Wat bijzonder.' Ze be-
studeerde de bezoeker in de diepe fauteuil alsof ze een zeldzaam
museumstuk was. Ze keek Eve aan en vroeg langzaam: 'Hoe... heeft...
u... dit... geleerd?'
De vrouw keek haar niet begrijpend aan. *'Wat zäg joa?'*
Opnieuw werd Maartje overrompeld door de lage stem die de Nederlandse woorden uitsprak. Ze stapte over op het Engels en vroeg
nogmaals hoe de vrouw deze taal had leren spreken.
'Ik woon in Bergen, in de staat New Jersey, ooit viel het onder
Nieuw-Nederland.' Het ontging Eve niet dat bij dat laatste woord alle
blikken strak op haar werden gericht. Ze nam een slokje van haar koffie en ging er goed voor zitten. Het was zover. 'Ik ben door mijn oma
grootgebracht. Mijn ouders zijn overleden toen ik nog een klein meisje was. Oma was een sterke vrouw, waar ik altijd bewondering voor
zal houden.' Ze was een momentje stil, voordat ze haar verhaal weer
vervolgde. 'Zij stamde af van Afrikaanse slaven. New Jersey was één
van de laatste staten in Amerika waar de slavernij werd afgeschaft.
Dat was in 1866. Mijn oma werd vlak daarna als een van de eerste
baby's in volledige vrijheid geboren. Zij trouwde met mijn opa, Jacob

DeFrees. Hij was een nazaat van een Nederlandse landarbeider, die in de zeventiende eeuw vanuit Wageningen naar de Nieuwe Wereld was vertrokken. Hij vestigde zich in Bergen, dat door Stuyvesant was gesticht. Deze voorouder van mijn opa heette Jacobus de Vries. Zijn achternaam zal jullie bekend voorkomen. Nadat de Engelsen bezit hadden genomen van de Nederlandse kolonie, hebben veel kolonisten trouw gezworen aan de Engelse koning, waaronder de voorouders van mijn opa. De meeste kolonisten veranderden hun Nederlandse namen, zoals De Vries, naar het meer Engels klinkende DeFrees. Op die manier konden ze doorleven zoals ze gewend waren.

Veel kolonisten verlieten New York en trokken verder het achterland in. Zo ontstonden Nederlandse gemeenschappen langs de Hudson Rivier. De gewoonten en de taal van de eerste kolonisten werd zo nog lang in stand gehouden. Ook door mijn oma Nellie. Maar het Nederlands vermengde zich met het Engels, Afrikaans en Indiaans. Zo ontstond het Laag-Nederlands. Jullie spreken Hoog-Nederlands en dat is voor mij moeilijk te verstaan.

Mijn oma was de eerste Afro-Amerikaanse lerares in Bergen, maar de interesse in het Nederlands was er niet meer. De invloed van de Engelsen was te groot geworden en al snel werden kinderen die Nederlands spraken gestraft. De generatie van mijn opa en oma was de laatste die het Nederlands verstond. Het was toen alleen nog maar een spreektaal voor ongeletterde mensen. Dankzij de hoge leeftijd van mijn oma heeft zij het mij nog een beetje kunnen leren. Toen zij overleed, nam zij de laatste woorden van het Laag-Nederlands mee haar graf in.'

Het was doodstil in de kamer. Iedereen voelde dat dit met Thijs, Daan, Bodine en Sjorsje te maken had. Ze hadden alleen geen idee hoe. De laatste puzzelstukjes zouden nu gauw op zijn plaats vallen.

'Zo, en nu de reden van mijn komst naar Nederland. 'De meisjesnaam van mijn oma is Van Angool. Zij vertelde mij dat haar voorouder als slaaf uit Angola was gehaald. Als achternaam kregen de slaven meestal het land waar ze vandaan kwamen. De stamboom van mijn oma begint bij Christoffel van Angola, die met ene Louwize trouwde. Zij kregen een zoontje, Adam.

Louwize en Christoffel woonden in Nieuw-Amsterdam en zijn na de overname van de Engelsen naar Bergen vertrokken. Voor zwarte mensen was het veel te gevaarlijk om in het nieuwe New York te blijven. Je moest kunnen aantonen dat je vrij was en dat was voor Christoffel onmogelijk. Hij zou door Stuyvesant bevrijd worden, maar door de inval van de Engelsen is het er niet meer van gekomen om dit officieel op papier te zetten. We hebben bewijs gevonden dat Louwize was vrijgekocht van een domineesweduwe. Maar over het lot van de slavenkinderen gaan veel verhalen. Soms werd een kind alleen in vrijheid geboren als de moeder ook vrij was en soms bleef het kind automatisch slaaf, ondanks dat de ouders vrij waren.

Mijn oma en ik zijn rechtstreekse afstammelingen van deze Louwize en Christoffel. En wat ik nu zal vertellen, hoe vreemd het ook klinkt, gaat jullie aan. Toen ik nog een klein meisje was, heeft mijn oma mij al voorbereid op een belangrijke taak. Op haar sterfbed heeft zij mij laten zweren, in de naam van de Heer, dat ik deze opdracht zou vervullen.'

Toen pakte Eve haar tas op en haalde er een klein kistje uit, dat ze voorzichtig op de salontafel zette. Sprakeloos staarden ze naar het handgemaakte houten doosje tussen de koffiekopjes.

'Hier gaat het om', zei Eve fier. 'Dit kistje', ze legde er voorzichtig haar hand op en keek de kring rond, 'is meer dan driehonderd jaar oud en door Christoffel getimmerd. Het is aan alle generaties doorgegeven met dezelfde opdracht: het net zo lang in de familie houden tot het bij iemand komt die in 2009 leeft en de opdracht kan vervullen. Jullie zullen begrijpen dat het niet alleen voor jullie, maar ook voor mij een bijzondere dag is. Ik ben degene die deze belangrijke taak van mijn voorouders mag vervullen. Dit kistje behoort jullie toe. Het enige wat ik weet is dat er een brief in zit. Van de inhoud is mij niets bekend, de brief is verzegeld.'

Onrustig werd er op de bank heen en weer geschoven.

Maartje stond op en kwam bij Eve op de rugleuning zitten. Ze nam haar hand in de hare. 'Eve, hier hebben we op gewacht. We waren de wanhoop nabij. Je zult nooit weten wat dit voor ons betekent. Mag ik je misschien nog een vraag stellen?'

271

'Natuurlijk,' zei Eve, 'maar ik ben bang dat ik niet veel antwoorden meer heb.'

'Je had het straks over een domineesweduwe. Weet je daar iets meer over te vertellen?'

'Mijn oma en ik hebben de namen in kerkarchieven en doopregisters teruggevonden. Soms vonden we een adres, soms niets. We kregen een oud papiertje in handen, waar de namen van slaafeigenaren op stonden. De naam van Louwize kwamen we tegen bij een zekere Anneke Janse, een rijke domineesweduwe die woonde aan de Paerel Straet. Louwize werkte in haar huishouden.'

Max en Maartje keken elkaar hoopvol aan. Alles klopte. Ze hadden een kopie van de brief van deze vrouw op Thijs' kamer gevonden.

'Meer weet ik niet over die mevrouw. Christoffel heeft Louwize van haar gekocht. Waarschijnlijk met het geld van de verkoop van een tulpenbol. Daar hebben we een verkoopbewijsje van gevonden. Hoe Christoffel als slaaf in het bezit is gekomen van zo'n bolletje weten we niet, hij was een eenvoudig timmerman.'

Liesbeths adem stokte. 'Een tulpenbol?' haperde ze.

'Ja, tulpenbollen waren in de zeventiende eeuw in jullie land erg populair en veel waard.' Eve groef in haar geheugen. 'De naam van de bol was...'

'Zomerschoon?'

'Ja, ik geloof het wel', zei Eve verrast.

De moeder van Bodine en Daan begon te huilen van blijdschap. Na twee maanden spanning kwamen de emoties bij haar los. De kinderen leefden!

Eve stond op. Ze haalde een piepklein sleuteltje uit haar tas en stak het in het slotje. 'Het is tijd om jullie alleen te laten. Ik weet dat jullie nog met veel vragen zitten, maar ik heb jullie alles verteld wat ik weet. Hopelijk vinden jullie de antwoorden in dit kistje.'

'Wacht!' haastte Trees zich te zeggen, toen ze zag dat de oude vrouw aanstalten maakte om te vertrekken. 'Wilt u niet even wat rusten of wat eten misschien?'

'Nee, dank u wel mevrouw Fontein, mijn vlucht staat al weer geboekt voor vanavond. Ik moet naar de luchthaven. Als u een taxi voor me wilt bellen, dan ben ik zeer tevreden. Ik heb gedaan wat ik moest doen. Ik wil jullie nu met rust laten.'

Max hield de deur van de taxi voor haar open en Eve stapte in. 'Schiphol graag', zei hij tegen de taxichauffeur die knikte en iets intoetste.

'Mag ik u nog iets vragen?' vroeg Max, terwijl Eve achter in de auto ging zitten.

'Natuurlijk', zei ze glimlachend.

'Toen u hier van de week al aan de overkant stond, waarom heeft u toen niet aangebeld?'

'Dat was heel moeilijk voor me. Ik zag dat u mij zag staren en ik voelde me een onbeschofte gluurder. U heeft overigens een prachtig huis.'

'Dank u.' Het is al heel oud en er staan vaak mensen te kijken. Mijn excuses voor mijn gedrag straks. Ik schaam mij diep.'

'O, dat is u vergeven, meneer Fontein. U had mij toch niet weggekregen', zei ze lachend. 'En om uw vraag, waarom ik toen niet heb aangebeld, te beantwoorden: Louwize heeft de datum van vandaag doorgegeven, ik wilde me daar graag aan houden. Ik wilde alleen niet te laat komen door een onbenulligheid als het niet kunnen vinden van het huis, vandaar dat ik van tevoren uw huis al had gezocht.'

'O, het kistje, u vergeet het kistje. Laat me het even voor u halen!'

'*Yy kiept dat kistje moar*', zei ze weer in haar oude taal. '*Hullie,*' ze bedoelde het kistje en de inhoud, '*hoare by elkaor, zeker 345 yawr. Ek hoop ek sal je weer ziene entsje taid ov en anders. Yy ben ook welkom fur te hev in Nieu Jersey.*' Na deze laatste woorden trok ze de deur dicht en zwaaide nog een keer. Toen draaide de taxi de hoek om en was ze net zo plotseling uit hun leven verdwenen als ze was gekomen.

'Een brief van mijn zoon', zei Max zachtjes tegen zichzelf en rende het huis in. 'Hij heeft een manier gevonden.'

273

20

De oude perenboom

Nieuw-Amsterdam, 16 augustus 1664

ap, help ons!
Wij zitten in Nieuw-Amsterdam (New York). We zijn met een schip van de WIC gekomen, de Eendracht. De dag dat we thuis weggingen was 9 juli 2009. Op het schip was het ook 9 juli, alleen dan 1664. Met ons gaat het goed, jullie hoeven niet ongerust te zijn. Wil je dat ook tegen de ouders van Sjors, Bodine en Daan zeggen? Zij zijn ook hier, maar dat hadden jullie vast al begrepen.

Wij wonen in het huis van Anneke Janse, echt op het uiterste puntje van Manhattan, vlak bij Fort Amsterdam. Het huis staat op de Paerel Straet en Stuyvesant woont om de hoek. Wij zijn bevriend met zijn zonen Balthazar en Nicolaes.

Per ongeluk hebben we een gekaapte brief van Maartjes onderzoek gestolen. En die brief was van Anneke Janse uit Nieuw-Amsterdam, gericht aan haar zus in Oosterhout. Die zus en haar man zijn aan de pest overleden. Ze hadden twee kinderen, Joost en Machtelt. Wij hebben die Anneke opgezocht en haar verteld dat Bodine en Daan de kinderen van haar overleden zus zijn. Anneke wil voor hen zorgen en Sjorsje en ik mogen ook blijven.

Daan en ik moeten naar school (we leren Latijn) en Bodine en Sjorsje koken en maken het huis schoon. Ik beloof dat ik thuis alles zal uitleggen, want de tijd dringt nu voor ons. Pap, ik weet zeker dat je ons naar huis kunt halen, maar wij weten niet wat we daarvoor moeten doen. Het enige wat we kunnen bedenken is jou een brief sturen in de hoop dat die aankomt.

Wij hebben het volgende bedacht. We gaan soms op bezoek bij Baltha-zar en Nicolaes Stuyvesant. Hun vader heeft twee huizen. Eén hier in de stad, vlak bij Anneke Janse, en een boerderij achter een houten palissade, aan de kant van de Oost Rivier. Deze palissade noemen ze hier de Stadt Waal en is voor jullie (denken wij) Wall Street. Stuyvesant heeft bij deze boerderij een perenboom geplant. Hij heeft de boom uit Nederland meegenomen en is er heel trots op. Stuyvesant zei dat de boom over een paar honderd jaar nog aan hem zou herinneren.

We lazen dat er na 354 jaar nog steeds peren in hangen. Als dat zo is, dan zou de boom er in jullie tijd nog steeds kunnen staan. Het is de enige plek die we heel precies kunnen aangeven. De boom staat dus in de tuin van de bouwery van Stuyvesant. De bouwery ligt ongeveer drie kilometer achter de Stadt Waal/Wall Street. Daan, Sjorsje, Bodine, Saar en ik gaan daar op 8 september staan. We weten dat de kolonie dan overgenomen gaat worden door de Engelsen. Als het goed is, zijn er nu vier oorlogsschepen onderweg naar Nieuw-Amsterdam. We hopen dat er in de chaos niet op ons wordt gelet. Als het kan, gaan we de hele dag bij de boom staan. Mocht het niet lukken, dan blijven we brieven sturen in de hoop dat zo'n bericht jou een keer bereikt. We hopen dat het werkt, want we willen echt graag naar huis.

We worden geholpen door Louwize, de slavin van Anneke Janse. Er wordt door de Nederlanders in slaven gehandeld! Louwize gaat trouwen met Christoffel en zij krijgen binnenkort een kindje. Zij gaan ons helpen om deze brief door te geven aan hun kinderen en die weer aan hun kinderen tot in het jaar 2009.

Heel veel succes, pap, en een dikke kus voor mama en Maartje. Ik mis jullie. Veel liefs van Sjorsje, Bodine en Daan aan hun ouders. Zij missen hun ouders ook.

Wij zijn niet ziek. Er zijn nu wel waterpokken uitgebroken, maar dat is gelukkig in Beverwyck. Ik hoop dat ik alles goed heb verteld en dat jullie de boom kunnen vinden.

Datum:	8 september 1664
Plek:	De perenboom
Tijd:	8 uur, 12 uur, 16 uur en 20 uur

Wij houden van jullie,

Bodine, Sjorsje, Daan en Thijs

PS Saar is bij ons en het gaat goed met haar.

'Ze hebben het geflikt!'
    'Ze komen terug!'
    'Toch, Max? Ze komen nu toch echt?' Huilend vielen de moeders elkaar in de armen.

Maartje pakte haar moeder stevig vast, met de brief die ze zojuist had voorgelezen nog in haar handen. 'Ons dappere ventje komt weer thuis, mam!'

Opgelucht sloegen de vaders elkaar op de rug. 'Wat een bikkels zijn onze kinderen!'

Max was de enige die niets zei. Terwijl hij uit het raam staarde, had hij naar het verhaal geluisterd. Razendsnel had hij zijn gedachten geordend. Hij had nog geen tijd om zijn emoties de vrije loop te laten. Toen hij zich omdraaide, keken zes natte gezichten hem hoopvol aan.

'Goed,' zei hij zakelijk en wierp een blik op zijn horloge, 'het is vandaag zes september, tien over elf in de ochtend. Dat betekent dat we nog vierenveertig uur en vijftig minuten de tijd hebben om de kinderen naar huis te halen. Maar voor het zover is, moet er nog een hoop gebeuren en de tijd zal voorbij vliegen. We kunnen wel even opgelucht ademhalen. Die kinderen van ons slaan zich er zo te horen goed doorheen daar aan de overkant. Het beste nieuws is dat er niemand ziek is. Het is ongelooflijk hoe dapper en sterk ze met z'n vieren zijn. Maar nu is het aan ons! Die vier, of eigenlijk vijf, rekenen op ons en we zullen hen niet teleurstellen. Als jullie mijn instructies opvolgen, dan kunnen we onze kinderen op acht september om ongeveer vijf over acht 's ochtends weer in de armen sluiten. Ik wil het volgende doen. Luister goed!'

Liesbeth en Peter staken de sleutel in de voordeur en liepen de hal in. Het bleef een raar moment. Hier hoorden drukke kinderen en een hond rond te rennen. Er zou lawaai moeten zijn, maar geen rust en stilte. Vlug pakte Liesbeth de weekendtassen in. De komende dagen zouden ze hun intrek op het slotje nemen en ze was niet van plan om zonder Daan en Bodine terug te keren.

Peter opende de deur van zijn zoons slaapkamer en stuitte op een grote puinhoop. Verspreid over de grond lagen kleren, boeken en spelcomputers. Het was alsof Daan er net nog was geweest. Hij moest lachen en vroeg zich af waarom ze altijd boos op hem werden als hij zo'n troep maakte. Het was gewoon een kind en kinderen maken nou eenmaal rommel. Hij nam zich voor dat Daan nooit meer zijn kamer hoefde op te ruimen als hij veilig terug zou keren. Door de troep heen liep Peter naar het bureau en begon de lades te doorzoeken. Hij keek onder een stapel kleding en in de boekenkast, maar vond het niet. Toen spotte hij een rugzak in de hoek van de slaapkamer met een paar modderige laarzen ernaast. Peter klikte de rugzak open en rommelde wat tussen een waterbestendig logboekje, keycord, rekenmachientje en een tekentang. Daarna ritste hij een apart vakje open en daar lag het, tussen een plastic kokertje met schroefdop en een baseballpetje. Peter dacht meteen aan het laatste gesprek met zijn zoon. Nog niet zo lang geleden was een echte schatkaart met kruisje het enige wat je nodig had om een schat te vinden. Hij zei tegen zijn zoon dat het tegenwoordig wel erg makkelijk ging. Via internet ontving je de coördinaten van de *cache*, zoals dat dan blijkbaar heette, die je vervolgens invoerde op je gps-ontvanger. Die schat was zo gevonden. Daan had hem uitgelachen en hem uitgedaagd om deze zomervakantie met zijn gps op zoek te gaan naar een cache. Wie had ooit kunnen weten dat hij dat ding nog eens nodig zou hebben om zijn eigen kinderen te kunnen vinden. Peter pakte de gps-ontvanger uit de rugzak en liep de slaapkamer uit.

In korte tijd was alles geregeld. Iedereen was weer terug op het slotje. Ze bevonden zich in de bibliotheek waar Max een historische kaart van Nieuw-Amsterdam én een moderne kaart van New York aan de muur had opgehangen. Met stiften had hij lijnen op de kaarten getrokken. Van een afstandje keken ze verbluft naar het resultaat.

'Niet te geloven...' bracht iemand ademloos uit.

'Na al die eeuwen', zei een ander.

Het was voor iedereen duidelijk. De grillige straten van het moderne New York liepen nog precies hetzelfde als die in het zeventiende-eeuwse Nieuw-Amsterdam. De blokken met de wolkenkrabbers waren gelijk aan de blokken met de gevelhuisjes.

'In het puntje van New York', legde Max uit, 'is niets meer te vinden van de koloniale tijd, maar wie daar nu rondloopt, wandelt over dezelfde paden als de Nederlandse kolonisten destijds deden. Alleen zijn de kinderkopjes vervangen door asfalt. Sommige straten heten nog hetzelfde. De Brugh Straet is Bridge Street, het Marckvelt Steegie heet nu nog steeds Marketfield Street. Waar de Bever Gracht vroeger was, ligt nu de Beaver Street en de Paerel Straet heet vandaag Pearl Street. Max' vinger bleef rusten op die straat. 'Dit is het huis van die vrouw. Daar zitten onze kinderen. En waar het nu om gaat: de herenboerderij buiten de palissade. Ergens daar staat de perenboom. Als we deze Paerel Straet langs de waterkant volgen, de kant van de East River, komen we bij de palissade of Wall Street. Er is wel wat land aangelegd, dus de originele waterlijn is opgeschoven. Waarschijnlijk lopen onze kinderen deze weg ook als ze naar de boerderij van Stuyvesant gaan.'

Een glimlach verscheen op Max' gezicht. 'Blijkbaar zijn onze kinderen bevriend met zijn zoons. Ze verkeren dus in goede kringen. Zodra de kolonisten de palissade gepasseerd waren, kwamen ze in onherbergzaam gebied. Een heuvelachtig zompig moeras, vol met dichte eikenbossen met hier en daar een boerderij en een weiland. Het is aan de andere kant van de houten schutting niet zo ontwikkeld en er is ook geen duidelijk stratenplan. In dit gebied liggen nu verschillende wijken, zoals Chinatown. Helemaal bovenin is Harlem, dat nog naar ons Haarlem verwijst. En hier ligt de wijk East Village. In dit gebied had Stuyvesant zijn boerderij. Daar is nu absoluut niets meer te vinden van de koloniale tijd, behalve... een oude perenboom. We kunnen héél erg trots zijn op onze kinderen dat ze dat hebben uitgevogeld. Nu kom ik op het laatste gedeelte. Maartje, let op!'

Maartje deed niet anders.

'De wegen in New York zijn ingedeeld in streets en avenues. Als de boom er inderdaad nog is, dan staat deze op de kruising van 3rd Avenue en 13th Street, ook wel bekend als *Pear Tree Corner*, de hoek van de perenboom.'

Maartje, die aantekeningen had gemaakt, keek op haar horloge.

'Pap, ik moet nu echt gaan.'

'Oké, heb je genoeg aan deze informatie?'

'Ja, meer dan genoeg.' Ze stopte haar aantekeningen in haar tas.

'Je weet wat je te doen staat?'

Ze gaf haar ouders een zoen op de wang. 'Ik weet het precies.'

Maartje nam het laatste slokje van haar koffie en overhandigde het lege bekertje aan de steward. Ze haalde de brief van Thijs uit haar tas en voelde met haar vingers aan de dikke laag oude inkt waarmee hij had geschreven.

Ineens viel haar oog op de datum, 16 augustus 1664. Wat raar eigenlijk, dacht ze bij zichzelf, dat hij deze brief pas drie weken geleden heeft geschreven en er toch al 345 jaar zijn verstreken. Ze snapte er niets van. Al die tijd lag het bij de familie Van Angool of DeFrees ergens in een laatje. De brief bestond dus al toen Thijs nog niet eens was geboren. En wat als Eve een paar maanden geleden al had besloten om het kistje af te geven? Hadden ze Thijs dan tegen kunnen houden, omdat ze wisten wat er ging gebeuren? Maar als ze hem hadden kunnen tegenhouden, dan was het nooit gebeurd en had hij die brief ook niet kunnen schrijven. Ze werd er gek van. Het was iets wat haar verstand te boven ging.

Maartje vouwde het papier op en stopte deze naast de gps-ontvanger weer terug in haar tas. Terwijl ze haar riem straktrok, keek ze uit het raampje en zag het water van de Hudson schitteren. Toen maakte het vliegtuig een bocht en kwam de kustlijn van New York in zicht. Het was een rare gewaarwording om ineens wolkenkrabbers en andere hoge gebouwen te zien, in plaats van Hollandse huisjes met trapgevels. De afgelopen maanden zat New York als een zeventiende-eeuwse Hollandse nederzetting in haar geheugen. Ze dacht aan haar broertje die hetzelfde moest hebben gevoeld, maar dan omgekeerd. Maartje haalde diep adem toen de wielen van het toestel de grond raakten.

New York
Op de lawaaierige luchthaven keek ze verloren om zich heen. Ze had nog helemaal geen plan. Uit haar tas haalde Maartje een plattegrond, waar ze met een markeerstift wat belangrijke punten had aangegeven. Hoe dan ook moest ze eerst in de wijk East Village zien te komen, daar lag het historische district van Stuyvesant. Daar zag ze wel weer verder. Eerst weg uit deze drukte.

Het was nog vroeg en de Amerikanen waren massaal onderweg naar hun werk. Als ze een taxi zou nemen, kwam ze zeker vast te zitten in het verkeer. Toen viel haar blik op het grote stationsbord. Ze zou de metro nemen.

Toen Maartje weer boven kwam, moest ze even wennen aan het daglicht. Om haar heen zag ze het typisch Amerikaanse straatbeeld: overhangende stoplichten, koffiedrinkende Amerikanen en gele taxi's die voorbij sjeesden. Over koffie gesproken, daar was ze wel aan toe.

Snel liep ze een koffietentje in. In tegenstelling tot de Nederlanders, die de koffie gezellig en op hun gemak thuis dronken, hadden de Amerikanen altijd haast en kochten hun koffie onderweg. Perfect.

Met een grote koffiebeker stak ze even later het plein over en keek naar de mensen die haar in gedachten verzonken voorbijliepen. Zouden ze wel beseffen dat ze nu over het vroegere landgoed van een beroemde Nederlander wandelden? Er werd wel eens gezegd dat de Amerikanen geen geschiedenis hadden. Nee, misschien hadden er geen Romeinse legers gemarcheerd of stonden er geen duizend jaar oude kerken zoals in Europa, maar een interessant verleden hadden ze zeker.

Het deed haar weer denken aan de taak die voor haar lag: het vinden van een historische perenboom en het bepalen van de exacte coördinaten. Manhattan was misschien een klein eilandje, maar als je er op zoek moest naar één boom was het toch akelig groot.

'Oké, ouwe boom,' zei ze hardop, 'waar sta je?' Maartje liep van 4th Avenue, in eerdere tijden ook wel het Wagenpat genoemd, naar 3rd Avenue. In de verte staken de wolkenkrabbers omhoog, maar hier stonden statige huizen van donkerrode steen met elk een bordestrap die naar de voordeur leidde. De lanen waren opgesierd met lommerrijke bomen. Ze liep verder door het historische district dat vol zat met gezellige restaurantjes, oude bibliotheken en sierlijk aangelegde parken met fonteintjes. Verderop in de straat zag ze een cameraploeg bij een groepje ouderwets geklede mensen. Ze dacht aan haar broertje, die waarschijnlijk zeventiende-eeuwse kleren droeg. Zouden de kinderen, net als zij, ook al op weg zijn naar de perenboom? Ze kon de gedachten dat ze hen nu misschien voorbij liep, niet van zich afschudden.

Op de kruising van 3rd Avenue en 13th Street stopte Maartje. Volgens haar eigen plattegrond moest hij hier ergens staan. Ze keek omhoog, alsof ze verwachtte dat de eeuwenoude boom wel met zijn takken boven de winkels uit zou steken. Maar er was geen boom die eruit sprong. Op het kaartje had ze bij de gemarkeerde plek wat neergekrabbeld. De perenboom moest voor de deur van een drogist staan. Ze zocht naar die winkel en opeens zag ze de letters Kiehl's staan, op nummer 109. De drogist was gevestigd in een oud pand, maar een oude boom, ho maar.

Tenminste... Op de hoek van de straat stond er wel een, maar dat kon hem toch zeker niet zijn? Zo'n iel ding? Ze stak de straat over en liep naar de plek, waar een hek omheen was geplaatst. De boom stond er zielig bij en was zo te zien in de loop van de tijd behoorlijk verzwakt. De knoestige en verweerde stam was gespleten en een peer zag ze niet hangen. Maartje was teleurgesteld.

Ze had een groot en trots exemplaar verwacht, iets wat bij Stuyvesants karakter paste. Ze kon zich dan ook niet voorstellen dat dit dé boom was. Misschien dat ze haar in de drogisterij wat meer konden vertellen. Ze *moest* het zeker weten. Snel wierp ze de koffiebeker in een afvalbak en duwde tegen de glazen deur. In de gezellige lichte ruimte drong een heerlijke kruidengeur haar neus binnen. Een charmante vrouw met een grijze knot kwam op haar afgelopen en vroeg beleefd of Maartje naar iets speciaals op zoek was. Dat was ze zeker!

Even later liep ze met een mooi verpakt tasje weer tevreden naar buiten. Er was geen twijfel mogelijk, ze stond op de Pear Tree Corner. De oudere vrouw wist veel te vertellen over de geschiedenis van de drogist en de beroemde boom voor de deur. Ze had zelfs nog een oude man gekend, die had gezegd dat de takken wel tien meter de lucht instaken. Op een dag in 1867, het regende hard en het zicht was slecht, botsten er twee karrenwielen tegen elkaar. De bejaarde boom werd vol geraakt en op zijn knieën gedwongen, maar had nog niet opgegeven. Hevige stormen, botsingen en souvenirjagers die de takken gewoon afbraken en mee naar huis namen, had de boom overleefd, maar nu waren alle takken aan het afsterven. Er kwam niet genoeg voeding meer uit de grond.

De vrouw eindigde met een grappig verhaaltje. Het scheen dat Stuyvesant zo kwaad was, nadat de Engelsen bezit hadden genomen van Nieuw-Nederland, dat hij alle Engelse bomen op zijn landgoed omver hakte. Maar deze bleef staan. 'Of Stuyvesant echt een bloeiend perenboompje uit Nederland had meegenomen, zullen we nooit weten. Maar één ding weten we zeker: dit is in ieder geval geen Engelse!'

Maartje kon nog wel uren luisteren naar deze vrouw, maar er was geen tijd meer. Net toen ze haar wilde bedanken, vroeg de vrouw of Maartje interesse had voor een heerlijk geurende Pear Tree crème, vernoemd naar de historische boom. De vrouw dacht dat het een leuk aandenken voor haar zou zijn.

Het was behoorlijk druk in de straat en Maartje pakte de gps-ontvanger uit haar tas. Ze hield het apparaatje boven het hekje en verloor even haar evenwicht, waardoor de achterkant van haar hand de harde bast raakte. Plotseling gebeurde het.

Soms kon je het verleden aanraken. Ze had het met de brieven die ze bestudeerde en nu was dat gevoel er weer. Maar ze kon er niet lang bij stilstaan, ze moest door. Ze bekeek het resultaat op het apparaatje. Bingo! Ze nam plaats op het bankje bij de boom en stuurde de coördinaten door naar haar vader.

Maartje keek op haar horloge en vroeg zich af hoe ze de komende uren moest doorbrengen. Haar vlucht naar Amsterdam ging pas over een paar uur. Ze borg haar mobieltje en de ontvanger op en haalde de plattegrond tevoorschijn. Toen wist ze wat ze ging doen. Maartje stond op van het bankje en keek nog een laatste keer om. De tranen prikten in haar ogen toen ze naar de stervende boom van Stuyvesant keek.

Op 3rd Avenue zocht ze naar een opvallend straatje. Het was heel gek, want alle straten liepen hier in rechte lijnen, maar deze liep diagonaal. Op een bordje stond *Stuyvesant Street*. Ze zat goed. Het was nog een origineel straatje uit de zeventiende eeuw. Halverwege stond een bestelbusje waar een chauffeur uitstapte om een pakketje bij een statig huis af te leveren. Het was de plek waar ooit de voordeur van Stuyvesants bouwery had gezeten.

Toen piepte haar mobieltje. Haar vader had de coördinaten ingevoerd. Nu kwam het op de kinderen aan. Maartje wandelde verder en ging een hoog hek door. Ooit stond hier het familiekapelletje van de familie Stuyvesant. De kapel was lang geleden in verval geraakt, maar op dezelfde plek stond nu een kerk met de mooie naam *St. Mark's Church in-the-Bowery*, ofwel St. Marks Kerk in-de-Bouwery, ter nagedachtenis van de beroemde Nederlandse directeur-generaal die er lag begraven. Maartje liep de tuin in, op zoek naar het oude graf.

21

Nieuw-Amsterdam
of Nieuw-Yorck?

Vrijdag 5 september

D̲e oude man zat gebogen over zijn bureau in het fort. Hij keek op toen hij gestoord werd door een klop op de deur. Jan Gilissen liep de donkere bedompte ruimte binnen en overhandigde hem een verzegelde brief.

'Namens de burgers', sprak hij plechtig.

Zuchtend opende de sombere directeur-generaal de brief, nadat de bode was vertrokken. Hier had hij helemaal geen tijd voor. Nicolls kon elk moment hier zijn en hij was nog bezig met zijn voorbereiding op het gesprek. Daarnaast wilde hij er zelf op toezien dat de witte vlag boven het fort werd gehesen. Op de soldaten kon hij niet vertrouwen, die waren liever lui dan moe. In het flikkerende schijnsel van het kaarslicht begon hij het epistel te lezen.

Aen de hoogh geëerde, wijze en verstandighe, zeer dierbare, edele Direc-teur-Generael!

Wy smeeken U, voor God en menschen, om U in dese verdrietighe en moeilijke omstandigheden over te geven. Op dit moment liggen er vier oorlogsschepen met zeshonderd soldaten in opdracht van de Koning van Engelandt te wachten. En mocht het nodig zijn, dan sal Nieu-Engelandt

*troepen leveren. Dit alles met het doel om Nieu-Nederlandt te schenken
aan hun Koning.*

*Als wy vrywillig toestemmen om de Stadt ende Manhatans over te
dragen, zoals in de brieven is gevraagd, sullen wy de minste schade of
verliezen oplopen. Maar als U so doorgaat ende wy juist koppig ende
obstinaat blyken, dan staat ons niets anders te wachten dan verschrick-
inghen, verdriet ende moord van kinderen die nogh in hun wiegjes liggen. 't Leven van vijftienhondert onschuldighe Burghers sal worden vernietigd.*

*Wy souden dese dreigementen nooit hebben toegestaan als er kans
was op maar 't kleinste succesje. Maar wy syn aan alle kanten door de
vijand omsingeld ende kunnen geen hulp verwachten uyt het noorden,
zuiden, oosten of westen.*

*U moet self ook weten dat 't fort nog niet het kleinste gedeelte van onse
stadt, onse bezittingen ende wat het belangrijkst is, onse vrouwen ende
kinderen kan beschermen. 't Sal een totale vernietighing ende bloedtbad
worden. Zelfs 't fort sal niet behouden kunnen worden.*

*Daerom vraghen wy U, nederigh ende uyt 't diepst van onse herten om
de ons so goetgesinde vyandt niet te negeren, maer juist om dese in alle
vreughde so snel ende goet moghelyk tegemoet te komen.*

*Mocht Uwe niet aan onse wensche tegemoet komen (Godt mag 't niet
hoopen) dan syn wy genoodzaakt, voor Godt end' werelt, te protesteren
tegen al 't onschuldighe bloedt dat zal vloeien.*

*Wij hebben gehoort dat de Engelse kolonel niet langer wil wachten dan
dese dagh.*

Amen

Vluchtig liet Stuyvesant zijn ogen over de handtekeningen van drieën-
negentig burgers onderaan de brief gaan. Tot zijn grote verdriet zag
hij daar de namen van zijn zwager Nicolaes Varlet en de burgemeesters Van der Grist en Steenwyck staan. Maar wat hem het diepst van
alles raakte, was de derde handtekening, die van zijn zeventienjarige

285

zoon. Een glimlach gleed over zijn gezicht toen hij de naam van zijn andere zoon niet kon ontdekken. Toch deed dat niets af aan de gevoelens voor zijn twee zoons. De ene was nu eenmaal gevoeliger en dacht aan zijn medemensen en de andere was strijdvaardiger. Ze hadden het recht om hun eigen beslissingen te nemen, zolang het maar weloverwogen en in de naam van de Heer werd gedaan.

Zo had hij hen opgevoed en op die manier hadden ze nu beiden duidelijk gemaakt hoe ze erover dachten. Balthazar en Nicolaes, hij was trots op zijn jongens. Hij legde zijn handen ineengevouwen op de brief voor zich op tafel en vroeg zich af welke hoop hij nog kon hebben als zelfs zijn eigen familie niet achter hem stond. Petrus Stuyvesant was hoopvol geworden, helemaal nadat de dag ervoor een aanval was uitgebleven. Wel staken nu de twijfels over de juiste beslissing de kop op.

De directeur-generaal schoof zijn stoel achteruit en begon door de kamer te ijsberen. In zijn hoofd zette hij alles nog eens op een rij. Hier stond hij tegenover een vijand, die vastbesloten was om Nieuw-Amsterdam in te nemen en versterking kreeg van troepen uit Nieuw-Engeland. Dan waren er ontevreden burgers die niet wilden meewerken, waaronder zijn eigen zoon, en een stad die er niet op zijn best verdedigbaar bij lag. De oevers van de Noort Rivier en de Oost Rivier lagen helemaal open.

In het noorden, de landzijde, stond een haastig opgetrokken oude palissade die voor het grootste deel uit verrotte palen bestond. Er was wel een kleine borstwering van zand en stenen, maar die bood nauwelijks bescherming. Het enige dat bestand zou zijn tegen een aanval was het fort, maar ook deze was op den duur onhoudbaar. Het was ooit gebouwd voor bescherming tegen de wilden uit het binnenland toen Manhatans net was ontdekt. Er was nooit rekening gehouden met een aanval van een sterk Europees leger.

Het fort bestond uit een enkele aarden wal van drie meter hoog en een meter dik. De vijand zou vanaf de top van de omliggende heuvels nog de voetafdrukken van de soldaten in het fort kunnen zien en wat zich daar precies afspeelde. Ook de vierentwintig kanonnen die er nu bovenop stonden, waren onbeschermd. Er was zelfs geen greppel, geul, palissade of wat dan ook ter bescherming van het fort. Daarbij reikten de kelders van de omliggende huizen tot onder het fort, wat een serieus gevaar was. De Engelsen zouden het fort via die weg binnen kunnen komen of erger: opblazen.

Verder was er niet genoeg kruit in voorraad en van alles wat er lag was maar een vierde deel betrouwbaar genoeg. Mocht Stuyvesant besluiten om de vijftienhonderd zielen van Nieuw-Amsterdam allemaal onder te brengen in het fort, dan zouden ze het waarschijnlijk niet langer dan drie dagen uithouden.

Er was geen waterbron in het fort, dus zou het water in tonnen opgeslagen moeten worden, wat na verloop van tijd zou gaan bederven. Er waren nog geen duizend schepels aan graan op voorraad en met het vlees en de bonen was het nog slechter gesteld.

Maar het ergst van alles was dat de ontevredenheid van de burgers het moreel van de soldaten geen goed deed. De soldaten hadden de burgers horen zeggen dat het ze niet kon schelen onder welk land ze vielen en dat ze niet van plan waren om de wapens op te nemen en te vechten voor hun stad. Ook was Stuyvesant ter ore gekomen dat de soldaten al hun eigen voorbereidingen aan het treffen waren. Bij het eerste geluid van een aanval zouden ze hun musketten aan de kant gooien en meedoen met de Engelse plunderingen. Ze wisten waar zich de jonge vrouwen bevonden die gouden kettingen om hun hals droegen. De soldaten vonden dat ze lang genoeg waren uitgebuit door de duivelachtige Hollandse handelaren.

Naast dit waardeloze zooitje van honderdvijftig soldaten waar hij over beschikte, had de directeur-generaal maar zo'n tweehonderdvijftig mensen paraat die bereid én geschikt waren om de wapens op te nemen. Zij waren ten dode opgeschreven en hij wist dat als geen ander. Toch voelde Stuyvesant de verantwoordelijkheid en de plicht om zijn burgers en zijn stad te beschermen tegen vijanden en te behouden voor de Staten-Generaal, hoe klein die kans ook zou zijn. Dat was zijn taak. Maar kon hij de burgers dit aandoen?

Zij hadden gelijk dat hij verantwoordelijk zou worden gehouden voor de slachting die dan zou gaan plaatsvinden. Hoe kon hij verantwoording afleggen voor iets waarvan hij al wist hoe het zou aflopen? Dat kon hij niet. En hoe kon hij uitleggen aan de hoogmogende heren van de compagnie dat hij de kolonie had afgegeven zonder ook maar iets te hebben ondernomen? Ook dat was onmogelijk.

Stuyvesant moest denken aan een vers uit de Bijbel over een koning die ten strijde trok tegen een andere koning. Alleen moest die koning zich afvragen of hij er wel verstandig aan deed om met een leger van tienduizend soldaten te vechten tegen een koning die hem tegemoetkomt met een leger van twintigduizend soldaten. Toen zette Stuyvesant zijn hoed op en blies de vlam van de waskaars op zijn bureau uit. Hij voelde de zware last op zijn vermoeide schouders drukken van de beslissing die hij op het punt stond te nemen.

Zaterdag 6 september
Om acht uur 's ochtends kwamen zes afgevaardigden van Engelse en zes van Nederlandse zijde op de bouwery van Stuyvesant bijeen. Tussen al deze officiële afgevaardigden bevond zich een getuige. De verbaasde man bekeek de hooggeplaatste mannen en vroeg zich af waar de directeur-generaal zelf was. En vooral: wat deed hij hier zelf? En waarvan moest hij getuige zijn?

De besprekingen tussen de twee partijen verliepen redelijk vlot, al waren er zo nu en dan wat onduidelijkheden.

'Het is onrechtvaardig tegenover de compagnie en wreed tegenover de soldaten om ze eerst aan te moedigen om zich over te geven en ze vervolgens op te zadelen met de kosten van de terugreis', zei kapitein Nicolaes Varlet. Hij was in het dagelijks leven belast met het verkeer in de kolonie en vond het onterecht van de Engelsen om de soldaten zelf voor de kosten van de terugreis te laten opdraaien, nadat ze zich netjes hadden overgegeven.

Maar de afgevaardigden van Nicolls waren niet van plan om toe te geven aan de Nederlanders. Ze hadden zich nu wel genoeg van hun goede kant laten zien.

Kapitein Varlet gaf zich gewonnen en zei dat de kosten voor de terugreis voor de compagnie zouden zijn. zolang er maar een veilige terugkeer mogelijk zou zijn. Hij wilde voorkomen dat de Engelsen kwaad wegliepen. Dat zou eeuwig zonde zijn, want ze hadden al hele mooie voorwaarden afgedongen. Uiteindelijk kwamen ze tot een akkoord en er werd afgesproken dat de compagnie haar burgers zelf mocht inlichten. Ook kregen ze de tijd om alles met hun directeur-generaal te bespreken. Daarna doopten alle aanwezigen de veer in de inktpot en zetten met zwierige krullen hun handtekeningen onder de overeengekomen artikelen.

Ten slotte werd afgesproken dat de overhandiging van deze artikelen aan de huidige geëerde directeur-generaal Stuyvesant maandagochtend, klokslag acht uur bij de oude molen, zou plaatsvinden. Daarna keerden de Engelse afgevaardigden naar hun schepen terug.

Ook Symon Gilde van Rarop vertrok verbijsterd naar de Gideon om zijn voorbereidingen te treffen. Hij kon niet geloven waar hij zojuist getuige van had moeten zijn. Want als hij het goed had begrepen, zou Nieuw-Nederland op de dag na morgen met akkoord en zonder enig tegenweer worden overgedragen aan die vervloekte Engelsen. Hij moest zo aan boord eerst maar eens een flink oorlam nemen om hiervan bij te komen.

Stuyvesant bestudeerde het verdrag van overgave dat deze ochtend op zijn bouwery was opgemaakt. De mannen hadden uitstekend werk geleverd en de kolonie zou goed worden achtergelaten. Nicolls was zeer mild geweest.

De directeur-generaal had er van tevoren op gestaan dat de burgers hun leven konden voortzetten zoals ze dat gewend waren. Ook had hij Nicolls aan zijn belofte gehouden dat hij de stad Amsterdam en de forten in Nieuw-Nederland zou teruggeven, als de Engelse koning en de Staten-Generaal zouden besluiten om de grenzen in de Nieuwe Wereld alsnog anders in te delen. Daarna had Stuyvesant plechtig gezworen dat hij zich zou neerleggen bij ieder genomen besluit.

Nog twee dagen en dan zou Nieuw-Nederland geschiedenis zijn. Stuyvesant was er helemaal kapot van, maar zeventien jaar geleden, toen hij voet aan wal zette, had hij de burgers een belofte gedaan. Hij zou voor hen zorgen als voor zijn eigen kinderen. Aan die belofte had hij zich gehouden.

Zondag 7 september
In alle vroegte was het aarzelende klokgelui over het stadje te horen. Behoedzaam werden deuren geopend. Vandaag leek het alsof de klan-

ken droevig nieuws brachten. De burgers spoedden zich in de morgenschemering naar het plein, om te horen wat er aan de hand was.

Thijs, Daan, Bodine en Sjorsje bevonden zich met Louwize in de kelder en pakten de spullen van tante Anneke in. Het was nog vroeg, maar volgens tante was er geen tijd te verliezen. Zij was ervan overtuigd dat de Engelsen haar huis elk moment kwamen plunderen. De melkkoe buiten was moeilijk te verstoppen, maar van haar juwelen en gouden oorringen bleven ze af.

'Ik ben bang dat ik Christoffel nooit meer zie als de Engelsen hier de baas worden', fluisterde Louwize. 'Christoffel mag mij nog niet kopen van mevrouw Janse en de kans dat hij een vrije slaaf wordt, is nu wel erg klein. Wat zal er dan van de baby terechtkomen?' De arme meid barstte in huilen uit. Haar dikke buik was bijna niet meer te verbergen en het zou niet lang meer duren voordat haar bazin argwaan zou krijgen.

Thijs keek op van de zilveren beker die hij in papier rolde. 'Wees maar niet bang, Louwize, het komt allemaal goed. Wij hebben het jou nog niet kunnen vertellen, maar mevrouw Judith Stuyvesant gaat ervoor zorgen dat jij en Christoffel bij elkaar kunnen zijn.'

'Echt waar? Maar waarom?'

'Mevrouw Stuyvesant had al van de directeur-generaal gehoord dat Christoffel helemaal bevrijd zou worden, samen met nog een paar andere halfvrije slaven. Ze vertelde ons hoe Christoffel altijd trouw over de bouwery waakt. Zij is hem heel dankbaar en gaat haar best doen bij haar man. Het enige waar ze op staat, is dat jullie zo snel mogelijk trouwen in het kapelletje.'

Louwize veegde haar tranen weg en dacht aan al die keren dat de directeur-generaal voor zaken weg was en Christoffel opdracht kreeg om met zijn buurmannen het gezin van Stuyvesant tegen aanvallen van de indianen te beschermen. Iedere keer was ze zo ongerust dat hem iets zou overkomen.

'Het komt heus goed, Louwize, vertrouw op ons.' Bodine nam de ingepakte beker van Thijs aan en legde hem zorgvuldig naast de andere bekers in het kistje. Deze gingen volgens tante Anneke naar haar kleinkinderen als ze er niet meer zou zijn en moesten dus met veel zorg worden ingepakt.

'Maar wanneer dan? De directeur-generaal heeft wel wat anders aan zijn hoofd met die oorlogsschepen in de haven.'

'Morgen, Louwize!' zei Daan uiteindelijk.

'Morgen?' Ze keek hem verrast aan.

'Ssst', siste Daan. 'Niet zo hard. Morgenvroeg brengen wij je naar Christoffel. Zorg dat je klaarstaat, zonder dat mevrouw Janse het merkt natuurlijk.'

'Afgesproken', fluisterde ze opgewonden. Op dat moment hoorden ze de hoge tonen van de klok van het Stadt Huys. Geschrokken keken ze elkaar aan.

Nerveus keek Jan Gilissen uit het venster van het Stadt Huys over de talloze hoofden beneden op het plein. Het bleef volstromen met burgers. Hij was klaar om hun het nieuws te vertellen dat Nieuw-Amsterdam vanaf morgenochtend tien uur geen Nederlandse stad meer zou zijn.

Christoffel bevond zich tussen de andere burgers op het plein en luisterde gespannen naar de bode, die de afspraken tussen beide landen voorlas. Hij had nog niets gehoord over het lot van de slaven. Hij kon zich niet voorstellen dat er niets voor hen was geregeld.

Teleurgesteld verliet hij het plein en dacht aan morgen. Dankzij de tulpenbol had hij nu genoeg geld om Louwize te kopen. Mevrouw Janse wist nog van niets, maar volgens de kinderen zou het geen probleem zijn om Louwize mee te nemen. Uiteindelijk zou hij zijn vrouw eerlijk kopen. Als mevrouw Janse de volle buidel met zilveren munten zag, zou ze wel overstag gaan en hen met rust laten. De heer Stuyvesant zelf zou een document opstellen, waarin stond dat hij een vrije slaaf was. Thijs en Daan hadden hem erover ingelicht en morgen kwamen ze Louwize brengen. Daarna zouden ze zo snel mogelijk op de manier van de Nederlanders trouwen in het kapelletje. Gauw zouden Louwize en hij vrij zijn.

Maandag 8 september, 8.00 uur
Samen met enkele raadsleden stond Stuyvesant om acht uur bij de oude zaagmolen. Het heldere water van de Noort Rivier stroomde ruisend voorbij. Richard Nicolls overhandigde de Nederlandse directeur-generaal een verzegeld exemplaar van de Artikelen van Overgave. Met pijn in zijn hart nam Stuyvesant het door Nicolls bekrachtigde document van het overgaan van Nieuw-Nederland in ontvangst.

Stuyvesant had nu nog precies twee uur de tijd om Fort Amsterdam te ontruimen en te verlaten.

Slot Limburg, 8.00 uur
Met ingehouden adem tuurden ze naar de cabine. Enige seconden later weerklonk een luid gebonk. Zichtbaar gespannen trok Thijs' vader de zware stalen deur naar zich toe. Leeg.

Ontredderd keken ze elkaar aan.

Max was intussen de cabine ingegaan. Hij had iets raars zien liggen. Toen pakte hij het op. 'Mensen', zei hij verheugd zonder op te kijken, 'dit is afkomstig van een perenboom.'

Door hun tranen heen staarden ze naar een tak met peren.

'Dat is nog eens goed nieuws.'

Ze keken hem niet begrijpend aan, de kinderen waren er toch zeker niet bij?

'Dat betekent dat we op het goede spoor zitten en dat de machine werkt', verduidelijkte Max snel. 'Laten we onszelf eraan herinneren dat het daar nu waarschijnlijk een grote puinhoop is. Dat weten onze kinderen maar al te goed. Ze hebben niet voor niets verschillende tijden opgegeven.'

Een spoortje hoop verscheen op de gezichten. Er werd zelfs een grapje gemaakt.

'Wat een geluk dat Stuyvesant zelf niet net onder zijn boom een peertje zat te eten. We zouden de hele kolonie in rep en roer brengen. Niemand die de gouverneur kan vinden tijdens het belangrijkste moment en wij zouden hier opgescheept zitten met die lastige kerel.'

Sommige ouders lachten tussen hun tranen door.

Max ging de cabine weer in en gaf de volgende tijd aan met de tip-toetsen. 'Zo,' zei hij vastberaden toen hij klaar was, 'de volgende keer zitten ze erin.'

De Heere Wegh, 10.00 uur

Aan de Heere Wegh stond het vol met burgers die wachtten op wat komen ging. Aan het zwakke tromgeroffel en hoefgetrappel te horen was het bijna zover.

Klokslag tien zwaaiden de poorten van het fort open. De tweeën-vijftigjarige Petrus Stuyvesant stond aan het hoofd van de militaire stoet. Trieste gezichten staarden vanaf de Heere Wegh naar het ge-griefde gezicht van de directeur-generaal. Op wat gehuil en gesnotter na was het doodstil. Toen begon iemand langzaam in zijn handen te klappen. En nog iemand. En nog iemand, totdat alle burgers langs de kant van de weg hetzelfde deden. De kolonisten hadden begrepen hoe moeilijk het voor hun directeur-generaal moest zijn geweest om de kolonie zonder slag of stoot over te geven en ze waren hem er dankbaar voor. Ook al was hij streng, ze vonden hem toch rechtvaardig en hij had van een modderig gehucht toch maar een echte Hollandse stad gemaakt. Hij was de enige bekwame directeur-generaal die ze hadden gekend. Zelfs nu had hij zich ingezet om de beste regels voor hen af te dwingen, ter-wijl ze hem helemaal niet hadden gesteund, zelfs een hekel aan hem hadden gehad. Voor vandaag was een moedig man nodig geweest. Op dat moment kreeg Petrus Stuyvesant eindelijk het respect van de bur-gers van Nieuw-Amsterdam.

'Laat het zo zijn', sprak Stuyvesant. Toen werd er hard op de trom-mels geslagen. Met brandende lonten en zwaaiende vlaggen mar-cheerden de in wapenuitrusting gestoken soldaten van de compagnie het fort uit.

De kolonisten bleven klappen terwijl Stuyvesant zijn manschap-pen naar de waterkant leidde, waar de Gideon lag te wachten. Symon Gilde van Rarop had zijn schip, dat een paar weken geleden nog had gediend als slavengaljoen, in gereedheid gebracht om de honderdvijf-tig compagniesoldaten terug naar het vaderland te brengen.

Verderop aan de Heere Wegh, bij de begraafplaats, stonden Nicolls en zijn mannen klaar om het fort over te nemen. Toen Stuyvesant en zijn troepen waren vertrokken, marcheerden de Engelsen in zes colonnes van elk dertig soldaten het fort in.

Het geklap stierf langzaam weg. In Fort Amsterdam werd de oranje-wit-blauwe Prinsenvlag van de Republiek der Zeven Verenigde Nederlanden gestreken. In naam van koning Karel II werd de vlag van Engeland, het rode kruis van St. George, over Fort James gehesen. Richard Nicolls werd uitgeroepen tot gouverneur.

Op deze ochtend van 8 september 1664, rond half elf, hield Nieuw-Amsterdam op te bestaan. Het vaderland zou er over drie maanden achter komen.

De Nederlandse kolonisten moesten ieder een handtekening zetten, of een kruisje voor degenen die niet kon schrijven, waarmee ze trouw zwoeren aan de Engelse koning. Ze waren nu *zijn* onderdanen, in de stad die voortaan bekend zou zijn onder de naam Nieuw-Yorck.

Met tranen in hun ogen keken Bodine, Sjorsje, Daan en Thijs van een afstandje toe hoe de Engelsen bezit namen van het fort en alle andere bezittingen die ooit aan Nederland toebehoorden. Ze hadden niet gedacht dat deze hele gebeurtenis hen zo zou raken. Ze bevonden zich in een tijd waar ze helemaal niet hoorden te zijn, niet wilden zijn, maar toch greep het hen ontzettend aan.

Deze geschiedenisles zou op school nooit meer hetzelfde zijn. Geen van hun klasgenoten of leraren zou, 345 jaar later, weten hoe emotioneel het er deze dag aan toe was gegaan. Er was niemand die ze konden vertellen over het gehuil en het geklap langs de weg, terwijl de oude Stuyvesant en zijn mannen vol trots langs marcheerden met een wapperende Nederlandse vlag.

'Shit, we moeten gaan. Het moet al bijna half elf zijn!'

In één klap waren ze weer terug in de realiteit.

Het was niet moeilijk voor de Brabantse vrienden geweest om zich in het gedrang uit de voeten te maken. De familie van tante Anneke had het niet gemerkt. Helaas konden ze haar niet meer bedanken voor haar goede zorgen van de afgelopen maanden. Het zomaar weglopen gaf hen een schuldig gevoel en ze vonden het vervelend voor tante Anneke die straks in de zorgen zou zitten. Er was helaas geen andere keuze.

Vliegensvlug renden ze de Paerel Straet in, waar Louwize al ongeduldig stond te wachten. Aan haar arm hing een mandje waarin ze al haar bezittingen had opgeborgen. De rugzakken en tassen van de kinderen stonden naast haar op de grond.

Thijs keek naar de tafel en zag het roodfluwelen buideltje liggen met een briefje daarbij. Als het goed was, zat daar driehonderd gulden in. Het was Christoffel gelukt om het te brengen.

Bodine deed Saar haar riem om.

'Waar bleven jullie nou?' vroeg Louwize bezorgd.

'We konden niet eerder wegkomen', legde Sjorsje uit. 'Nu is het zo druk op de Heere Wegh geworden, dat we ongemerkt weg konden sluipen.'

De wijzers van de klok in het voorhuis tikten door.

'De hoogste tijd jongens', zei Daan en bond zijn rugzak om.

Voor de laatste keer trokken ze de rode boerendeur achter zich dicht en liepen de Paerel Straet uit. Gelukkig was het helemaal uitgestorven. Zo'n beetje alle inwoners van Nieuw-Amsterdam, ook die buiten de Stadt Waal woonden, stonden toe te kijken hoe de Engelsen hun intrek in het fort namen.

Met zijn vijven holden ze de winkels, het Stadt Huys en de Drie Kleine Duyfjes voorbij. Sjorsje keek naar links en zag vanuit de Smee Straet een legertje Engelse soldaten aankomen. Ze zagen er indrukwekkend uit in hun strakke rode uniformen. 'Engelsen op links, rennen!' hijgde ze.

'Vlug, de Waterpoort door', schreeuwde Daan, 'voordat ze die innemen!'

De poort lag er verlaten bij en opgelucht holden ze er doorheen.

Louwize stopte om bij te komen. Ze kon niets meer zeggen. Het was voor haar een stuk moeilijker om te rennen met een dikke buik en pijn in haar rug.

Terwijl Thijs stond uit te hijgen, zei hij: 'Ik denk dat we aan deze kant voorlopig wel even veilig zijn.' Na een korte pauze gingen ze er weer vandoor.

11.33 uur
Eindelijk kwam de bekende omheining in zicht. In de verte zagen
ze dat Christoffel al op het Wagenpat stond te wachten. Zijn gezicht
klaarde op toen hij ze aan zag komen en hij rende op zijn vrouw af.
Louwize liet haar mand op de grond vallen en buiten adem vloog ze
haar man in de armen.

'Eindelijk vrij', snikte ze en begon te huilen van de spanning, van
geluk en van alle opwinding.

'Christoffel, luister', begon Thijs zakelijk. Christoffel maakte zich
los uit de omarming met zijn vrouw. 'Kom mee naar binnen, kinderen', nodigde hij hen uit.

'Nee, we zouden het graag willen, maar we hebben niet veel tijd
meer.' Gehaast sprak Thijs door. 'Ik zag de buidel met geld bij mevrouw Janse op tafel liggen. Je hebt Louwize vrijgekocht.'

'Dankzij jullie', zei Christoffel. 'Ik heb een mooie prijs voor de tulpenbol gekregen.'

'Jullie weten wat jullie te doen staat?' wilde Daan nog even zeker
weten.

Christoffel en Louwize knikten. 'Over een paar dagen', herhaalde
Louwize de instructies die ze van de kinderen had gekregen, 'als het
hier wat rustiger is, gaan we bij mevrouw Judith Stuyvesant langs op
de bouwery om ons in de kapel te laten trouwen. Ook halen we dan de
papieren op waarin staat dat wij vrije slaven zijn.'

'Goed', knikte Daan.

'Daarna moeten we verder kijken wat we gaan doen. Misschien
trekken we met de buren naar een andere plaats. Ons lot is nu te onzeker', zei Christoffel droevig. 'Maar met onze documenten, waarin staat
dat wij vrij zijn, moet het lukken om ons ergens te vestigen.' Hij legde
zijn hand op Louwizes buik en vervolgde ontroerd: 'De baby zal in
ieder geval op een veilig plekje worden geboren. En dat is ook in jullie
belang.'

'We kunnen jullie niet genoeg bedanken', sprak Louwize uit de
grond van haar hart. 'Zonder jullie waren wij misschien nog veel langer eigendom van de witte mensen gebleven.'

'Dat hebben jullie te danken aan de familie Stuyvesant, vergeet dat niet.' Bodine hoopte stiekem dat er toch nog positief over Stuyvesant zou worden gesproken.

Ze namen afscheid van elkaar en Louwize omhelsde Bodine en Sjorsje met wie ze in de afgelopen tijd een hechte band had gekregen. Ze zou deze lieve meisjes gaan missen. Meteen nadat ze elkaar hadden losgelaten, vloog Bodine Louwize nog een keer om haar nek. Ze vond het moeilijk om afscheid te nemen van deze moedige slavin, van wie het leven altijd in andere handen had gelegen. Ze hoopte dat het haar goed zou gaan.

Thijs pakte Bodines hand vast en trok haar zachtjes mee het Wagenpat op. 'Kom, we moeten echt door nu.'

'Vergeet onze brief niet', riep Sjorsje nog achterom kijkend.

Christoffel en Louwize bleven nog lang op het Wagenpat staan. Lang nadat hun kleine vrienden waren verdwenen aan de horizon, pakte Christoffel Louwizes mandje op en liep gearmd met zijn vrouw naar het huis. Ze zouden er alles aan doen om deze lieve en zorgzame kinderen te helpen.

11.46 uur

Daan, Bodine, Sjorsje en Thijs renden het laatste stukje tot ze helemaal buiten adem waren. Uiteindelijk stonden ze stil. Thijs zette zijn handen op zijn knieën en keek naar het laantje voor hem. 'We gaan het redden.'

Bodine en Sjorsje lieten zich in het hoge gras vallen. Daan staarde naar de weilanden langs het pad. 'Er zijn daar slaven aan het werk. Zouden die het niet raar vinden als wij zo onder die boom gaan staan?'

'Vast niet', veronderstelde Sjorsje. 'Die zijn veel te druk met hun werk om zich met ons te bemoeien.'

'En er is geen andere keus', zei Thijs simpel.

Bodine keek vanaf de grond van de een naar de ander. Ze hadden het gered met zijn vieren en straks zouden ze echt thuis zijn. Voor de rest van haar leven zou ze dit geheim met zich meedragen.

Bodine keek weer naar Thijs. Hij was zijn belofte nagekomen. Ergens, heel diep van binnen, vond ze het jammer dat er zo een eind aan dit alles kwam. Eigenlijk was het best een romantisch avontuur geweest. Maar ze mocht nog niet te hoopvol zijn, ze waren er nog niet.

11.59 uur

Ze pakten elkaar stevig vast. De riem van Saar sneed in Bodines pols. Daan keek naar Lucas, één van de veertig slaven van Stuyvesant, die in de tuin aan het werk was. Hij moest iets met zijn kennis doen en riep plotseling uit: 'Hou vol, Lucas, ooit zullen jullie vrij zijn... En zelfs de baas worden van Amerika.'

De slaaf keek op toen hij zijn naam hoorde roepen. Hij zou zweren dat hij in de buurt van de perenboom een hond hoorde blaffen, maar hij zag niets. Lucas haalde zijn schouders op en duwde zijn handkar vooruit. Iemand riep iets over vrij zijn en de baas worden. Hij had het vast gedroomd, in gedachten dwaalde hij wel vaker af. Lucas verlangde naar zijn vrijheid, want hij werkte als zwarte hard voor de hoogste baas. Maar ooit, dacht hij, zou een zwarte man regeren over de Nieuwe Wereld.

22

Het is waar en zeker

Thijs wandelde vroeg in de ochtend de keuken in en was verbaasd dat hij zijn vader al aan de keukentafel zag zitten, starend naar de fruitschaal. Thijs grinnikte. Vandaag zou het hem lukken om zijn vader zover te krijgen. 'Pap, neem er nou gewoon een, je gaat er echt niet dood van. Ik ben het levende bewijs.'

Geschrokken keek zijn vader op. 'Nee, dat is het niet. Ik zou het heel graag doen, maar ik vind het gewoon zonde. Ik kan het niet geloven, jongen. Hier, in mijn eigen huis, bevinden zich peren uit de zeventiende eeuw en ze zijn nog vers ook.'

'En rijper dan dit worden ze niet. Als je nog langer wacht, zijn ze verrot en dan kunnen ze de biobak in. *Dat* is pas zonde!'

'Ik kan zo'n historische peer toch niet zomaar in mijn mond stoppen? Weet je wel wat voor waarde dit zou kunnen hebben?'

'Nou ja, pap, het is heel makkelijk: of je eet ze op of je biedt ze op internet te koop aan. Dat hebben ze toch ook met de kastanjes van de Anne Frank-boom gedaan?'

Thijs' vader begon te lachen. 'Ik zie de advertentie al voor me. *Aangeboden: historische, maar rijpe peren uit 1664, nog geplant door Petrus Stuyvesant zelf in de toenmalige kolonie Nieuw-Amsterdam.* Ik denk dat we als oplichters worden gepakt.'

'Ziet er naar uit dat je weinig keus hebt. En ik beloof je, het is de lekkerste peer die je ooit van je leven zult eten.'

Max pakte één van de twee peren voorzichtig van de schaal, alsof het om een kostbaar museumstuk ging, en begon deze van alle kanten te bekijken. Het was een flinke volle handpeer met een lange steel. De zachte groengele schil was hier en daar wat gevlekt. Hij bracht de peer naar zijn neus en snoof het zoete aroma op.

Toen deed hij het. Thijs keek toe hoe zijn vader zijn tanden in de eeuwenoude vrucht zette en hij pakte zelf de laatste peer van de schaal. Het sappige vruchtvlees droop langs hun kinnen en ze keken elkaar glimlachend aan, alsof ze een geheim deelden. Daarna kreeg Max een idee en samen haalden ze de pitten uit de klokhuizen.

Enkele weken later
Achter in de tuin, bij de oude muur, zochten ze naar een zonnig en beschut plekje. Thijs verwijderde het plastic van het bakje waarin de zaadjes al waren ontkiemd. Voorzichtig zette hij het kleine plantje in het kuiltje in de grond. Over een tijd zou daar hun eigen perenboompje groeien. Alleen zij zouden dan weten dat deze afstamde van de beroemde boom van Stuyvesant. En door deze boom, waar hopelijk ooit peren in zouden hangen, zou het verhaal van de slaven, het lot van de indianen en het land van melk en honing dat ooit Nieuw-Nederland heette, nooit meer worden vergeten. Precies zoals de oude directeur-generaal had gewild. Ceremonieel gooiden Thijs, Bodine, Sjorsje en Daan een handjevol aarde bij het jonge boompje.

'Het is waar en zeker', sprak Bodine plechtig en de anderen zeiden haar lachend na.

Meer lezen over de laatste dagen van Nieuw-Amsterdam?

De meeste personen in het boek uit de zeventiende eeuw hebben echt geleefd, waaronder Anneke Janse. Vlak voor haar dood maakte de domineesweduwe haar testament op. Al haar land, huizen, juwelen en melkkoeien verdeelde ze onder haar kinderen. Haar kleinkinderen schonk ze een zilveren beker. Ze overleed in Beverwyck als een zeer rijke vrouw. Anneke Janse is een legende in Amerika en veel van haar afstammelingen wonen verspreid over het land.

Het paartje Christoffel van Angola en Louwize is verzonnen, maar hun namen en verhalen zijn waar.

Pottenbakker Adriaen Verbeeck en zijn huisvrouw Marritgen en hun kinderen hebben niet echt geleefd. Wel stonden er vroeger vele pottenbakkerijen in Oosterhout. In vestzaktheater de Schelleboom, een voormalige pottenbakkerij in Oosterhout, is een zeventiende-eeuwse ovenvloer te bewonderen onder een glazen podium.

De gebeurtenissen in Nieuw-Amsterdam hebben werkelijk plaatsgevonden, zoals de aankomst van de eerste elf slaven in de kolonie, het slavenschip de Gideon en de rechtszaken in het Stadt Huys, die door de Nederlanders nauwkeurig werden bijgehouden. De schelp – waarschijnlijk meegenomen door een slaaf uit Afrika – is bij opgravingen tevoorschijn gekomen.

Soms hadden gebeurtenissen in het boek plaats in een andere tijd, zoals de waterpokkenuitbraak in Beverwyck, de kermisweek en het rokken-incident, waarbij Anneke Janse met ontblote enkels over een modderpoel springt.

De perenboom die Petrus Stuyvesant uit Nederland heeft meegenomen, heeft bestaan tot 1867. Tot het laatst hingen er nog peren in. Een stronk van de oude boom is bewaard gebleven en ligt in een glazen kistje in het museum van The New York Historical Society. Op de plek van de oude boom, Pear Tree Corner, is een nieuwe perenboom geplant door een nazaat van Petrus Stuyvesant.

Op 4 september 1664 hebben acht slaven in Nieuw-Amsterdam een verzoek ingediend voor de status van vrije slaaf. Omdat Stuyvesant druk was met de Engelse oorlogsschepen in de haven, heeft hij deze acht slaven na de overname van de kolonie alsnog bevrijd en land toegewezen. In zijn haast zag de directeur-generaal de bevrijding van twee slaven over het hoofd. Stuyvesant en zijn secretaris werden door de Engelsen gearresteerd, omdat zij na de overname nog steeds land weggaven. In 1668 vertrok gouverneur Nicolls weer naar Engeland. Het laatste wat hij deed, was Stuyvesant en zijn secretaris zuiveren van alle blaam. Nicolls keurde alsnog de toegewezen landpercelen door Stuyvesant voor de laatst bevrijde slaven goed. Ook die van de twee vergeten slaven.

Na de overname vestigde Petrus Stuyvesant zich in alle rust en vrede als een echte familieman op zijn bouwery. Hij was een sociale en gezellige man die zich inzette voor de kerk en de verbetering van de stad. Petrus Stuyvesant stierf in 1672 en werd begraven in het kapelletje bij zijn bouwery, waar hij vandaag nog steeds ligt.

De eeuwenoude, nooit bezorgde, gekaapte brieven van de kolonisten door de Engelsen bestaan echt, al is de brief van Anneke Janse verzonnen door schrijfster Sandy Jansen.

In 1673 veroverde een Zeeuwse vloot de kolonie terug en New York heette even Nieuw-Oranje. Maar het was van korte duur. Engeland en de Republiek der Zeven Verenigde Nederlanden ondertekenden in 1674 het Verdrag van Westminster. Hierin werd bepaald dat Nederland de veroverde kolonie Suriname mocht behouden. In ruil hiervoor deed Nederland voorgoed afstand van de kolonie Nieuw-Nederland. Wie meer wil weten over *De laatste dagen van Nieuw-Amsterdam* kan terecht op de internetsite met nog veel meer achtergrondinformatie: www.boeknieuwamsterdam.nl.